李舫 著

野百合也有春天

广西师范大学出版社
·桂林·

野百合也有春天
YEBAIHE YE YOU CHUNTIAN

图书在版编目（CIP）数据

野百合也有春天 / 李舫著. -- 桂林 : 广西师范大学出版社, 2024. 10. -- ISBN 978-7-5598-7255-5

Ⅰ. I267

中国国家版本馆 CIP 数据核字第 20244GH355 号

广西师范大学出版社出版发行

广西桂林市五里店路 9 号　　邮政编码：541004

网址：http://www.bbtpress.com

出版人：黄轩庄

全国新华书店经销

广西民族印刷包装集团有限公司印刷

南宁市高新区高新三路 1 号　　邮政编码：530007

开本：880 mm × 1 230 mm　1/32

印张：13.125　　　　字数：250 千

2024 年 10 月第 1 版　　2024 年 10 月第 1 次印刷

印数：0 001~5 000 册　　定价：68.00 元

如发现印装质量问题，影响阅读，请与出版社发行部门联系调换。

序 | "开麦拉"的光荣与梦想

2009年,一部《2012》,果然成了世界电影的"噩梦"。

谁都料到这部由罗兰·艾默里奇编剧并导演的灾难大片一定会火,却没想到它竟然能火成这个样子——首周末在全球创下2.25亿美元票房。随着时间的推进,这个数据仍在一路飙升,速度之快让人难以想象它的最终高度。

重要的是,《2012》带来的不仅仅是电影话题和文化冲击。电影首映后不久,美国航空航天局发表"末世辟谣"声明,指出这部电影"纯粹是一场笑话";网友争相发帖,争论海水够不够造成淹没西藏高原的海啸;而更多观众则在设问,假如三年后世界注定毁灭,那么我们如何安排现在的生活?

其实,我们不妨将这个问题换个角度——因为有了电影,生活如何被改变?我们又将如何安顿被改变的生活?一百二十年前,北平前门外丰泰照相馆里,一个叫任景丰的沈阳人悄悄开启了中国电影的大门,从那一刻始,电影便以坚韧不拔的意志改变着生活,塑造着中国。

电影改变生活，这是一个陈旧的话题，却并不过时。无数个艳阳高照的午后，无数个雪花飘落的黄昏，无数个月色如水的夜晚，穿过车水马龙的街道，穿越遥相暌隔的时空，在那些幽暗的放映厅里，大快朵颐的电影盛宴正在拉开帷幕——英格玛·伯格曼、费德里科·费里尼、黑泽明、小津安二郎、克日什托夫·基耶斯洛夫斯基、阿伦·雷奈、史蒂芬·戴得利；《一个国家的诞生》《战舰波将金号》《公民凯恩》《筋疲力尽》《八部半》……无数水波般漫过的时日，成就世界电影史上这份奇伟的名单，也造就人类精神史奇崛的高度。

如果说文学是一个国家的灵魂，那么电影就是这个国家的面孔。

电影表达国家立场，这又是一个陈旧的话题，同样并不过时。无数个普天同庆的白昼，无数个家国同悲的夜晚，串过鳞次栉比的高楼，穿越泪眼蒙眬的往事，大银幕如同一根坚韧的丝线，穿起中华民族的苦难与顽强——张石川、蔡楚生、费穆、崔嵬、谢晋、张艺谋、陈凯歌；《渔光曲》《风云儿女》《青春之歌》《人到中年》《老井》《红高粱》《霸王别姬》《卧虎藏龙》《唐山大地震》……一个多世纪的影像长征，成就了中国电影的不朽传奇，也造就了中国文化的传奇篇章。

电影被称为雕刻时光的艺术，更是一种征服心灵的艺术，这不无道理。正是因为有了"开麦拉"（英文 camera 的音译，在电影拍摄现场指"开机"），人类的记忆不再黯淡；也正是因为有了镜头带给我们的意外之喜，沉重的生活变得轻盈、深情。

这些电影，多是喜欢电影的人们片单上的必备佳肴，只不过我也许看出了我个人的观照。感谢无数心怀理想的人，以"开麦拉"为名置立的光荣与梦想，是我们得以在文化的拘涩与干涸中、历史的虚无与虚构中，执着地以自己的方式，向历史致敬，向未来致敬——这是人类的财富。感谢这些在暗黑中难忘的光影琳琅，让我得以讲述我的"一个人的电影史"。

我还想说的是，在放眼世界电影之时，最期待的，还是中国电影的快速崛起。不能不说的是，尽管有了节节攀升的全年票房、有了令人兴奋的观影人群、有了突飞猛进的银幕增长数量，我以为，经历了粗暴的野蛮生长期，我们的电影，无论从个人还是国家角度，都有着令人期待的开阔未来。在这里，作为一个热爱电影的人，我希望能够将自己对电影的批评和希冀清晰地表达出来。因为，每一个"开麦拉"的背后，都有无限的爱与恨、喜悦与忧伤、光荣与梦想。

这是大时代的大期待。

目录

1 | 《阿郎的故事》 　　　　　　　　001
　　三十年,让风尘刻画你的名字

2 | 《寄生虫》 　　　　　　　　　　008
　　谁才是这个社会的寄生虫?

3 | 《美国精神病人》 　　　　　　　013
　　在狂躁空虚的深渊里下坠

4 | 《幽灵之舞》 　　　　　　　　　020
　　"我要为自己找一个沙的枕头"

5 | 《小丑》 　　　　　　　　　　　028
　　我们每个人心中,都住着一个小丑

6 | 《凡·高之眼》 　　　　　　　　035
　　不安的缪斯

7	《英国病人》	042
	不见天日的一天有多长	
8	《返老还童》	049
	爱在爱的对面	
9	《少年派的奇幻漂流》	056
	其羽何以为仪	
10	《低俗小说》	062
	"鬼才知道他在想什么"	
11	《吾栖之肤》	070
	爱你,恨你,想你	
12	《铁皮鼓》	077
	敲响自己,敲响世界	
13	《肖申克的救赎》	086
	在黑暗中凝神倾听	
14	《朗读者》	094
	"宽恕不可宽恕的"	

15	《勇敢的心》	101
	"告诉你，我的孩子"	

16	《全蚀狂爱》	108
	海与天，交相辉映	

17	《冷山》	117
	我要去寻找	

18	《沉默的羔羊》	125
	"善为易者不占"	

19	《追风筝的人》	132
	风筝何时重新飘起	

20	《潘神的迷宫》	139
	用童话杀戮童话	

21	《窃听风暴》	146
	罪恶，假国家之名	

22	《阿甘正传》	154
	与人和解，与神和解	

23	《十二怒汉：大审判》	161
	乌合之众何以可能	
24	《海上钢琴师》	168
	我的心，何处安放孤独？	
25	《悲惨世界》	174
	从卑微的时代到悲惨的世界	
26	《美国往事》	182
	"我们浪费了一生"	
27	《观相》	190
	大道观相，大相观天	
28	《关于我母亲的一切》	196
	斗牛士手中那一抹醉人的红	
29	《美女如我》	203
	雄螳螂与雌螳螂的情欲游戏	
30	《教父》	210
	"牛头梗"与男人《圣经》	

31	《我曾侍候过英国国王》	217
	大时代的小个子	

32	《放牛班的春天》	224
	野百合也有春天	

33	《天使爱美丽》	231
	如鲜血一样骄傲，如岁月一般凋零	

34	《偷书贼》	237
	人生只有一本书	

35	《巴里·林登》	245
	时代背影的无声吟唱	

36	《蓝色茉莉》	252
	这些年来的笑容和泪痕	

37	《2001：太空漫游》	258
	不敬畏宇宙的人没有灵魂	

38	《毕加索的秘密》	264
	航行时，严禁同掌舵者讲话	

39	《永远的凝视》	270
	黑夜的寥廓为你而存在	
40	《爱德华·蒙克》	277
	那色彩仿佛正在呐喊	
41	《两小无猜》	283
	那时候,世界还那么小	
42	《赛德克·巴莱》	289
	请不要挡住我的阳光	
43	《道林·格雷画像》	295
	伤口长出的是翅膀	
44	《巴黎最后的探戈》	301
	我的孤独是一座花园	
45	《现代启示录》	308
	"我们都是空心人"	
46	《午夜巴黎》	314
	这个世纪,变成一只飞鸟	

47	《哈利·波特》 面朝着秋天,背对着秋天	321
48	《楚门的世界》 凡墙都是门	327
49	《罗马假日》 天使永在人间	333
50	《同流者》 同乎流俗,合乎污世	340
51	《弗里达》 "我的伤口是一曲探戈"	347
52	《牺牲》 写给世界的遗书	355
53	《地下》 兄弟相残,这才是战争	362
54	《千与千寻》 以自由的名义,宣示爱	369

| 55 | 《洛可兄弟》 | 375 |
| | 永远回不去的地方，叫作故乡 | |

| 56 | 《沙漠之花》 | 381 |
| | 沙漠之花，"今天是你的幸运日" | |

| 57 | 《迷魂记》 | 387 |
| | 伟大，绝不会以一场意外来收场 | |

| 58 | 《玻璃城堡》 | 393 |
| | 击壤而歌 | |

| 59 | 《西西里的美丽传说》 | 398 |
| | 无情的对面是山河 | |

1 《阿郎的故事》

三十年，让风尘刻画你的名字

> 在时间的荒野里，在罗大佑的歌声中，那些历经岁月涤荡的伤痕，那些弥漫着放纵时光的夜晚，都淡淡地消失了，只留下摩托车空洞的悲鸣，兀自在城市的上空回荡。

3月初的一个傍晚，我陪朋友米琪在北土城河边的草地上散步。今年的春来得早，来得急，来得峻切，西北风似乎昨夜还在呼号，春风今晨便披着霞光降临，迎春的花蕊刚刚泛黄，柳树的叶子早已吐绿。被冰雪碾压了一个冬天的野草，迫不及待地从硬邦邦的土地上奋力探出头来，纤纤细细、瘦瘦弱弱，然而生机勃勃地摇曳着。

米琪从小生活在北京，在北京大学物理系读到三年级被李政道招为硕士，当年与她同去美国的，一个班里前十名中有九个在异乡扎了根，她是这九个人中唯一的女生。她离开北京的前夜，我们也是这样走着，夏天的夜晚又闷又热，汗水打湿了我们的衣衫，也浸润着我们对未来的梦想。那时三环还没有贯通，蓟门桥和苏州桥之间还不叫北三环，杨树、槐树、榆树、柳树布满街道两侧，玉簪花灿烂得活色生香。李时珍说，玉簪花"本小末大，未开时正如白玉搔头簪形"，玉簪花之名或许因此而来。诗风清新明媚如范成大者，也曾缠绵地吟咏过此花："醉怜金盏齐侧，卧看玉簪对横。"夜色里怒放的玉簪花洁白似玉，晶莹剔透，暗香盈袖，像极了我们即将放飞的青春。

我们从中关村走到魏公村，又从魏公村走到小西天。北京的地名土得掉渣，中关村向南是公主坟，东边还有八王坟、玉王坟，西边有百万庄，东边还有小庄、管庄。我们为这充满历史味道的名字笑了很久。路边汽车修理厂大门外，伫立着高大的米其林广告，圆滚滚的"米其林"像一个硕大的婴儿，清瘦的米琪为着"米琪"和"米其林"两个名字的发音，又笑了很久。中国电影资料馆在放老电影《阿郎的故事》，米琪的神色一下子庄重起来，我们毫不犹豫地走进去。这是香港导演杜琪峰于1989年执导的电影，那个时代的男神周润发和女神张艾嘉出演一对生死怨侣阿郎和波波，饰演他们十岁儿子波仔的黄坤玄同年因电影《鲁冰花》入围金马奖最佳男配角。

《阿郎的故事》是一部关于"青春残酷物语"的电影，是香港经典的电影之一，以一种最接近成长本质的真实形式，充满了暴力、热泪、过错、遗憾、希望和绝望的姿态。

阿郎是一个出色的赛车手，也是一个放荡不羁的浪子。家境优渥、涉世不深的女孩子波波被这样的他吸引，对他一往情深。年少的波波包容了阿郎的不羁，不顾母亲的反对同他离家出走。没想到，放荡惯了的阿郎依然我行我素，甚至身边一直不乏莺莺燕燕。一次，被波波发现他与其他女人在一起，他酣醉中恼羞成怒，出手殴打身怀六甲的波波，致使波波从楼梯摔落。更令波波生气的是，在波波住院之际，他依然去参加非法赛车，结果因比赛中撞死警察而被捕入狱。波波的母亲串通医生谎报婴儿夭折，带波波去了美国。阿郎出狱后，面对妻离子散的结局无比追悔。他从福利院找到了儿子，取名杨月波（波仔）。浪子偃旗息鼓，远离了江湖。父子二人相依为命，过起了平淡的世俗生活，阿郎靠开货车抚养孩子，竭尽全力把父爱给了波仔。十年后，波波为美国一家公司拍摄广告，回港选广告片的童星，遇见了阿郎的朋友，于是又见到了阿郎。两人相见，无言以对。此时的波波已跻身美国上流社会，而阿郎出狱后无所事事，只能在工地上以开货车为生。

一个出色的赛车手和放荡不羁的浪子，一个还保留着孩子天性的父亲，这是阿郎人性中的魔鬼与天使。他与儿子波仔相依为命，竭尽全力把毕生的父爱给波仔，却不能给他一个完整的家。阿郎从魔鬼转化为天使的历程或许也经历了十年，波波归来后，为了弥补和波波的感情，为了给波仔一个完整的家庭，为了表达和波波复合的诚意，他不顾曾经受过重伤的身体参加车赛。

当放荡不羁的飙车浪子变成了久经生活沧桑的父亲，周润发对这一人物的塑造，使《阿郎的故事》既有着青春年少的青涩和无知，也有着支离破碎后的忏悔和救赎。阿郎赢了比赛，却终因旧伤发作，在临近终点时车毁人亡。一曲浪子悲歌,道尽了人世间的悲欢离合。

罗大佑的配乐是这部电影的点睛之笔。

> 我听到传来的谁的声音,
>
> 像那梦里呜咽中的小河。
>
> 我看到远去的谁的步伐,
>
> 遮住告别时哀伤的眼神。
>
> 不明白的是为何你情愿,
>
> 让风尘刻画你的样子。
>
> 就像早已忘情的世界,
>
> 曾经拥有你的名字我的声音。
>
> 那悲歌总会在梦中惊醒,
>
> 诉说一点哀伤过的往事。
>
> 那看似满不在乎转过身的,
>
> 是风干泪眼后萧瑟的影子。
>
> 不明白的是为何人世间,
>
> 总不能溶解你的样子。
>
> 是否来迟了命运的预言,
>
> 早已写了你的笑容我的心情。
>
> 不变的你,
>
> 伫立在茫茫的尘世中。

聪明的孩子，

提着易碎的灯笼。

潇洒的你，

将心事化进尘缘中。

孤独的孩子，

你是造物的恩宠。

这是影片的片尾曲《你的样子》。十年，回头的浪子重归江湖，他骑着摩托飞驰冲过终点，却终于翻车葬身火海，看见一生他最爱的两个人向他跑来，阿郎慢慢闭上了双眼。"人真的不能做错事，做错了一辈子都翻不了身。"阿郎当初无心说的一句话，在这里成为他的谶语。在时间的荒野里，在罗大佑的歌声中，那些历经岁月涤荡的伤痕，那些弥漫着放纵时光的夜晚，都淡淡地消失了，只留下摩托车空洞的悲鸣，兀自在城市的上空回荡。

从幽暗的电影放映厅走出来，即将飞往太平洋彼岸的女生眼睛红红的。罗大佑是那个时代的音乐教父，他在《阿郎的故事》里的主题曲《恋曲1990》风靡了整个华语乐坛，不知打动了多少少男少女的心，而我和米琪，却都更喜欢片尾的《你的样子》。阿郎死在《你的样子》的旋律里，鲜血灌满了他的头盔，从衣服里渗出来，他被鲜血模糊住双眼，在爱人的注视中微笑、加速、冲刺、失控、摔倒、昏迷、爆炸，火焰燃烧了整个银幕，哭泣、叫喊、拉扯、奔跑、拥抱的慢镜头、撕心裂肺的声音，在歌声中无比锥心刺骨，让人久久不忍离去。米琪呆呆地坐在幽暗的光线里，流着泪等待阿郎的复活，等待那催人泪下的歌声结束。这是那个遥远的夏天。米琪一路走，一路展示与旧生活的决绝。北京的干燥、北京的邋遢、北京的肤浅、北京的粗糙、北京的鲁莽、北京的种种不方便，都是她离开的理由。从此天涯远隔，挥一挥衣袖，她没有带走一片云彩。

"其实，离开，不需要理由。"很多年后的这个3月，我们走在北土城河边，她说。

五千年家国，三万里山河。今年，是《阿郎的故事》公映三十年。离我们一起去小西天看电影的日子，算起来差不多也有二十多年了，轻飘飘的旧时光就这么溜走，转头回去看看时已匆匆数年。这一年值得记住的电影还有很多：成龙的《奇迹》、吴耀汉的《飞越黄昏》、洪金宝的《八两金》、许冠文的《合家欢》，还有周润发的另一部《赌神》。阿郎是周润发演绎的最经典的形象之一，1990年周润发凭借这部《阿郎的故事》金像折桂，这是他拿到的第三个金像奖影帝的奖杯。不久，他淡出香港，远赴好莱坞。因为他，也因为一大批香港电影人——吴宇森、徐克、成龙、林岭东的离开，香港影坛进入一个由盛而衰的时期。不过，这已是后话。

我知道的是，当年米琪离开时，有人喝了一整夜啤酒为她唱了一整夜《你的样子》。我不知道的是，现实或许比阿郎的故事更残酷。

这里是有名的海棠花溪，北京花事最茂盛的地方，两千株树苗让这里坐拥北京最盛大、最繁茂的海棠林。再过一两个星期，海棠花溪便会花开似锦。海棠花姿潇洒，开放从容，可惜花期短暂，盛开时花荫如盖，转瞬间落英缤纷。云淡风轻之后，多少往事擦肩而过，快乐的、欣慰的、忧伤的、沉醉的，悲喜自知。待到一切尘埃落定，我们早已经不是我们，空留下回忆。

2 《寄生虫》

谁才是这个社会的寄生虫?

片尾,石头沉入山涧水底,如同这个家庭妻离子散。在这部电影里,没有好人坏人,只有穷人富人,他们相互誊印,互为镜像。

奥斯卡颁奖礼前不久在洛杉矶落下帷幕,韩国影片《寄生虫》顺利获得最佳影片奖、最佳原创剧本奖,毫无悬念拿下最佳国际影片奖,导演奉俊昊击败呼声最高的萨姆·门德斯,揽下最佳导演大奖。这个结果,在很多人的意料之中,又在更多人的意料之外。今年参评的电影,可谓佳片如云,萨姆·门德斯的《1917》、托德·菲利普斯的《小丑》(*Joker*)、昆汀·塔伦蒂诺的《好莱坞往事》(*Once Upon A Time In Hollywood*)、佩德罗·阿莫多瓦的《痛苦与荣耀》(*Dolor y Gloria*)和泰伦斯·马力克的《隐秘的生活》(*A Hidden Life*)、鲁伯特·古尔德的《朱迪》(*Judy*)……可以说,从这样的矩阵中杀将出来,可见奉俊昊和他的作品的特殊寓意。本届奥斯卡,《寄生虫》几乎完美重现去年《罗马》同时包揽最佳外语片和最佳导演的盛况，奉俊昊也成为继李安后第二位获此殊荣的亚洲导演。

提到奉俊昊，很多人似乎还停留在对他的《杀人回忆》的回忆中。就像无论《燃烧》有多好，同样有为数不少的影迷认为《燃烧》不能够代表李沧东一样；无论《寄生虫》有多好，仍然有为数不少影迷认为《寄生虫》不代表奉俊昊；他们认为，执导《杀人回忆》的奉俊昊才是真正的奉俊昊。京畿道华城郡出现的一系列的连环杀人案，让奉俊昊携带着他的《杀人回忆》成为冲击世界电影史 TOP 榜单的奉俊昊，精妙的推演、饱满的叙事、丰富的内涵、复杂的人性、诡谲的案件……几乎无可挑剔的影像表达，是《杀人回忆》燃烧观众的最大理由。

与《杀人回忆》不同，《寄生虫》带来的则是另一种体验。奉俊昊或许从来都是个幽默的导演，只是他的幽默很多时候隐藏于人物的语气，深埋于叙事的细节，冰冻于琐碎的铺垫，却终究未能成为一种结构性的力量，以至无法形成具备渗透性的荒诞感。这部电影不同于以往，在看似戏谑的包装下，《寄生虫》讲述了身份、地位、贫富悬殊的两个家庭之间的复杂关系和复杂故事，从而影射了复杂时代的荒诞征象。一家四口全是无业游民，父亲基泽开车技能满点、创业受挫却成天游手好闲，母亲曾经拿过链球亚军却无计可施，长子基宇为了改变身份只报考名牌大学却连续四年落榜，加上两年当兵，年纪渐长却无所事事，妹妹基婷聪明过人，记忆力阅读力鉴赏力都超乎众人却无学可上，固化的社会将他们固化在社会的底层，难以翻身。突然有一天喜讯降临，侬靠朋友的推荐，基宇和基婷凭借伪造的文凭来到富豪朴社长家应征家教，从此开始了一家人努力向上攀爬的过程。

两个家庭之间，如果说电影的前半部分讲述的是贫穷家庭对于富豪家庭的寄生故事，那么后半段就是富豪家庭对于贫穷家庭的另一种寄生。基宇和基婷凭着高超的演技打动了朴社长的太太莲乔，分别成为大女儿多蕙的英文家教、小儿子多颂的美术家教和心理医生。不久，兄妹联手，又将父亲基泽介绍给朴社长做他的私人司机，将母亲忠淑介绍给莲乔做朴家的管家。至此，在宽敞的建筑设计师豪宅里、在阳光璀璨草坪如茵的大落地窗前，基泽一家寄居在富有的朴社长家，过上了呼风唤雨的好日子。然而，穷人费尽心机入住富人家，开始寄居生活，他们真的棋高一着吗？不，拼尽全力换来的不过是蝇营狗苟的工作和生活，主人一回来，他们就要像蟑螂一样躲起来。

欢乐颂基调的改变是在一场大暴雨之后，这场暴雨彻底冲刷了基泽一家人生活的假面，将他们打回寒酸的原型。故事从中段开始层层反转，舞台剧式的表达风格、超乎想象的反转力度，让这部电影充满了令人叹为观止的力量。其实，导演在前面已经为此埋下伏笔，故事开篇基泽一家住在半地下室场景似乎就宣示了他们的结局，一个醉鬼在他们家窗口撒尿，一家人仰头望着醉鬼，不敢怒更不敢言，卑微又无奈。然而，基泽一家没有料到，在他们之下，还有更卑微与无奈的底层,这就是居住在朴社长豪宅地下室数年,被基宇和基婷用计赶走的原管家雯光的丈夫。人生活在黑暗里,上层人根本看不见,也不想看见,可尽管如此,多颂还是看见了并将他当作是地下室的恶鬼。两个只能在地下生活的家庭的相互暴露,挑开了底层互害的面纱,这为此后的花园凶杀案做了铺垫。

可是,富人真的就纯洁干净吗?有钱的朴社长太太莲乔给基宇家教费,拿出来了还抽回去两张。朴社长在车里拿到中介公司名片的时候对基泽说,你为了给我开车而拒绝了大公司面试,这份恩情我会牢记在心的,可是他一转脸便说讨厌司机越界。朴社长对边界尤其看重,他多次提到边界,怀疑年轻司机不轨时,他最痛恨的不是司机淫乱,而是竟然越了界在后面主人的座位上乱来。他对莲乔说,如果你穿着那条廉价脏内裤,我肯定很兴奋,莲乔马上说,那你要给我买毒品。富人表现出来的纯洁和干净,其实都是伪装。在这一点上,基泽的妻子忠淑看得最明白,她说:"钱就像熨斗,能把人熨平,没有一丝褶皱。如果我有钱,我会比他们还善良。"

贫富的冲突在气味这个场景里达到了高潮。贫穷就像气味,如影随形,基泽一家以为自己已经向上爬了很远,可是终于发现,他们永远被锁在地下。气味,就如同他们所在的阶层,看不见摸不着,却承载着下层人对自我身份深深的自卑。阶层就像气味一样,时刻存在,牢不可破。所以花园凶杀案发生的时候,我们不难理解雯光的丈夫刺杀基宇和基婷、基泽刺杀朴社长的愤怒,富人的高傲深深刺伤了穷人的自尊。阶层对立是奉俊昊近年来较为关注的主题，也是他屡屡有所突破的主题，不论是《雪国列车》还是《寄生虫》，其中都可见他的思考。

那么，问题是——在这个社会中，真正的寄生虫到底是谁呢？在电影前半部，我们毫不犹豫地认为，住在半地下室的基泽一家和住在地下室的雯光一家，他们代表着韩国的底层人士，是社会的寄生虫。但是在电影后半部，我们却又发现，基泽一家和雯光一家是社会中真正的受压迫者，阶层如一座大山一样压在他们身上，悲剧也如暴雨一样倾泻在他们身上。到底谁是这个社会的寄生虫？奉俊昊在影片中呈现的浓重的无力感、强烈的讽刺与荒谬令人深思，人与人之间的畸形和排斥、社会贫富阶层之间的禁锢和对抗，是人类社会的痼疾，更是现代文明的藩篱。

《寄生虫》，原名《誊印》。何为誊印？也即抄写、复制。就像影片中那块观赏石头，它是基泽一家一心向上爬的垫脚石，是他们西西弗斯般推向山顶的巨石，也是花园凶杀案的凶器。基宇在大暴雨中从被淹没的家里只抢出了这块石头，他紧紧地抱着石头睡觉，基泽劝他把石头放在一边，他拒绝说："不是我带着这块石头，是这块石头死死地黏着我。"片尾，石头沉入山涧水底，如同这个家庭妻离子散。在这部电影里，没有好人坏人，只有穷人富人，他们相互誊印，互为镜像。

3 《美国精神病人》

在狂躁空虚的深渊里下坠

物欲横流之下无处舒缓的人心,在狂躁空虚的深渊里沉沉下坠,金钱和物质始终无法排遣内心的孤独、疏离,贝特曼只能用臆想中肆无忌惮的虐杀来宣泄。也许,恰是虚荣、攀比、父亲的阴影、周遭人物的虚伪、上流社会的肉欲横流、标准化表演性的社交生活、虚荣浮华的物质主义沉迷,让贝特曼迷失了自己,异化了自己。

三十年前,一群美国电影人聚集在一起,试图通过一部电影来阐释现代性对人的异化。他们最终选择将布莱特·伊斯顿·埃利斯极具争议的小说《美国精神病人》(*American Psycho*)搬上大银幕,背景是20世纪80年代末期极具黑色意味和讽刺精神的美国大都市——纽约。

克里斯蒂安·贝尔饰演的帕特里克·贝特曼是纽约金融界的骄子,他是哈佛大学商学院的高材生,毕业后成为华尔街炙手可热的股票经纪人,年轻有为的他每天给自己的客户赚入难以计数的利润。

贝特曼几乎是20世纪80年代美国精神的完美体现，一个年轻的纽约人，英俊迷人，衣着优雅，谈吐幽默，傲视周遭。贝特曼是女性心目中的男神。因为经济的繁荣，也因为他的过人才识，他在华尔街的事业如日中天。因为有着雄厚的经济收入，他过着别人难以想象的奢华生活，他的住房、立体声音响、红酒柜、摄像机、超长轿车都是那个年代的奢侈品。他还有着无可挑剔的外表和雅致的着装品位，衣服是在小众奢侈品服装店专门定做的。他每天给自己做面膜，用冰袋敷脸使皮肤有弹性，用名目繁多的洗浴用品。他只出入那些正派的俱乐部、酒吧、健身房、高级酒店以及夜总会。他受过良好教育，一方面为人和善、才智出众，一方面又小心翼翼地与其他人保持一定距离。

然而，事情并不那么简单，在光鲜亮丽的外表下，潜伏着一头野兽，帕特里克·贝特曼是一个既有着高智商又有着双重性格的"两面人"。贝特曼的双重性格让他终日忙碌——在白天，贝特曼高傲矜持，有着男人不常见的洁癖，追求一尘不染的生活品质；在夜晚，每当夜幕降临，黑暗的无边恐怖唤醒了他隐藏的另一种人格。在这个黑暗人格里，他是一个游荡的恶魔，内心孤寂苦寒，无依无靠。他穿着风雨衣在大街上踟蹰，四处寻找能够刺激自己冷漠心灵的猎物。他将一个个猎物绑架到他的豪华公寓，用刀子、用电锯、用斧子，一点一点折磨他们，看着鲜活的肉体鲜血慢慢涌出，看着猎物在痛苦和恐惧中死去，贝特曼便收获着莫名的快乐，找到了心中的天堂。尤其是在万籁俱寂的黑夜里，贝特曼坐在沙发上，悠闲地喝着红酒、抽着雪茄，看着悬挂在房间里的猎物躯体，体会从未有过的如此心悸与平静。

再没有比这更有魅力的变态杀人狂了。贝特曼双重人格的背后，是纽约的繁荣与衰败、光明与黑暗、华美与萧索。不断走向现代化、国际化的城市里，现代文明却酝酿着原始的血腥，财富的力量、货币的力量、资本的力量，成就了人类的欲望，却也不断变为外在的、毁灭自身的异己力量，拜金社会的痴迷和沉沦，变成了对于人自身的杀戮。贝特曼的双重性格让他终日忙碌，一个冷血凶手不断制造着耸人听闻的连环杀人案也惊动了警方。不难想象，贝特曼光鲜亮丽的身份不断地误导警察的判断，不论是睿智的侦探唐纳德·金博尔，还是他的未婚妻伊夫琳、情人考特妮、敬慕他的秘书琼，都对他另外的生活一无所知。在警察面前，贝特曼才华横溢，谈笑风生。即使是坐在贝特曼对面，警察在着手这一系列犯罪调查时也从未把他列为嫌疑对象，可是，嗜血的杀人狂却在思考下一件更为血腥的案子，贝特曼渐渐成为不折不扣的杀手之王。

值得一提的是，这部惊悚恐怖的类型片由一位年轻的女导演玛丽·哈伦执导。玛丽·哈伦有着另类的创作风格，1996年她创作了代表作《我杀死了安迪·沃霍尔》（*I Shot Andy Warhol*），影片由美国波普艺术大师安迪·沃霍尔同他的女粉丝——高学历却宁愿在街头行乞的激进女性主义者、同性恋者维米莉·苏莲娜——的关系开始反思，从女权主义角度坚定地表达了对男权社会最前卫观念的冲击与反抗、毁灭与自毁、愤怒与背叛。在《美国精神病人》中，玛丽·哈伦再次开始对这个世界的反思。

必须承认，玛丽·哈伦导演的《美国精神病人》减弱了对暴力场面的描绘，增加了人物心理的刻画，这使得电影从头到尾都有一丝希区柯克式的悬疑，即把惊悚、悬疑等元素融进纯粹的恐怖之中，从而激发观众的想象来完成作品的惊悚。影片结尾杀人场面令人难忘，贝特曼在大开杀戒之前还饶有趣味地向对方解释自己对音乐的感悟，这不禁让人油然而生恐惧。

在这部电影中，帕特里克·贝特曼这个形象的成功，离不开克里斯蒂安·贝尔的完美演绎。中国观众不会忘记贝尔在张艺谋的《金陵十三钗》中所饰演的从爱钱如命、嗜酒如命到在日本人的威逼之下完成救赎大义的入殓师。

贝尔是一位有着俊美形象和特殊天赋的演员，尽管如此，生活却在给予他格外恩赐的同时给予了他别样的坎坷。1974年1月30日，贝尔出生于英国威尔士彭布罗克郡的一个贫穷家庭。这个家庭经常入不敷出，贝尔从小便跟着父母过着四海为家的生活，他记忆中在英国、葡萄牙、美国等搬过至少十五次家，颠沛流离的生活、变幻莫测的日子，多少给他的成长造成了一些影响。一方面，可能因缺乏足够的故乡情结与朋友情谊，年幼的贝尔记不住他曾经历的人和事；一方面，他还得背负着为整个家庭赚钱养家的重任，八岁便开始接拍广告以片酬养家，为了赚钱养家他甚至放弃了三个戏剧学院的录取。

贝尔的转机很快便到了。1986年，著名导演史蒂文·斯皮尔伯格着手筹备《太阳帝国》。众所周知，斯皮尔伯格先后面试了很多人均不满意。在妻子艾米·欧文的推荐下，时年十三岁的克里斯蒂安·贝尔站到了斯皮尔伯格的面前。斯皮尔伯格给了这个少年一个试镜的机会，之后便彻底被少年的表现所征服。贝尔在四千多人的试镜中脱颖而出，成为电影《太阳帝国》的男主角。事实证明，贝尔没有辜负斯皮尔伯格的期望。作为一名初出茅庐的少年演员，贝尔在片中展示了高于成年对手的娴熟。因为在这部作品中的表演，贝尔被英国影评人协会评为当年最优秀的青少年演员，美国国家评论协会甚至为他设立了一个最佳青少年表演奖。

即便如此，贝尔在好莱坞的早期阶段，事业发展得并不太顺利。包括《报童传奇》《小妇人》《秘密间谍》《两情世界》《仲夏夜之梦》等电影在内，他都只是像个花瓶一样，主要以俊俏的外形为重点，表演上难掩青涩与稚嫩。不过，即便是在那样一个阶段，贝尔也有类似于《摇摆狂潮》《地下铁》《天鹅绒金矿》这样不俗的表现。

真正让贝尔获得业内认可、观众口碑的，是这部《美国精神病人》。在这部电影中，他将贝特曼所拥有的双重人格阐释得如此熨帖到位，白天是魅力十足的金融精英，晚上是残忍癫狂的连环杀手，贝尔在这两种截然不同的人格之间切换，娴熟自如，其中不少他即兴表演的片段，更是让这个人物充满张力。贝尔在片中亡命天涯同律师通电话的那个镜头令人难以忘记。他躲在办公桌下面，乞求律师为他的行为辩护，他甚至不记得自己到底杀了多少人，也许是二十个，也许是四十个，他哭着笑了，笑着又哭起来，过去的一切像梦一样闪回。

贝尔之所以是优秀演员，是因为他从来不把俊美的外表作为自己的负累，而是始终坚持挣脱皮肉的桎梏，努力塑造有灵魂的人物。贝尔在诺兰导演的影片《蝙蝠侠：侠影之谜》中饰演的蝙蝠侠，是蝙蝠侠电影系列中评分最高的一部。

贝尔最令人难忘的是他的奉献精神。2002年贝尔出演《火龙帝国》时还是个83公斤的健硕汉子，2004年出演《机械师》时便变成55公斤瘦骨嶙峋的重度失眠症患者。2005年，为了出演《蝙蝠侠：侠影之谜》，他又急速将体重增加到86公斤。2006年出演《重见天日》，他又暴瘦到61公斤。2008年再度出演《蝙蝠侠：黑暗骑士》，他的体重又增加到86公斤。2010年出演《斗士》，贝尔又暴瘦到了66公斤。但这并没有结束，2013年出演《美国骗局》中，贝尔又增肥到了94公斤；2017年出演《次要位置》，贝尔的体重又一次成为影迷关注的焦点，为了更贴近美国副总统切尼的形象，贝尔将自己变成了体重近100公斤的大胖子。贝尔的演艺事业，一直在增肥、减重中交替进行，让很多影迷既佩服他的敬业精神，也为他的健康捏一把汗。在浮华如梦的好莱坞，并不是所有演员都十分沉浸于表演之中，像贝尔这样敢于为了角色而完全奉献出自己的身体、心灵、精神的演员，的确少之又少。

回到我们的电影。如果你看过小说，你一定知道，布莱特·伊斯顿·埃利斯为贝特曼的故事留下了悬念。电影结尾同样令人思考，贝特曼和朋友们坐在酒吧里喝酒，他背后门上写着 This is not a exit（这并不是出口）。贝特曼的秘书琼翻开他的记事本，在这里我们惊奇地发现，之前发生的一切谋杀行为，其实都是贝特曼臆想出来的，其实什么都没有发生。

物欲横流之下无处舒缓的人心，在狂躁空虚的深渊里沉沉下坠，金钱和物质始终无法排遣内心的孤独、疏离，贝特曼只能用臆想中肆无忌惮的虐杀来宣泄。也许，恰是虚荣、攀比、父亲的阴影、周遭人物的虚伪、上流社会的肉欲横流、标准化表演性的社交生活、虚荣浮华的物质主义沉迷，让贝特曼迷失了自己，异化了自己。

是疯狂的臆想之后回归正常，还是纸醉金迷的生活之后潜伏于黑夜的疯狂？影片留下了大量的悖论和谜团，无处不在的不合理，也许正是影片故意留下的解谜线索。这并不是结尾，也并不是结束。

4 《幽灵之舞》

"我要为自己找一个沙的枕头"

> 我觉得我有点筋疲力尽……要是我能一直爬到海边多好啊!我要为自己找一个沙的枕头,海潮将涌上来。
>
> ——萨缪尔·贝克特

4月的戛纳,阳光刺烈,天高云淡,海水清澈见底,波涛一浪一浪拍打着岸边的细沙,空气中混合着百里香、迷迭香、洋苏草的淡淡香味,海鸥和鸽子时不时从高空中一个猛子扎下来,俯冲到沙滩上觅食。

海风酝酿着春天的清澈,却未褪去冬日的凛冽。无花果青涩地悬挂在枝头,像一面面战鼓即将轰然作响。高高的棕榈树仿佛要刺破苍穹,麦穗一样的花朵簇拥着,高悬在阔大的棕榈叶中间。高耸入云的樟树用笔直而纤细的树干支撑起巨大的树冠,远远看去,像一朵朵携带着雷电和水汽的乌云,又像一把把在云端撑开的小伞。青翠的雪松和云柏结满了肥硕的果实,这是凡·高喜欢的树种,这些树曾经以不同姿态出现在他各个时期的画作里。凡·高用画笔将大团大团的色块堆砌在他的画布上，色彩旋转出松柏朝着太阳奔涌向上的姿态。肥硕的奔龙、单薄的萼距、挤挤挨挨的紫藤……让这小城春意盎然。

这是一片被上帝亲吻过的土地。里维拉海湾用一道臂弯将法国南部几个临海的小城环抱起来，锁住了五千多米长得天独厚的美丽沙滩，白色的楼房、翠绿的植物、四时不谢之花与蔚蓝的大海相映成趣，漫步海滩，恍若梦中。4月的戛纳，人气还很冷清，当地人大多去度假了，海边的酒店门扉紧闭，就连窗子，也被关在厚厚的百叶之后。

戛纳曾经是一个不起眼的小渔村，直到1834年，英国勋爵布鲁厄姆因为一场意外被困戛纳，无意中发现了这里充满魅力的迷人景色，于是在戛纳修建了自己的别墅。布鲁厄姆勋爵的举动引发了欧洲上流人士的好奇，甚至英国维多利亚女王都在这里流连忘返。雨果、毕加索等人慕名而至，他们纷纷在戛纳修建了自己的别墅，让落后的小渔村逐渐发展成世界瞩目的艺术之都。

4月是最好的季节，4月是最坏的季节。林徽因说："你是人间的四月天。"艾略特说："四月是最残忍的一个月。"一个月后的5月，这里将迎来著名的戛纳国际电影节，那时，小城将会沸腾。在欧洲三大国际电影节，也是国际电影制片人协会承认的世界三大电影节——意大利威尼斯国际电影节、法国戛纳国际电影节、德国柏林国际电影节中，戛纳国际电影节别具一格。20世纪30年代末期，法国有感于当时德国、意大利高涨的法西斯主义气焰，特别是德国宣传部长约瑟夫·戈培尔在 1936 年大力运作莱妮·里芬斯塔尔拍摄柏林奥运会的纪录片《奥林匹亚》(Olympia)，强势入围 1938 年的威尼斯电影节，并夺下最佳外国影片"墨索里尼奖"，决定在戛纳创立新的国际电影节。戛纳国际电影节历史上曾有两次中断，第一次是因为第二次世界大战，第二次是因为法国"五月风暴"。1968 年 5 月 18 日，电影节被迫中断的前一天，评审之一路易·马勒辞职，特吕弗、科洛德·贝里、尚-盖布里耶·艾比柯寇、克劳德·勒鲁什、罗曼·波兰斯基跟让-吕克·戈达尔冲进"电影节大楼"的大厅，坚持要中断影片的放映，目的是要"跟罢工的学生、劳工站在一起"。在近八十年的时光里，戛纳国际电影节经历政治独立、艺术独立、经济独立，渐渐形成了自己的艺术风格。这里是全世界倾诉对电影艺术的热情的舞台，也是电影爱好者表达自己的文化理想和艺术判断的平台。

在戛纳，不妨让我们重温一部有关法国的电影。1983 年，英国导演肯·麦克姆伦曾经拍摄一部讲述关于死亡、回忆、过去、幻影的电影《幽灵之舞》(Ghost Dance)，值得一提的是，法国解构主义哲学家雅克·德里达在这里作为演员出演了他自己，与他合作的是帕斯卡尔·欧吉尔和罗彼·考特拉尼。桀骜不驯的德里达用他的三部作品——《论文字学》《声音与现象》《书写与差异》——的出版，宣告解构主义的确立，颠覆了西方理性主义的文化传统，是当代最重要也最受争议的哲学家之一。德里达去世后，法国总统希拉克在一份声明中高度评价他："因为他，法国向世界传递了一种当代最伟大的哲学思想，他是当之无愧的'世界公民'。"

借助这部时长一百分钟的电影，德里达通过"幽灵"这个概念，阐述了他的哲学思想。他在电影中评价了马克思、弗洛伊德、卡夫卡，并将电影和精神分析相联系，他认为，相较于精神分析，电影这门艺术更是一种幽灵的科学，这里他在描述的是"先于"我们的东西，这里的"先于"不是时间顺序上的前后，而是一种预先的条件。20世纪60年代，德里达在《论语法学》中写道，语言总预先已是书写。而如果语言总预先已是书写，那么生活总预先已是电影。电影中有不少片段已经成为世界电影史甚至是文化研究的经典，我们不妨重温其中的一个场景：某一天，美国得州的休斯敦，房间里只有德里达和帕斯卡尔·欧吉尔两个人。德里达在观看这部电影本身的另一个场景，帕斯卡尔·欧吉尔正认真倾听德里达讲述。

帕斯卡尔·欧吉尔问："你相信幽灵吗？"

雅克·德里达回答："这是一个艰难的问题，首先你是在问一个幽灵它相不相信幽灵。这里幽灵就是我。因为当下是在拍摄一个有点即兴成分的电影，我被要求来扮演我自己。我感到我好像在让一个鬼魂替我说话，它在扮演我自己，同时它又不知道这件事情。我让一个幽灵操纵我的词语，扮演我的角色。我相信电影是幽灵的艺术，是幽灵的战争。电影不无聊，因为这是幽灵回归的艺术。这就是我们现在在做的。所以，如果我是幽灵，并且相信我在用自己的声音言说，正因为我相信这是我自己的声音，不是别的声音，而是我自己的幽灵的声音。如果幽灵存在，那将是幽灵在回答你的问题，因为幽灵已在那里了。对我来说，幽灵与对最原始未剪辑的形式的电影的爱交织，和精神分析中的一部分交织，它在两者之间。而电影相较于精神分析，更是一种幽灵的科学。"讲到这里，德里达补充道："弗洛伊德整个一生都和幽灵打交道。"

这时，电话铃响了，德里达起身到后边的桌子边去接电话，他笑着对帕斯卡尔·欧吉尔说："你看，现在电话就是幽灵了。"

德里达对电话说："你好，是。"

听到对方的回答，德里达说："明天下午会有一个小规模的研讨班，不对外开放，但是你想来的话也可以来，在四点十五分。下周三也有一场研讨班，在下午五点。"对方在说些什么，德里达回答："是的……是的……再见！"

德里达回到座位上，继续对帕斯卡尔·欧吉尔进行他的陈述："这是一个我并不认识的幽灵的声音，它可能会告诉我一个过去的故事。它来自美国并且说它认识一个我的朋友。卡夫卡对知识的交流，通信，书信的讨论，同时也可以适用于电话交流。我相信当今现代科技和远程交流技术的发展，和任何科学和技术思想一样，并有缩小幽灵的领域。我们并没有脱离了幽灵的时代，相反我认为未来属于幽灵。现代照相科技、影像编导和远程交流术增强了幽灵的能力，幽灵越加地萦绕我们。可能这也提供了我们和它们唤起幽灵的机会，马克思的幽灵，弗洛伊德的幽灵，卡夫卡的幽灵，美国的幽灵……甚至是你的幽灵。我这个早上才遇见你，但是我早已经通过各种幽灵的形象和你相遇了。所以问题不是我相不相信幽灵，相反我会说：幽灵万岁（vivre les fantômes）！"

这就是德里达的哲学，帕斯卡尔·欧吉尔也许明白了，所以，此刻当德里达最后问她"你，你相信幽灵吗"的时候，帕斯卡尔·欧吉尔毫不犹豫地回答："是的，绝对。当下，绝对。"

诡异的是，不知道是机缘巧合还是命运注定，一年后，当这部《幽灵之舞》首映时，帕斯卡尔·欧吉尔已经去世了，用德里达的理论来解释，与观众见面的不是帕斯卡尔·欧吉尔，而是"帕斯卡尔·欧吉尔的幽灵"，在这种意义上，德里达是正确的，"未来属于幽灵"。

这部电影上映后，德里达曾经同斯蒂格勒在《电视学》做过一个访谈。他在访谈里说，他看到一个女人听着他说"未来属于幽灵"，而现在她死了，所以她就是幽灵，因此她就是德里达所说的幽灵。这一维度说明德里达扮演了自己的角色，德里达在电影中已经扮演了幽灵。他已经在成为幽灵的过程之中了。毫无疑问，《幽灵之舞》是一部深受雅克·瑞维特和让-吕克·戈达尔的法国新浪潮影响的冒险电影，其独特的知识结构和艺术话语让它有着无限的解构性、开放性、多元性。

20世纪以降的电影，已经不仅仅具有艺术属性，在工业快速发展的阶段，电影作为一种庞大的工业已经成为现代工业的核心，所以才有了人们所说的"20世纪是电影的世纪"。戈达尔感慨20世纪后半叶电影对人们生活的影响时说："多少年来，漆黑的电影院里，人们燃烧想象以温暖现实。如今他们要报复，想要看到真实的眼泪和真实的鲜血。从维也纳到马德里，从卡普拉到西奥德马克，从巴黎到洛杉矶、莫斯科、雷诺阿、马尔罗……电影导演无法阻挡已经发生了二十次的报复。"

如果说人们对电影的需求夹杂着报复的预设，那么毫无疑问如德里达所言，电影这门艺术果真是一种幽灵的科学。电影试图描述的是"先于"我们的东西。我们的未来将穿越幽灵的战役，这听起来似乎有些毛骨悚然，但事实正是如此。正如德里达所言："被一个鬼魂萦绕，意味着记起你从来没有经历过的事情，意味着从来没有成为当下的过去之记忆。"我们的未来是一场被信息、图像、语言等裹挟的战斗，幽灵之战是精神的战斗，是电影和影像编导的战斗，是一场永不停息、永无止境的战斗。

令人震惊的是，2019年4月15日，这是一个黑色的星期一，这一天，法国距离丈量的零点，法兰西民族的起点和终点——巴黎圣母院失火受到重创，美丽和神圣在瞬间化为灰烬。法国大革命期间，巴黎圣母院在一场反对教权主义的狂热中遭到洗劫。19世纪以后，当狂热和愤怒变成冷静的思考，巴黎圣母院被修复重建，成为举行帝王加冕典礼、民族解放运动和总统葬礼的场所，成为这个国家的灵魂，成为法国与其动荡历史、君主制与共和制、宗教与世俗实现和解的地方。美国作家罗杰·科恩接到了法国朋友萨拉·克利夫兰的信息。萨拉·克利夫兰描述了灾难时刻："静得出奇，人们仿佛陷入了恍惚，看着火焰在大教堂墙内沸腾，像一口大锅。场面庄严肃穆。还有绝望。如此具有纪念意义的东西竟然如此脆弱。"在这一刻，美丽、神圣，甚至文明，竟然如此脆弱。在未来的某一天，巴黎圣母院被损毁的场景，在不少电影中会出现，德里达又一次跳起了他的"幽灵之舞"。

戛纳不远处，有一个美丽的岛屿圣玛格丽特岛，是著名的风景名胜。有趣的是，圣玛格丽特岛除了有着优美的风景，还有着神秘的故事。相传"铁面人"路易十四的孪生兄弟曾在此处被囚禁了十一年，岛上的堡垒内至今保留着当年的囚室。关于囚禁，关于囚禁的希望与失望，另一位爱尔兰作家萨缪尔·贝克特写过一部有名剧作《终局》，双目失明、双腿瘫痪的男主人公哈姆在剧中绝望地呢喃："我觉得我有点筋疲力尽……要是我能一直爬到海边多好啊！我要为自己找一个沙的枕头，海潮将涌上来。"

在戛纳，让我们为自己找一个沙的枕头，等待着即将涌来的海浪吧！

5 《小丑》

我们每个人心中，都住着一个小丑

亚瑟杀死他的母亲前说："我原本以为我的人生是一出悲剧，但其实它是一出喜剧。"其实，一切或许可以不发生，假如亚瑟不被三个金融青年戏弄，假如他不被同事蓝道出卖，假如他不曾遭受莫瑞的嘲笑，假如母亲早些告诉他出生的秘密，假如托马斯·韦恩能对他不这样高高在上，假如哥谭镇的贫富差距没有那么大，假如……可是，世上本无假如，雪崩时，没有一片雪花是无辜的。

回眸 2019 年世界电影，可圈可点的佳作屈指难数——乔安娜·霍格的《纪念品》、奉俊昊的《寄生虫》、马丁·斯科塞斯的《爱尔兰人》、昆汀·塔伦蒂诺的《好莱坞往事》、诺亚·鲍姆巴赫的《婚姻故事》、佩德罗·阿莫多瓦的《痛苦与荣耀》、玛缇·迪欧普的《大西洋》、马克·詹金的《诱饵》、罗伯特·艾格斯的《灯塔》、克林特·伊斯特伍德的《骡子》……在这其中，托德·菲利普斯执导的《小丑》（Joker）是最不能错过的一部作品。

诞生于美国 DC 漫画的小丑，是世界上最伟大的超级反派形象。

1940年6月，他在《蝙蝠侠》第一卷第一期首次登场，被设定成一个绿色头发、白色皮肤、咧着涂满红色口红大嘴、穿着紫色衣服的怪人。作为哥谭镇守护者蝙蝠侠的对立面，小丑是一个把破坏当作新生的犯罪天才，他扭曲的面容、疯狂的举止、神经质的性格、出格狂乱的风格，都同蝙蝠侠形成鲜明的对比。

小丑沉迷于与井然有序的社会秩序为敌，恣意将黑如深潭的哥谭镇搅和得天翻地覆。他成就了最肮脏、最腐朽的黑暗，甚至试图将整个世界全然倾覆。他出格狂乱的行事风格，和蝙蝠侠形成鲜明的反差。从漫画到银幕，尽管小丑的姓名、身世至今仍是一个谜，他的形象却不断丰满：克里斯托弗·诺兰导演的《蝙蝠侠：黑暗骑士》中，希斯·莱杰饰演的小丑抑郁、疯狂、神经质；蒂姆·波顿导演的《蝙蝠侠》中，杰克·尼科尔森饰演的小丑展现出让人过目不忘、超乎逻辑的恶；大卫·阿耶导演的《自杀小队》中，杰瑞德·莱托饰演的小丑充满变态的趣味却又有着迷人的特质。托德·菲利普斯则将小丑还原为一个人，他的小丑不同于以往歇斯底里的形象，他塑造了一个癫狂又清醒、可笑又可悲、一个一心向善却走投无路、一个由挣扎在社会底层变为揭竿而起反抗既有社会规则的小丑。《小丑》在美国公映，部分院线因为担心重演《黑暗骑士》的枪击事件而拒绝放映，在全球很多上映《小丑》的国家和城市，院线附近还增派了警察巡逻。

《小丑》中，小丑第一次有了自己的名字——亚瑟·弗莱克。影片开场,便是杰昆·菲尼克斯饰演的亚瑟对镜化妆。菲尼克斯为了演好小丑,以非正常人的苦难方式进入角色的精神世界。菲尼克斯在短短几个月内暴瘦五十二磅,从而完美还原了漫画版小丑狭长的双颊、突出的双眼、诡异的神情、瘦骨嶙峋的后背。这是亚瑟将要成为小丑的瞬间,化妆室里,镜子里外是两张惨白的面孔,夸张的眼线圈住了疲惫的双眼,鲜红的嘴唇一直延伸到脸颊。亚瑟不时伸出舌头,润湿干燥的化妆笔,不时看着自己的脸,粲然一笑。亚瑟笑着,不自觉地流下泪水,黑和白在他的脸上汇成了一片肮脏和诡谲,他看起来心力交瘁。

亚瑟是一家专业公司的一名职业小丑,平时从公司接派活的单子,去各种场合为人们提供小丑服务:举着大清仓的牌子做广告,或者去儿童医院逗生病的孩子开心,等等。他和母亲潘妮生活在一个狭小的公寓,母子二人靠着他微薄的收入拮据度日,他平时最大的爱好就是看著名脱口秀主持人莫瑞·富兰克林的直播节目,梦想着做一个像莫瑞那样的成功的脱口秀喜剧演员。

亚瑟有病,他从小就遭遇大脑损伤,正在接受着心理咨询治疗,每天要服用七种药物,治疗自己的神经创伤和精神抑郁。甚至,他还得了一种不自觉的癫笑症,随时随地就能放声大笑。他试图通过药物和心理咨询来治疗自己,可是依然控制不住病理性的放声大笑。在家中,亚瑟还有一个同样有着精神问题的母亲要照料。

这就是亚瑟所处的现状——街边的妓女、酒醉的年轻人、墙壁上的涂鸦，还有肮脏不堪的垃圾堆。在惨淡苦难的现实中打拼的亚瑟，真心想给人们带来欢乐，但是生活却不尽如人意，他总是遭到冷遇、虐待甚至毒打。亚瑟走在长长的、空无一人的街道上，心里想着母亲说过的话："我的妈妈总是告诉我，一定要装出笑脸。她说我有一个使命，为世界带来欢笑。是我想得太多，还是这世界越来越疯狂？"

癫笑症不时让亚瑟陷于尴尬的境地，为了避免大笑时引发别人的误会，他制作了一枚小卡片，说明自己的病情。在公交车上，亚瑟试图逗笑一个小孩，却被小孩母亲怒骂，结果癫笑症发作。他递上卡片，可是这个母亲知道了亚瑟的病情，却依然像看到怪胎一样避之不及。祸不单行，他的同事蓝道送给他一支手枪防身，可是关键时刻蓝道为了自己却出卖了亚瑟，亚瑟惨遭解雇。当晚在地铁上，他又被三个华尔街金融青年欺凌。

小丑地铁杀人事件迅速发酵，全哥谭镇的底层人民都对杀人者产生了诡异的同情和崇拜。社会仇富情绪到达最高点，小丑成为反资本运动的象征。

在追逐真相的过程中，他遭遇了来自整个世界的恶意背叛，那个沉睡在他心底的"小丑"在他身上逐渐苏醒。在小丑之前他是亚瑟，一个被童年阴影折磨、在破碎家庭中挣扎、面对黑暗的社会现实的蹂躏却毫无还手之力的可怜人。在亚瑟之后他是小丑，一个从黑暗中苏醒的英雄，面对黑暗现实的蹂躏他选择了迎面而上、当头痛击。

亚瑟内心的小丑初次登场，是在亚瑟被解雇回家的地铁上，三个金融青年唱着格莱尼斯·琼斯的《小丑入场》(Send in the Clowns)，缓缓靠近亚瑟，暗示了亚瑟内心小丑的初次登场。于是，亚瑟终于拔枪，快速干掉了这三个人。

在苏菲幻想谎言的包裹下，亚瑟短暂地对生活充满了希望，影片中有一段是亚瑟约会回来后，和母亲在客厅飘然起舞，电视中莫瑞节目放着片尾曲，是弗兰克·西纳特拉的《这就是人生》(That's Life)。杀了人的亚瑟平添了自信，他甚至有勇气跑去亲吻暗恋已久的同楼道邻居苏菲。可是，亚瑟不知道，他同苏菲的相识、相恋，是他自己意淫出来的谎言与幻想。亚瑟渴望被正常的社会认可，在这种渴望的包裹下，亚瑟的生命开始出现希望。亚瑟更不知道，这也是他的精神出现严重分裂的开始，内心的小丑正在慢慢吞噬着亚瑟。亚瑟不光对苏菲产生了幻想，在俱乐部的脱口秀表演中，他原本一上台癫笑症就失败的表演，却在他的幻想中变成了一场起死回生的脱口秀。此时，音乐《微笑》(Smile)响起，观众开心地大笑。这首歌，源自卓别林的《摩登时代》，歌词的第一句便是："当你的心在疼，但还是要微笑。"

当你的心在疼，但还是要微笑——这就是亚瑟的人生。母亲潘妮告诉亚瑟，她年轻时是哥谭镇最富有、最有权力的男人托马斯·韦恩的用人，他是韦恩的私生子。多年来，潘妮一直在给韦恩写信求助，可是韦恩不闻不问。亚瑟来到韦恩的豪宅，告知韦恩母亲患有精神妄想症。而事实上，托马斯·韦恩和潘妮并没有热恋，也没生下亚瑟，这些都是潘妮自己幻想出来的。亚瑟是被领养的，他头部的创伤正是因为母亲的疏忽造成的。亚瑟心中的美好世界终于坍塌了。他杀死了曾经是同事和朋友的蓝道，赶赴母亲的医院，用枕头闷死了她，又赶到莫瑞的脱口秀现场，开枪杀死了莫瑞。杀死众人拥护的喜剧之王莫瑞——亚瑟用这种方式证明，自己才是喜剧之王。此时此刻，亚瑟彻底疯了，疯成了无恶不作的小丑。

亚瑟被警方押送途中遭遇了车祸，受伤严重昏迷的亚瑟，被两个小丑信徒抬出，亚瑟在小丑信徒的欢呼声中渐渐醒来，他站到车顶上，手舞足蹈，并用自己嘴上的血迹，在脸上画出一张笑脸。在这场车祸中，以前那位懦弱、有着童年悲惨遭遇，背负着人生悲剧的亚瑟，已经死了，此时站在车顶的亚瑟，重生成为暗夜里的小丑——癫狂，残忍，冷酷，混乱。

其实，这个场景也是亚瑟幻想出来的，真实的亚瑟被关进阿卡姆疯人院，他从医生的办公室走出来，一路跟跟跄跄，双脚拖着血迹，最后在走廊的最远处放声癫笑。在这里，亚瑟杀掉了第七个人——心理咨询师。面对这个冷酷的心理咨询师，他曾经努力变好、努力驯服，他将写在日记中的话当作秘密一样告诉她："我的死能让我的人生更有价值。"可是现在，没有人能制止他了，他对着空旷的走廊说出了影片中最后一句台词："什么好笑什么不好笑，都是你们来定义的。"

亚瑟杀死他的母亲前说："我原本以为我的人生是一出悲剧，但其实它是一出喜剧。"其实，一切或许可以不发生，假如亚瑟不被三个金融青年戏弄，假如他不被同事蓝道出卖，假如他不曾遭受莫瑞的嘲笑，假如母亲早些告诉他出生的秘密，假如托马斯·韦恩能对他不这样高高在上，假如哥谭镇的贫富差距没有那么大，假如……可是，世上本无假如。雪崩时，没有一片雪花是无辜的。

或许，我们每个人心中，都住着一个小丑。

6 《凡·高之眼》

不安的缪斯

凡·高曾经用纯黄色和紫罗兰色在墙上写下这样的诗句:"我神智健全,我就是圣灵。"谁能够证实不是呢?没有迹象能够证明凡·高笔下的明黄色底子上的蓝色的飞溅不是他所看到的秋天的景象,也没有人能够证明这个东西能够对观众表达出它对凡·高所表达的同样的感情和意义。今天已经没有什么问题比这更不是不可接受的了,它几乎比我们提前整整一百年到达我们今天的存在。

法兰西今年的冬天特别漫长。

时序已入6月,地中海的海风仍然凛冽威严。薰衣草幼小的花蕾紧闭双眼,一颗颗蜷缩在母亲的子宫里,脆弱得令人心痛。然而,纵然在此时,又有谁能忘记普罗旺斯那热烈的阳光?

即使是在今年这五十年不遇的寒潮里,普罗旺斯的阳光仍然那样肆无忌惮,阳光拍打着万物,如同海浪拍打着海岸,在阳光下,植物凶猛地生长,动物肆意地狂欢。

阿尔勒的安格罗瓦桥寂寞矗立,这是凡·高曾经痴迷不已、徘徊不已的小桥。然而，今天的安格罗瓦桥，与凡·高笔下的画面已全然不同，漆黑的桥面失却新木的色彩和芳泽。20世纪20年代，一场炮火摧毁了这座小桥，此后，安格罗瓦桥被不断修复，直至成为今天的样子，然而，桥边的景致已与凡·高眼中的世界大相径庭，吊桥下的石垒、桥墩旁的草地、纤长的吊索……似乎都没有了凡·高画中的浪漫。

走过普罗旺斯的旅人，还会有谁像我一样，在这座掩映在高大的法国梧桐与低矮的橄榄树中的小桥旁，如此流连忘返，如此惴惴不安，如此深情绝望？远处，橹声欸乃，汽笛哀鸣。近处，河水湍急，风声低回，裹挟着嘲讽，也裹挟着寂寞。

在这样的寂寞里，回首一个世纪以前的故事，似乎有着别样的深情。让我们从亚历山大·巴奈特的《凡·高之眼》说起吧。巴奈特用近乎癫狂的视角，讲述了凡·高生命中一段从未被公开的故事——他在阿尔勒圣雷米精神病院度过的十二个月。通过幻觉、噩梦、痛苦的回忆、死亡的挣扎，巴奈特展示了凡·高在生命尽头的无奈。

在光彩琳琅的电影世界里，巴奈特的这部电影似乎并不引人注目，很多酷爱电影、在响雷中炸响一个人的电影史的人也不曾留意它。凡·高传奇般的一生多次被搬上电影银幕，仅仅我们熟悉的，似乎就能够数出很多：1956年，美国版《凡·高传》(Lust of Life)，文森特·明奈利、乔治·库克导演；1987年澳大利亚版《凡·高的生与死》(Vincent—The Life and Death of Vincent Van Gogh)，保罗·考克斯导演；1990年荷、英、法合拍的《凡·高与提奥》(Vincent & Theo)，罗伯特·奥特曼导演；1991年法国版《凡·高传》(Van Gogh)，莫里斯·皮亚拉导演。但是，在众多"凡·高"中，似乎没有哪一个比恰巴·卢卡斯饰演的凡·高更痴癫，更疯狂，更接近我们不断通过他的文化遗产开掘出来的那个伟大而扭曲的精神世界。

还是让我们以寻找的目光从一个多世纪以前开始吧。这是1886年的巴黎，春冰已泮，初春和暖的阳光仍旧那样温柔地照着，一切如常，生命平静而有节奏地向前流动。一群贫困潦倒的艺术家们聚集在巴黎，试图狂热地为他们所执着的新的艺术表达方式寻找一条出路——建立共产主义柯勒尼（聚居地）。

巴黎，是欧洲的"首都"，对艺术家们来讲更是如此。此时的巴黎，以她特有的宽容和见识冷冷地注视着他们。她知道，要那些已经习惯于用古典主义方式来审视美的眼睛真正理解和接受这群行为诡异、画风乖戾的疯子还需要一段时间，需要一个漫长的等待。从一出生开始，他们就看惯了那种阴暗沉闷的绘画，生活中一切激动人心的感情和笔触在画面上都转为柔和平缓的曲线，感情是冷漠的、旁观的，画面上的每一细节都被描绘得精确而完美，平涂的颜色相互交接在一起。而现在，挂在墙上的那令他们步履蹒跚的绘画，是他们从未见过的。平涂的、薄薄的表面没有了，情感上的冷漠不见了，欧洲几个世纪以来使绘画浸泡在里面的那种褐色肉汁也荡然无存。这些画表现了对太阳的无上崇拜，充满着光、空气和生命的大胆的律动。这是一个新世纪的开始，新世纪的光芒太强烈了，直视它的人都将被它灼伤。

创造这个伟大梦想的人中，有一个荷兰人，他就是文森特·凡·高。

《凡·高之眼》的故事从凡·高生命的最后一年拉开帷幕，然而，不断的闪回、时光的跳跃却将凡·高生命最后四年的光阴片段连缀在银幕上。同爱情一样，以生命为代价，凡·高在周围人不信任的目光中，毅然决然地选择以自己的方式为自己生存证明。为心灵对艺术的投射找到印证的方式有很多种，而凡·高所选择的，无疑是其中最孤独和最寂寞的一种，他所描摹和表达的世界是他心中的世界。那些激情冲击下的扭曲的象征性风景，散发着放纵、浪漫的燃烧快感。一抹明亮狂暴的色彩以及这种色彩的明暗，一些线条的鲜明的痕迹，甚至是一片平坦的原野、一道延绵起伏的麦浪、浑厚无际的阳光和地平线摇曳的星光……这些都不过是对所呈现之物的有意味的暗示。他总是在他的画面中神经质地追问：当存在被体现在艺术中的时候，对象的呈现变成了什么呢？

没有人能够回答这个问题。艺术家们都在忙于思考他们自身的轨迹。古典主义艺术家们沉醉于女人们光滑柔美的肌肤、丰腴的形体和伊甸园式的恒久神话，沉迷于大自然的愉悦以及人与周围世界的和谐。艺术代表着可以享受艺术的贵族阶层的精神取向，快乐和沉醉是以一定财富和闲暇为基础的，大自然是亲切、理想而单纯的，引发人的憧憬，甚至是可以进入的。这种愉悦理想的世外桃源景象从16世纪的乔尔乔内和提香开始，表明中世纪的恐怖自然力的阴影终于被驱除，此时已经接近它的尾声。提香曾把这种理想理解为一种健康的享乐精神，以哀婉动人和沉思冥想的诗意表达黄金时代的异教之梦、基督教的神秘、爱情的欢愉、死亡的仪式、阳光的灿烂和大自然的全部美丽。

而现代主义艺术家们正忙于推倒传统艺术那已经半倾圮的墙壁，并试图给一切观念和形象贴上新的标签。马奈首先使他的作品坦率地反映了绘画的平坦表面；塞尚开诚布公地表明自己对肖像是否酷似本人感到无所谓，他认为应该把纯主观的虚构看入自然现象中去；印象主义者们开始有意识地把画面弄得模糊不清，尝试着把光和色打碎成一片片小点的技艺，并努力使观者意识到他们观看的是颜料而不是风景；立体主义者选择了一种更为抽象的倒退形式，利用视觉的多义性将对绘画的读解推进为一种人工构成物；未来主义者们则试图激起更大的风波，他们激情澎湃地致力于征服速度和空间的伟大任务，用非凡的热情歌颂着一切以"运动"为核心的事件，并以绝对现代性的离奇幻想将他们的理想贯彻到一切领域中。

这无疑是一片适合各种神话生长的土壤。1886年的一个清晨，凡·高准备出发了。此时，巴黎尚未从梦乡中醒来，绿色的百叶窗紧紧关闭。我们不能不说，他是第一个长途跋涉苦苦寻找人间天堂的艺术家。在阿尔勒疯狂的阳光的鞭挞下，凡·高匆匆完成的一幅又一幅油画背叛了他以前的那种明朗易懂的风格，变得更加充满热情和想象力。树开始成为盘旋上升的火焰，色彩变得更加明亮而非自然化；他的笔触愈来愈鲜明，被描绘的形状相形之下反倒黯然失色；一些几何形状如半圆、圈状、螺旋形，再加上色彩强度的增加，被用来表现他的充满了主体意识的精神状态。这些给予他的作品以一种从未有过的力度——沸腾而敏感的生命活力。

影片中充满了凡·高疯狂绘画的镜头，他从未遇到过这么多可以入画的东西，也从来不曾拥有过这么强烈的感动和激情。绘画是他的一个脾气不太好的情人，他为她疯狂，也为她倾注了一切：金钱、时间、热情、健康以至生命。他拼命地购买颜料，迫不及待地把它们泼在画布上，然后迫不及待地订制各种画框，以欣赏这些作品被完成的样子。他终于找到他的阳光，可是这阳光也深深地灼伤了他，他的精神变得狂躁而充满幻觉，医生称其为"日射症"。一天，提奥收到高庚发来的电报，要他赶去阿尔勒——凡·高在极度兴奋和高烧的精神状态下，割下自己的一只耳朵，并把这只耳朵作为礼物送给妓院的一个妓女。当警察发现他时，他正躺在他的黄房子的床上流着血，早已失去了知觉。

凡·高曾经用纯黄色和紫罗兰色在墙上写下这样的诗句："我神智健全，我就是圣灵。"谁能够证实不是呢？没有迹象能够证明凡·高笔下的明黄色底子上的蓝色的飞溅不是他所看到的秋天的景象，也没有人能够证明这个东西能够对观众表达出它对凡·高所表达的同样的感情和意义。今天已经没有什么问题比这更不是不可接受的了，它几乎比我们提前整整一百年到达我们今天的存在。

1890年7月27日，这是一个平静的日子。此时，凡·高正躺在奥弗的一家小旅店里准备走向他生命的终结。

巴奈特用漫长、漆黑的空镜头来表现凡·高的生命终点。他向自己的腹部开了一枪，但这一枪并没有立即要他的命，死神宽容地又给了他两天时间，让他在病床上回忆自己的一生。在生命、脚步、性格、画风都彻底地远离了荷兰之后，他却不断地想起故乡荷兰，想起他的石南荒原，想起某一天他在那里漫步，看到荆棘也会开出白花。记忆越过双倍幽远的距离，越过遥相暌隔的往事，追溯悠悠流逝的时光，那究竟是一种怎样令人心碎的感觉？

这是1890年。18世纪早已逝去，19世纪将要逼近它的最后一个十年，上帝的城仍未来临。通报世界末日降临的声音仍是那么沉重，而这个世纪正是为了断定未来是福地而诞生的。一些思想已面临它的暮色，而另一些思想正所向披靡，谁也无法断定明天等待它们的将是什么。对于人类来说，存在的形式是如此迅捷地变化着，那么，明天太阳还会照常升起吗？诋毁未来的形式是那么多，思索未来的形式也是那么多，人类一切既往的、以任何方式存在的形式，都会体现在我们此时此刻、没有日期的想象中。

7 《英国病人》

不见天日的一天有多长

我分明已经看到,殉葬于冰川的爱情渐渐浮出水面,遍布伤痕的皮肤还能感觉得到亲吻吗?我似乎已然知道,聚合在篝火边的酒会正在进行,愈老愈香的老酒是不是早已忘记自己的童年?……生命本身的风景远比爱情要丰富得多,即使在冷酷的战争、冷酷的时代,受伤的心灵也必须学会微笑。……鲜血,带走了生命,却带不走传奇。

卡尔维诺在他的小说《看不见的城市》里描述了很多城市,这些或真实或虚幻的城市让人印象深刻。其中有一座是这样的:月光之下的白色城市吊诡、邪异,那里的街巷互相缠绕,那里的情感互相纠葛,如同解不开的线球,也如同解不开的谜团。可是,为什么,你可知道为什么,美丽和哀伤似乎总是如影随形,总是相伴相生?

从卡尔维诺的城市走出来,我们的旅程变得如此遥远,我们的心情变得如此沉重,我们的目标变得如此难以抵达。一片看得见的风景、一个看不见的城市,就这样,悄悄地、确凿地跌进我们的内心。我分明已经看到，殉葬于冰川的爱情渐渐浮出水面，遍布伤痕的皮肤还能感觉得到亲吻吗？我似乎已然知道，聚合在篝火边的酒会正在进行，愈老愈香的老酒是不是早已忘记自己的童年？我永远不会明白，潜藏在钢琴里的巴赫怎么流进人们情感的缝隙，鲜血，带走了生命，却带不走传奇。

这，已经是七十多年前的传奇了。看不见的城市、看不见的国家，看得见的硝烟、看得见的传奇。这是20世纪40年代的意大利，第二次世界大战将近尾声，隆隆的炮声依然震耳欲聋，废墟中的心灵早已疲惫不堪，这是战争的深处，弥漫的尘烟从往事中挣扎起身，砖石缝隙里的夏虫一次次伸出它们坚韧的须，仿佛在极力触摸那些惊恐的喧嚣和那些压抑的低喃。书卷翻开，压扁的签注变成一段一段不堪回首的往事。

故事就从这里开始。意大利托斯卡纳一栋废弃的修道院里，来自不同国家的四个伤心人偶然相逢，远离战争的喧嚣，一切显得宁静和闲逸，他们生活在世外桃源一般的风景中，却无法享受战争结束带来的和平与安宁。女人们都知道，让男人扛起枪、走上战场并不是一件美妙的事情，可是，她们没人赶得走战争。男人们都知道，爱上一个有夫之妇的结局不会是幸福，可是，他们没人抵挡得住爱情。

这四个人的因缘际会，有着注定的故事。加拿大情报人员卡拉瓦乔，因偷窃技能成为战争英雄，也因此失去了双手的拇指，他只能通过吗啡来重新想象自己是谁。印度士兵基普，聪明、机警，在这个除了他自己任何东西都不安全的地方拆除地雷和炸弹。具有法国和加拿大血统的汉娜是战地医院的一名护士，战争使她失去了男友，在伤员转移途中由于误入雷区，她又失去了最好的朋友珍，身心俱疲的汉娜固执地照顾着自己最后一个病人。全身被烧焦的英国病人，终日躺在病床上，陷于困惑和幻觉。他驾驶的飞机在飞越撒哈拉沙漠时被德军击落，在大火中他被烧得像一截木炭，当地人将他救活送到盟军战地医院，但是他已经什么都不记得了，人们只能称呼他为"英国病人"。

《英国病人》是加拿大诗人、小说家迈克尔·翁达杰的作品。他出生于斯里兰卡，十一岁时随母亲来到英国，十九岁移居加拿大并接受高等教育，对他来说，生命就是在不同国家之间游走的片段。到目前为止，翁达杰共出版六部长篇小说、十余部诗集和其他一些非虚构作品。迈克尔·翁达杰 1992 年出版《英国病人》，旋即获得世界文坛的关注，这部小说获得英国布克奖和加拿大总督奖。他的作品富有爵士乐的节奏和蒙太奇的手法，语言轻灵华美，思想深邃洞彻。

不知道英国剧作家、导演安东尼·明格拉何时何地何以认识了迈克尔·翁达杰，值得称道的是，他们的相遇开启了世界电影的银幕传奇。"我一直很喜欢迈克尔·翁达杰的作品，读到《英国病人》这部小说时，我觉得它非常美，像一首诗，所以我就想把它改编成剧本。"在很久以后,安东尼·明格拉回忆。

迈克尔·翁达杰有着惊人的想象力,安东尼·明格拉也是一样。他们在历史的废墟中翻检,在岁月的河床里淘沥,在人们关闭久矣的记忆闸门边倾听,翻检被史书遗忘的故事,淘沥被河水磨去的痕迹,倾听所有被关闭的心灵与被关闭的声音。

卡尔维诺的城市里已经没有人。然而,那些故事的辙痕——风和遗忘还没有将它们清理干净。那么,就将这些印记交给伟大的"考古学家"安东尼·明格拉和"历史学家"迈克尔·翁达杰吧,当然,如果你愿意,我们也尝试称呼他们为文学家、艺术家。"英国病人"静静地躺在修道院的木床上。床头一本旧书渐渐唤起了他的回忆,思绪与书卷一同被翻开。

匈牙利籍历史学者拉兹罗·德·艾马殊伯爵跟随探险家马铎深入撒哈拉沙漠考察,在那里,他结识了英国皇家地理学会推荐来帮助绘制地图的飞行师杰佛和他美丽的妻子凯瑟琳·嘉芙莲。嘉芙莲的风韵和才情深深地吸引了艾马殊,他毫不犹豫地爱上了她,历尽各种误会之后,嘉芙莲终于倒入艾马殊的怀抱,不尽的温存使艾马殊深陷情网而不能自拔,嘉芙莲心中却仍存有一道难以逾越的道德屏障。他们在不开灯的房间里做爱,汗水浸湿衣衫。他撕破了她的衣服,然后笨拙地帮她补好。可是当她躺在他身边时,他却让她在离开以后将他忘掉,他们深深相爱又相互伤害。

不久,英国对德宣战,马铎也要回国了,留下艾马殊在沙漠继续他在原始人山洞的考察。已经察觉事实真相的杰佛在长时间的沉默之后，选择驾驶飞机撞向艾马殊，杰佛当场死去，同机的嘉芙莲身受重伤。艾马殊要挽救嘉芙莲，必须步行走出沙漠求救。他将嘉芙莲安置在山洞里，对她许诺一定会回来救她。然而，当走出沙漠的艾马殊焦急地向盟军驻地的士兵求救时，却被当作德国人抓住并送上了押往欧洲的战俘车。为了拯救爱人，艾马殊担当卖国之名，用马铎绘制的非洲地图换取了德国人的帮助，但是他整整迟到了三年。当他用德国人给的汽油驾驶着马铎离开时留下的英国飞机返回山洞时，嘉芙莲早在寒冷中永远地离开了。

由于艾马殊将地图交给了德军，使得德军长驱直入开罗城，直捣盟军总部。马铎得知此事，深感愧对祖国，饮弹自杀，为盟军效力的间谍卡拉瓦乔被切去了手指，对艾马殊充满憎恨。

这便是影片开头四个人的相逢。故事在两条线索中渐次铺陈——艾马殊、嘉芙莲、马铎、卡拉瓦乔在开罗的探险考察，汉娜、基普、艾马殊、卡拉瓦乔在托斯卡纳风云际会。战争的时空交错、爱情的主题交叉，明格拉用蒙太奇展开他对历史的叙述和理解，过去与现在、爱情与战争、回忆与现实、出卖与复仇、旧伤与新痛，安东尼·明格拉将这些丰富而复杂的细节处理得错落有致，条理分明。我们追随着他的镜头，在过去的世界与现在的时间里来回穿梭，却并不觉错愕。现实与回忆有机地融合成一幅绚丽的历史画卷，既气势磅礴又细腻动人。个人的命运和遭遇放在推至远景的历史框架中，淋漓尽致地抒发着人类最内在的情感，喷发出强烈的爱恨交织的情感洪流。

这部影片共获得近三十项国际大奖，其中包括最佳影片、最佳导演、最佳女配角、最佳音乐等九项奥斯卡奖，最佳影片、最佳女配角等五项英国演艺学院大奖，最佳影片、最佳电影配乐两项金球奖等重要奖项。然而，与这些奖项相比，让人难忘的，是影片中那些每每以笑和泪回首的瞬间：那个等待狂暴沙尘的夜晚，艾马殊和嘉芙莲并肩坐在沙丘上看满天星斗。沙雾肆虐而来，他们躲进狭小的车内。她问："我们能活下去吗？"他说："是的，我保证。"艾马殊几乎有些偏执地迷恋嘉芙莲脖子下方锁骨之间的凹陷，他深情地把这里命名为艾马殊海峡。

——这是艾马殊和嘉芙莲的故事。

基普有着一头长发，他洗头发的时候，汉娜将自己珍藏的一瓶橄榄油送给他。那个晚上，当她照顾完艾马殊时，惊喜地发现房间外地面上摆满了一只只燃烧的海螺。在这点点星光的指引下，她找到满怀期待的基普。

基普带着汉娜来到教堂。他把她拴在一条粗粗的绳子上，递给她一个火把，然后拉住绳子的另一端，把她送入高高的上空。她拿着火把在教堂顶端飘来荡去，在幽蓝的火光中，她发现了被战争的尘埃遮蔽的美丽壁画。

——这是基普和汉娜的故事。

浪漫、明净、哀婉、痛彻。然而,《英国病人》告诉我们的,是对生命的悲悯与宽恕,绝不仅仅是两段爱情那么简单。在漆黑的山洞,嘉芙莲借助电筒残存的微光,给艾马殊留下一封长信。在信的开头,她写道:"亲爱的,我在等你。不见天日的一天到底有多长?"

"火已经熄灭,我觉得冷,刺骨的冷。我好想把自己拖到洞外,那里阳光朗照……我知道你会回来,抱我走出山洞,踏入那风的殿堂。这是我唯一的愿望:在没有地图的土地上,与你、与朋友们,在风中漫步。"

在这漫长的一天之后,是浪漫的风中漫步。我想,这才是影片试图表达的真谛——生命本身的风景远比爱情要丰富得多,即使在冷酷的战争、冷酷的时代,受伤的心灵也必须学会微笑。

我喜欢影片那个轻盈又沉重的结尾。艾马殊承受不了与回忆一同到来的自责,决定了结自己的生命。他将全部的吗啡推到汉娜面前,请她帮助自己死去以追寻早已逝去的爱人。基普不得不追随队伍开拔,汉娜也要离开修道院了,她怀抱着艾马殊留下的那本旧书,回望绿荫影中的修道院,在阳光的照耀下,去寻找新的未来。

8 《返老还童》

爱在爱的对面

究竟是什么，令往昔如泡沫般消逝之后，仍执着地沉淀在我们怀念的深处？是爱与悲悯。当生命如秋叶般凋零，是爱的魂魄执着地横亘在峰峦之巅；当世界在历经劫掠和苦难之后，是悲悯的光辉执着地沐浴着苍凉的大地。

"蜂鸟是唯一可以向后飞行的鸟。"这是大卫·芬奇在《返老还童》中用本杰明·巴顿（布拉德·皮特饰）的逆向人生教给我们的自然常识。

在自然界中，蜂鸟的存在是个奇迹：它每分钟心跳一千二百次，翅膀扇动四千八百次。如果某一天，这个不知疲倦的小生命意外停下扇动的翅膀，那么，它的生命便只剩下一种选择——死亡。

在《返老还童》中，本杰明正是这样一只向后飞行的蜂鸟。在这个他并不满意却又热情眷恋着的喧嚣的世界上，他生活了八十七个年头——从1918年到2005年，跨越了人类历史最沉重、最飘逸，也是最波澜壮阔的时段。然后，2005年8月的最后一星期，在飓风卡崔娜吹袭美国南部之时,他悄悄地告别尘世。

与主人公略有相似的是,大卫·芬奇无疑也是一位离经叛道的导演。曾有电影评论家道:"如果你想看有声势、又热闹,还要能牵动你的脑子让你思考的电影,大卫·芬奇无疑是你的选择。作为一个视觉大师,他的画面会让你的眼睛从脸上掉出来。"毫无疑问,这是一部让你停不下来的电影,流畅清晰的镜头推进、强烈有力的情节推展,一种失控的气氛饱满欲裂,而在这背后,是对"爱"的超乎寻常的理解与包容。

在争鸣与非议中,坚持将关注的焦点投向人性的空白与社会的黑暗之处,大卫·芬奇是一位不落俗套、与常规电影语言分道扬镳的导演。对于拍摄电影,他曾经说:"我想把人用他未必愿意的方式卷入到我的电影中去。我想嘲弄人们在电影院灯光变暗而20世纪福克斯的标志出现时心中带有的期望。观众总在期望什么——我的兴趣就是对它进行嘲弄——这才是真正的兴趣所在。"

镜头切入——飓风肆虐的新奥尔良,一位生命垂危的老妇睁开了眼睛。老妇名叫黛西(凯特·布兰切特饰),她叫女儿凯若琳(朱莉娅·奥蒙德饰)为她阅读一本日记,这本日记的作者正是本杰明·巴顿。

本杰明出生在第一次世界大战停战之时,与常人不同,他的降生从襁褓中的耄耋老者开始,到襁褓中的呱呱婴孩结束。曾有人揣测,这个充满了创意的构想,来自马克·吐温一次戏谑的玩笑:"假如我们出生时就八十岁了，然后慢慢走向十八，生活是不是变得更快乐呢？"本杰明的出生似乎与快乐两个字全不搭界，像个老人的婴儿被父亲当作怪物，遗弃在了养老院，在养老院他与老人们一起生活，有着别人无法理解的烦恼与快乐。穿越半个世纪的世界变革，本杰明身处其中，感受别人无法体会的感受。溯时间之流而上，本杰明在不同于常人的定律中长大，身体随着年龄的增长慢慢增添活力、走向青春。他在养老院里度过童年时光，由于牧师的心理暗示，从轮椅中站起来，并学会了走路。

若干年后，本杰明已变成了五十多岁的成年男人，在疗养院他巧遇黛西，此时的黛西已经成为芭蕾舞团中唯一的美国人，事业如日中天。某个不期而遇的场合，本杰明看到与黛西相爱的男演员，黯然离去。孤独的本杰明度过了一段挥霍而风流的岁月，他的身体开始变成四十岁的成熟男人，此时他得知自己身世，获得身患重疾的父亲托马斯的邀请参加酒席，托马斯将自己经营一百二十四年的家族生意交给本杰明，不久父亲托马斯辞世，本杰明继续向青春走去。

2010年，香港电台主持人梁继璋曾送给儿子一份不长的备忘录，在历数他期望儿子记住的八件事后，他深情写道："亲人只有一次的缘分，无论这辈子我和你会相处多久，也请好好珍惜共聚的时光，下辈子，无论爱与不爱，都不会再见。"一生的长相厮守已有如此多的牵绊，遑论本杰明与黛西刹那间的情爱交错？

本杰明和黛西沿着不同的时光轨道完成着他们的生命，这是他们最好的一段记忆，在相同的"青春"里的爱情。

影片中最牵动人心的部分，无疑是本杰明与黛西在不同的年轮轨道相爱的部分。

然而，纵有八十七年的生命历程，与心爱的人的情感只能刹那交错，注定是华彩瞬刻。

"我要是成了黄脸婆，你还会爱我吗？"在相爱的时光，黛西问。

"等我老到脸上长满青春痘，老到尿床，老到连楼梯下有什么都怕，你还会爱我吗？"在交错的瞬刻，本杰明问。

美好的爱竟让人如此心酸。生命中，如此纷繁复杂的交错只在一次逆行就被表现得如此彻底，如此一览无余，也如此令人心悸。"你永远也不清楚接下来会发生什么。"本杰明说。电影究竟能够以何种形式来印证时间？塔可夫斯基在他的电影反思中发问，

毫无疑问，大卫·芬奇用这句话回答了塔可夫斯基，这几乎就是他用电影来印证岁月的方式。大时代的时间跨度、大自然的内在法则、大人物的颐指气使，在大卫·芬奇的指挥下，都退回背景之中，浮现在时光之上的，是本杰明和黛西的生命交错。

我至今难以忘怀的影片中的一个场景，不是他们在老人院成长的童年，不是他们在逆行中的短暂交错，不是他们在逼仄的时光中相爱的时刻，而是本杰明和黛西最后分手的瞬间。这时本杰明已经变成一个小小的婴儿，躺在老年黛西的怀抱里，他似睡非睡，清澈

的眼眸里是无知、无奈、无畏。黛西用奶瓶喂他,擦去他嘴角吐出的奶汁,看着他慢慢闭上眼睛,告别这个让他万般痛恶又万般眷恋的世界,喃喃自语:"那一刻,我知道,他认出我来了。"那一刻,相信很多人同我一样,泪落如雨——相遇是如此简单却又如此艰难,告别是如此艰难却又如此简单。

近三个小时的铺陈,让两个人的时光之旅有了史诗般的气质。我喜欢影片结尾时主人公的那段独白,平静中蕴藏着深深的忧伤:"有些人,就在河边出生;有些人,被闪电击过;有些人,对音乐有非凡的天赋;有些人,是艺术家;有些人,游泳;有些人,懂得纽扣;有些人,知道莎士比亚;而有些人,是母亲;也有些人,能够跳舞。"正是无数"有些人",组成了我们如此殊异又如此丰富的大千世界。

《返老还童》是大卫·芬奇在2008年的旧作,主人公本杰明的背影已渐行渐远。但是,相信许多人同我一样,在时光旷阔的空白中,一定有寂寞的一角为他保留。

有哪个人如此这般无奈又如此这般深情?有哪个人能如此坦荡地用迎接新生的骄奢迎接死亡,用走向末日的哀痛走向新生?凭借对生命谦卑的尊重,本杰明,使一切关于声名的议论、关于生死的注脚变得多余。尽管2008年与奥斯卡的诸多奖项擦肩而过,本杰明的时光之旅仍然以咄咄之势,散射着傲人的光华。

"尽管你总是咒骂命运,但是最后一刻来临时你还是要放手。"

借助本杰明之口，大卫·芬奇说。

我常常在想，究竟是什么，令往昔如泡沫般消逝之后，仍执着地沉淀在我们怀念的深处？

是爱与悲悯。

当生命如秋叶般凋零，是爱的魂魄执着地横亘在峰峦之巅；当世界在历经劫掠和苦难之后，是悲悯的光辉执着地沐浴着苍凉的大地。

科学家们最初假设，在人类的不断进化中，爱的对立面一定伫立着恨。一代又一代科学家花费大量精力搜索"爱的憎恨回路"。然而，结果令他们讶异——爱与恨，两种被设立为相对的情感在脑区中发生的位置大部分是重叠的，它们同样热烈、同样坚强地在壳核和脑岛中闪耀。科学家的结论与哲学家和批评家有着惊人的相同：爱恨交加与电闪雷鸣一样，相孕相生，如影随形。也就是说，爱的对面不是恨。

那么，爱的对面是什么？

借助本杰明蜂鸟一般的"向后飞行"，大卫·芬奇给出了答案：爱的对面，其实是矢志不渝的大爱和永不停止的期待，是我们内心能够仰望的浩瀚星河、能够救赎的光明朗照。

曾经有人感慨，这是一个丢失了精神信仰的时代，一个不需要品德良心的时代，一个人变得更聪明而不是美好的时代。但是，即使这样，我依然坚信，爱与悲悯仍坚韧地站立在爱的对面。生命的行进和生命的终结，原本是我们无法掌控的悲哀，就像本杰明的黑人养母奎妮说的那样，"你并不知道未来等待你的是什么"。然而值得庆幸的是，这些都不重要，本杰明用其非凡的时光之旅告诉我们：生命的价值不在于我们终将遭遇什么，而在于我们与谁一起等待；苦难的价值不在于终将拨开迷雾的万丈霞光，而在于与苦难共生的悲悯和宽恕；大爱的价值不在于它一定会现身于恨的迷宫的出口，而在于即使我们长时间地迷失路向，它也能始终如晨曦般光耀我们灵魂的天庭。

很高很远的终点，往往开始于很低很近的起点。

9 《少年派的奇幻漂流》

其羽何以为仪

影坛是个大大的沙场,每一部影片其实都是一场战争。在这场战争中,懂得坚持的人也许会成功,懂得谋划的人却一定会成功。李安的谋划其实在他每一部作品的每一个片段中,细心的人都会体悟得到。

《孙子兵法》中,曾记有一计策,名字甚美,曰"树上开花",我以为,此计最符合孙武"以奇胜,以正合"的思想。

这一计位居第二十九,原文是这样写的:"借局布势,力小势大。鸿渐于陆,其羽可用为仪也。"翻译过来就是,借助某种手段布成有利阵势,兵力弱小但可使阵势显出强大的样子。"鸿渐"一句语出《易经》,"鸿渐于陆,其羽可为仪,吉利"。渐,本为卦名,上卦为巽为木,下卦为艮为山。鸿雁走到山头,它的羽毛可用来编织舞具,这是吉利之兆。

"树上开花"的"树"其实是"铁树",这种树据说是与恐龙同时代的植物,生长缓慢,很难开花,所以明朝的王济曾说,"吴浙间尝有俗谚云，见事难成，则云须铁树开花。宋诗云："流水下山非有意，片云归洞本无心；人生若得如云水，铁树开花遍界春。"水云之随心逐性，耐人寻味。但是，"树上开花"说的却是，让这绝难开花之树开花结果，历史笔记中记载张飞退曹、寇准御辽、张良携商山四皓辅佐太子的故事，其实差不多都是这个意思。借局布势、以假乱真，不是行其不可为而为之，而是知其不可为而无不为，这也是今天这个时代创造性和管理型人才所必须具备的一个伟大的能力。

以前看电影，我总是不耐烦去等待片尾那长长的名单：制片人、导演、编剧、音效、摄影、美术、剧务、场记、化妆、道具、服装、配音、翻译……每每不待灯光大亮，我便匆匆逃出——电影终究是个华丽的梦，这一大群围成一圈、七嘴八舌叫你醒来的人，似乎有些聒噪和讨嫌。直到有一天，与一位年轻的导演聊天。刚刚在平均海拔四千五百米以上的高原完成椎心泣血之作，他白皙的脸蛋变成了赭红的脸膛，忧伤的眼神藏满了凛冽的锋芒。他说："高原缺氧，痛不欲生。有时一夜醒来，剧组的人就跑了个精光，什么理想信念啊，什么集结号啊，喊破了天都没用。说得好听些，导演就是用非常手段完成了非常事业的非常人物。"听罢他的故事，对导演这一职业，我不禁油然而生敬意。不能想象，一个纤细柔弱、恨不得海棠花下要两个侍儿左右相扶，再吟两句诗咳两口血的书生，究竟以怎样的智慧和气魄，完成了现代化、专业化的转型。而这转型背后，又有着多少不甘和无奈。一部影片，实则是一部巨大而精密的机器，需要将每一个人放在他合适的位置，这机器才会运转。那一刻，对从前曾经忽视甚至不屑的那串长长的名单，我陡然而生敬意。

说到这里，不难理解以《少年派的奇幻漂流》获得奥斯卡最佳导演的李安，在从简·方达和迈克尔·道格拉斯手中接过小金人时，何以会那么激动。不难理解他为何一次又一次重复那串由黑暗中渐渐浮现的长长名单："感谢电影之神，我要把这个奖给每个和我一起拍摄少年派的人，感谢和我一样相信这个电影能完成的人，感谢我的公司，感谢我的制片人，你们是我的奇迹。"

是的，那串曾经被我忽视的长长的名单，是开麦拉背后的奇迹；而开启这名单、将它串联起来的人，是以羽而为仪的鸿雁。

李安获奖以后，好事者整理出许多关于他禀赋的异象。然而，他一概不予承认。他希望人们记住，也提醒自己不要忘记，他在这条路上的寂寞和挣扎。李安的左颊上有一个大大的酒窝，大家都说好看，他却说："狗咬的。"小学一年级时，他与妈妈去同事家，那家里的狗跟他很熟悉，平时很友好，那天他看见狗坐在一根棍子上，就调皮地去拿，没想到狗跳起来咬了他，上牙咬在眉骨，留下一道疤，下牙深陷在脸颊上，成了后来的酒窝。

这是一件很有意思的事，伤疤最后成为华羽，磨难最终成为云梯。

李安认为自己是一个心智与身体都很晚熟的人，个性温和和压抑。正因为这些晚熟和压抑，他的很多童心玩性、青春叛逆、中年浪漫，以及近年来时常困扰他的心态和身体的提前老化，几乎是同时到来的。李安的作品，除了纽约大学的毕业作品《分界线》，几乎都是在各种危机中完成。

最初是"成长危机"：作为长子，在青少年时代，李安背负了太多的传统家族责任。父亲对他寄予厚望，他却不成才，大学落第，寻梦电影。父亲常常对他说的一句话就是："你今年几岁了，拍了几部电影？可以找些正经事做啦！"在父亲眼里，他注定是一棵在电影这片贫瘠的土地上开不了花的铁树。1978年，他准备报考美国伊利诺伊大学的戏剧电影系时，父亲十分反感，他给李安列举了一份资料：在美国百老汇，每年只有两百个角色，但却有五万人要争夺这少得可怜的机会。当他一意孤行，登上去美国的班机，他和父亲之间的关系从此恶化。他的作品中，一直有着父亲的强势形象，特别是早期的"家庭三部曲"——《喜宴》《推手》《饮食男女》中的三个"中国式父亲"，顽固、敏感、彪悍、自尊。

然后是"中年危机"——1997年的《冰风暴》、2000年的《卧虎藏龙》、2005年的《断背山》、2007年的《色·戒》都是他在漫长的中年危机中完成的。他曾经说，这个几乎磨平了他的意志和斗志的危机持续了将近二十年。改编自里克·穆迪的《冰风暴》几乎就是他那时生活的一个微妙而疼痛的剪影：四十多岁的男人面临着中年危机，夫妻间充满了不可告人的秘密，正值青春期发育阶段的少男少女正试图全面颠覆父母。很长一段时间，他不得不赋闲在家，靠伊利诺伊大学生物学博士的妻子微薄的薪水度日。为了缓解内心的愧疚，他每天除了在家里大量阅读、大量看片、埋头写剧本以外，还包揽了所有家务，负责买菜、做饭、带孩子，偶尔也帮别人拍拍小片子，看看器材，做点剪辑助理、剧务之类的杂事，甚至还去纽约郊外一间空屋子守夜看器材。"心身俱疲，神情沮丧"，他一度这样描述自己。

李安第三次获得奥斯卡奖后，网上盛传一篇他的《我的电影梦》的文章。在这篇文章的结尾，他感慨地写道："如今，我终于拿到了小金人。我觉得自己的忍耐、妻子的付出终于得到了回报，同时也让我更加坚定，一定要在电影这条道路上一直走下去。"很多人被这段话感动，却很少有人知道，他曾经度过怎样难挨的人生暗夜。日后回忆起漫长而难熬的生活，李安幽默中仍饱含痛苦："我想我如果有日本丈夫的气节的话，早该切腹自杀了。"所以不难理解，他的作品中何以都充满着挥之不去的忧伤。

影坛是个大大的沙场，每一部影片其实都是一场战争，在这场战争中，懂得坚持的人也许会成功，懂得谋划的人却一定会成功。李安的谋划其实在他每一部作品的每一个片段中，细心的人会体悟得到。章子怡在《卧虎藏龙》中饰演的玉娇龙光彩照人，她最初加入时还是个新人。剧本中的玉娇龙，本是个潇洒、帅气的女人，内心刚烈，外表华丽。当时找不到合适的人，李安在章子怡试妆时发现她尽管并不契合角色，却有很多可能性，银幕魅力值得开发。于是从她的脸部特质的多样，找到了演绎玉娇龙内在神韵的禁忌感、神秘感，"只要造型到位，再帮她设计出表情，要她尽量做，观众会帮她演绎"。果然，章子怡的玉娇龙在这部影片里大放异彩，这是李安的眼光，更是他的谋略。

10 《低俗小说》

"鬼才知道他在想什么"

不知道是谁将"暴力"和"美学"这两个八竿子打不着的词放在了一起,从此,"痞子昆"黑色血腥的"逆天之作",便戴上了"暴力美学"风格舞会的唯美面具。

"痞子昆"昆汀·塔伦蒂诺,1963年3月27日出生于美国田纳西州的诺克斯维尔。

3月27日,我对这个日子抱有好奇,于是在浩瀚的资料中做了个检索,结果并不出乎我的意料,简单整理如下:

1898年3月27日,清政府被迫与俄国签订了《中俄旅大租地条约》;

1933年3月27日,英国帝国化学工业公司的埃里克·法维克特与雷金纳德·基普森发现聚氯乙烯;

1939年3月27日,希特勒要求波兰同意让德国吞并但泽;

1946年3月27日,通用电气和通用汽车公司结束了四个月的罢工;

1958年3月27日，赫鲁晓夫接任苏联总理，布尔加宁下台；

1970年3月27日，西哈努克被废黜；

1983年3月27日，意大利两支甲级足球劲旅因打假球被降级；

1996年3月27日，刺杀以色列前总理拉宾的凶手阿米尔被判终身监禁；

2000年3月27日，普京当选俄联邦第三届总统……

够了够了。也许仅仅是一种巧合，也许造化以机缘弄人，也许进入我视野的尽是诸般。说实话，我并不相信历史终有巧合，不相信历史可以凭加减法论证，但这个结果却让我哑然失笑。偶然总是在酝酿着必然，平凡果真造就着不平凡。

"昆汀"这个名字来源于影星伯特·雷诺在电影《枪之烟火》中所扮演的角色。找不到资料证明这究竟是个怎样的角色，昆汀父母对电影的喜爱却溢于语言之外。他的父亲是意大利人，母亲拥有一半爱尔兰及一半印度血统，在他出生后不久，母亲便改嫁一位音乐人。昆汀两岁时随家迁居洛杉矶，在这座电影气息浓厚的城市长大，现在我们注意到，这种气息对他的成长不可忽视。

此后的成长很简单，寂寞的童年几乎可以忽略不计。小昆汀长大了。这个长相粗俗、莽撞，甚至有些邪恶却仍不失腼腆的男孩子，十八岁就匆匆告别了校园生活，在曼哈顿海滩一家名为"录像档案馆"的录像租赁店工作。然而，直到这一页翻过去我们才明白，正是在这里，他找到了能够让他的青春和激情得以释放的事情——在租赁之余,他大量观看电影录像带。

此后的事情众所周知,这个初中毕业、在录像租赁店里谋生活的男孩子,用了不到五年时间,迅速成长为电影界炙手可热的编剧和导演,以至有人说,昆汀的人生经历本身就是一部好莱坞大片。并非科班出身的昆汀,拍摄技巧几乎全部出于自学,这同他在录像带租赁店的大量观看密不可分。戈达尔的新浪潮电影、梅尔维尔的黑帮电影、莱昂尼的意大利警匪片、吴宇森的动作片都对他的创作产生了深刻的影响。他从中领悟了纷繁复杂的电影知识和拍摄技法,立志以电影为圆心,找到一份有前途的工作。到目前为止,昆汀独立执导过《落水狗》《低俗小说》《杀死比尔》《被解救的姜戈》等十几部影片,监制了《四个房间》《战栗时刻》《自由的怒吼》等十几部影片,撰写了《真实的浪漫》等八部电影剧本,还在《永远的好莱坞》等二十余部影视剧中担任过角色。

今天,没有人会否认昆汀·塔伦蒂诺是一个天才导演,甚至有人说他是鬼才。所谓"鬼才",就是"鬼才知道他在想什么",可对他的评论依然充满了争议。喜欢他的人说他的电影流光溢彩、精彩绝伦,不喜欢他的人说他的电影凌乱无章、胡编乱造。

我们还是不妨先将他当作一个作家。在我们放大了他的电影效应时,其实我们忽视了对他的写作的关注。二十年前,昆汀写出了剧本《低俗小说》,一举卖出二十万册——无论是谁公布的统计数据,在美国,它都是名副其实的畅销书。他引人注目的写作才华还可以在长达一百六十五页的《无耻混蛋》剧本中找到。故事开头是纳粹追逐和枪杀犹太人,犹太士兵组成了"杀戮小分队"——这是一群犯了罪的美国士兵,原本应当被处以死刑,但在"二战"这个非常时期,他们组成了"杀戮小分队",被允许戴罪立功。德国纳粹给这个美军小分队起了一个绰号"混蛋"。在中尉阿尔多·瑞尼带领下,小分队专门以恐怖手段袭击纳粹,每杀一个纳粹,便割掉头皮,目标是每个士兵带回一百个纳粹头皮。阿尔多·瑞尼脖子上留着绳索套过的疤痕,暗示他是从绞刑架上幸存下来的军人。阿道夫·希特勒、约瑟夫·戈培尔、温斯顿·丘吉尔,这些大人物全都出现在了银幕上。影片最后的高潮是苏姗娜的电影院在爆炸中变成废墟,电影胶片和电影院成为复仇和消灭纳粹的武器。

昆汀通过《无耻混蛋》,实现了自己改写历史的梦幻想象:把希特勒在一家小电影院炸得粉身碎骨——不能不说,这是一部一个人的战争史诗。

谁都不会想到,这些庞大的作品竟然是作家用一个手指打出来的,昆汀将他打字的方法称为"啄"。他不会打字,右手食指是他的创作利器。在一篇访谈中他坦率地说:"我用的是1987版史密斯·科罗那的文字处理器,用一个手指敲字写剧本对我非常重要。你用钢笔写啊写,最后经常是写多了。但当你只用一个手指转换文字时,就需要超负荷的编辑过程了。如果你认为这堆狗屎不是炸弹时,你就不会耗费时间用一个手指敲打最终稿了。所以,你可以随时修改,这样就压缩了文字。"正是在数不清的"啄"的功夫的背后，昆汀摸索到由剧本进入拍摄的通道。

然而，一切尚需机缘。时间的指针拨回到1991年，我们看见，昆汀拿着出售电影剧本《真实的浪漫》所得的五万美元，开始了自己创作的第三个剧本《落水狗》(Reservoir Dog)的拍摄，这才是他作为导演的真正开始。这是一部完全由男演员来出演的电影，这在当时的好莱坞无疑是一种冒险。影片讲的是一群乌合劫匪的劫后故事，没有明晰的叙事框架，完全靠对话来推进情节。然而正是这种独特的叙事技巧和浓烈的男性色彩给观众留下了深刻的印象，影片中的黑色风格、暴力事件、粗俗对话、血腥场景，以及20世纪70年代的音乐，成为昆汀日后拍摄的惯用题材和热衷手法。也正是从这部电影开始，黑手党霸气十足的黑色西装变成了时尚的元素。

观看昆汀的电影是需要勇气的，要想喜欢他的作品则还需要加上力量。1994年，昆汀拍摄了《低俗小说》(Pulp Fiction)，这部作品完整表达了昆汀对暴力的渴望，以及用暴力解释世界的雄心。在影片中，他以视点间离的手法将全片叙事处理成一个首尾呼应的"圆形结构"，暗喻暴力和血腥是环环相扣、永无止息的。影片中暴力几乎无所不在，预设的暴力、偶然的暴力充满了惊世骇俗。在暴力的掩盖下，昆汀试图探索一个更为深刻的话题——偶然事件对人的命运的改变。杀手朱尔斯竟然是个基督教徒，这似乎有些荒谬，每每杀人之前，他都要用《圣经·以西结书》为被杀者祷告："有段

《圣经》你现在读，应该很恰当——'正义之路上的人，被自私和暴虐的人所包围，以慈悲和善意祝福他，带领弱者穿过黑暗的山谷，因为他照应同伴寻回迷途的羔羊，那些试图残害荼毒我们灵魂的人，我要怀着巨大的仇恨和无比的愤怒，杀死他们。当我复仇的时候，你们将会知道我就是上帝！'"

进入 20 世纪 90 年代，电影似乎只有高成本、高科技和明星效应才能吸引观众，昆汀代表的独立电影坚持走低成本路线，以深刻的内涵、独特的风格、新鲜的视听、泼辣的语言抓住了观众的心。《低俗小说》在当年的戛纳电影节上，击败名家力作的基耶洛夫斯基的《红》、米哈尔科夫的《毒太阳》、张艺谋的《活着》，一举夺走金棕榈大奖，其实并不出乎我们的意料。

由于《落水狗》和《低俗小说》的成功，在短短的三年时间里，昆汀·塔伦蒂诺由一个默默无闻的电影青年一跃成为好莱坞片商和众多大牌影星竞相追逐的明星级导演。

然而此后，昆汀拍摄的《杰基·布朗》(*Jackie Brown*)似乎并不成功。影片讲述了一名小有不轨的黑人女性杰基·布朗在遭遇黑社会追杀时，以沉着冷静和不动声色巧妙反击的故事。生硬乏味的故事、冗长拖沓的节奏、反复使用的噱头、失于创新的语言，都使这部作品归于平庸。这次失败应该对昆汀的打击很大，在相当长的时间，昆汀没有再执导拍摄。

在大约六年时间的沉潜之后，2003 年，昆汀重又拿起话筒，执导了《杀死比尔》(*Kill Bill*)。乌玛·瑟曼饰演的"黑响尾蛇"在婚礼上遭"毒蛇暗杀组织"袭击却幸免于难,在昏迷五年之后,她向仇人展开了漫长的报复,并把最后一个目标锁定在组织首领比尔身上。昆汀以这部影片向他睽违多年的电影致敬,也向他喜爱的香港武打电影和日本武士电影致敬。《杀死比尔》是一部不折不扣的暴力篇章,凡是看过《杀死比尔》的人,都不会忘记乌玛·瑟曼从地底下用拳头砸开棺材爬上来的场景,那一刻的惊心动魄无以言表,仿佛我们自己同时被埋入了坟墓。

在过去了的二十年中,昆汀以他的电影品牌改变了拍摄电影的历史,包括因"技术问题"临时停映引发巨大争议的《被解救的姜戈》,在开演第一百四十分钟时姜戈被倒悬捆绑的裸体镜头,使得审片组的专家们都捏了把汗,昆汀操刀剪辑的送审盘只能在电脑上观看,而当拷贝将光影展示在大银幕上,裸体的各个部位都一目了然,"技术问题"的出现似乎是个无力的陷阱。

昆汀的电影充满了不可预测的惊喜与不可揣度的意外,镜头感十足的背后是他对时代的敏感和体悟,昆汀作品中风格化的暴力场景、对节奏的控制和运用几乎成为他的符号,他以视点切分剧作结构、利用声音剪辑进行故事衔接等电影手法都对之后的电影创作产生了深刻而广泛的影响。有人说,他的暴力风格秉承了《发条橙》的戏谑和仪式化、《出租汽车司机》的写实和残酷,并赋予了黑色幽默的新内涵。此话不无道理。

在诸多艺术门类中，美学家苏珊·桑塔格对电影的期待甚高，她甚至将电影比喻为是一场"圣战"、一种"世界观"。她说："喜爱诗歌、歌剧和舞蹈的人心中不仅有诗歌、歌剧和舞蹈，但影迷会认为电影是他们的唯一。电影包容一切——他们的确做到了这一点，电影既是艺术，也是生活。"

电影是艺术，是生活，又何尝不是人类想象力在宇宙中的无尽延展？

11 《吾栖之肤》

爱你，恨你，想你

阿莫多瓦试图展现的不是线性的叙事，而是立体交织的铺陈。整部影片就像一个有着华丽巴洛克风情的狩猎游戏，有趣，刺激、惊悚。它让我想起海德格尔曾经感慨的论断——人类的生存必须从属于大地、依赖于大地的情感。人类要接受大地的恩典，保护大地处处固有的秘密，这就是人类生存的诗意所在，也是人类与大地关系的诗意所在，更是人类未来命运的诗意所在。

在岁月的年轮中，一年是一个太小的单位，很多事情可以被忽视，很多成长可以被忘记。可是，如果把我们生活的围城圈筑在电影这个世界，你会发现，生命的韧性恰恰在于不知不觉的生长。你会发现，在每一道年轮中，都有很多可圈可点的记忆，有很多不能遗漏的传奇。

说说2011年吧，一个普通又不普通的年轮在向未知和未来伸出触角。

在今天，我们还望得见这一年不远的背影，不用做太多的思考，就可以列出一份长长的名单：英国的《锅匠，裁缝，士兵，间谍》、法国的《杀戮》、比利时的《单车少年》、伊朗的《一次别离》、韩国的《熔炉》、巴西的《精英部队2：大敌当前》、美国的《点球成金》……

可是，很多时候，我都在想：这一年，假如没有了《吾栖之肤》，那该是多么寂寞；这一年，假如没有了阿莫多瓦，那该少了多少故事。

阿莫多瓦，1949年9月24日出生于西班牙卡拉特拉瓦省卡尔泽达。这个贫穷的小村庄，使得阿莫多瓦很早就对真实世界及宗教价值产生疑惑与失望。当然，在他一系列作品中，我们看得到《烈女传》(1980)、《激情迷宫》(1982)、《斗牛士》(1986)、《欲望的法则》(1987)、《崩溃边缘的女人》(1988)、《捆着我，绑着我》(1990)、《高跟鞋》(1991)、《窗边的玫瑰》(1995)、《颤抖的欲望》(1997)、《我的母亲》(1999)、《对她说》(2002)、《不良教育》(2004)、《回归》(2006)、《破碎的拥抱》(2009)……这是一串长长的名单，让我想起海德格尔说过的那句饶有趣味的话："人应该诗意地栖居在大地上。"

如果在欧洲的电影世界里，找到一位与昆汀·塔伦蒂诺一样对血腥和暴力具有特殊情感的导演，我以为，无出西班牙导演佩德罗·阿莫多瓦其右。如果在欧洲的电影世界里，找到一位用鲜艳的色彩表达后现代欲望和审美的导演，我以为，无出西班牙导演佩德罗·阿莫多瓦其右。如果在欧洲的电影世界里，找到一位以智慧完成充满刺激惊悚的狩猎游戏的导演，我以为，无出西班牙导演佩德罗·阿莫多瓦其右。

吾栖之肤，我居住的皮肤。

第一次，在悬崖绝壁一般的银幕面前，我感到了透骨的绝望。从没有一部影片，让我回放数次也不厌倦。有这样一种奇妙的感觉，看阿莫多瓦的电影，就像看马蒂斯的绘画，浓烈明亮热烈的色彩背后，充斥着野兽一样的激情；每每看到罗伯特·莱杰德那压抑的绝望，我都会想到爱德华·蒙克那幅著名的《呐喊》，想到凡·高画笔下的雷阿米疯人院、努能的公墓教堂、蒙马特山丘、塞纳河畔的餐馆、安格罗瓦桥以及因他而闻名后世的阿罗的黄房子——艺术家永远是人类精神的先知和代言，他们用他们的作品将一些我们熟视无睹的东西变成了现代人心中的象征性风景。马蒂斯、蒙克和凡·高的悲喜剧是人类的悲喜剧，他们对生活阴冷的一面和精神虚无的强调，恰是我们在自身的旋涡中的挣扎。

也许，没有人注意到，阿莫多瓦1989年拍摄的影片《捆着我，绑着我》的片头，曾经出现过一个留着爆炸头的男人，那是让人永生难忘的日子，他一闪而过却令我印象深刻，那桀骜不驯的怒发冲冠如同我少年心事的无言信使。很多年以后，我才知道，这个爆炸头，就是这部电影的导演——西班牙天才阿莫多瓦。那一年，他三十八岁，一头黑发卷曲，张扬，冷峻。

二十二年过去了，时间的大书翻到 2011 年，阿莫多瓦的爆炸头已有了斑驳的白发。在这样的年纪，他拿出生平第一部惊悚片《吾栖之肤》，着实让很多人吃惊。如果说美国导演昆汀·塔伦蒂诺的电影是无限张扬的黑色美学的典范，毫无疑问，佩德罗·阿莫多瓦的电影则定义了另一种风格——平静低调的复仇、不动声色的冷漠、退隐幕后的暴力、爱恨纠结的情欲，在严肃而大胆的叙事表壳下面，阿莫多瓦继续他最喜欢的话题——欲望、暴力、宗教，复杂的关系、冷静的克制，在琐碎的线索中逐一呈现。

《吾栖之肤》改编自法国小说家 Thierry Jonquet（蒂埃里·琼凯）的《狼蛛》，阿莫多瓦按照自己的风格对其进行了大量改编，这种改编让熟悉他的观众在影片中看到了熟悉的阿莫多瓦主题——身份的认知、角色的焦虑、心灵的背叛、性别的错位，用惊世骇俗的情节来推进那个他已经让我们熟悉得不能再熟悉的故事。

故事的背景是西班牙郊外一座华丽的别墅，这是外科整容医生罗伯特·莱杰德的家兼私人诊所，他和忠心的老仆人，也是他母亲的玛丽莉娅居住于此。在过去的十二年里，他的妻子与他同母异父的弟弟由一见钟情到相偕私奔，在一次交通事故中被烧伤，毁容之后选择了自杀。不久，他的女儿从母亲自杀的窗口跳楼而亡。

一桩桩人间惨剧彻底颠覆了莱杰德看似完美的生活，同时也将他的事业与研究推向了完全未知的领域。失妻丧女之痛让他痛不欲生，他萌生了一个念头，于是，就在这座别墅的某个神秘房间内，一个匪夷所思的实验拉开了帷幕。

影片中，班德拉斯饰演的外科医生罗伯特·莱杰德为了纪念被烧伤后跳楼自杀的妻子，发明了一种可以帮助抵御任何攻击的"防护盾"——用猪的血清提炼的人造皮肤，并开始在真人身上进行实验。这个真人是莱杰德绑架来的青年男子文森特——自己的女儿无法接受母亲的自杀而患上了社交恐惧症，刚刚有所好转却在酒会上被一个青年男子强奸，因接踵而至的不幸，疯癫的女儿离开人世。莱杰德绑来强奸女儿的男子，将其囚禁起来，作为实验对象，开始了自己的复仇之旅。

然而具有讽刺意味的是，六年之后，这个男子变性为漂亮的女子薇拉，不仅拥有了最为完美的皮肤和精致的面容，更赢得了莱杰德的信任和爱恋，在情欲交融后，莱杰德被其杀死，薇拉终于回到自己母亲家中。

阿莫多瓦用复杂的人物关系编织了这样一个畸形的世界，每个人的心中都酝酿着风暴，巧妙的倒叙手法一步步将他所想展现的故事慢慢托出。当莱杰德为绑架来的青年男子剃须刮胡时，我们才如梦惊醒：原来影片中那美丽动人、皮肤晶莹剔透的女主角就是这个可悲的强奸犯、变性人。同时，一次次突破道德底线、一步步冲突紧锣密鼓，让影片中的恐怖、紧张的氛围也从未消失。青年男子如动物般趴在地上喝水、手术刀割破喉咙的刹那、烧伤后的妻子跳楼后坠在女儿面前、小老虎与薇拉的爱欲纠缠……这些略带变态与疯狂的痛苦随着故事的发展在片中逐步蔓延开来。不能不提的是，西班牙音乐家伊格雷西亚斯为影片创作的如同天籁、悠扬却略带忧伤的配乐，将冷酷而华美的杀戮演绎得美轮美奂。

《吾栖之肤》还有一个动听的中文译名《我那华丽的肌肤》，可是，相比之下，我更喜欢前者，它有着与阿莫多瓦相符的气质和感觉：命运和身份戏剧化的突变、不落俗套的性爱镜头、有着喜剧间离感的台词。毫无疑问，阿莫多瓦试图展现的不是线性的叙事，而是立体交织的铺陈。整部影片就像一个有着华丽巴洛克风情的狩猎游戏，有趣，刺激，惊悚。它让我想起海德格尔曾经感慨的论断——人类的生存必须从属于大地、依赖于大地的情感。人类要接受大地的恩典，保护大地处处固有的秘密，这就是人类生存的诗意所在，也是人类与大地关系的诗意所在，更是人类未来命运的诗意所在。

阿莫多瓦，这些年几乎是好看的艺术片的代名词。古希腊神庙上有句刻了两千多年的朴素简单的话语："认识你自己。"阿莫多瓦想告诉我们的是，这是一个悖论。他是个同性恋者，成长于贫寒的西班牙底层社会，很早就丧失了对真善美和人间真情以及上帝的信仰。他更相信人的欲望，相信"性""鲜血""暴力"才是驱动人类行为的源泉。他的影片几乎都色彩浓郁艳丽，充斥着西班牙式的激情和放纵，那是人类原始的欲望和冲动。

记得有一首歌，不知是谁唱过，歌词忧伤、缠绵："这座伤心城市，灯火依然迷离，你已不在附近，无声地离去。每一个夜里，思念依旧继续，遗憾留给回忆，忍受爱的孤寂。你在我的心里，留下多少谜题，这一场结束，我始料未及。等雨过天晴，爱似浓雾散去，我爱你恨你却想你。"

　　这就是阿莫多瓦给我们讲述的世界和世界中的情爱法则——爱你，恨你，想你。

12 《铁皮鼓》

敲响自己,敲响世界

六十年前,借助夸张戏谑的手法,格拉斯批评了战后人们不愿意对历史进行反思的消极态度;六十年后,再次借用洋葱这个隐喻,格拉斯艰难地打开了自己的记忆之门。他的忏悔有如一面镜子,照出了德国那段历史的黑暗,也照出了德国人反思历史的智慧与勇气。这种对待历史的态度,其实已经远远超出了文本和影像所具有的审美品位和美学容量。

1952年的夏天,一个叫作君特·格拉斯的德国年轻人离开法国南部,取道瑞士,前往杜塞尔多夫。一个庸常的下午,一个平常的咖啡馆,在众多喝咖啡的成年人中间,格拉斯见到了"奥斯卡"——一个三岁的小男孩。当然,那个时候他还不叫奥斯卡。"小男孩胸前挂着铁皮鼓。引起我注意,并一直保留在我记忆之中的是:那个三岁的小孩对他的玩具流露出专注忘我的神情,他毫不理睬边喝咖啡边聊天的大人们,好像大人世界不存在似的。"

格拉斯在回忆录中写道。这个发现,在格拉斯心中整整闲置了三年。三年后，他动手将这个孩子变为他的小说中的主人公，将故事发生的地点植入他的家乡——狭长的但泽走廊。在百年历史中，但泽从来与风云、与风情密不可分。

1959年，小说问世，格拉斯开始受到德语文坛甚至世界文坛的瞩目；1999年，格拉斯以此摘取20世纪最后一个诺贝尔文学奖。

君特·格拉斯对但泽有着别样的深情，他将他的三部小说——《铁皮鼓》《猫与鼠》《狗日月》集纳为"但泽三部曲"，也有人称其为"德意志三部曲"，但前者似乎更能表达格拉斯对故乡充满矛盾的感情和记忆。《铁皮鼓》的叙事如同铺设了沉重蒺藜的文字迷宫，令人悲伤，令人困惑，语言沉重得让人心酸。瑞典文学院在诺贝尔文学奖授奖词中盛赞格拉斯"以辛辣和荒诞的寓言描述了被遗忘的历史"，特别是在《铁皮鼓》中使德国文学界在经过几十年的破坏以后有了一个新的开端，不无道理。"他是寓言家和学问渊博的学者，他是各种声音的录音师，也是倨傲的独白者，既是文学的集大成者，也是讽刺语言的创造者。"

在格拉斯的笔下，奥斯卡的行为、思想、所见所闻揭露着人类文明光鲜外壳下的种种丑行，影射着人类社会政治、历史文化、家族传统和情感联系间鲜为人知的另一种真实。他以神秘荒诞的艺术表现、精湛高超的叙事表现、洞悉世事的犀利眼光，戳穿了围裹在国家、历史、宗教、家庭与爱情之上的华丽外饰，将20世纪壅塞着纳粹狂热、战争、杀戮的历史背景和充斥德国乃至欧洲社会麻木、堕落的精神现实与生存状况完整地呈现出来。

《铁皮鼓》成为敲响欧洲心灵警钟的代表作品与其被改编为电影密不可分。1979年，德国新电影流派代表人物施隆多夫将小说搬上银幕。这部电影如同一枚重磅炸弹，在西德产生了巨大的社会反响，成为当时"全国上下参与的大事"，随即捧走德意志联邦共和国最高影片奖"金碗奖"、戛纳电影节"金棕榈奖"，次年获得"奥斯卡最佳外语片奖"。

读格拉斯的小说需要勇气，要跨越文字的劫难，要直面自己的灵魂。看施隆多夫的电影则在勇气之外更需要智慧，他穿越了格拉斯用语言设置的重重迷障，用影像建立起一个庞大而纷繁的隐喻体系。很多看完电影的观众都在问：铁皮鼓到底指涉了什么？奥斯卡这个侏儒以及他的揪心的喊叫象征了什么？日耳曼民族驳杂的野性、旺盛的生命力到底又给这个世界带来了什么？

在德意志风云变幻的20世纪，格拉斯和施隆多夫一同经历了德国当代史上几次重大的事件：1945年纳粹德国投降，1949年战后德国分裂，1961年柏林墙修建，1990年两个德国重新统一。"二战"结束后，德国被分为四个占领区，由美国、苏联、英国、法国管制，西方在各自区域里对德国文化进行改造。这种文化背景，给早就伤痕累累、企盼解脱的德国人一种终于摆脱独裁桎梏、战争恐怖的解放感。但是战后的德国满目疮痍，遍地废墟，人们忍受饥饿、寒冷、疾病的折磨，亲人离散，到处是战俘营，经济崩溃，物品奇缺，黑市泛滥。这些严酷的现实，使得人人都对现状和未来忧心忡忡，解放感很快变为思想上的沉沦。《铁皮鼓》恰是在这种背景下孕育、诞生，表现了成长与反抗的双重主题。电影导演施隆多夫比格拉斯小十二岁，更接近《铁皮鼓》主人公奥斯卡的年龄，所以对第三帝国时期一代知识分子的社会角色，他们的落网与逃脱、他们的顽冥与反思，有着更深刻的感受和认知。

在开始施隆多夫导引的"但泽之旅"之前，我们有必要看看世界各国对这部电影的级别认定：

中国香港：三级；芬兰：十六岁；瑞典：十五岁；英国：十五岁；美国：R级；法国：十二岁；挪威：十八岁；德国：十六岁；澳大利亚：R级；新西兰：R18；阿根廷、智利：十八岁。因为涉及未成年人的性描写，这部电影在很多国家被禁止放映，放与不放之间，甚至有很多有趣的花絮，但这没有阻碍它成为具有世界影响力的重要影片。

故事从四条裙子开始。阴雨连绵的但泽郊外，年轻的外祖母正烤着土豆，一个逃避追兵的青年请求外祖母收留他，外祖母掀起裙子让他躲到了裙下。在四条裙子的遮盖下，在追兵的搜寻围剿中，青年坦然和外祖母做爱，母亲从此被孕育。

电影从一开始就充满着这种荒诞而具有深意的意象。四条裙子隐喻着什么？生命的传承与灾难究竟是什么关系？人类的原始本性何以如此肆无忌惮？电影开篇便把观众带入一个有悖常理的世界。

镜头随后从旁观转入主人公奥斯卡·马策拉特的视角。奥斯卡一出生就把他与生俱来的叛逆呈现在观众面前。这种叛逆来自战争、杀戮和动荡，更来自这些恶的种子给人们的心灵造成的巨大创伤。施隆多夫用奥斯卡的视角描述了他从母亲子宫爬出来的情景——胆怯的仰视、硕大的六十瓦灯泡、两个男人陌生的脸庞——这些让奥斯卡迫不及待地想回到母亲的子宫。然而，来路已经切断，他别无选择。

三岁的一次偶然机会，奥斯卡发现了母亲和表舅的暧昧关系，他又一次讨厌这个世界，期望生活在无忧无虑的童年，于是选择了自残，摔进地窖，从此不再长高，成为永远的侏儒。奥斯卡对于这个世界的留恋只有一个原因——铁皮鼓。唯其如此，当父亲要夺走他手中的铁皮鼓的时候，他选择了人生中的第一次反抗，用尖叫震碎家中的钟表。

激烈的尖叫穿透了整个小镇。奥斯卡生活在但泽德意志人聚居的朗富尔区拉贝斯路小市民的天地里，然而格拉斯大段描述的但泽场景却被施隆多夫轻轻带过。影片第一次对纳粹的描写是伴着小奥斯卡的第二次尖叫而出现的，他那足以让路灯为之颤抖的尖叫让纳粹的出现显得是这样的不和谐，他从纳粹队伍前大摇大摆地掠过，几个敲锣打鼓的纳粹士兵在他以及他的小铁皮鼓面前显得笨拙可笑。

奥斯卡与他的铁皮鼓形影不离，很多时候，鼓声是奥斯卡的另外一种尖叫，而尖叫则是他的另外一种鼓声。两种呐喊，它的声响和节奏往往凝聚了奥斯卡的情绪，快乐、天真、忧伤、恐惧。他的鼓点声和尖叫声不时刺痛身边的亲人，这种无拘束的情绪发泄也会让这种刺痛感蔓延到观众身上。

这些从表面看似乎都是不可能发生的事，离奇怪诞，但在文字和影像中却呈现出独特的真实。在一百四十二分钟的时间里，电影特有的叙述表现效力，传递出"神似"的韵致。单调、枯燥的鼓声，自始至终几乎充满了整部影片。奥斯卡的童声旁白和充满惊悸的眼睛，展现着层出不穷的暴力事件和生死景观。黑色荒诞被掺和进"带有情节剧情调的历程"，弥漫出整体的"伤感气氛"。在施隆多夫的影像叙述中，奥斯卡不仅是20世纪人类政治、文化的怪物，同时也是德国文化的怪物。他凝聚了太多的不幸和荒诞。《铁皮鼓》的主人公在长到九十六厘米时拒绝成长，隐喻拒绝同当时流行的社会同步或者同流合污。

尽管很少有宗教的描写，宿命感、无力感却自始至终充溢了每个镜头。父亲的粗鲁、愚蠢、投机与表舅的软弱、单薄、纤弱，对应着德国与波兰复杂而尴尬的历史关系。徘徊于两个男人、两种格格不入的立场之间的母亲，始终生活在恐惧之中。丈夫的强权暴力和表兄的欲壑难填，分别代表了德国的殖民与强暴和波兰的懦弱与虚荣，双方尖锐的冲突在孱弱的女性身体里激烈战斗，她悲观地以为自己的命运就是等待与煎熬。从河水里捞出来的腐臭的马头和她生吞鳗鱼的嗜好，是但泽人充满失望和自虐的生存方式。母亲因吃了过多的鳗鱼而死，表舅、父亲更是充满荒谬：德国闪电般溃败，苏联人来了，父亲焚烧了几乎所有的纳粹遗物，却遗漏了一枚纳粹勋章，他为一枚勋章而死——这三者的关系，正如奥斯卡在一场博弈的扑克牌中的J、Q、K一样，扑朔迷离。

奥斯卡作为侏儒不到二十年短暂的生命中，经历了两个不同的女人。一个是美丽的女佣玛丽亚，一个是同样是侏儒的洛斯塔。前者放浪、世故，最后怀着奥斯卡的儿子嫁给了他的父亲；后者是他在矮人王国中遇到的公主，他们惺惺相惜、甘苦与共，可惜，这段爱情以洛斯塔被流弹射死而告终。

格拉斯在小说中穿插了但泽多灾多难的历史，比如尼俄柏的故事。尼俄柏是以一个裸体女巫为模特儿刻成的船首木雕。它的神奇在于，谁染指于它，谁就会灾祸临头。显然，作者试图以此暗喻但泽。施隆多夫舍去了这些难以表达的意象，在格拉斯的黑暗和悲凉中糅进了更多的回味和反思。影片的结尾，奥斯卡在父亲的葬礼上丢掉了伴随他十七年的铁皮鼓，一头扎进父亲的墓穴。与此同时，上天再次赐予他成长的奇迹，终于，在战争即将结束之时，他重获生长的力量。一列火车载着他奔向未卜的远方，祖母已经老了，她一个人重新回到了但泽郊外。烤熟的土豆在炭火中香气四溢，一切都回到原点，似乎什么都没有发生。

在岁月的更迭中，一切都悄然发生了改变。格拉斯和施隆多夫到底在用作品指涉什么？这里仅仅是答案之一：

奥斯卡——但泽之子，但泽文化的形象；

奥斯卡的外祖母——但泽的过去和文化积淀；

奥斯卡的外祖父科尔雅切克——"二战"时的美国；

奥斯卡的母亲阿格内丝——"二战"时期德国和波兰夹缝中生存的但泽；

奥斯卡的父亲马策拉特——外表强悍实则脆弱"无能"的亲德国的但泽人；

奥斯卡的表舅布朗斯基——亲波兰的但泽人；

奥斯卡的小保姆——重生的但泽；

奥斯卡的弟弟——文化的"混血儿"；

杂货店的老板马库塞——商业文明和英国的代言人。

当然，更多的洞悉其实在人们的思考和想象之外。

值得一提的是，2006年，年届八十的格拉斯出版了自传《剥洋葱》，披露自己隐藏了六十余年的党卫军经历，从此饱受舆论争议。熟悉格拉斯的人应该不会忘记，洋葱的隐喻最早来自《铁皮鼓》。在《铁皮鼓》中，奥斯卡在战后进了洋葱地窖夜总会当鼓手。在那物资匮乏的年代，形形色色的人却在这儿花高价剥洋葱、切洋葱，借助洋葱的刺激气味使自己痛哭流涕，回忆平时无法或是不愿回忆的过去。

六十年前，借助夸张戏谑的手法，格拉斯批评了战后人们不愿意对历史进行反思的消极态度；六十年后，再次借用洋葱这个隐喻，格拉斯艰难地打开了自己的记忆之门。他的忏悔有如一面镜子,照出了德国那段历史的黑暗,也照出了德国人反思历史的智慧与勇气。这种对待历史的态度,其实已经远远超出了文本和影像所具有的审美品位和美学容量。

13 《肖申克的救赎》

在黑暗中凝神倾听

　　这个场面已经成为电影史上著名的桥段：节制、冷静、理性的长镜头缓缓摇过正在广场上放风的囚犯，每个人都为天籁般的音乐深深迷醉——这种悠然自得，恰恰是安迪想要告诉大家的关于生命与命运的真理。这一刻，我明白，安迪不仅救赎了肖申克，也救赎了我，救赎了银幕前的芸芸众生。

　　我知道，我总有一天会谈到它，这样一部屡屡与国际大奖擦肩而过，却能够长久地矗立于影迷口碑之上的旷世杰作。

　　《肖申克的救赎》诞生于1994年，由法兰克·戴伦邦特执导，改编自畅销作家史蒂芬·金的原著作品《不同的季节》中收录的《丽塔海华丝与肖申克监狱的救赎》。电影中的男主角安迪由蒂姆·罗宾斯饰演，男配角瑞德由摩根·弗里曼饰演。

　　这样一部没有女性角色的电影，在世界电影史上获得的认可堪称奇迹。资料显示，《肖申克的救赎》上映至今，在互联网电影数据库（IMDb）的"史上250部最佳影片"的评选中，一直在与《教父》

形成第一名与第二名的拉锯战，这部电影可以说是问世以来为最多影迷参与评分的电影。

然而，尽管有着这样良好的口碑，这部电影在与观众见面时，却并不被看好。1994年9月，《肖申克的救赎》在多伦多电影节首映，观众的反应却一直平平，上映之初影片只获得一千八百万美元的票房收入，甚至不足以收回成本。此后又陆续获得一千万美元左右的收入，但仍可谓票房惨败。

但是，这并不影响它在从院线撤出后爆发的观影奇迹，以及此后它在音像市场和电视屏幕上取得巨大的成功、在影迷中的口碑节节飙升、依靠口耳相传赢得大量坚定的粉丝——这个现象已经成为世界电影史上最著名的案例。

在1994年的奥斯卡金像奖上，《肖申克的救赎》获得七项提名，包括最佳电影、最佳男主角、最佳改编剧本、最佳摄影、最佳剪辑、最佳配乐、最佳混音。但遗憾的是，最终未能获得任何奖项。这是因为，对于世界电影来说，1994年是一个不同寻常的年份。

这一年，多部重量级电影的丰收把电影艺术推向了新的高度，这其中有法兰克·戴伦邦特导演的《肖申克的救赎》、罗伯特·泽米吉斯导演的《阿甘正传》、吕克·贝松导演的《这个杀手不太冷》、昆汀·塔伦蒂诺导演的《低俗小说》、詹姆斯·卡梅隆导演的《真实的谎言》、简·德·邦特导演的《生死时速》、查克·拉塞尔导演的《变相怪杰》、罗杰·阿勒斯和罗伯·明科夫导演的《狮子王》。

这一年的世界电影因"强强碰撞"而变得精彩纷呈，可惜的是，《肖申克的救赎》也因此与奥斯卡无缘。翻开那一年的奥斯卡最佳影片入围名单，我们不难发现，上面赫然记录着《肖申克的救赎》《阿甘正传》《低俗小说》这样一些注定将留名青史的影片。也许还有人记得，在戛纳电影节，《低俗小说》击败了包括张艺谋的《活着》和基耶斯洛夫斯基的《红》等在内的众多优秀艺术电影，从而使昆汀·塔伦蒂诺这样的另类导演走进电影正史的大门。这一年优秀电影的集中发力，不仅仅意味着好莱坞电影在艺术上终于可以扬眉吐气，也标志着独立电影的崛起，大量独立电影人开始崭露头角，并成为世界电影的独特组成。

回到《肖申克的救赎》，让我们看看这部电影所蕴含的力量和重量。电影讲述了一个发生在1947年的平凡的故事。一位年轻有为的银行家安迪·杜佛兰被怀疑杀害了偷情的妻子和情人，被判终身监禁，服刑于肖申克监狱。

肖申克监狱就是一个弱肉强食、丛林法则盛行的地方。监狱长诺顿心狠老辣，看守长哈利凶狠残暴，他们平时道貌岸然，将《圣经》倒背如流，可是攫取利益、欺诈犯人时却不择手段。肖申克，折射了美国司法制度的种种弊端以及对人性的压榨折磨，犯人的制度性保护严重缺失。

在肖申克，安迪结识了黑人瑞德。瑞德二十岁即因命案被判终身监禁。这一年，他四十岁，已经是一个监狱里的大能人，能给狱友们搞到各种监狱内禁止流通的商品，香烟、白兰地，甚至大麻。安迪的学识令瑞德倾慕不已，他们成为朋友，瑞德按照安迪的要求帮他搞到一把手锤。

两年后监狱长招募志愿人员前去劳动。安迪利用自己所精通的税务知识帮助监狱长诺顿成功逃避遗产税，诺顿对安迪刮目相看。不光诺顿，肖申克所有狱警的所得税申报都交由安迪处理，诺顿的黑钱也通过安迪一一转化为财富。

安迪后被从洗衣房调到图书室，帮助老布鲁克斯整理图书，在他的努力下，州议会终于同意每年给监狱拨款五百美元，以供犯人们购买书籍。很快，安迪在肖申克已经住了十年。1965年，犯偷窃罪的汤米来到肖申克服刑。一次偶然的机会，安迪从汤米口中得知杀害自己妻子的真凶，他立即去找监狱长诺顿。诺顿假意同情安迪，暗地却担心安迪出去泄露他洗黑钱的事，他出手害死了汤米。

汤米的死让安迪明白，只有越狱才能救自己。他利用手锤在海报后的墙上挖了一个大洞，在一个风雨交加的晚上，带上监狱长的账簿和转账支票成功逃出肖申克，诺顿终于获罪。在得州边境的小镇，获得假释的瑞德按照与安迪的约定找到了安迪，两个好朋友终于团聚。

这是一部轻缓却沉重的电影。它像一个贴心的老友，在下午茶轻快而放松的情境中，娓娓道来他云谲波诡的故事。没有电影特技，没有感官刺激，对心灵的震撼却更持久，更有力；没有男欢女爱，没有激情场面，两个男人之间的友情却更真挚，更动人；没有打斗厮杀，没有狱中惊魂，黑监狱的明规则和潜规则，却更加惊心动魄，更能够紧紧揪住观众的心。

电影用第三人称的旁白描绘了肖申克监狱二三十年间发生的所有事情，以瑞德的视角描绘了安迪的作为和因他而得到救赎的肖申克监狱，这种大量的旁白处理和第三人称视角赋予了这部电影既主观而又客观的叙事语境。法兰克·戴伦邦特将这些看似琐碎的日常细节处理得宠辱不惊、大气磅礴，冲突就隐藏在平静的水面之下，毫无涟漪，众声喧哗之中，安迪教给我们如何凝神倾听。

其实，我以为，这种静谧之中的倾听，恰恰就是电影的救赎主题。《肖申克的救赎》诞生已二十余年，这期间，影迷找到了大量的解读这种救赎的关键词。不妨罗列如下：监狱与黑暗、希望与绝望、贪婪与救赎、体制与漏洞、努力与光明、人性与兽性、友谊与温暖、体制与背叛。救赎的解读在不断延伸，对电影内涵的拓展也在不断延伸。

曾有人问，为什么影片的名字是"肖申克的救赎"而不是"安迪·杜佛兰的救赎"？

我理解，安迪的成功出逃不仅让自己获得自由，更成功完成了整个肖申克监狱所有犯人的心灵的救赎。瑞德曾经对安迪说过："在肖申克，希望是个危险的东西，它会让你痛不欲生。在这里，你绝不能拥有任何希望。"尤其对他们这些死囚来说，他们必须放弃希望，从对监狱四周高墙的恐惧到对高墙的依赖的转变过程，完成内心对死囚身份的认定。这是一种自我放弃，自我放逐，自我灭绝。影片中曾有这样一个桥段，一个在狱中度过大半生的老图书管理员布鲁克斯终于获释出狱，可是多年的牢狱生活已经使他"体制化"，面对扑面而来的自由，他却突然失去了生存下去的能力和信心，最后选择在房间里上吊自杀。

而安迪却不相信这些。就像片中那句脍炙人口的台词："有的鸟，是不会被关住的，因为它的羽毛太美丽了。"从踏进肖申克的那一刻起，安迪就从未放弃过理想和坚持，他相信，"生命可以归结为一种简单的选择：要么忙着去生，要么赶着去死，或者都是，或者都不"。安迪选择了去生，而且是以一种庄重的、骄傲的方式生存——从他的第一次为了所有参加体力劳动的狱友们争取一小瓶冰冻啤酒，到他利用自己的特长获得了狱警的信任之后用监狱的广播室给所有的人播放莫扎特的音乐；从他每周一封信去为整个监狱争取几本图书馆的旧书，到他把一间破烂的小房间改造成一个硕大的图书馆；从他开始帮助一些刑期较短的囚犯们学习并获得学历以便他们出狱后的改造，到他悄无声息地用手锤挖通瑞德以为要花费六百年才能掘通的希望之路。不论在怎样的黑暗、怎样的闭锁之中，安迪的渴望与思考从未停息，对灵魂的提升才是真正的救赎。

从安迪被构陷到锒铛入狱，影片的色调保持着阴暗、冷峻、压抑、凛冽，而影片的结尾却开始呈现越来越明快艳丽的色调，碧海，蓝天，明丽的光泽几乎要从银幕上喷薄而出，镜头在此结束，肯定了对人性的救赎，对自由的追求，对希望的珍视。

今天看来，导演的叙事和镜头处理功力令人称道。大量的景深镜头，赋予这个背叛和救赎的故事以深刻的寓意。安迪莫名入狱，镜头摇向天空，蓝天和黑暗泾渭分明，邪恶和压迫感油然而生。安迪逃离监狱，跑到了一个水潭，镜头后景是被雷电黑暗笼罩着的监狱，自由的欣喜让人难以忘记。与一般的越狱片不同，《肖申克的救赎》的智慧之处在于，导演并未着力展示如何艰难、顽强、智慧地掘洞，而是试图证明安迪身处残酷魔域二十余载，不舍对人性的坚守，不舍对自我的情感、生命、价值、权利的坚守，永远怀揣希望，渴望自我救赎。

这部《肖申克的救赎》我不知看过多少遍，每一次，当自己的情感和思绪从阴森森的监狱飞扬到明艳艳的海滩，我都在想，如果我是安迪，我愿意用二十年的时间凿穿厚厚的墙壁、爬过那条五百码的下水道，开始自由的冒险吗？假如有这样一个游戏，在肖申克的高墙内选择一种身份，我愿意选择谁？恰如莎士比亚所问："生存还是毁灭，这是一个问题。"

影片中有一个情节相信很多人难以忘怀：入狱后，因为对公平仍持有信任，安迪一直保持低调，可是在洞悉肖申克的生存法则后，安迪却突然爆发，在监狱里旁若无人地播放莫扎特《费加罗的婚礼》中的一段咏叹调。这部歌剧讲述的是一对恋人艰难冲破伯爵的阻挠后结为夫妻，对自由的渴望、对美好感情的向往令囚犯震撼。这个场面已经成为电影史上著名的桥段：节制、冷静、理性的长镜头缓缓摇过正在广场上放风的囚犯，每个人都为天籁般的音乐深深迷醉——这种悠然自得，恰恰是安迪想要告诉大家的关于生命与命运的真理。这一刻，我明白，安迪不仅救赎了肖申克，也救赎了我，救赎了银幕前的芸芸众生。

那么，你呢？

14 《朗读者》

"宽恕不可宽恕的"

《朗读者》的深刻之处在于,导演用"平庸之恶"和"平庸之痛"揭示了经历战争创伤的德国普遍弥漫的麻木、冷漠、怯懦、自私和虚伪,这一点在男主人公米夏的身上体现无遗,而这正是让汉娜真正走上绝路的最终缘由。

你和我,我和你
一同走过风风雨雨
经历过后才懂得了真爱
只希望明天不会来临
重温如新,爱依旧
你就是我前进的动力
你和我,我和你
我们是如此完美的一对
被深深祝福,明白爱之真谛
一旦你离开,我会担惊害怕

> 在毫无准备中崩溃
> 但我会勇敢地独自承受
> 是的，我敢于独自承受，继续前行

这是我听到的最浪漫，也是最哀伤的歌曲，源自导演史蒂芬·戴德利在2008年推出的电影《朗读者》。

史蒂芬·戴德利出生于戏剧气氛浓郁的英国。他的父亲是银行经理，满心期望他能子承父业，曾逼着他念金融管理。但热爱表演艺术的史蒂芬逃离了家庭，参加了英国汤顿城的一个青年剧团，从而由戏剧界进入艺术界。史蒂芬·戴德利的艺术才华，或许遗传自他的歌唱家母亲，或许是因为大学期间他师从意大利小丑名角埃尔德·米利提从而获得的舞台实践经验，不管怎样，这些经历对于他日后成为舞台剧导演和电影导演都至关重要。

史蒂芬·戴德利执导的作品不多，但都可圈可点。从充满着阳光、情感真挚的《比尔·艾略特》，到跨越时空、独辟蹊径的《时时刻刻》，再到反思战争、直面畸恋的《朗读者》，每一部都堪称经典。对角色的精准定位、对叙事的精细追求、对线索的精致铺陈、对人性的精深刻画，是他的作品鲜明的特色与风格。

《朗读者》改编自德国作家本哈德·施林克的同名小说，曾被翻译成数十种语言文字在世界范围内广泛流传。这位曾在海德堡获得博士学位的大法官擅长缜密幽邃的逻辑叙事，并以此获德语推理小说大奖。《朗读者》可以说是这位法官最杰出、最轰动的文学代表作，而在镜头的推拉之间，本哈德·施林克的心灵推理升华为史蒂芬·戴德利的人性拷问，本哈德·施林克的文字智慧演绎为史蒂芬·戴德利的银幕传奇。作为第一本登上《纽约时报》排行榜冠军的德语著作，《朗读者》堪称淋漓描画德意志精神的民族史诗，对于战争与苦难的忏悔与反思，尤其体现了战后德国对和平的珍重和向往，令人在无限唏嘘之间重新思考爱与恨、罪恶与救赎、秘密与自由的尴尬关系。

汉娜·施密茨在获得自由的前一天在监狱里自缢。米夏·伯格忍着巨大的悲痛和内疚走进了她的狱室，书架上整齐地放着他寄给她的录音磁带，还有一些她学会读写后借来阅读的书籍。

故事由此而回溯。第二次世界大战之后，作为战败国的德国处在盟军的管制中，万事萧条，百废待兴。生活在柏林的十五岁少年米夏·伯格患上了黄疸病，但他仍然时不时地坐车到很远的图书馆中找寻自己爱看的书籍，对于这位身处战后管制区的少年而言，这是他仅有的娱乐。在途中，米夏偶遇三十六岁的中年神秘女列车售票员汉娜，两人开始渐渐交谈起来。病好的米夏前往汉娜住的地方感谢她的救命之恩，在汉娜的屋内，米夏第一次感受到了非比寻常的快乐，不久后两人发展出一段秘密的情人关系。汉娜最喜欢躺在米夏怀里听米夏为她读书，她总是沉浸在那琅琅的读书声中。年轻的米夏沉溺于这种关系不能自拔的同时，却发现他自己根本不了解汉娜。随着时光的流逝，米夏和汉娜的矛盾渐渐爆发，米夏试图对抗年龄的悬殊带来的服从感，并想摆脱自身的稚气和懦弱。终于有一天，当米夏前往汉娜的公寓，发现已人去楼空，米夏在短暂的迷惑和悲伤之后，开始了新的生活。

"二战"结束后，德国对于纳粹战犯的审判还在继续。成为法律学校实习生的米夏，在一次旁听对纳粹战犯的审判过程中，竟然发现一个熟悉的身影。虽然已经时隔八年，但米夏还是一眼便认出那就是消失了的汉娜。而这一次，她坐上了纳粹战犯审判法庭的被告席，由于她在战争后期中担任纳粹集中营的看守时的行为受到控告。这个神秘女人的往事在案件的审理过程中逐渐清晰。然而，米夏却发现了一个汉娜宁愿搭上性命也要隐藏的秘密。

汉娜最终被判终身监禁，而此时米夏与汉娜的故事还在继续。米夏来到狱中看望已经白发苍苍的汉娜，虽然承诺给汉娜提供出狱后物质上的援助，却拒绝与她心灵沟通。汉娜在绝望中自杀。

在故事的悬疑中，我们不禁要问，汉娜不顾一切要保守的秘密，到底是什么呢？原来，汉娜并不识字，她是个地道的文盲，为了赢得年轻的米夏的尊重，她费尽心机，藏起了这个秘密，并且在遭遇控告之时，宁可以生命为代价换取尊严。

事关战争的影像多如牛毛，事关纳粹的文字汗牛充栋，但是，不得不承认，本哈德·施林克、史蒂芬·戴德利的《朗读者》，选取的那段惨绝人寰的历史视角仍然非常独特，充满了想象和温暖。镜头不再摇向血雨腥风的战场，不再关注惨无人道的罪行，不再暴露挞伐掳掠的厮杀，不再宣示两军对垒的僵持，而是将视野放大到被裹挟入战争的普通人的故事，通过他们的命运来折射出历史的艰辛与往事，折射人性的抵牾和罪愆。史蒂芬·戴德利在谈及影片的创作时说："并不是每个人天生都是刽子手，更多的人都是不知不觉就参与到了罪恶之中，像汉娜一样，他们其实也是受害者，只是没人关注过他们而已。而实际上他们往往付出了更为惨痛的代价。"

"他们也是受害者"，其中的"他们"，就是无数个汉娜。由于无法读写，汉娜不能从文化秩序及社会生活中获得正常尊重，于是她冒死用赢得尊重的阅读掩盖自己的失败。米夏和汉娜之间的感情除却肉体的欢爱之外，生命价值的沟通在于"朗读"，米夏的朗读为汉娜打开了美好世界的大门，她越懂得美好文字的意义，就对自己的文盲身份越发厌恶和恐惧，这是她选择神秘消失的原因所在；对文盲身份越发厌恶和恐惧，也让她越疯狂地维护自己的追求与尊严。战争的冰冷之处在于，汉娜从出生伊始就注定无法通过社会寻找到自己的文化价值，这种创伤性的尊严缺失贯穿了汉娜的一生，构筑了她生命和命运的苦难与疼痛，而这正是她无法救赎和被救赎的"原罪"。

《朗读者》的深刻之处在于，导演用"平庸之恶"和"平庸之痛"揭示了经历战争创伤的德国普遍弥漫的麻木、冷漠、怯懦、自私和虚伪，这一点在男主人公米夏的身上体现无遗，而这正是让汉娜真正走上绝路的最终缘由。

文本的卓越，对于导演是个机遇，也是个巨大的挑战，《朗读者》恰是一例。在小说中，本哈德·施林克用男主人公的口吻来叙述故事，而在电影中，男主人公的自述必须转化为复杂的内心情感，这确是个不小的考验。史蒂芬·戴德利选择让扮演成年米夏的男主人公拉尔夫·费因斯充当电影的旁白，故事则在少年米夏的演绎中缓缓推进，这种夹叙夹议、且行且歌的表现手法深刻展示了影片更多的内涵，也给人以更多的触动和思考。

　　不妨说说饰演汉娜的凯特·温丝莱特和饰演成年米夏的拉尔夫·费因斯。1997年，凯特·温丝莱特凭借《泰坦尼克号》中的女主角露丝迅速红遍全球，并以此片获奥斯卡金像奖最佳女主角提名和金球奖最佳女主角提名。五次奥斯卡提名后，她终于在2008年凭借在《朗读者》中的出色表现问鼎奥斯卡最佳女主角奖。男主角米夏成年后的扮演者拉尔夫·费因斯，我们曾在《辛德勒的名单》《英国病人》《公爵夫人》《哈利·波特》中看到他的精湛演技，在每一个角色中，他都散发着令人着迷的气质，即使出演残暴狡诈的"伏地魔"，他也同样令人过目难忘。拉尔夫·费因斯将米夏的犹疑、胆怯以及自责、忏悔演绎得淋漓尽致，作为德国大屠杀之后的一代人的代表，他却选择去理解乃至接受汉娜的罪恶，正如他的同学尖锐的指控，审判本身就是一种逃避，选择审判是为了逃避更为严峻的自我审视——为什么普通的德国人会去支持纳粹？为什么人们会漠然允许甚至狂热支持对犹太人的种族屠杀？人性的链条为什么在德意志民族突然断裂？为什么米夏在洞悉了罪恶之后还选择宽恕和忏悔？

  这些，是《朗读者》留给我们的无解的思考，恰如德里达说过的那句话："宽恕不可宽恕的。"

15 《勇敢的心》

"告诉你,我的孩子"

"告诉你,我的孩子,在你的一生中,有许多事值得争取。但,自由无疑是最重要的,永远不要戴着脚镣,过奴隶的生活。"苏格兰民歌在低声回荡,如此深情、如此深邃。其实,我们要告诉我们孩子的还有很多,比如,这个世界,变得有多么喧嚣、多么浮躁、多么虚伪、多么恶俗,这都不可怕,因为有人仍在以诗意的方式思想,以诗意的方式行走,以诗意的方式守护我们的土地和家园。他们的这些选择,注定将繁衍成我们光明朗照的未来。

伴随着悠扬哀怨的苏格兰风笛,镜头飞一般掠过蜿蜒起伏的苏格兰山脉,霭霭雾气从河面升腾,袅袅炊烟在乡野鼓荡。镜头推近,草甸如黛,马儿嘶鸣,树林间,苏格兰人欢快地歌舞。一个低沉的画外音响起:"我将为你们讲述威廉·华莱士的故事。英国的历史学家也许会说我在说谎,但是,历史是由处死英雄的人写的……"这个周末,我一直沉浸在梅尔·吉布森《勇敢的心》的悲恸中不能自拔,一百七十七分钟的片长几乎让人无暇喘息。上次看时还是1995

年，那时，整个世界都在为这部影片疯狂；今天，隔过十八年的时空，威廉·华莱士依旧让我感动。窗外，暑气蒸腾；窗内，往事如梦。苏格兰的风笛响起，我的心为之荡漾。

中世纪13世纪末叶，当时的苏格兰王约翰·巴里奥尔横征暴敛，百姓奋起反抗。巴里奥尔见大势已去，向英格兰国王"长腿"爱德华一世求助，双手将君权奉上，爱德华一世以高压手段统治苏格兰，制造了无数疯狂的大屠杀事件，威廉·华莱士的父亲与哥哥便是其中的受害者。华莱士在父兄的葬礼后由叔叔奥盖尔认养，成年后回到故乡。此时的苏格兰仍处于爱德华一世的残酷统治下，为了笼络贵族，爱德华一世出台规则，赐予英格兰贵族享有苏格兰女子新婚初夜权。为了逃避这条规则，威廉·华莱士与心爱的女友茉伦秘密成婚。可是，茉伦因遭到英军士兵的调戏被残暴杀害，失去爱妻的威廉·华莱士揭竿起义，开始了他的反抗之旅。威廉·华莱士的军队势如破竹，先后赢得了多场战役，包括斯特林格桥之役、约克之役。然而威廉·华莱士此后却遭到联合的苏格兰贵族背叛，最后在福柯克之役失利。在福柯克之役失败后，华莱士开始采取躲藏游击战术对抗英军，并且对背叛的两位苏格兰贵族采取报复。随后，苏格兰贵族要求与华莱士会面，华莱士相信贵族首领罗伯特·布鲁斯因此独自赴会，但不料被布鲁斯的父亲以及其他贵族出卖，华莱士终被抓获，受到英格兰行政官审判。威廉·华莱士被斩首后，受到其勇气影响的苏格兰贵族罗伯特·布鲁斯再次率领华莱士的手下对抗英格兰，这次他们大喊着华莱士的名字，并且在最后赢得了热盼已久的自由。

威廉·华莱士被处死的那场戏堪称惊心动魄。在伦敦的审判广场上，华莱士遭受各种折磨，顽强不屈。深爱他的爱德华王妃去狱中探望华莱士，带给他一份麻醉药，以期他在赴死之时不会感觉那么痛苦，华莱士婉言拒绝；行刑官许诺，只要他说出"宽恕"两个字，就可以得到国王的宽恕，华莱士坚决不从。他对爱德华王妃说："每个人都会死，但是，并不是每个人都真正活过。"他受尽车裂和凌迟的折磨，以至于看热闹的观众都忍不住齐声呼喊："宽恕！"然而，用仅存的最后一口气，华莱士却高喊："自由！"

这一刻，相信很多人同我一样，心痛如割，泪落如雨。

> 告诉你，我的孩子
> 在你的一生中，有许多事值得争取
> 但，自由无疑是最重要的
> 永远不要戴着脚镣，过奴隶的生活

这是威廉·华莱士生前最喜爱的苏格兰民歌。华莱士孩提时代，曾梦见死去的父亲告诉他："你的心是自由的，要有勇气追求自由。"华莱士不惜生命代价换来的自由到底是什么？是苏格兰不再遭受英格兰的压迫？是每个民族都拥有悠然自在的生活？我喜欢梅尔·吉布森对威廉·华莱士慷慨赴死的处理，悲壮而不悲伤，凄楚而不凄凉，柔情而不柔弱，慈善而不宽恕，却处处令人心痛。威廉·华莱士死前，跟一个作为看客的英格兰小女孩有过一段对视，镜头数次从他们的脸上切换，华莱士是悲悯的无奈，小女孩是纯洁的欣喜——尽管没有交代，两者之间巨大的落差如同沟壑。悲怆的画外音再次响起："威廉·华莱士被砍头之后，他的身体被切成好几块。他的头颅被挂在伦敦塔桥上，官方鼓励过往的人来嘲笑这个曾经带给英格兰人极大恐惧的人。他的四肢则被送到大不列颠的四个角落，警告一些想叛变的人。但是，即使英王爱德华一世如此残暴地对待威廉·华莱士，还是吓不倒苏格兰人。华莱士舍生取义的故事传遍了整个苏格兰，他的死在苏格兰人的胸中燃起了一把熊熊的烈火。"

毫无疑问，每个人心中对自由的理解不尽相同。威廉·华莱士的自由是苏格兰民族的独立与尊严，茉伦的自由是男耕女织的生活，爱德华一世的自由是他对整个大不列颠群岛的肆意掠夺，爱德华王妃的自由是她对于爱情的无限期许。1789年法国爆发革命，罗兰夫人在断头台前叹息："自由啊，多少罪恶假汝之名以行！"这句话不能不令人深思。

我认为，真正的自由，是社会对每个人的利益在最大程度上的保护和对每个人的权力最大程度的限制。从中世纪到现代文明，从奴隶制度到资本市场，自由经济取代了庄园经济，契约精神取代了个人自由，都可以说是自由的胜利。

然而，值得警惕的是，自由的异化和变种。"'昔日的奴隶为自由所累，怨声载道，要求锁链。'马克西米利安·沃罗申的诗句也相当准确地反映了今日俄国社会的现状。"这是亚历山大·尼古拉耶维奇·雅科夫列夫在《雾霭》开篇中的一句话。多少年来，沃罗申的诗句如同巨石一般压在渴求自由又为自由所困惑的人们心中。雅科夫列夫希望以弥漫之"雾霭"中的艰难探索，提示读者思考俄罗斯百年来的波折与命运、战争与冲突、独裁与偏执、革命与和平。而在我看来，他在这本书中，提出了远远超出"自由"的担忧，这"自由"所不能承受之轻，其实更加令人深思。

回到1995年，这是世界电影史中一个不能忘记的年份。出生于美国纽约州的梅尔·吉布森与七百年前的苏格兰英雄威廉·华莱士迎面相遇，从此开启了一个伟大历程。

《勇敢的心》是一部融合血泪传奇的民族史诗，诗行中有着如水肆泻的温情，有着清新自然的风情，更有着刀锋凌厉的威严，有着蔑视一切的伟岸。这部电影，由梅尔·吉布森自编、自导、自演，倾注了他全部的精力和情感，的确表现出非凡的天才，史诗般的激情在梅尔·吉布森后来的作品中再也没有出现过。

这部电影给了世界非同寻常的震撼，而这一年的电影界几乎将最高的荣誉都给予了梅尔·吉布森——凭借这部影片获得了十项奥斯卡奖提名，最终赢得最佳影片、最佳导演、最佳摄影、最佳音响、最佳化妆五项奥斯卡大奖，这一年堪称梅尔·吉布森的"黄金之年"。

父亲是美国铁路司机,母亲是澳大利亚歌剧演员,梅尔·吉布森的出身几乎与电影艺术没有一点关系,然而,他却堪称英雄、硬汉这类角色的代言人。从1981年的《冲锋飞车队2》、1983年的《危险年代》、1984年的《河流》、1987年的《致命武器》、1988年的《破晓时刻》、1990年《电线上的鸟》、1993年的《无脸的男人》、1994年的《赌侠马华力》,到他博得大名之后1999年的《危险人物》、2000年的《百万大饭店》和《爱国者》、2006年的《谁消灭了电动车》、2010年的《黑暗边缘》,梅尔·吉布森在不同的角色中所表达的美国式的幽默诙谐、热情坚强、执着正直、勇往直前,使得他不仅仅成为好莱坞超级动作明星,更让他俘获了世界观众,成为承载国家精神的"美国英雄"。

值得一提的是,美国对于电影创作的宽容。据说,美国权威的中世纪史专家莎朗·克罗撒在观看电影《勇敢的心》还不到两分半钟的时候,就已经罗列了不下十八处的史实错误。然而,这些都不能消解一部伟大的作品。苏格兰为了这部电影,还特地推出"电影旅游"规划,这又是怎样的智慧和宽容啊!

"告诉你,我的孩子,在你的一生中,有许多事值得争取。但,自由无疑是最重要的,永远不要戴着脚镣,过奴隶的生活。"苏格兰民歌在低声回荡,如此深情、如此深邃。其实,我们要告诉我们孩子的还有很多,比如,这个世界,变得有多么喧嚣、多么浮躁、多么虚伪、多么恶俗，这都不可怕，因为有人仍在以诗意的方式思想，以诗意的方式行走，以诗意的方式守护我们的土地和家园。他们的这些选择，注定将繁衍成我们光明朗照的未来。

16《全蚀狂爱》

海与天，交相辉映

风掠过树梢，兰波黯然神伤，他低声吟诵："巴达维亚，你听见风拂过树叶之声。"之后，他向魏尔伦突然发问："你最怕什么？"魏尔伦毫不犹豫地说："我最怕被阉掉。"魏尔伦又问兰波："你最怕什么？"兰波说："我最怕我变成我眼中的别人。"

1871年9月，巴黎年轻而有名的诗人保罗·魏尔伦，收到一封写有十八首奇特诗篇的信件，寄信人署名：兰波。他立即回信道："我挚爱的伟大的灵魂，请速前来，我在祈祷。"

这是波兰导演安吉妮斯卡·霍兰镜头下的诗人畸恋:《全蚀狂爱》。

明亮而颓废的色调中，一段不伦之情由此拉开序幕。这一年，魏尔伦二十八岁，在法国小有名气。兰波，只有十六岁，他在最美的时候走近魏尔伦，与之成为19世纪后期巴黎诗坛著名的同性情侣。

贫穷的乡下少年兰波，出生于法国北部的查维勒，这是一个贫瘠荒凉、了无生趣的小城。职业军人的父亲很早便与母亲离异，母亲的专断、刻薄使得兰波厌恶家庭、厌恶规则，从小便向往远方。资料记载，桀骜不驯的兰波曾经三次离家出走。第一次，由于车费不足，他被警察当作流窜少年关入拘留所，幸得其师伊赞巴尔出保，才得以获释。

第二次，由于没有钱买车票，他只好选择步行，最后未果。第三次，兰波以诗歌为鸿雁，结识魏尔伦，终于得以顺利出行。

尽管只有十八首诗歌的交往，魏尔伦却已为兰波信中所流露的出众才华所震撼，遂邀兰波至巴黎，携手共闯诗坛——这便是影片开始的那一幕。及至两人见面，魏尔伦不禁又为兰波惊人的美貌、率性的风格、狂放的气质所倾倒，毫不犹豫就爱上了他。

对于19世纪末期的法国诗坛来说，兰波实在来得太早，还没有人能够看懂他那夺人眼目的光芒，没有人能够理解他那近似癫狂的诗句，只有魏尔伦，以他超乎寻常的敏感的心，看到了兰波的天赋异禀，由此也让自己堕入深渊。魏尔伦发疯地爱着兰波，爱他卓然不群的孤独灵魂，更爱他无与伦比的美丽躯体。

为了与兰波长相厮守，魏尔伦抛弃了殷实富足的家庭、年轻美貌的妻子，抛弃了受人尊重的社会地位，与兰波一起出走伦敦。最初的时光充满了快乐，他们在林间追逐嬉戏，在荒野朝行夜宿，在酒馆寻欢作乐，在旅店交织缠绵。在狂热的激情刺激下，魏尔伦写下他终生难忘的诗句，兰波也写出美轮美奂的篇章。然而，魏尔伦多愁善感、优柔寡断的性格，却注定与无赖狷狂、肆意妄为的兰波渐行渐远。在相互欣赏与倾情欢爱的水波之下，魏尔伦和兰波之间的裂痕却越来越大，他们之间的分歧如暗流涌动。在物质的贫瘠之中，在精神的放逐之中，在贫困潦倒的流浪时日，他们互相依赖，同时也互相伤害，时时彼此亮出血淋淋的伤口，互相舔舐，互相撕咬。

于是便有了这样的场景——兰波满脸厌恶地看着自欺欺人的落魄诗人，魏尔伦肮脏、丑陋、秃顶、猥琐，对他为了金钱而离不开富裕的妻子充满鄙夷。而魏尔伦却蹭到他的耳边，对着他暧昧地低喃："有一件事，你必须知道，那就是我从未像爱你这般爱过人，我会永远爱你的。"兰波看着他，连不屑的话都不屑于说出："你说你爱我？那么把手放到桌子上，手心朝上。"魏尔伦照着做了。兰波用小刀轻轻划过魏尔伦手上的皮肤，突然，狠狠地刺了下去，将魏尔伦的手钉在桌子上。

在两个人的纠缠中，兰波永远是主导者。他对着魏尔伦的一个轻轻微笑，就像苦艾酒融化冰河一样，融化了魏尔伦那"生锈的灵魂"；魏尔伦试图回到妻子身边时，在旅馆、在火车站，兰波一个飘逸的身影、一个清纯的眼波，就勾走了魏尔伦的魂魄；兰波随随便便一句绝情的话，就能让魏尔伦痛不欲生。

兰波短暂的光辉中，不惮以最邪恶、最无耻的姿态出现，激怒公众，激怒爱他的人。天才以耀眼的光芒划过天空，他倚靠的是超越年龄的才华、性别不明带来的奇异感、残忍与魅力的混合、随时准备摆脱自己的决绝。魏尔伦与兰波之间的矛盾渐渐达到不可收拾的地步。兰波不愿再过这种在一望无际的苦海之中跋涉的生活，决计与魏尔伦分道扬镳。然而，魏尔伦对兰波怀有的钟情与依恋，让他对兰波的背叛极度地愤慨。1873年7月，魏尔伦把兰波骗到比利时的布鲁塞尔，兰波并未有所动摇，魏尔伦绝望中用手枪威胁，不小心走火打伤兰波，警察局在调查中发现他与兰波这种暧昧的关系，他因此被比利时当局判处两年徒刑。

很多时候我都在思考，以女人的视角，女导演安吉妮斯卡·霍兰处理魏尔伦和兰波的同性不伦之恋，究竟有着怎样的尴尬？影片中，兰波由莱昂纳多·迪卡普里奥出演，大卫·休里斯饰演魏尔伦，为了更接近魏尔伦，他特意剃掉了头顶的头发，以秃顶的面目出现，以便看起来更接近真实的落魄诗人。

影片中有大量的裸露镜头和性爱场景：魏尔伦和妻子之间，魏尔伦和兰波之间，兰波和其他的女人之间。莱昂纳多饰演的兰波实在太美了，他那纳科西斯般的美，令人感伤又感动，他出演兰波的这一年，刚刚二十出头，却将十六岁的兰波的风华绝代，完美地诠释在银幕上。莱昂纳多纯净而不羁的美，使得这些裸体和性爱，不再有一点点不洁之感，龌龊与猥琐让位于情感的缠绵与背弃、让位于不被世人理解的爱的茁壮与哀伤。

魏尔伦被囚禁后，兰波孤身返乡，写下了他最著名的作品《地狱一季》。在乡下，他与诗歌诀别，从此不再写作。

不能不说，兰波是一个罕见的天才，他的诗打破了旧式诗的体制，永远地改变了现代诗歌的格局。他实现了自己的誓言，他创造了未来，他开创了一个时代。虽然他未及看到这场伟大的变革。兰波创作的时间只有短短三年——从与魏尔伦相遇，到私奔，再到分手。这段时期，兰波的诗歌创作达到了顶峰，诗的格调由一般的灵感印象式的天才抒发，开始走向人生哲理更深刻的思考，甚至近于疯癫的呓语，对于梦想与现实、瞬间与永恒、有形与无形之类的思辨问题也渐渐达到玄思的高度。

"从骨子眼里看，我是畜生！"这是《地狱一季》中的一句诗，道出了他内心的苦闷与挣扎。这是他对自己这段堕落时光最有力最疯狂的清醒认识。

"强烈的表现欲"——兰波的传记作家格雷海姆·罗伯用这样的字眼评价诗人传奇的一生。他认为兰波不惮以最邪恶、无耻的姿态来激怒公众以获取人们持久的关注。这位天才依靠的是：超越年龄的才华、性别不明带来的奇异感、魅力与残忍的混合，随时准备摆脱过去的自己，以便永远成为人们心目中的"另一个"。

"我唯一不可忍耐之事，就是事事皆可忍耐。"这是兰波的誓言，恰如影片的名字 *Total Eclipse*，寓意着兰波一生的不懈追求与自我放逐。在梦中，他总是喃喃呓语着："On，On，On…"他的一生，永远都在往前走，要么就彻底燃烧，要么就彻底毁灭。当他爱的时候，目光如炬，融化一切；他不爱了，双眸如冰，绝不回头。十九岁之后，他离开了欧洲，游历天下，在非洲经商，直到疾病把他击垮。

我喜欢他们即将分手的那个桥段。风掠过树梢，兰波黯然神伤，他低声吟诵："巴达维亚，你听见风拂过树叶之声。"之后，他向魏尔伦突然发问："你最怕什么？"

魏尔伦毫不犹豫地说："我最怕被阉掉。"

魏尔伦又问兰波："你最怕什么？"

兰波说："我最怕我变成我眼中的别人。"

兰波的桀骜不驯、风情万种，魏尔伦的阴柔顺从、无限痴情，在这个桥段中，被莱昂纳多·迪卡普里奥和大卫·休里斯演绎得惟妙惟肖，不难理解，他们何以在度过了一年如胶似漆的爱情时光后，走向分别。

离开法国的兰波在阿尔巴尼亚待了十四年，足迹遍布这个国家的每个角落，甚至是白人从未去过的地方。"有时他会用柔和的方言，款款细数令人悔恨的死亡。这世上存在着忧伤的人们，痛苦地工作，心碎地别离，在我们的酩酊小屋，他泣眼观望那些围绕在身边的贫贱的牲口。他在黑街扶起醉鬼，他会同情遭恶母虐待的儿女，他的动作如教义课女孩般优雅，他假装通晓一切：商业、艺术、医学。"

兰波在哈勒尔经营贸易站，那地方没有医生，但他不愿放下工作，他坚持撑到痛无可忍，然后自己设计一具担架，雇了十几个人把他抬到海边，航程超过两个星期。一抵达法国，他就住进马赛的医院，锯掉一条腿。他只肯在家停留一个月，他说，他得返回太阳下，太阳能治愈他。

不能不提影片中大量出现的苦艾酒。18世纪后期，苦艾酒兴起于瑞士纳沙泰尔州。19世纪末，它成为法国大受欢迎的酒精饮料，尤其是在巴黎的艺术家和作家之间。欧内斯特·海明威、夏尔·皮埃尔·波德莱尔、保罗·魏尔伦、阿蒂尔·兰波、亨利·德·图卢兹–洛特雷克、阿梅代奥·莫迪利亚尼、文森特·凡·高、奥斯卡·王尔德、阿莱斯特·克劳利、阿尔弗雷德·雅里，都是苦艾酒的著名拥趸。

苦艾酒的酒精浓度几乎高达百分之七十，它的味道很苦、很涩，有非常强烈的刺激性，有致幻作用，容易让人上瘾，十分危险，曾一度被列入违禁品，过度饮用会导致失明、癫痫和精神错乱。据说，凡·高就是因为喝了这种酒，割掉了自己的一只耳朵，魏尔伦也是因为喝了这种酒，开枪射伤了兰波。在医学界，还有一种特殊的疾病以这种酒命名，即"苦艾素中毒"，中毒或者上瘾的人往往很快不治而死。

让人落泪的场景都与苦艾酒有关。影片的最后，魏尔伦撕掉了兰波妹妹的名帖，决心誓死保存兰波早期渎神的诗作。他叫了两杯苦艾酒，幻觉中，兰波坐在对面，巧笑倩兮，美目盼兮。魏尔伦问："告诉我，你爱我吗？"

兰波回答："你知道我很喜欢你。"他反问，"你爱我吗？"

魏尔伦毫不犹疑地回答："是的。"

"那么你把手放在桌子上，手心向上。"兰波说，用小刀轻轻划过魏尔伦手上的皮肤。

这一次,他深深地吻下去。

老年的魏尔伦沉迷于苦艾酒的幻象和对兰波的无限思念之中:"他死后,我夜夜见到他,我巨大而光耀的罪。我们很快就来,我都记得。"在酒后醺然的醉意中,魏尔伦似乎听见兰波狂喜的声音:"我找到了!"

"什么?"魏尔伦问。

"永恒。"兰波说,"永恒,就是天与海交相辉映。"

> 我将带着钢铁的四肢归来
>
> 深色肌肤,愤怒眼神
>
> 我将富有,
>
> 我将残酷而闲逸
>
> 我将得救

值得一提的,是1948年出生于波兰华沙的女导演安吉妮斯卡·霍兰。她被认为是波兰富有才华的电影制作人之一。1971年,安吉妮斯卡从布拉格电影学校毕业以后,曾经做过一些导演的助理,与波兰电影大师安杰·瓦依达合作过多部影片,后来开始涉足戏剧和电视,其中一部影射当时波兰政局的电影在当年的戛纳电影节上获奖。1993年,她为著名影片《蓝·白·红》系列中的《蓝》撰写了剧本。她的其他重要影片还有《欧罗巴、欧罗巴》(1991)、《奥利弗、奥利弗》(1992)、《神秘花园》(1993)、《华盛顿广场》(1997)、《第三类奇迹》(1999)等。

17 《冷山》

我要去寻找

"即使最卑贱的生灵,也有其不可磨灭的尊严和价值。奴隶制最可怕的一面,是对人类真情实感的践踏——比如无数家庭的破碎。"正像斯托夫人在《汤姆叔叔的小屋》中所说:"这个世界总有大恩大德之人:他们把自己的不幸变为别人的快乐,用热泪埋葬自己在人世间的希望,将它们变成种子,用芬芳的鲜花治愈那些孤独凄凉的心灵。"卑微的种子在发芽,轻飘的尘埃终于堆积成压倒稻草的重量。

北卡罗来纳的秋天美得像童话。而对我来说,美国南部这个秋高气爽季节的高妙之处在于,永不会被雾霾遮蔽的时空中,心绪可以与目光一样飘向很远的地方,穿越自我和云层,穿越岁月和红尘,穿越苦难和思念——回到冷山。

不记得曾经在哪里看到过这样一段话:"人们一直辛苦地打听通往冷山的道路,却一无所获。"很多很多次,冷山在我的心底慢慢浮起,就像冰山飘浮在晴朗辽阔的高空,而美丽的涟漪之下,是巨大的山峰般的暗影。通向冷山的路到底有多么漫长，也许只有我们自己知道。

1619年8月，五月花号还没有到达北美，一艘荷兰船来到北美殖民点弗吉尼亚詹姆斯镇，把船上的二十名黑奴卖给了这里的殖民者，黑奴制度从此在美国生根发芽。

罪恶的制度延续了两个多世纪之久，这棵制度大树像有着魔法一般，深深植根在美国的土地上，在大树魔法的覆盖之下，无数黑奴的生命如同卑微的蝼蚁般被任意践踏，如同尘埃般随风飘逝。

然而，"即使最卑贱的生灵，也有其不可磨灭的尊严和价值。奴隶制最可怕的一面，是对人类真情实感的践踏——比如无数家庭的破碎"。正像斯陀夫人在《汤姆叔叔的小屋》中所说："这个世界总有大恩大德之人：他们把自己的不幸变为别人的快乐，用热泪埋葬自己在人世间的希望，将它们变成种子，用芬芳的鲜花治愈那些孤独凄凉的心灵。"卑微的种子在发芽，轻飘的尘埃终于堆积成压倒稻草的重量。这种迹象延续了二百二十四年之久，魔法之树显现了它的衰老和垂危——1861年4月的一个凌晨，一声尖锐炮声在萨姆特要塞响起，美利坚联邦政府和美利坚联盟政府之间关于黑奴的观念之争彻底变为血肉之战。

史料记载，这场时长三十四小时的炮轰尽管未有一人伤亡，但一场血腥的战争却由此开启。4月13日，联盟降下了美国星条旗，将联盟星杠旗插上了萨姆特要塞，南北战争正式爆发。

冷山的故事便从这里开始。

南北战争将美国南方北卡罗来纳州一个叫作冷山的小镇卷入了战火硝烟之中，田园般的景致不复存在，巨大的爆炸和惨烈的肉搏瞬间昭示着战争的残酷，也昭示着主人公的命运。战争前夕，艾达随传教士父亲来到偏远的冷山镇，短暂的相逢使得她与穷木匠英曼相恋。然而，战争开始，英曼被征兵，他们剩下的只有漫长的思念。英曼和艾达的恋情实在太过短暂，只有几句寒暄和一次拥吻，加上两张互换的照片，可这些却成为两个人终生难忘的承诺。

"亲爱的英曼，起初我数着天数，后来变成了数月数，我已别无指望，只希望你能够回来。我暗暗担忧，在我们相识后的这些年月里，这场战争，这场可怕的战争，对我们的改变是无法估量的。"这是艾达写给英曼的信，炮火阻断了他们的音讯。很多年以后，艾达才知道，这样的信英曼只收到三封，而她至少写了一百零三封。

凭借这些飘零在炮火中的信件，影片用两条平行的线索推进英曼和艾达被分割的生活。在前线，磨灭人性的连连征战和南方军队的节节败退，令士兵英曼心灰意冷。一次重伤彻底摧毁了他对于战争的信念，为了见到思念的恋人和远方的家乡，他决定逃离军队，踏上了漫漫回家路。与此同时，在他的家乡偏僻的冷山镇，艾达也饱受生活的折磨和等待的痛苦。父亲的突然离世让生活优渥的艾达无所适从，她遣散了奴隶，却不知怎样维系生活，甚至一只公鸡也让她的日子战战兢兢，一贯养尊处优的她每日只会在思念和读书中度日。

英曼走在回家的路上，风餐露宿，历尽磨难。在这期间，他穿越连绵战火，生命屡受威胁，遭遇形形色色的路人——有暗含畸形色欲的神父，有身世飘零的老者，有孤苦无助的少妇。冷山，是他和艾达之间唯一的联系，是他和家乡唯一的通道。在这里，即使旧日所有的信仰天堂都已破灭，却仍能让你疗伤止痛。

艾达在冷山望眼欲穿，美好的生活遭遇沦陷，惨无人道的杀戮开启了潘多拉的盒子。值得庆幸的是，藏在盒子底部的希望女神终于出现了——在山区女孩露比的帮助下，艾达渐渐学会与周围粗粝尖锐的生活对抗挣扎，期待英曼的归来。

英曼与艾达的相遇是在预期之中的。"当你梦里醒来，因为想念一个人而浑身伤痛，你管它叫什么？爱！"这是两个人说过的寥寥数语中的一句，影片用足够的篇幅描述他们别后又相聚的缱绻呢喃，以平衡两个人多年的寻找和守望。英曼的死尽管有些突兀，却也似乎仍在意料之中。艾达曾在邻居家的水井里看到英曼倒下的画面，这是英曼之死的伏笔。可是我仍然感觉这个时刻来得过于仓促，不是艾达没有准备好，不是故事没有准备好，不是观众没有准备好，而是这个世界还没有准备好。我们遭遇过太多生命中难以承受之轻，却常常对不期而遇的重量措手不及。

《冷山》的英文原名是 *Cold Mountain*，有不少对应的中文译名，比如《寒山》《冷峰》《乱世情天》，我认为，《冷山》最为贴切。那种雕刻在生活肌理之下的哀伤与苦痛，那种深埋在战争磨难之中的人性的高贵和伟大，在这两个字中，像峭立的峰崖一样，孤高冷傲，展露无遗。

从美国南方视角讲述南北战争，让我有着深刻记忆的，除了《乱世佳人》外，似乎只有《冷山》。《冷山》的作者查尔斯·弗雷泽曾经获得美国国家图书奖，电影《冷山》改编自他的同名畅销小说。执导《冷山》的是英国剧作家、导演安东尼·明格拉，他最著名的作品是众所周知的《英国病人》，这部影片获得了超过三十项国际大奖。

《冷山》保持着安东尼·明格拉一贯的风格：对外景的苛刻选择、对演员的精心雕琢、对传统的无限迷恋、对人性的冷峻剖析。这些构筑了安东尼·明格拉式的忧郁与迷惘、史诗般的悲天悯人和荡气回肠。据说《冷山》是在罗马尼亚拍摄的，战争场面主要依靠传统的舞台造型、外景实地拍摄、动用众多群众演员等方式完成，而非无所不能的电脑特效，这种选择着实不易。

《冷山》具备了这个年代一切娱乐大片所需要的噱头，帅得一塌糊涂的裘德·洛和美得不可思议的妮可·基德曼在战火纷飞里上演了一段缠绵悱恻的爱情故事，然而如果你以为这仅仅是一部俗丽的电影，那你就错了。《冷山》暗藏着安东尼·明格拉的勃勃野心，在米拉麦克斯公司出奇制胜的明星战略背后，是安东尼·明格拉执着以求的光荣、责任、忠诚、正直这些严肃抽象的人生主题。舒缓细腻的回家之路和守候之约，更像是对于庸常生活的美学剥离。裘德·洛和妮可·基德曼的表演含蓄有力，张弛有致。裘德·洛的迷人眼神和淡淡的忧郁，是一把无形的利刃；在这部影片中，妮可·基德曼也已经彻底摆脱花瓶的恶名，一步步洞悉表演的奥秘。

在我看来，《冷山》给人更多惊喜的，是那些依次走过的配角。芮妮·齐薇格演绎的大大咧咧、勇敢率真的乡村姑娘露比，是人类在苦难中永不屈服的坚韧生命力的代言。她在艾达最孤苦的时刻走进农场，与艾达相依为命，一起度过了最艰难的岁月。她的戏份并不多，可是每场戏都让人难忘。她痛恨每次都抛下自己的混蛋父亲，知道父亲中枪时仍装作满不在乎，硬硬地说"我不会为他流一滴眼泪"，却用帽子掩盖住眼角的泪水。她喜欢父亲为她创作的那首歌，却佯装愤怒，让父亲"能滚多远就滚多远"。粗粝坚强的表象背后是放松和柔弱，永不原谅的决绝背后是宽恕与和解，芮妮·齐薇格饱满地阐释了安东尼·明格拉对生活的理解。

娜塔莉·波特曼扮演的年轻母亲，可以说是整部影片最出彩的部分之一。她决定信任并收留英曼，最后在孤独中将英曼拉到身边躺下，握着他受伤的手失声痛哭的那一场戏，没有人会不被打动。乱世中，两个身世飘零的陌生人的短暂依偎，让任何语言都黯然失色。

不能不提《冷山》充满美国南部民谣风情的主题曲，实在太美了。

你穿过枪林弹雨毫无损伤

什么武器都不能让你倒下

什么武器都不能在你的脸上留痕

你会成为我的挚爱

你穿过死亡的黑纱

隆隆的炮声无法将你战胜

追杀你的人只会以失败告终

你会成为我的挚爱

安睡在炮火里

指挥官喊道:"失败了!"

他们会四处寻找我

我要去寻找我的挚爱

战地狼藉血红一片

炮弹在我耳边飞舞

救护人或许以为我已死去

而我已去寻找我的挚爱

《冷山》诞生于2003年,五年之后,安东尼·明格拉猝然离世,这是对世界影坛的一记重创。不知道安东尼·明格拉对自己的命运有无感觉,给人印象深刻的是,在他所有的影片中,他都用自己的角色在寻找,寻找天注定的神祇,寻找天注定之外的奇迹。影片结尾,灿烂透明的阳光中，艾达带着她和英曼的孩子在庭院里嬉戏，与一同走出战争创伤的朋友准备家常午餐，生活似乎回归旧日的轨迹，恬淡温馨。艾达说，她又一次去了曾经预见英曼命运的那口水井。

然而，这一次，"那里什么都没有，只有阴云"。

18 《沉默的羔羊》

"善为易者不占"

《沉默的羔羊》是电影史上一部具有精神分析价值的作品，在导演的镜头里，每个人的心理都是富足却又有缺失的。

大学的时候，我最喜欢的两门课是《易经》和心理学，能够引经据典地将不靠谱的事情解释得如此有板有眼，这让我啧啧称奇。

教授《易经》的是一位老先生，他清瘦、矍铄、神采奕奕，风度翩翩。他最常说的一句话就是"善为诗者不说，善为易者不占，善为礼者不相，其心同也"。然而，那时我们还不能洞悉其中的道理，这句话似乎对于我们没有任何约束力，下课的铃声响起，我们便掏出火柴棍或者牙签，相互占卜玩笑。以非科学解构道学，以非道学颠覆科学，是我们青春时代最美好的时光。

心理学的"墨迹测试"也是我们最喜欢的课程。教授心理学的也是一位老先生，德行高山仰止，智慧深不可测，不过无风度不翩翩，总是衣衫不整、不修边幅，他的衣襟上常常沾满他的或我们的墨水。在他天马行空的课堂上，看着墨迹肆意流淌，跟随他从中解读出玄幻无比的童年往事和狼奔豕突的性格命运，这事着实有趣。

这两门课的引导，在此后相当长的时日，一切对于心理、行为有益或有趣的规范，都不能进入我的法眼；一切对于人类有意识、无意识、前意识、潜意识的分析，一切有关心理和犯罪的文学艺术作品，都不能不让我哑然失笑。

直到我遇到《沉默的羔羊》。我出生于外科医生之家。那些血肉模糊的残肢断臂、那些呼天抢地的累累伤痛、那些生生死死的震撼瞬间，是我童年记忆不可分割的一部分，它们给了我阴郁的回想，也给了我坚强的神经。也许我还没有告诉你，我的姑父是一位法官，在那个缺乏法制和人性、缺乏对隐私的基本尊重的时代，他经常同母亲手术室那些血淋淋的故事一道，造访我的童年。他眉飞色舞地描述的犯人被枪毙时的情景，比任何导演的恐怖想象更恐怖，比任何作家的惊悚笔墨更惊悚。我常常以为，母亲和姑父所未有的职业病，在我身上统统存在，没有什么惊恐的事情能够吓倒我。

直到我遇到《沉默的羔羊》。这是目前唯一一部我不敢重看的电影，尤其其后传《汉尼拔》中变态吃人狂汉尼拔·莱特博士吃活人脑的那个桥段，像一座险恶的山峰，挺立在我的恐惧里，让我望而生畏，望而却步。

二十二年之后，为了写这篇文章，我沉吟了许久许久，终于鼓起勇气，选择一个阳光灿烂的午后、一个热闹非凡的广场，重新走进被我执着荒废的田园，拾回被我刻意抹去的记忆。让我震惊的是，

《沉默的羔羊》诞生于 1991 年，隔着那么多年的时空回望，影片中的很多段落和细节仍令人拍案叫绝。

《沉默的羔羊》是为数不多备受瞩目、堪称经典的电影作品。如果用两个字来描述它，我认为不是"专业"，而是"智慧"。《滚石》评价该片的魅力在于"将残忍的惊恐和宽厚的仁慈融为一体"，非常精彩，也非常到位。在 IMDb（互联网电影资料库）的两百万部作品中，《沉默的羔羊》一直高居全球二百五十部佳片的前三十位。曾有好事者统计，到目前为止，它已获得大小电影节里的三十一个奖项和二十九个提名，其中包括了柏林电影节的银熊奖和奥斯卡电影节最佳影片、最佳男主角、最佳女主角、最佳导演以及剧本改编奖五个奖项。这些足可见其不朽的成就。

《沉默的羔羊》根据美国畅销侦探悬疑小说家托马斯·哈里斯的同名小说改编而成。托马斯·哈里斯写了一系列以变态吃人狂汉尼拔·莱特博士为主角的小说，按照出版顺序分别为《红龙》(*Red Dragon*)、《沉默的羔羊》(*The Silence of the Lambs*)、《汉尼拔》(*Hannibal*)、《汉尼拔前传》(*Hannibal Rising*)，这些小说都先后被改编成电影。毫无疑问，乔纳森·戴米执导的《沉默的羔羊》是这些作品中最出色的一部，片中由安东尼·霍普金斯饰演的极富睿智和魅力的杀人狂汉尼拔·莱特、由朱迪·福斯特塑造的最具坚毅和魅力的女警官克丝·史达琳，是世界电影史上不可超越的角色。

正在受训的美国联邦调查局实习特工史达琳接受了一项特殊任

务，寻找并缉捕一个叫作"野牛比尔"的变态连环杀人剥皮狂。史达琳勤奋聪颖，出身寒微，她的父亲是名警察，在一次执行任务的时候被歹徒枪杀。父亲的离去是她童年的一个阴影，同时造就了她孤胆坚毅的性格，她从小渴望为父亲报仇，后来通过努力，最终以优异的成绩考入美国联邦调查局。为了完成任务，史达琳不得不去一所戒备森严的监狱，拜访一位曾名噪一时的精神病专家汉尼拔博士。

汉尼拔是一位充满传奇色彩的教授，也是一个有着食人嗜好的变态魔鬼。他智商极高，思维敏捷，冷静狂妄，却又彬彬有礼，拥有渊博的知识，也拥有强大的自我控制能力。史达琳的思维和能力完全不是汉尼拔的对手，汉尼拔要求以她的个人隐私换取他的协助。

汉尼拔和史达琳的信息交换慢慢变成了相互信任。此时有一位女子被绑架，这次是参议员的女儿。汉尼拔以转移到看得见风景的监狱为条件为警方提供了线索，可是却受到欺骗，愤怒中他杀掉两名警察，逃出守卫森严的监狱。与此同时，受到汉尼拔指点的史达琳正在接近凶手，在一段惊心动魄的角逐之后，史达琳终于杀死"野牛比尔"，救出参议员的女儿。

《沉默的羔羊》是电影史上一部具有精神分析价值的作品，在导演的镜头里，每个人的心理都是富足却又有缺失的。"野牛比尔"是一个急欲摆脱男人身份的亚男人，他幼年受继母虐待，希望成为女人，为此三次去医院做变性手术却都被拒绝，绝望之中，他产生性变态心理，残杀女性，剥下她们的皮为自己缝制衣服，并在她们的嘴里放上一只昆虫蛹的标本。在心理学上，这种敌意和缺失焦虑被解释为对依赖和无奈的过度防卫反应，而社会制度的冷酷教条使得他最终只能以反社会的行为来实现自己的梦想。

变态杀人狂魔汉尼拔博士是一个有着高智商、温文尔雅的男人。汉尼拔在心理学和精神病学方面的成就无人能及，几年来无数拜访者希望能与他合作，却都空手而归。对于那些心理学问卷他不屑一顾，枯燥乏味的牢笼生活并未消磨他的耐性，他时时高高在上，以君临天下的气势俯视众生，为所欲为。史达琳作为一个心理分析对象的出现诱惑了他、打动了他，也改变了他，最终他远走他乡。

"沉默的羔羊"的英文原意是"羔羊的沉默"（The Silence of the Lambs），源自史达琳幼时的心理创伤，她常常听到待宰杀羔羊的尖叫，却并未意识到，那正是自己内心脆弱的呼号。潜意识里她认为自己是弱者，不敢正视儿时的遭遇，逃避与心灵的对话，靠着意志力将恐惧藏在记忆的深处，希望通过拼命努力来改变自己的命运。她的这些经历引起了汉尼拔的兴趣，也正是通过汉尼拔的指点，史达琳终于战胜了自己，走出了童年的阴影。

《沉默的羔羊》是导演乔纳森·戴米的巅峰之作，此后不论是作为导演还是制片人，他的作品都未能再达到这个高度。这个大学时学兽医专业却酷爱电影的美国人，被认为是美国"最富魅力、影像凌厉、剧情诡谲"的导演，很多观众都无比热切地期待他的《沉默的羔羊2：汉尼拔》，可是他的聪明恰在于他懂得进退的尺度。

《沉默的羔羊》的成功不能绕过男女主演，这部电影也是他们演艺生涯的高峰。在这部一百一十八分钟的影片中，安东尼·霍普金斯只有短短二十一分钟的镜头，却光芒万丈，他演绎的汉尼拔这个角色堪称空前绝后、无人能及。作为英国影、视、剧三栖演员，霍普金斯曾被英国女王伊丽莎白二世授勋，并获封爵士头衔，可见其对英国剧场及电影的贡献。《沉默的羔羊》之后，霍普金斯在《惊情四百年》《燃情岁月》《尼克松》《毕加索》《奥贝武夫》《希区柯克》中都有卓越的表现，令人印象深刻。霍普金斯也曾主演《沉默的羔羊》后传《汉尼拔》、前传《红龙》，但仍未能超越自己。

出身于单亲家庭的天才童星朱迪·福斯特是世界电影界的骄傲，她的美貌和智慧让任何人都不敢小觑，她的同性恋身份更是每每在影坛掀起狂澜。从三岁开始"工作"，童年的朱迪在一个个片场之间穿梭着，却仍未放弃学习。十八岁时，朱迪决定暂时退出演艺圈一心读书，《人物》杂志将其评价为"自从嘉宝选择隐退以来，最令人震惊的电影事业上的决定"。她充满自信地同时申请了耶鲁大学、哈佛大学、普林斯顿大学、哥伦比亚大学、伯克利大学和斯坦福大学，所有申请的学校都接受了她，最终朱迪选择了耶鲁。

《沉默的羔羊》中，朱迪与霍普金斯关于"童年羔羊"的那段对手戏可以说是世界电影史的经典片段，朱迪将一个女人的果敢与隐忍、骄傲与哀恸、坚强与脆弱演绎得入木三分，甚至任何心理分析和精神分析课程都不能无视这段对话。同影片中的史达琳一样,朱迪的生活充满了荣耀,也充满了波折与艰辛。值得肯定的是,她战胜了自己的童年阴影和童星宿命。这在好莱坞几乎是一个奇迹。

19 《追风筝的人》

风筝何时重新飘起

每次读到卡勒德·胡赛尼,我都会想到帕慕克——在东西方之间、在传统与现代的十字路口游走的帕慕克。喀布尔之于胡赛尼,也许正如伊斯坦布尔之于帕慕克,这是他们无比眷恋又无比隔膜的家园,他们不由自主地将自己从东方背景中剥离,嫁接到全然陌生的西方语境中。

卡勒德·胡赛尼近年来收获颇丰。尽管作为阿富汗裔美国作家,胡赛尼屡被指责——较之于其他美籍外裔作家,胡赛尼缺乏纳博科夫的"诡谲万端和繁复异常",缺乏库切的"返璞归真和大巧若拙",但他的前两本书《追风筝的人》和《灿烂千阳》仍然取得了不俗的销售业绩,在全世界卖出了近四千万册,第三部作品《群山回唱》也正以各种语言走进不同国家、不同民族读者的内心。

将卡勒德·胡赛尼划入某种创作类型似乎很艰难。他的每一部作品都高居世界畅销书排行榜前列,然而与同时代的畅销小说相比,他的创作却显然表达着与其他畅销路径不一样的隐忍和救赎。胡赛尼的作品中，没有情色、惊悚、悬疑、科幻，没有背弃和厌世，没有纵横捭阖的少年魔法学校和秒杀一切的青春吸血偶像，有的仅仅是贯穿于阿富汗民族的百年苦难与哀伤——然而，似乎没有什么能够比这更加惊心动魄了。有人曾经将胡赛尼的出现，比作两百年前简·奥斯汀的凌空高蹈、一百五十年前查尔斯·狄更斯的黑马穿行，但是毕竟胡赛尼有着与前者截然不同的风格，也许正是他对无限神性的不懈追问、与诡谲命运的主动和解，从而完成由东西方文化之间的被放逐到自我放逐的历程，才使得他的作品具有无可比拟的魅力，这种魅力将使得他的思考穿越无数个世纪，抵达遥远的未来。

《追风筝的人》问世于2003年，名不见经传的阿富汗裔美国医生卡勒德·胡赛尼，转身变成享誉世界的阿富汗裔美国作家，并因此获得2006年联合国人道主义奖。2007年，马克·福斯特将这部小说搬上银幕，从此使其拥有更多的受众。

马克·福斯特对小说的阐释和重建是显而易见的。马克·福斯特出生于德国医师与建筑师家庭，童年时随父母搬至瑞士达沃斯居住。十二岁时，马克·福斯特观看了童年的第一部戏院电影——法兰西斯·柯波拉的《现代启示录》，受此启发，福斯特向着导演的梦想前进，并终于如愿以偿，从此才有了《破碎之梦》《死囚之舞》《寻找梦幻岛》《生死停留》《笔下求生》《007：大破量子危机》《钱斯勒手稿》《机关枪传教士》《僵尸世界大战》，以及《追风筝的人》。

也许很多人并不知道，《追风筝的人》是在中国西部拍摄的，那遍野的荒凉让人心生痛楚。这部电影几乎耗尽了马克·福斯特的资产和情感,"我手头上没有一点资金,身边没有一点帮助,就像要赶一辆牛车上山"。很多年以后,马克·福斯特抱怨说。他惯于在影片中描绘情绪压抑的角色,以及这些角色情感上的残疾,并将其看作人类的普遍疾病。在《追风筝的人》中,马克·福斯特试图再次用人类情感疾病的态度处理他的角色。

故事就这样开场了。

影片讲述两个阿富汗少年——阿米尔和哈桑之间的故事。阿米尔是阿富汗富家少爷,哈桑则是他的仆人,他们情同手足,阿米尔的父亲对哈桑也情同父子。在阿富汗,放风筝是一种深受大家喜爱的活动,阿米尔和哈桑也对风筝有着难以抑制的热情。他们参加了风筝大赛,阿米尔因为父亲对哈桑过多的赞扬和奖励和对自己的冷淡失望,心中颇感挫败,希望通过这次风筝大赛来获得父亲的认同和赞赏。最终,阿米尔和哈桑赢得大赛。然而,在哈桑为阿米尔追回他们赢来的风筝时,遇到了一个来自普什图族的暴徒。阿米尔眼睁睁地看着哈桑被残忍地强暴,自己却始终没有勇气走上去救他。回到家里,阿米尔为自己的懦弱感到自卑惭愧,每天面对哈桑让他内心备受煎熬,他诬陷哈桑偷了他的手表,让父亲赶走哈桑父子。两人的友谊就此切断。

故事是从移民美国的成年阿米尔开始的,他一直带着缠绕了自己一生的负罪感生活,梦魇一样的经历使他饱受折磨,他无法原谅自己当年对哈桑的背叛。道德的觉醒、良心的谴责，让阿米尔踏上了赎罪之路——回到阔别二十多年的故乡：通过爸爸的挚友拉辛，阿米尔终于得知，哈桑原来是自己同父异母的弟弟。与此同时，他也得知，哈桑夫妻遭难，儿子索拉博被送进了孤儿院。

救赎就从救出索拉博开始。在电影线索处理中，马克·福斯特尊重原著，同时也将带有东方精神的小说文本转化为具有西方价值的视觉符号，背叛与救赎的主题贯穿始终。影片以哈桑帮阿米尔追风筝的开头、以阿米尔与索拉博追风筝的结尾，体现着马克·福斯特对卡勒德·胡赛尼叙事的尊重，也体现着他对于风筝作为见证亲情、友情、爱情，救赎正直、诚实、良知的符号的运用。

每次读到卡勒德·胡赛尼，我都会想到帕慕克——在东西方之间、在传统与现代的十字路口游走的帕慕克。喀布尔之于胡赛尼，也许正如伊斯坦布尔之于帕慕克，这是他们无比眷恋又无比隔膜的家园，他们不由自主地将自己从东方背景中剥离，嫁接到全然陌生的西方语境中。阿富汗的故事也许更充满艰辛，胡赛尼的父亲是外交官，后来逃亡到美国，这让他更加难忘初到加利福尼亚、靠领取救济金生活的日子，这些日子与他曾经有过的优渥的岁月截然不同。胡赛尼和他的父亲在一个跳蚤市场工作，很多阿富汗人在那里谋生，然而，他仍然为此庆幸。因为，他们逃过了战争、地雷和瘟疫。

动荡的中东地区自古就是世界的"火药桶"，阿富汗政局牵涉到中东的安全。阿富汗是一个以信奉逊尼派伊斯兰教的普什图族为主体民族的多民族国家，而信奉什叶派的具有蒙古人血统的哈扎拉族历史上几个世纪来则一直挣扎在底层，当阿富汗共产党在苏联的帮助下取得政权之后，大量依靠地位比较低下的塔吉克族、哈扎拉族，引起从前得势的普什图人不满。在苏军撤退之后，以普什图人为主的宗教军队塔利班战胜了其他民族的武装，基本统一了阿富汗，并对其他族群实施宗教、种族迫害。塔吉克族、哈扎拉族、乌孜别克族等组成的北方联盟，在即将彻底失败之时，机缘巧合得到遭遇"9·11"袭击的美国的帮助，取得了阿富汗的支配权。生活在这里的人们更是饱受战乱之苦，田园荒芜、背井离乡几乎是平常之事。卡勒德·胡赛尼说："这个国家遭受的苦难，已经得到了充分的记载，它们远比我的笔墨更有见识，更有说服力。"在此后的小说《群山回唱》中，胡赛尼借助舅舅纳比之口说道："要对这些年做个概括，我用两个字就够了：战争。或者更确切地说，战乱。不是一场两场的战争，而是很多场战争，有大的，也有小的，有正义的，也有非正义的，在这些战争中，英雄和恶棍不断变换着角色，每有新的英雄登场，都会唤起对昔日恶棍日益加深的怀念。"胡赛尼不想在苦难深重的同胞伤口上撒盐，正因为如此，不论是小说还是电影，那种隐忍的痛苦更令人心生哀恸，沉静的挣扎更饱含蚀骨忧伤。

在马克·福斯特的镜头下，我们不难看到胡赛尼描绘的那个饱满而丰富的阿富汗，还有同样饱满而丰富的穆斯林文化。熟悉阿富汗的人也许不会忘记，阿富汗国徽蕴含着独特的内涵：绶带束扎的谷穗、伊斯兰宗教色彩的清真寺、柄尾交叉的阿拉伯弯刀、生命、宗教、战争，这几乎成为阿富汗的重要组成。在影片中，我们不难看到，君主制终结、苏联入侵、内战、塔利班当权、"9·11"事件等等，无不天衣无缝地退隐到幕后，融合为影片的生活场景。种族与种族的冲突、宗教与宗教的矛盾、文化与文化的交锋、个体命运与时代背景的对立，人性故事历史景观的抉择，如史诗般娓娓道来。

胡赛尼对战乱之后的阿富汗并不抱有盲目的乐观，他对于故国的爱与故国的恨一样饱满，战争的种种乱象、西方文明对于东方的销蚀与融合，都令人心烦意乱、忧心忡忡。后战争时代的阿富汗更加萎靡、困窘、暴行满野，战争消弭了人性，放大了利益，人们为了一己之利相互争斗、自相残杀，这让胡赛尼更是困惑，"每平方英里都有一千个悲剧"，他讽刺道，却并无力量改变现实。胡赛尼在《追风筝的人》的英文扉页题道："将此书献给所有阿富汗的孩子"，表达了他的真诚而又无奈的祝福。

胡赛尼的救赎归根结底还是自我救赎，是超出于宗教和信仰之外的自我完善，马克·福斯特对这一点把握得很到位。我喜欢影片中那些让人萦怀不已的场景：一个为了喂饱孩子的男人在市场上出售他的义腿；足球赛中场休息时间，一对通奸的情侣在体育场上活活被石头砸死；一个涂脂抹粉的男孩被迫出卖身体，跳着以前街头手风琴艺人的猴子表演的舞步……这些看似闲置的笔墨如此真实，如此残忍，又如此美丽。

故事的最后,风筝再次飘起,与阿米尔一同放风筝的已不再是那年的哈桑,而是哈桑的儿子索拉博,为他追风筝的人,变成了阿米尔。"为你,千千万万遍",这句话变成了从阿米尔口中说出。几十年的沉重负担,终于开始释然了吧。

每个人心中都有一个风筝。我们心中那些被割断的风筝,何时才能重新飘起?

20《潘神的迷宫》

用童话杀戮童话

凭借费解的隐喻、神秘的咒语,凭借家族的徽章、冥界的秘密,德尔·托罗带领我们穿越暗道、迅速成长,抵达人类从未曾知晓的幽暗内心,抵达人类从不敢想象的深邃世界。

——"我的名字叫奥菲丽娅。你是谁?"

——"我?我有太多的名字……古老的名字只有风和树才能读出来。我是高山、森林和大地。此时,我是你最卑微的仆人,我的殿下。"

这,就是潘神。

Pan,本寓"牧地"之意。在古希腊神话中,潘神是牧羊人、羊群、山林野兽、猎人以及乡村音乐的神。在古罗马神话中,潘神变身为农牧之神或森林之神。在西方中古绘画中,我们常常看得到潘神那诡谲的身影——上半身是山羊、下半身是鱼,或者人的脸和上身、山羊的头和下肢的怪样子。据说,撒旦的形象来源于它。

与"奥菲丽娅"一起走进潘神的迷宫是在2006年那个溽热的夏

天。这一年,墨西哥导演吉列尔莫·德尔·托罗完成电影《潘神的迷宫》浩大的创作,他将他喜爱的亚瑟·莱克海姆、埃德蒙·杜拉克、凯·尼尔森的绘画和插画风格植入影片,华美的场景顿时透露出觳觫的味道,低进的音符陡然张扬着蛊惑的气息,这些味道和气息让整部影片呈现着魔幻、迷离、虚无、怪诞的景象。2007年,作为当年奥斯卡颁布奖项的第一部影片,《潘神的迷宫》包揽奥斯卡最佳艺术指导、最佳化妆、最佳摄影三项大奖,这确实也不在人们的意料之外。

然而,如果你仅仅以为,这是一部充满魔幻色彩的纯美童话,那么你就大错特错了。在《潘神的迷宫》中,起着重要作用的是片中十二岁的女孩奥菲丽娅。伊万娜·巴克罗成功饰演的奥菲丽娅,构筑了两条平行的故事线索——一个小女孩奥菲丽娅避世遁俗的幻想之旅,一场不畏强暴争取自由的游击战争。这两条线索形成了影片空间和精神的交会。在第一条线索中,奥菲丽娅发现迷宫、得知身份、完成任务、返回王国;在第二条线索中,游击队及继父身边的仆人和医生反抗暴虐、成功歼敌。

让我们回到故事的现场。1944年,西班牙,第二次世界大战已近尾声。这一年,世界历史上,许多大事在发生:在波兰,苏军在向西推进中第一次越过波苏边界,德军在苏军的十次打击下节节败退;在意大利,墨索里尼在希特勒的威胁之下判处齐亚诺死刑;在希腊,内战爆发,国王退位;在美国,罗斯福召开太平洋作战会议,艾森豪威尔将军被任命为盟军总司令；在苏联，苏军终于突破了包围列宁格勒长达九百天之久的德军严密封锁圈；在德国，纳粹正在有计划地培育雅利安优秀民族；在法国，被誉为"霸王战役"的诺曼底登陆正在进行，欧洲战场的态势由此改变……正义和非正义，都在打着真理的旗号揭竿而起，扩大自己的疆土。

1944，这是世界历史重要的一年，也是西班牙历史重要的一年。这一年的西班牙，由于连年的内战变得动荡不堪，尽管战争最后以弗朗西斯科·佛朗哥领导的民族主义登台而告终结，可是佛朗哥长达三十九年的独裁统治使得西班牙政治、经济、文化与外部世界隔绝，西班牙重又陷入动荡的边缘。德尔·托罗将他的镜头摇向这个阔大的时间场域，深邃的历史背景、丰富的社会变革，使得影片无论在隐喻还是现实层面都有着无法言喻的丰富内涵。

这一年的西班牙，一个十二岁的女孩正化身奇幻王国失踪的公主，经历着魔幻世界到现实世界的巨大变革。

影片的开篇，奥菲丽娅随身怀六甲的母亲卡门与继父维达上尉会合。维达的真正身份其实是负责在西班牙北部镇压、逮捕当地游击队的法西斯军官，接卡门母女同住与其说是共享天伦，还不如说是要监视卡门把属于他的骨肉生下来。

维达有一个变态的乐趣：研究各种刑具来折磨残害被抓来的异见人士。眼睁睁看着冷酷的继父每日杀人为恶、羸弱的母亲患病在床，奥菲丽娅只能沉浸在孤独的幻想之中。在她的世界里，有一个潘神的迷宫,是传说中冥神为女儿回去留下的入口,迷宫的守门人潘神正在等候她的到来。潘神告诉奥菲丽娅,在这个世界里,她其实是地下王国走失的公主,要重回她的王国,奥菲丽娅必须在迷宫接受三个任务。奥菲丽娅顺利完成了第一个任务,解救一棵濒死的古树,从肮脏的蟾蜍口中取回金钥匙。在执行第二个任务时,奥菲丽娅因为没有经受住诱惑失败,吃了两颗葡萄,差点搭上性命,牺牲了潘神的两个精灵宠物。而此时继父也在地上加紧了更疯狂的扫荡攻势。地上地下,与噩梦的斗争模糊了幻想与现实的界限。

潘神对她大失所望。此时奥菲丽娅的母亲正处于难产,为了传宗接代,上尉选择了孩子而不是母亲。绝望中,潘神再度返回。奥菲丽娅按照与潘神的约定带着她同母异父的弟弟来到了与潘神初遇的地方,但是,她拒绝了第三个任务——用弟弟纯洁的血打开通往冥界的大门,被尾随而至的继父开枪打死。

其实,奥菲丽娅做出了正确的选择,她的血流入水道,为她开启了冥界的大门,对于弟弟的生死抉择只是潘神对她的考验。现实世界中,奥菲丽娅的身体已逐渐冰冷。魔幻世界里,她的灵魂却终于回到父母那里,作为公主统治地下王国。

无疑,《潘神的迷宫》不是拍给孩子们看的。它没有瑰丽的色彩、明亮的风格、甜腻的情节,相反,血腥、暴力、屠戮、幽暗充斥画面,这意味着,它是一部成人童话。

这个世界的童话有两种:一种是甜美婉转、光明璀璨,天真的小红帽遭遇狼外婆并最终被解救，白雪公主和王子有情人终成眷属，爱丽丝漫游仙境，尼尔斯骑鹅环游世界，匹诺曹历尽劫难终于从木偶变成男孩，美人鱼用自己的声音和寿命换来王子的幸福，丑小鸭历经千辛万苦、重重磨难之后变成了白天鹅；一种充满极致的疯狂、极致的残暴、极致的丑陋。作者创作这些极致想象力的目的在于，不是表达理想，而是解决现实问题。如果说前一种童话是写给孩子看的，那么后一种则是写给成年人看的。它们是借助古老深远的恐惧与欲望，引导人类继续成长、进入社会的律令之书。

在这种意义上，《潘神的迷宫》讲述的是人类成长之后的故事。在这一类型里，《潘神的迷宫》并非孤本，还有很多我们熟悉的范例：彼得·杰克逊的《魔戒》，安德鲁·亚当森的《纳尼亚传奇》，乔·庄斯顿的《勇敢者的游戏》，戈尔·维宾斯基的《加勒比海盗》，蒂姆·伯顿的《剪刀手爱德华》与《查理和巧克力工厂》，克里斯·哥伦布、阿方索·卡隆、迈克·内威尔、大卫·叶茨的《哈利·波特》，不一而足。或许，正因为现实世界的生灵涂炭，艺术家宁愿将心灵的触角探向奇幻世界，在这里，魔幻成为人类的苦难、恐惧、悲伤、彷徨的重要出口。

难道不是吗？凭借费解的隐喻、神秘的咒语，凭借家族的徽章、冥界的秘密，德尔·托罗带领我们穿越暗道、迅速成长，抵达人类从未曾知晓的幽暗内心，抵达人类从不敢想象的深邃世界。奥菲丽娅的第一个任务是从丑陋凶猛的蟾蜍口中取出钥匙，象征的是勇气与智慧；第二个任务是面对盛宴的诱惑，阐释的是忍耐与克制；第三个任务是用自己而不是无辜者的鲜血打开冥界的大门，寓意着善良与坚守。而在地面的现实世界，游击队消灭残暴、自我救赎，这是人类最终的理想和自由。

德尔·托罗在电影中所要表达的深意不仅于此，他追求的是用童话戳穿童话的虚幻、用童话反衬现实的冷酷。在这个地上、地下不时交换残暴的世界里，奥菲丽娅所要面对的，不仅仅是人性的残缺，还有被人类的想象所扭曲的心灵：丑陋的精灵、黏稠的蟾蜍、诡异的潘神、惊悚的丛林，以手掌为眼专吃孩童的白色魔鬼。重要的是，他还想告诉我们，实现理想、夺取自由不仅需要勇气与智慧、忍耐与克制、善良与坚守，甚至要付出生命的代价。在宛如迷宫一般的影像里，充满了奇绝的臆想、诡谲的符号，你需要不停地整理自己的思路，才能努力接近导演的表达意图，才能不在迷宫中失去方向。

很多人也许并未注意到，影片中那个一直没有名字、没有面孔的男孩。这是维达的儿子，维达不惜以妻子性命为代价，保存这个孩子的纯正血脉。他临死前，理直气壮地向游击队要求："告诉他父亲死去的时间。"游击队果断地拒绝："不！他永远不会知道你的名字。"随即，一颗子弹，射向他右颊，结束了他和孩子的全部联系。有人说，这个桥段暗喻着对希特勒血统论的最大讽刺。可是，我更愿意相信另外一种说法——

在《约翰·克利斯朵夫》的结尾，罗曼·罗兰深情地写道：圣者约翰·克利斯朵夫渡过了那条河，他问肩上的孩子："孩子，你究竟是谁？你为何这样沉重？"孩子答道："我是未来的日子。"

诚如罗曼·罗兰所言，"未来"，便是孩子的名字。

21 《窃听风暴》

罪恶，假国家之名

威茨格尔之前的两百年，德国哲学家康德在《实践理性批判》的结尾写道："有两种东西，我们越是经常、越是执着地思考它们，心中越是充满永远新鲜、有增无减的赞叹和敬畏——我们头上的灿烂星空，我们心中的道德法则。"就在罪恶假国家之名大行其道之时，可贵的是，即使在最黑暗的核心地带，也有光明的种子，还有威茨格尔这样高贵的坚守者，勇敢地捍卫着心中的道德法则。

4月中明朗清冷的一天。钟楼报时十三响。风势猛烈，温斯顿·史密斯低着头，下巴贴到胸前，不想冷风扑面。他以最快的速度闪进胜利大楼的玻璃门，可是狂风卷起的尘沙还是跟着他进来了。

这是1945年，在贫病交加、贫困潦倒中，英国作家乔治·奥威尔铺开白纸，奋笔写下这段话，以及前面四个伟大的数字：1984。在这部充满荒诞和谶语的小说中，奥威尔以先知般的冷峻笔调，幻想着三十九年后的未来世界：三个超级大国——大洋国、欧亚国和东亚国之间战争频仍，国家内部社会结构被彻底打破，国家实行高度集权统治，以改变历史、改变语言、打破家庭等极端手段钳制人们的思想和本能。

1947年，小说艰难问世。1950年，奥威尔死于肺病。这一年，他刚满四十七岁。因此作品所蕴含的深邃思想，奥威尔被称为"一代人的冷峻良知"，甚至有评论家感喟："多一个人看奥威尔，就多了一份自由的保障。"

然而，可笑的是，奥威尔以锐目观察、辛辣的笔触讽刺泯灭人性的极权主义，在他身后六十三年，却仍然不断繁衍。"语言的堕落是人间最可怕的堕落"，奥威尔无比坚信地断言，"在一个语言堕落的时代，作家必须保持自己的独立性，在抵抗暴力和承担苦难的意义上做一个永远的抗议者"。如何避免语言的堕落？奥威尔给出的意见是——以拒绝发声的方式抵制堕落。事实证明，我们伟大的历史正如他伟大的预言。

指针拨到奥威尔预言堕落的纪年。

时间：1984年。地点：东德柏林。

在这个个人无从主宰自身命运、尊严饱受践踏的年代，人与人之间的信任降低到历史的冰点，一场关于生命和尊严的"窃听风暴"席卷而来。这是比人类的任何灾难更难以书写的事实，它一次次向深渊抛出石子，静待回音，一次次自以为探到了人性的底线，可怕的是，这石子的回声一次比一次悠长。

搅动这场风暴的，是被誉为"情报皇冠上的珍珠"的"史塔西"国家秘密警察。柏林被完全封锁，公开化无处不在。东德被一百万国家秘密警察严密监控，这是一个由十万专职人员二十万线民所组成的情报机构，他们制造的巨大恐惧确保了政权的稳固。正如乔治·奥威尔在《1984》中的电幕系统一样，国家秘密警察的窃听手段掌握和控制着人民的思想："你只能在这样的假定下生活——从已经成为本能的习惯出发，你早已这样生活了，你发出的每一个声音，都是有人听到的，你做的每一个动作，除非在黑暗中，都是有人仔细观察的。"

这一天，奉公守法的秘密警察戈德·威茨格尔接受了一个看起来十分简单的任务"勇者行动"：监听剧作家乔治·德莱曼，代号特工HGW XX/7。他是个善于侦讯、善于猎杀、善于用精准的心理手段摧残受审者意志并获取口供的专业特工，他是民主德国这个庞大的国家机器上的无数螺丝中的一个，他按时上下班，生活严谨，给每个学生做量化考察，逻辑性十足地审问犯人，每审必有收获。重要的是，威茨格尔始终相信他所从事的是一项正义的事业，在整个机器的运转中毫不动摇、毫不走样。威茨格尔如实记录着德莱曼每天的生活，包括他与朋友谈话中表现出来的各种观点，甚至他同女友的情话和情事。

这是一个枯燥的工作，同样枯燥的威茨格尔却并不感觉乏味，他刻板得像时钟一样，在他的接任者气喘吁吁赶来时，他会认真地告诉对方，"你迟到了三分钟""你迟到了两分钟""你又迟到了五分钟"。

然而，监听到的事实却越来越令他困惑。他发现，德莱曼和他的女友克丽丝其实不过是对生活有着非凡热情的平凡夫妻，他们热爱艺术、珍惜生命，在体制的约束内，小心翼翼地生活和创作，竭尽所能地满足国家对艺术的需求，竭尽所能地表达着自己对艺术的忠诚与企盼。

被压抑的人性终于爆发，改变来自德莱曼的导演朋友雅斯卡。由于当局怀疑雅斯卡的动机和忠诚，五年来，雅斯卡被禁止发表任何作品，禁止进行任何演出。这天，是德莱曼的生日，雅斯卡参加了聚会，送来了礼物——他创作的《好人奏鸣曲》。不久，德莱曼接到电话，对创作解禁深感无望的雅斯卡自杀了。放下电话，绝望的德莱曼在家中钢琴上弹起《好人奏鸣曲》。

此时此刻，在监听线路的那一端，音乐中深沉的忧伤和痛彻的无奈打动了貌似已经没有了感情的威茨格尔。在忧伤的旋律中，威茨格尔潸然泪下。此后，威茨格尔开始有意识地将监听报告中涉及意识形态的部分隐藏起来。与此同时，出于对好友死亡的愤怒，德莱曼通过调查获悉东德每年因为政治迫害而死亡的艺术家的数据，并将这些数据整理成了文章，交与了柏林墙那边的《明镜周刊》。

报道的发表使得东德国家秘密警察大光其火，竭力寻找着告密者，种种迹象让他们将怀疑对象锁定德莱曼。他们带走了克丽丝，开始关押审讯。出于恐惧与懦弱，克丽丝被迫出卖了德莱曼，供出了隐藏关键证据打字机的秘密位置。千钧一发之际，威茨格尔悄悄潜入德莱曼的家，在警察搜查之前移走打字机，挽救了德莱曼。而克丽丝出于悔恨冲出家门，结果被迎面而来的汽车撞倒身亡。

德莱曼躲过了被监禁甚至枪决的危险。但原本仕途光明的威茨格尔却因为监听任务的失败，被降职成为"史塔西"内部处理邮件安全的下层人员，他的工作是拆封信件，他工作的场所是不见天日的地下室，贬黜的时间是他余生中漫长的二十年，发配他的则是他的老同学老上司、企图用"勇者行动"获取名利的库尔威茨上校。

被诅咒的二十年并未实现，仅仅五年后——1989年11月9日，柏林墙被数万东西德民众合力推倒。高墙倒塌的一瞬间，东德人如冲破堤坝的潮水般涌入西柏林，分隔近半个世纪的亲人们欣喜若狂地拥抱在一起。那一夜，全世界都听到了这样一个声音："今夜，我们都是德国人。"

柏林，这个被狂欢攻陷的城市的某个地下室里，几个带着职业性冷峻表情却掩饰不住喜悦的人走出堆满信件的检查室，走向了未知的新世界，其中就有威茨格尔。经过对档案资料的爬梳整理，德莱曼终于得知自己在险境中生存的秘密。他用两年的时间，写出献给威茨格尔的新著——《好人奏鸣曲》。

与其说《窃听风暴》是一场人性风暴，不如说它更像一场灵魂长征。

不妨先看一组有关这个年代的数据。

资料显示，解密的前东德情报机关侦查档案一共有125英里长，藏有21亿2500万页的案卷，重达6250吨，每一英里大概有1000多页密密麻麻的文字，它记录着1800万东德人生活的方方面面。在东德政权统治中，有23000人因逃亡罪而被判徒刑，有78000人因"危害国家安全罪"而下狱。他们的罪行也许仅仅如德莱曼和雅斯卡那样，仍然保留着自我的意志。

基于这些令人发指的数据发动这场影像风暴的，是年轻的德国导演弗洛里安·亨克尔·冯·多纳斯马尔克。《窃听风暴》是冯·多纳斯马尔克首次执导的长片。影片很长，准确地说，对于这样一个情节简单、近乎枯燥的叙事，这是一个充满危险信号的时间，他却有力而平稳地掌握着影片节奏和脉络。

当柏林墙被推倒时，冯·多纳斯马尔克只有十六岁。然而，影片对于东德的准确把握，为他带来了巨大的荣誉。影片创下了德国国家电影奖"金萝拉奖"提名最多的十一项提名的纪录，并最终获得包括最佳影片奖在内的七项大奖；在当年的欧洲电影节上，此片战胜阿尔莫多瓦的新作《回归》获得最佳影片奖、最佳剧本奖，男主角乌尔里希·穆埃当选影帝；获得第79届美国奥斯卡最佳外语片奖，这是德国电影继1980年的《铁皮鼓》、2003年的《无处为家》之后第三次捧得桂冠。

影片以两条线索时或平行、时或交错进行。表面上，《窃听风暴》讲述的是作家乔治·德莱曼的生活，讲述的是当他遭遇到极权主义国家机器时，他的生活遭际和命运的改变。实际上，这个故事的潜在主角却是不苟言笑的威茨格尔——电影自始至终以同一副面孔出现的特工 HGW XX/7。

在国家意志面前，个体是如此渺小，他们甚至连自己的生命和思想都无从驾驭。然而，这个仅以代号 HGW XX/7 被保存在历史档案中的威茨格尔却又如此伟大，他保持了人性的良知，从而使自己成为一名高贵而自由的人。

威茨格尔之前的两百年，德国哲学家康德在《实践理性批判》的结尾写道："有两种东西，我们越是经常、越是执着地思考它们，心中越是充满永远新鲜、有增无减的赞叹和敬畏——我们头上的灿烂星空，我们心中的道德法则。"就在罪恶假国家之名大行其道之时，可贵的是，即使在最黑暗的核心地带，也有光明的种子，还有威茨格尔这样高贵的坚守者，勇敢地捍卫着心中的道德法则。

影片中有一个细节，也许很多人不会留意。威茨格尔第一次进入德莱曼的生活，在作家的书桌上，他偷回一本布莱希特的诗集。回来后，他读到其中的一首诗：

> 九月的这一天，洒下蓝色月光
> 洋李树下一片静默

轻拥着，沉默苍白的吾爱

依偎在我怀中，宛如美丽的梦

夏夜晴空在我们之上

一朵云攫住了我的目光

如此洁白，至高无上

我再度仰望，却已不知去向

《窃听风暴》也被翻译为《他者的生活》，相比之下，我更喜欢后者。著名影评人安瑟尼·雷恩在《纽约客》中撰文写道："如果你以为这部电影仅仅是拍给德国人看的，那你就错了。这是拍给我们看的。"

是的，这是拍给我们看的。

22《阿甘正传》

与人和解，与神和解

这部电影的经典意义远非简单的艺术奖项或票房数字可以衡量，那种普度众生的慈悲和宽柔，近二十年来依然感动着全世界的观众，阿甘的传奇代表的是一个时代的记忆、一个国家的梦想。

你好！
我叫福雷斯特，福雷斯特·甘普。
要巧克力吗？我可以吃很多很多。
我妈常说：
生命就像一盒巧克力，
你永远不会知道哪一块属于你。
我出生的时候，
妈妈用内战大英雄的名字给我命名，
他叫内森·贝德福德·福雷斯特将军……
总之，我就是这样叫福雷斯特·甘普了。

这是电影《阿甘正传》的开篇。在公共汽车站边的长椅上，阿甘絮絮叨叨地开始了对自己过去的回忆，他的听众不断地更换，公共汽车载走了一拨又一拨乘客，剩下的，是他漫长的反思和孤独的自语。一片洁白轻盈的羽毛从天而降，缓缓地落在阿甘的脚边，如同他平淡却不平凡的一生。这也许是一个暗示：这个世界上，如果有人把生命看得像羽毛般纯洁、平淡而美丽，那么，这个人一定是阿甘。

记得我们说过，对于世界电影来说，1994年是一个不同寻常的年份。

这一年，诞生了多部重量级经典电影，当年的奥斯卡可谓星光熠熠。这些影片将电影这种栖息在梦想大地之上的艺术表达推向历史的高峰，它们有：《肖申克的救赎》《阿甘正传》《这个杀手不太冷》《低俗小说》《真实的谎言》《生死时速》《燃情岁月》《变相怪杰》《狮子王》《蓝·白·红》三部曲。

在这些电影中，罗伯特·泽米吉斯导演的《阿甘正传》(*Forrest Gump*)散发着与众不同的气质和光芒。在华美而沉重的20世纪90年代，笑中带泪的《阿甘正传》有着别样的凝重和温馨。

"生命就像一盒巧克力，你永远不会知道哪一块属于你。"阿甘的母亲告诫他，他将这一点牢牢记在心里，一生都未曾忘记。这个憨头憨脑的孩子似乎是上帝的弃儿，六岁时，阿甘被检查出轻度智障，智商将近七十。在一群沐浴上帝之爱的正常孩子中间，他所有的一切都显得那样迟钝和怪异,甚至他的坚韧、顽强也有着与众不同的孤独。

《阿甘正传》改编自美国作家温斯顿·葛鲁姆1986年出版的同名小说,据说葛鲁姆对电影的改编颇有微词。《阿甘正传》是一部关于笨小孩的传奇故事,更是一篇关于奋斗者的心灵童话。这个只知道不停奔跑的孩子——他不够聪明,不懂识别世故技巧;他不够智慧,凡事不能如己所愿;他记性不好,总是忘记发生过的事情;他不够敏感,无法洞悉人生中那些难堪的支离破碎。阿甘唯一擅长的,就是长跑。"阿甘,跑!"从儿时受辱,珍妮一声大喊开始,"跑"就成为他直面生活的一种方式。上帝是公平的,在忘记他的存在之时,也给予了他特殊的才能、非凡的耐力、无限的勇气,给予了他坚持不懈的精神和支撑。面对苦难,他选择奔跑;面对孤独,他选择奔跑;面对机缘,他选择奔跑;面对爱情,他选择奔跑;面对选择,他还是选择奔跑。

他选择了"跑",或者说,他选择了用"跑"的方式面对生活。在小学时,他跑着躲避别人的捉弄。在中学时,他为了躲避别人而跑进了一所学校的橄榄球场,就这样跑进了大学。他被大学破格录取,并成了橄榄球巨星,受到了肯尼迪总统的接见。大学毕业后,他应征入伍去了越南。在那里,他结识了两个朋友:热衷捕虾的布巴和令人敬畏的长官邓·泰勒上尉。战争结束后,阿甘作为英雄受到了约翰逊总统的接见。在一次和平集会上,阿甘又遇见了珍妮,两人匆匆相遇又匆匆分手。为了完成与布巴相约捕虾的誓言，阿甘孤身一人来到海上，通过捕虾成了一名企业家。为了纪念死去的布巴，他成立了布巴·阿甘公司，并把公司的一半股份给了布巴的父亲，自己去做一名园丁。隐居时，他收到了珍妮的信。他再次见到珍妮，还有一个小男孩，那是他的儿子。他们三人一同回到家乡，度过一段幸福的时光。不久，珍妮过世，他们的儿子也已到了上学的年龄。阿甘送儿子上了校车，坐在公共汽车站的长椅上，回忆起了他一生的经历。

作为一个美国人，阿甘的身上映射着典型的美国精神，他的生活充满着偶然，却预示着必然。温斯顿·葛鲁姆和罗伯特·泽米吉斯巧妙地将20世纪美国历史上的重要事件植入阿甘的生活之中，阿甘见证了美国20世纪40年代到90年代几乎所有重大事件：美国黑人民权运动、越南战争、亚拉巴马大学黑人入学事件、华盛顿反战集会、黑豹党事件、水门事件、约翰·肯尼迪遇刺、卡门龙卷风、中美乒乓球友谊赛、"爱之夏"集会、阿波罗登月、里根遇刺；在流行文化方面，他启发了甲壳虫乐队约翰·列侬最著名的歌曲，是猫王最著名舞台动作"扭臀"的老师，相当一段时间以来美国人一直认为猫王的这个招牌动作充满了下流的意味；在传播领域，他在长跑中发明了20世纪80年代美国最著名的口号"IT HAPPENS"，他被溅了一脸泥水，用背心擦汗，擦出来的印记造就了著名的文化衫品牌SMILE。

《阿甘正传》的时代背景是经历了第二次世界大战的美国。不可否认的，当时美国人民饱受战争创伤，杜鲁门主义、麦卡锡主义盛行，人们终日惶惶不安，酗酒、群居、吸毒、滥交对年轻人来说司空见惯，他们失去了生活的目标、奋斗的理想，怀着破坏的力量、浪漫的情怀、狂欢的冲动，试图再造美国，历史学家将他们称为"垮掉的一代"。相较于第一次世界大战之后成长起来的"迷惘的一代"，"垮掉的一代"更加绝望，更加叛逆。

用荒诞的桥段讲述严肃的道理，《阿甘正传》不是第一次，然而，试图从智障者的视角回顾智者的来路，影片着实充满寓意。20世纪90年代，美国社会的反智情绪高涨，好莱坞推出了一批贬低现代文明、崇尚低智商和回归原始的影片，美国媒体称之为"反智电影"。《阿甘正传》就是这一时期反智电影的代表作，它不仅以独特的视角对美国近半个世纪以来的社会、政治、文化进行反思，同时也着意提醒美国重新审视国家的历史、个人的过去。正是在这种"重构历史"的背景下，阿甘凝聚着美国人期冀的一切美好品格：诚实、守信、认真、勇敢、豁达、坦荡、执着、无私、奉献。这无疑是美国人的美国梦，小人物的遭际汇聚了大时代的命运。

"今天，你与神和好了吗？"阿甘和从战场上因伤退役的上尉再次碰面，他向上尉问道。傻子一样的阿甘是幽默诙谐的，时时让人忍俊不禁；坚忍顽强的阿甘是严肃的，时时让人热血沸腾。在那之前，上尉是个深陷痛苦、脾气暴躁的人。他曾在圣诞夜拖着残缺的肢体，在落日的余晖中，中尉突然真诚地对阿甘说："谢谢你把我从战场上救了回来。"生命的意义不在于为什么活着，而在于明白为什么还活着。

《阿甘正传》包揽了1995年奥斯卡最佳影片、最佳导演、最佳男主角、最佳视觉效果、最佳剪辑、最佳改编剧本六项大奖，全球票房高达五点五亿美元。这部电影的经典意义远非简单的艺术奖项或票房数字可以衡量，那种普度众生的慈悲和宽柔，近二十年来依然感动着全世界的观众，阿甘的传奇代表的是一个时代的记忆、一个国家的梦想。

> 人要走过多少路
> 才配称大丈夫
> 白鸽要飞过多少海岸
> 才得栖息在沙滩

阿甘讲述自己的故事，整部影片就是在阿甘的讲述中一一展开的。

> 炮弹要发射过多少次
> 才能永远地停火
> 我的朋友，答案在风中飘荡……

影片中一个镜头令人难忘。在酒吧，堕落的珍妮赤身裸体抱着吉他，幽幽地弹唱着鲍勃·迪伦的《在风中飘荡》，舞台下面是阴晦恣肆、欲望涌动的芸芸众男。

是啊，我的朋友，在这无限喧嚣的红尘之中，不管答案飘向哪里，今天的你，是否与神和解？

23 《十二怒汉：大审判》

乌合之众何以可能

《十二怒汉：大审判》提出了一个令人反思的问题：集体表达与乌合之众的伦理法则。这不仅让我想起法国社会心理学家古斯塔夫·勒庞在其著作《乌合之众》中所着力描述的大众心理的产生与运行、充满变数的大众非理性的心理世界。……古斯塔夫·勒庞经验性地探讨了大众心理的产生与运行，有力地展示了大众非理性的充满变数的心理世界。

残垣断壁，残肢横陈。

废墟，暴雨，静夜。倾颓的残砖断瓦和纷乱的残肢断臂之间，一条黑色的大狗穿越镜头，凌空而降，逶迤而来。黑狗羸弱却不失凶暴本性，它的嘴里叼着一只皮开肉绽、筋骨毕露、全无血色的断手，一束光诡谲地照射在断手上无名指的戒指上，戒指反射着冷艳、哀恸的光芒。

这是俄罗斯电影《十二怒汉：大审判》中出现的一个镜头，战火未熄，硝烟未尽，平静中的惨烈令人不敢直视。战争粉碎了一切——国家、城市、婚姻、家庭、爱情、思想、生命，乃至灵魂。

我们还有灵魂吗？还需要灵魂的救赎和自救吗？真理真的是掌握在多数人手中吗？多数的民主究竟是不是真正的民主？在《十二怒汉：大审判》中，俄罗斯天才导演尼基塔·米哈尔科夫试图一一回答这些问题。尼基塔·米哈尔科夫1945年出生于莫斯科艺术世家，父母都是诗人和作家。他的作品真诚、厚重、深沉，带着俄罗斯民族精神的原始和粗犷，甚至被誉为"俄国的斯蒂文·斯皮尔伯格"。

《十二怒汉：大审判》翻拍自1957年的美国影片《十二怒汉》，却几乎看不到改编的痕迹。后者讲述的是炎热的夏天涉嫌杀父的贫民窟男孩，尼基塔·米哈尔科夫聪明地将故事的情境放置于车臣战争的背景之下，使得影片更加生动，更加悲壮，对人性的开掘更加具有史诗的意味。演员出身的尼基塔·米哈尔科夫善于经营影像，用出色的画面来叙事传情，导演本人也在片中扮演了其中一名怒汉，即陪审团的主持者。

这部完成于2007年的电影堪称俄罗斯当代电影的一部杰作，尼基塔·米哈尔科夫成功地展示了顽强坚韧、锋芒毕露的俄罗斯文化性格。

影片讲述的其实是一个很简单的故事：车臣战争中，一个车臣男孩的双亲死于战争，他被一个俄罗斯的军官收养。后来，这个养父突然被人杀害，这个车臣男孩作为第一嫌疑人，被指控谋杀自己的养父。为了证明事件的真伪、判断事情的真相，十二位来自不同职业的人组成陪审团，他们将对这个男孩的行为进行判定，每一个人的意见都有可能决定男孩此生的命运。这十二位陪审员，来自不同的行业、不同的种族，拥有不同的信仰、不同的年龄，他们此前素不相识。为保证审判的诚实公正，这十二位陪审员是从市民中随意抽取并组合在一起的。在这个类似于乌合之众的陪审团成立之初，作为每一个独立的陪审员压根就没有想到要履行职责，他们不约而同、不由自主地都相信了检察官的职业判断，他们急着想要完成的，就是将这场审判赶紧结束，好尽快安排自己的事情，在这一刻，车臣男孩不是一个鲜活的生命而仅是一个被抽干、符号化的判断。

这似乎是一个再简单不过的案件，他们每个人都心不在焉、心有旁骛、各怀鬼胎，他们认为这不过就是一个简单的过场，他们的存在仅仅是为了证明一个已然被断定的合理结论。人证、物证、作案动机、杀人工具、行凶时间，一切线索似乎都很清晰，检察官举证车臣男孩，按照司法程序，陪审团投票认可，按照大多数原则，这个车臣男孩就要受到极刑。

然而就在这个时候，一个物理研究员却站了出来，投了关键性的反对票。"对于一个生命，我们是否有权如此草率？"出于本能的疑惑，他提出了最初的质疑。恰恰是这质疑唤醒了其他人内心沉睡的良知，引发在座陪审员的深思，将所有人拉入到集体责任之中。在随后的辩论过程中，十二位陪审员开始真正直面这桩案件，并相信这个车臣男孩的无辜。这是一个冗长却并不乏味的过程，在这个过程中，他们开始回忆自己的故事，从中努力体会别人的情感与现实，并让自己的人性从沉睡中复苏。在这场审判中，审判员在决定男孩命运的同时，无疑也在审视自己的内心世界。在良心和道义的促使下，他们在体育馆里布置了模拟案发现场，并试图重现案发全过程，同时对证词及证据进行论证和核实，以期获知真相。

这个故事就像一个俄罗斯套娃，一个简单的故事外壳中装载着重重叠叠的细琐生活和微小故事。最大的故事——陪审团辩论就发生在一个临时体育场，大多数镜头也都集中在这个并不宽敞的室内。而由十二位陪审员的交流、冲突、劝解、对峙、妥协、争锋从而延宕出来的所有剧情以及他们复杂的人生和人性，都是基于室内对话为背景。镜头短暂的穿插和闪回仅仅限于几幅象征性的战争画面、男孩养父被杀的现场、男孩在监牢里跳舞的场景。无疑，这对导演功力是个考验，要想把这样的影片拍出精彩来，其实是相当有难度的，而这部影片最吸引人的地方，恰恰是导演以纯粹的对话推动情节发展的力量。在长达一百五十分钟的影片内，十二位陪审员的性格全都得到了淋漓尽致的展现，导演对每个人的动作和表情的细致入微的设定堪称完美，紧张和张力贯穿始终。

从雅集宴饮中生发生命真谛的笔墨，其实一直贯穿在俄罗斯文学和文化的脉络之中，从契诃夫、托尔斯泰、屠格涅夫，到陀思妥耶夫斯基、蒲宁、肖洛霍夫、帕斯捷尔纳克、索尔仁尼琴的作品中，我们常常可见这样的酣畅淋漓。

尼基塔·米哈尔科夫努力表达的，是人性的沉沦，同时努力唤醒的，是人性的复苏。现代社会的疏离和隔膜，让每个人对彼此的命运漠不关心，恰如萨特所说"他人就是地狱"，冷漠、隔离、陌生有意无意地导致了人性的集体沦陷。但是，千万不要以为这就是一个十二位陪审员人性集体复苏的故事，事情还没有这么简单，高潮恰在不期然间出现。

不要忘记尼基塔·米哈尔科夫还是位优秀的演员，在这部电影中，他饰演的陪审团主席在电影的前三分之二的时间里，一直坐在镜头的角落，甚至时常游离于镜头之外。然而，就在十一位陪审员达成一致，认为车臣男孩无罪之时，他却果断地站起来，以最有震慑力的理由历陈男孩何以有罪。正是他的翻云覆雨、回明转暗，使得剧情再次跌宕起伏，同时也将故事的深刻内涵向更深处开掘。

在这里，我们有必要回顾这场惊心动魄的辩论背后的更加惊心动魄的"车臣战争"，这是这部电影得以拓展的宏阔的背景。

车臣战争是指 20 世纪 90 年代俄罗斯联邦和其下属的车臣共和国分离分子之间爆发的两次战争。俄罗斯和车臣的矛盾持续两个多世纪，有着深刻的历史和民族因素，一直到影片拍摄的 2007 年，双方仍不时交战。生活在战争阴影下的莫斯科人，对车臣人怀有刻骨的成见和仇恨。第一次车臣战争爆发于 1994 年 12 月，1996 年 8 月停火，车臣获得非正式的独立地位。第二次车臣战争爆发于 1999 年 8 月至 2000 年 2 月，俄罗斯控制了绝大部分车臣土地，获得胜利。

两次车臣战争的发动者分别是时任俄罗斯总统的叶利钦与普京，宗旨都是维护俄罗斯的统一，防止车臣地区从俄罗斯版图上分裂出去，结果却大不相同。在普京的铁腕之下，车臣分裂势力得到了弹压，但车臣的恐怖活动依然频繁。两次战争导致数万名官兵伤亡，数十万无辜平民死亡，一时间，俄罗斯和车臣百姓之间的关系变得非常微妙，如履薄冰、噤若寒蝉。在这种背景下，影片巧妙地暗示了法庭上由于人们的主观因素可能导致的判断失误，将民族矛盾纳入影片的体系中，无形中也提高了审判结果的高度。

　　在这样的背景下，我们不难理解陪审团主席所做的有罪陈述。他说，他从一开始就知道车臣男孩是无辜的。但是必须得判他有罪，因为这个男孩的亲生父母在战争中已经死去，他的养父母也被人杀害。给了他自由，他却无处可以投奔。所以，给了他自由，无异于给他带来杀身之祸。然而，在这样的情况下，监狱可以说是他在目前的境况下可以得到的最安全的所在。陪审团出于保护他的目的，应该首先宣判其有罪，再去捕获真凶，只有这样才能给这个男孩真正的安全和真正的自由。

　　在这个关键的时刻，陪审团主席其实提出了一个更高层次的命题：人性复苏的陪审团有没有责任和能力救助这个濒临绝境的男孩。陪审团陷入新一轮的讨论。

　　遗憾的是，在灾难与责任面前，陪审团再一次退缩了。在激烈的争论之后，他们一致认为，应判车臣男孩无罪，至于他日后的生活，应该由他自己去选择。

影片以这样一句话结束："法律是永恒、至高无上的，可如果仁慈高过法律呢？"故事的结局同样开放大胆、充满正义：陪审团主席站了出来，决定去救助车臣男孩。但是，大家想知道的是，在战乱频仍的年代、在良知沉睡的时刻、在每个人都难以自保的氛围中，他如何以一己之力，救助他人？这是留给观众的问题，也是留给世界的思考。

《十二怒汉：大审判》提出了一个令人反思的问题：集体表达与乌合之众的伦理法则。这不仅让我想起法国社会心理学家古斯塔夫·勒庞在其著作《乌合之众》中所着力描述的大众心理的产生与运行、充满变数的大众非理性的心理世界。这部著作首次出版于1895年，被誉为大众心理学的开山之作，古斯塔夫·勒庞经验性地探讨了大众心理的产生与运行，有力地展示了大众非理性的充满变数的心理世界。

尼基塔·米哈尔科夫的历史价值恰恰在于，他用影像的方式再次提出并回答了古斯塔夫·勒庞的问题：乌合之众究竟何以可能？

24 《海上钢琴师》

我的心，何处安放孤独？

1900代表着一种理想，代表着那些始终扎根在我们的内心却永远不会付诸行动的伟大理想。它们像一座又一座纪念碑，矗立在汪洋恣肆的大海中央，它们是我们心底的秘密，我们缄口不言，我们暗夜徘徊，我们深长叹息，我们以为自己早已将它们遗忘，可是我们没有。恰如1900，他未曾存在，但永远存在。他与它们，在火光中一飞冲天，自由、决绝、悲伤，从此获得永生。

1900年，维吉尼亚号豪华远洋游轮上，一个孤儿被轻生的父母遗弃在头等舱。幸运的是，豪放而粗鲁的锅炉工丹尼收养了这个被放在装柠檬的纸盒子里的孩子，并给他起了个长而古怪的名字。因为他是在1900年1月1日被捡到的，大家其实更喜欢称呼他为1900。

多么奇怪的名字！《海上钢琴师》的故事就从这里开始了，一个钢琴天才传奇的一生。《海上钢琴师》是意大利著名导演朱塞佩·托纳托雷的"三部曲"之一，电影是由亚历山德罗·巴里科1994年的剧场文本《1900：独白》改编而成，后者也是这部电影的重要编剧。

时光荏苒，流年飘逝。1900慢慢长大，他开始通过幼小的眼睛和稚嫩的心灵窥探外面的世界。为躲避移民局的巡查，1900从未走下游轮，他的世界就在汪洋大海上。1908年，1900刚满八岁的时候，丹尼在一场意外中死亡，他彻底失去了亲人，也失去了与这个世界联系的最后纽带。

这个深夜，所有的客人都为他们看到的事情震惊：一个衣衫破旧、满脸污垢的孩子正端坐在钢琴前，用稚嫩的小手抚摸着琴键，这是1900的生命第一次与钢琴发生交错。

那一天，一种叫音乐的东西触动了他的心弦，他开始显示出无师自通的非凡的钢琴天赋，在船上的乐队表演钢琴，每个听过他演奏的人，都被深深打动。众人欢呼天才，听众为他疯狂。1900，从被赋予了这个不平凡的名字开始，他就注定成为一个不平凡的人。鲜花、欢呼、掌声、荣耀，平凡人终其一生努力都可能得不到的东西，对于天才的1900，就像早晨喷薄而出的太阳一样，无可阻挡。

此后的成长中，他伴随着这艘游轮在世界各地游历。天才海上钢琴师不仅为头等舱的人演奏，他也会去三等舱为那些穷苦的难民演奏。在头等舱，他以调皮的神情施展着才华；在下等舱，他以更放纵的表演释放着能量，用音乐从容面对外界的诱惑和挑衅。大家都痴迷于他的音乐，他也在大家的痴迷中找到了自己。爵士乐鼻祖杰尼听说了1900的高超技艺，专门上船和他比赛，最后自叹弗如，黯然离去。然而，这些在他的心中都无法兴起波澜，一次又一次，在窥见外面广大世界的无限诱惑之后，他仍然坚决地选择留下来，坚韧地扎根于他生长的这艘游轮。

当然，所有这一切故事都发生在海上。1900恐惧陆地，也从来不愿踏上陆地。对于大多数人来说，游轮外面的世界光怪陆离、五彩缤纷、声色犬马、纸醉金迷，而对于1900来说，外面这个未知的世界无异于一场灾难，"天哪！你没有看见那些街道吗？竟然有上千条！你如何决定选择哪一条？"城市那么大，陆地那么宽，永远看不到尽头，"我停下来，不是因为我看见了，而是因为我看不见"，这让1900恐惧，"我害怕看不到尽头，我需要看见世界的尽头"。

在正常人眼里，1900是孤僻的、寂寞的、自闭的，有着心理疾患并需要治疗的。他身边的人，都在像他的好友迈克斯那样，反复劝说他离开游轮、离开海洋，到外面的广阔天地。迈克斯不理解1900，他认为他在救助这个孤独的人。希望为1900灌制唱片的商人也不理解1900，他也认为他在治疗一颗孤独的灵魂。1900，他没有出生证明，没有身份证明，没有国家，他活着没有名字，死后甚至没有墓穴。假如某一天他消失了，这个世界上将找不到任何他的记录，找不到任何他的痕迹，然而，我们必须说，他确确实实地存在过，真真正正地生活过，"在有限的钢琴上，我自得其乐，这是我的人生哲学"。1900说。

之后有一天，1900爱上了一个女孩，情愫在琴键上流淌。凝视着一直在照镜子的美丽女孩，1900弹出了他的心声：那是发自他的心底的最质朴、最纯洁、最柔情的旋律。然而，与世界的隔膜令他对爱情望而却步，对红尘深怀戒意。"爱一个女人，住一间屋子，买一块地，望一个景，走一条死路。沉重的世界压在你的肩头，黑压压的却看不到尽头。"1900说。他思量再三，还是放弃了上岸寻找初恋情人的冲动，选择永远地留在了船上。

1900的世界，说是一艘游轮，不如说只是钢琴上的八十八个琴键，他沉浸在自己的世界中，自得而满足，他对迈克斯说："你知道钢琴有八十八个琴键吗？一个不多一个不少。琴键是有限的，但你是无限的，在这些键上所能创造出来的音乐，那是更加无限的。我喜欢这种创造，沉浸于这种创造。"但是，一旦走出舷梯，摆在他面前的琴键便不再是八十八个，而变成了成千上万个，永远也数不完。在这个有着无数巨大黑白键的巨大钢琴面前，1900的理智崩溃了，他发现自己无法驾驭。"我根本就无法去演奏"，他选择漂浮在大海之上，与他的音乐同生共死。

不能不说，导演朱塞佩·托纳托雷不是讲故事的高手，却是个煽情的老手。我想很多人一定与我一样无法忘记这个桥段：大雨滂沱，在维吉尼亚游轮的甲板上，1900默默地注视着那个着一身黑衣、撑一把黑伞的姑娘渐渐远去。他张了张嘴，试图说什么，却终于无奈地选择了沉默——用语言与人沟通，于他而言已是一桩难事，远不如音乐来得流畅。雨渐渐地停了，大海上的太阳收敛了光明，天阴沉得几乎能拧出水来,就像什么都没有发生一样,1900看着不知名的姑娘渐行渐远,忧伤的音乐是他最后的道别。

时光荏苒,流年飘逝。1900老了,维吉尼亚也老了。1900的朋友迈克斯通知他,废船将要被炸毁,他必须走出游轮、走进世界,别无选择。于是,导演笔墨一转,没有可能的地方再次出现了可能。1900宁愿失去生命也不愿失去自己的世界,他不肯离开他的琴他的船,决定与游轮同归于尽。在船上,他与迈克斯拥抱,做最后的告别,人们终于撤掉船边长长的旋梯,于是,在冲天的火光中,从出生开始就没有离开过维吉尼亚号的1900最终与游轮一同葬身海底。

维吉尼亚被炸毁的前一刻,导演朱塞佩·托纳托雷将一贯吝啬的镜头奢侈地给了一双手。这是怎样的一双手啊?干枯,瘦弱,形销骨立,形影相吊,似乎没有生命,没有气息,它们轻轻地出现在镜头中间,一切都那么安静。突然间,这双手开始在空中弹奏,背景音乐是那首美妙的乐曲——1900为了心爱的女孩所即兴演奏出的爱语。钢琴的声音,尤其是这样以单音为主的简单旋律,总是显得特别的干净和轻灵,仿佛是1900那颗安定的心一般,平缓的旋律倾泻着柔情,不仅是对那个曾经出现在1900生命里的姑娘的柔情,更是1900膜拜着钢琴、膜拜着音乐时,心里自然而然地散溢出的柔情。

1900,这个既没有出生记录,也没有身份证明的人,没有留下一点痕迹就在人间蒸发,就如流逝了的音符一样,渺无踪迹了。

《海上钢琴师》的英文名字是 *The Legend of 1900*(1900的传

奇），男主角 1900 的扮演者是 1961 年出生在伦敦的英国演员蒂姆·罗斯，对于这个角色的演绎离不开他的音乐修养。当他的双手在键盘上飞舞，我们几乎相信，蒂姆·罗斯就是那个叫 1900 的孩子；当他悲伤地说："我是在这艘船上出生的，整个世界跟我并肩而行，但是，行走一次只携带两千人。这里也有欲望，但不会虚妄到超出船头和船尾。你用钢琴表达你的快乐，但音符不是无限的。我已经习惯这么生活。"我们几乎就要相信，蒂姆·罗斯的绝望和坚韧就是 1900 的绝望和坚韧。

1900 与他的音乐、他的游轮在冲天的火光中告别，仿佛他从未曾来到这个世界。1900 选择了用音乐来安放他的心，他的选择是清醒的，在无比绚烂的死亡中，他走得孤独而坦然。

第一次看到这部电影，是 20 世纪末，那个时候我并不明白导演朱塞佩·托纳托雷为什么要创造这样一个人物，一个过于虚无、漏洞百出的 1900。很多年过去，终于有一天，我豁然开朗。其实，就像迂腐憨钝的堂·吉诃德一样，1900 代表着一种理想，代表着那些始终扎根在我们的内心却永远不会付诸行动的伟大理想。它们像一座又一座纪念碑，矗立在汪洋恣肆的大海中央，它们是我们心底的秘密，我们缄口不言，我们暗夜徘徊，我们深长叹息，我们以为自己早已将它们遗忘，可是我们没有。恰如 1900，他未曾存在，但永远存在。他与它们，在火光中一飞冲天，自由、决绝、悲伤，从此获得永生。

25《悲惨世界》

从卑微的时代到悲惨的世界

我们总是在赞扬世界的美好,却往往忽略了现实的悲惨。最容易却最不应该视而不见的是美好背后的污浊、正直背后的邪恶、健康背后的腐朽、歌舞升平背后的醉生梦死、鳞次栉比背后的残垣断壁、陈旧制度背后的革命浪潮。这些是生命的真相,也是生活的真理。在这种意义上,我们不难猜测,在充满了末日狂欢的末日诅咒中,历史将何以为继。

19世纪初叶的法兰西,发生了一件离奇的事。1806年,一个出狱的苦役犯皮埃尔·莫兰,受到狄涅的主教奥利的热情接待,主教还把他托付给自己的兄弟赛克斯丢斯·德·米奥利将军,莫兰改邪归正,以赎前愆,最后在滑铁卢英勇牺牲。

19世纪30年代的法兰西,有一位叫作于勒·雅南的作家,他研究当时的风俗事件,写出了一篇不长的文章《她零售自身》,在这篇纪实作品中,他讲述了一个女子为生活所迫,出卖自己的头发和牙齿的故事。

1861年，这两个故事成为维克多·雨果的长篇巨著《悲惨世界》的雏形。在开始创作之前，雨果为自己起草了这样一个故事梗概："一个圣人的故事——一个男子的故事——一个女子的故事——一个孩子的故事。"这便是《悲惨世界》中的四个主要人物：米里埃尔主教、冉·阿让、芳汀、珂赛特。尽管从1828年开始酝酿，他的写作却开始于1861年，直至次年5月，他将惊人的毅力和狂热投入《悲惨世界》的写作，直至精疲力竭。

一百年后，这部悲剧又一次与观众见面。2012年，英国导演汤姆·霍珀将它搬上银幕，一个圣人、一个男子、一个女人、一个孩子，以音乐与影像的形式呈现出来。作为一部没有对白的音乐电影，《悲惨世界》在普遍被看低的情况下，却在全球电影市场成功上演了一场"逆袭"，自12月24日全球公映以来，不仅收获如潮好评，而且票房渐入佳境，不断刷新舞蹈音乐电影的票房纪录。

可以说，《悲惨世界》自1862年问世以来，一直是电影改编的热点。有好事者统计，一百五十年来，《悲惨世界》三十余次被拍成电影，每一次都掀起波澜，这一次也不例外。但是，如果观众在影片中仅仅看到汤姆·霍珀试图表达的细腻的情感、抒情的合唱、宏大的场面，那我们不能不说，他还没有看到这部电影的真正价值。

不妨让我们回到两个世纪以前的法兰西，看看在雨果笔下的那个时代究竟在发生着什么。

1801年，一个穷人，因为盗窃一片面包锒铛入狱，五年刑满释放后，黄色身份证却让他的人生彻底跌入低谷，从此举步维艰。

1841年1月7日，三十九岁的雨果当选为法兰西院士，名声大振。两天后，当他在德吉拉尔丹夫人家吃完晚饭走到街上，发现道路泥泞，满天雪花乱舞，只好等一辆出租马车。正在这时，他看见泰布大街拐角处站着一个女孩，衣服单薄，双肩赤裸，在寒风中瑟瑟发抖，这是个在等客的妓女。这时，一个青年走过来，抓起一把雪朝女孩后背扔去。姑娘发出一声尖叫，愤怒地朝对方扑去，两人厮打起来。叫闹声吸引了过路的巡警，他走过来抓住女孩，说："走吧，最少关你六个月。"姑娘怎样哭泣、反抗、请求都无济于事，最终被两个警察架住胳膊拉往警察所。

毫无疑问，这是冉·阿让和芳汀的故事，更是那个时代司空见惯的事。

雨果将这两个他目睹的故事写进小说，他想提醒人们思考，究竟是什么样的社会制度让冉·阿让这样生活在社会最底层的穷人为一块面包铤而走险？又是什么样的政治环境让芳汀这样青春美貌的姑娘不得不出卖自己的一切——头发、牙齿，甚至是生命和尊严？

《悲惨世界》被称为"人间苦难的百科全书"，这部悲剧，无疑是雨果对19世纪黑暗与邪恶的法兰西的控诉。雨果的一生几乎贯穿了整个19世纪，也几乎经历了法兰西所有的重大事件——1804年拿破仑称帝、1830年七月革命、1831年和1834年里昂工人起义、1848年欧洲革命、1864年第一国际成立、1870—1871年普法战争、

1871年巴黎公社起义、19世纪70年代第二次工业革命、19世纪80年代法国确立对越南的统治。

在八十三年的生命历程和六十年的创作激情中，他写出了二十六卷诗歌、二十卷小说、十二卷剧本、二十一卷哲理论著，涉及了所有的文学样式。在这些作品中，雨果坚决地表达了他的写作宗旨——替穷人鸣不平。从19世纪20年代开始，他就对社会问题产生浓厚的兴趣，在相当长一段时间，他深深为死刑所困扰，为此专门参观了比塞特尔的监狱、布列斯特的苦役监、土伦的趸船，在这里，冉·阿让和芳汀们走投无路的悲惨生活令他扼腕不已，他考察犯罪问题和社会状况之间的关系，写出了一系列为底层发声的作品：在自叙体《死囚末日记》中他坚决反对死刑，在《克洛德·格》中他描写了一个找不到工作的穷工人，最终走上了犯罪的道路。

在这些作品中，最耐人寻味的，是他青年时代创作的《巴黎圣母院》和老年时期创作的《悲惨世界》，这两部作品在法国小说乃至世界文学创作史上都是一座高耸的丰碑。社会黑暗、政治腐败让雨果怒剑出鞘，如果说《巴黎圣母院》描写了流浪者、乞丐、孤儿等下层人民，《悲惨世界》则将视角从穷人扩展到社会的各个阶层，扩展到社会渣滓，甚至是共和党派。视野更为宏阔，内容更为丰富，指向更为精准，意蕴更为深厚。

究竟是什么样的社会制度让冉·阿让为一块面包铤而走险？究竟是什么样的政治环境让芳汀出卖自己的一切？在2012这个玛雅巫

师的诅咒之年,《悲惨世界》的重现有着特殊的意义。汤姆·霍珀的《悲惨世界》中,有人看到了音乐的华美,有人看到了场景的宏大,有人看到了时代的真相,而我以为,如果看不到历史的悖论、制度的缺陷、革命的涌动,那么我们就还没有读懂汤姆·霍珀的真意。

在人们对音乐电影《悲惨世界》铺天盖地的赞誉中,社会学博士内森·纽曼冷冷地说过一句值得人们思考的话:"人们低估了该片深刻的政治意义。"我们总是在赞扬世界的美好,却往往忽略了现实的悲惨。最容易却最不应该视而不见的是美好背后的污浊、正直背后的邪恶、健康背后的腐朽、歌舞升平背后的醉生梦死、鳞次栉比背后的残垣断壁、陈旧制度背后的革命浪潮。这些是生命的真相,也是生活的真理。在这种意义上,我们不难猜测,在充满了末日狂欢的末日诅咒中,历史将何以为继。

1862年1月1日,雨果在盖尔耐泽为自己的著作曾写下如下的文字:

> 只要因法律和习俗而造成的压迫还存在一天,在文明鼎盛时期那种人为地把人间变为地狱,并使人类与生俱来的幸运遭受无法回避的灾难;只要本世纪的三个问题——贫困使男人潦倒,饥饿使妇女堕落,黑暗使儿童羸弱——还得不到解决;只要在某些地区还发生社会毒害,换句话说,同时也是从更广的意义上来说,只要地球上还有愚昧与苦难,那么,与本书同一

性质的作品，都不会是毫无意义的。

这段话被后人无数次引用，今天，不妨作为理解19世纪法国的一个注脚，更令人担忧的是，雨果提出的两个世纪以前的三个问题——"贫困使男人潦倒，饥饿使妇女堕落，黑暗使儿童羸弱"，至今仍在困扰我们。

看过《悲惨世界》的人不会忘记影片后半部的街巷对垒，描写的1832年6月5日人民起义是全剧的高潮。红白蓝三色旗迎风飘扬的沸腾场景，是对冉·阿让和芳汀悲惨命运的提问和回答，由此可见雨果对这次起义的鲜明态度，可见汤姆·霍珀试图表达的制度与革命的深刻关系。

这场起义的起因是，共和派的拉马克将军的出殡队伍受到政府军的阻挡，酿成冲突。共和派筑起街垒，与政府军对峙。这是共和主义与君主立宪的一次冲突。雨果站在共和派一边，赞扬起义是"真理的发怒"。起义领袖安卓拉认识到未来将消灭饥荒、剥削，随着失业而来的穷困，随着穷困而来的卖淫，目前的斗争"正是为了将来而必须付出的可怕的代价，一次革命就是走向未来的通行证……兄弟们，死在街垒上也就是死于未来的光明之中"。电影后半部的一个重要人物马吕斯正是经过这场街垒战的洗礼，从一个保王派最终成为共和主义者，他思想的曲折变化反映了整整一代青年的思想转变历程，雨果在他身上融合了自己的经历。

值得一提的是，就在雨果为冉·阿让和芳汀的命运奋笔疾书的时候，一位出身贵族却拒绝规则头衔的历史学家——托克维尔，也为法兰西的命运陷入深深的忧思。他企图解释那些构成时代连锁主要环节的重大事件的原因、性质、意义，并把注意力移向大革命的深刻根源——旧制度。为此他写出《旧制度与大革命》。在书中，他提出了一个个颇耐人寻味的问题：为什么革命在法国比在欧洲其他国家更早发生？为什么路易十六时期是旧王朝最繁荣时期，这种繁荣却加速了革命的到来？为什么法国人民比欧洲其他国家人民更加憎恨封建特权？为什么在 18 世纪法国文人成为国家的主要政治人物？为什么说中央集权体制并非大革命的创造，而是旧制度的体制？

法国革命特殊的暴烈性或狂暴性，其实来源于"旧制度"政治文化蜕变而来的、为追求社会平等而不惜牺牲个人自由的政治文化，而这种政治文化恰恰是《悲惨世界》所描述的那种顽固的社会、僵化的体制、暴力的逻辑的缩影。

革命，总是在出其不意的时刻，产生出其不意的结果。在这种意义上，内森·纽曼的视角饶有趣味。他提出，影片 1832 年贫民占领巴黎街垒的场景，实为 2011 年蔓延美国的占领华尔街运动的滥觞。因为 2011 年开始的占领华尔街运动，将历史上阶级激进主义最好的一面与人道主义结合在了一起。其诉求是要为美国和世界百分之九十九的人民争取平等。

内森·纽曼的观点不无道理，历史学家霍布斯鲍姆也有"漫长的 19 世纪"和"短暂的 20 世纪"的提法。19 世纪，作为一个激进与保守并存、希望与绝望同在的时代，它对于我们今天不无启迪，这也正是《悲惨世界》这部伟大的作品仍然能拨动我们心弦的关键所在。

26 《美国往事》

"我们浪费了一生"

  这是一个充满着爱与恨、疼痛与挣扎、沉默与屈辱、黯淡与期冀、光明与黑暗的大时代，这是一个充满着机遇与风险的大时代。一部从这个时代开启的苦难史诗，就这样徐徐拉开帷幕。

这是20世纪初期的美国。

1918年，第一次世界大战刚刚结束，1929年的经济大萧条还没有到来。恰如美国小说家菲茨杰拉德所说，"这是一个奇迹的时代，一个艺术的时代，一个挥金如土的时代，也是一个充满嘲讽的时代"。

战争的创伤尚未平复，资本的盛世尚未来临，象征美国精神和文化传统的清教徒道德正在土崩瓦解。浪漫主义、享乐主义的纸醉金迷和歌舞升平开始大行其道，人们开始追求现世的欢乐，不再憧憬未来的远景。菲茨杰拉德将这个时代称为"爵士时代"，他自己也因此被称为"爵士时代"的"编年史家"和"桂冠诗人"。

这是一个充满着爱与恨、疼痛与挣扎、沉默与屈辱、黯淡与期冀、光明与黑暗的大时代，这是一个充满着机遇与风险的大时代。一部从这个时代开启的苦难史诗，就这样徐徐拉开帷幕。

作为大都市的纽约，肮脏、混乱，充满凶杀和暴力。灯光昏暗的鸦片馆里，中年的"面条"懒洋洋地躺在床上，在暧昧的灯光和迷离的电话中，穿越时光长廊，依稀返回那些早已逝去的岁月。带着刺眼的光芒，远去的青春如急驶的汽车一般迎面而来——这场华美而肮脏的梦就要开始了。在回忆中，"面条"痴痴微笑，却又怅然若失。裹挟着时代的风云，花样年华转瞬遁去——人生，端的是如梦如烟啊！

就让我们跟随着他，重返20世纪20年代的美国现场吧。

故事在"面条"的回忆中渐次展开。这一年的"面条"，还是一个十几岁的纽约少年，同那个年代一样，"面条"桀骜不驯、放荡不羁，在腐烂的周遭中寻寻觅觅，他在黑暗的世界里如鱼得水。几个同他年龄相仿的朋友——吉米、弗兰基、多米尼克，与他一起浪荡街头，他们以各种卑劣猥琐的方式赚取生活的本钱，无所不用其极，无所不尽其极。当然，还有憨厚胆怯忠诚的"肥摩"，他是他们亲密的朋友、游离的伙伴。混乱糟糕的日子就这样一天天过着。一次行动中，"面条"和他的伙伴结识了狡黠的麦克斯，无疑，在这个混乱的世界，他比他们技高一筹。终于，在麦克斯的带领下，他们由无序散漫的小混混，变成了缜密严谨的黑帮组织，他们开始从事走私活动。

这些少年的生意越做越大，大家约定，将赚取的第一桶金存进火车站的保险箱。从火车站回来时，五兄弟漫步纽约大街，不料遭遇另一黑帮组织复仇，年纪最小的多米尼克应枪而倒。为了替多米尼克报仇，"面条"在一场械斗中出了人命，被关进监牢。

"我滑倒了……"孩子气的多米尼克在临死前微笑着说的这句话，萦绕了"面条"的一生，也成为他"盗亦有道"的誓约，一生中为了兄弟愿意付出自己的一切。

若干年后，"面条"被释放出狱，当年的小伙伴们已经变成了成熟健壮的青年。在麦克斯的带领下，他们重操旧业，开始了一系列的抢劫、盗窃、敲诈、走私活动。随着犯罪活动的不断深入，麦克斯似乎被胜利冲昏了头脑。然而，禁酒令的取消使得私酒生意在一夜之间化为乌有，利令智昏的麦克斯竟然把美国联邦储备银行也列入了行动目标。有过铁窗经验的"面条"不忍眼看好友走向毁灭，偷偷打电话报警，想逼迫麦克斯收手。警察与"面条"的朋友展开激烈枪战，麦克斯等人全部被杀。在极端的悔恨与痛苦之下，"面条"远走他乡，从此过上了浪迹天涯的漂泊生活。

几十年后，几近垂暮的"面条"潦倒回乡，意外发现原来当年的一切都是麦克斯的精心策划。他借"面条"和警察之手除去伙伴，自己则金蝉脱壳，吞没了伙伴们的巨款，改头换面之后跻身政界，成为上层社会的名流。

1984年上映的《美国往事》，是意大利籍美国导演瑟吉欧·莱昂的扛鼎之作。瑟吉欧·莱昂的作品并不多，他一生中拍出了两个划时代的三部曲，即"镖客"三部曲——《荒野大镖客》《黄昏双镖客》《黄金三镖客》与"往事"三部曲——《西部往事》《革命往事》《美国往事》，这几部作品奠定了他作为国际级导演的世界地位。曾经有人评论，他所讲述的并非一个逻辑完整的传统故事，而是他对自己一生所钟爱的美国历史、文化与精神的一次纯粹自我的表达。的确如此，正是通过意大利式纷繁与错乱的黑色幽默，瑟吉欧·莱昂演绎了一个外乡人眼中的美国梦的铺陈与破灭，讲述了美国少年的恩怨情仇、少年美国的成长之痛。

瑟吉欧·莱昂的灵感来源于黑道中人哈里·格雷的自传体小说《流氓》(*The Hoods*)，据说为了将小说拍摄为电影，瑟吉欧·莱昂花了好几年时间才争取到哈里·格雷的许可，从筹备到拍竣历时十三年，这耗尽了瑟吉欧·莱昂整个生命的五分之一。确切地说，《美国往事》就是瑟吉欧·莱昂的一场"美国梦"，包含了一个男人在这个世界上可能会遭遇的一切，包含了他的所有希望和梦想、所有痛苦和幻灭：友情、爱情、幻想、责任、冲突，他沉溺其中，不愿意醒来。然而，从沉醉到梦醒，他经历了所有的美好，也经历了所有的创痛。

"美国是梦幻与现实的混合。在美国，梦幻会不知不觉地变成现实，现实也会不知不觉地忽然成了一场梦。我感触最深的也正是这一点。美国仿佛是格里菲斯加上斯皮尔伯格，水门事件加上马丁·路德·金，约翰逊加上肯尼迪。这一切都形成鲜明的对比。因为梦幻和现实总是相悖的。意大利只是一个意大利，法国只是一个法国。而美国却是整个世界。美国的问题也是全世界共同的问题：矛盾、幻想、诗意。你只要登上美国国土，马上就接触到各国普遍存在的问题。"瑟吉欧·莱昂说。

为拍摄这部电影，瑟吉欧·莱昂甚至在罗马复制出一个纽约，他还在蒙特利尔找到许多建筑，比当时纽约所残存的更像纽约。电影中的纽约长岛酒店其实坐落于威尼斯，片中的"纽约中央车站"其实是摄于巴黎，而片中人物"莫胖"的餐厅则是按照莱昂和原著作者讨论小说时的意大利餐厅搭建的。

友谊和忠诚、离间和叛逆，是瑟吉欧·莱昂在影片中着力强调的母题。从整体框架的时空转换到局部细节的精致入微，从长镜头的缓慢推进到蒙太奇的分镜切换，从暴力中的抒情到抒情中的暴力——瑟吉欧·莱昂以他卓越的导演能力，把控着这部电影不同于以往所有以暴力特征为宗旨的审美叙事。时间跨越四十五年，美国社会的跌宕风云成为"面条"和他的伙伴成长的宏阔背景——禁酒令、经济大萧条、劳工运动、好莱坞、水牛城、布鲁克林大桥、纽约犹太社区。

不得不提这部电影中最具灵魂特征的一幕：老年"面条"返回成长之地，"肥摩"也已垂垂老矣，镜头闪回，时光退回到四十五年前，童年"面条"在厕所挖出一个砖洞，偷看仓库里"肥摩"的妹妹、少女黛博拉翩翩起舞的情景。仓库里的面粉在黛博拉轻柔娇弱的舞步摆动下四处飞扬,似烟、似雪、似雾,现实顷刻变得朦胧虚幻,黛博拉恍如仙子,激荡着情窦初开的"面条"的情愫。"面条"目不转睛地注视着黛博拉,这里似乎暗藏着一重隐喻:"面条"从一开始,就注定只能以旁观者的身份爱上黛博拉,只能远远地看着她在属于自己的舞台上起舞。这是个莫大的暗示,也是个莫大的讽刺。

小黛博拉发现了"面条",把他唤到身边,给他读《圣经》中的《雅歌》。

《雅歌》是《圣经》中最难懂的一章,幽深浩荡,无所不包,却又不落言诠、莫可名状。其实,这恰恰是"面条"和黛博拉之间矛盾情爱的真实写照。在此后的约会中,黛博拉曾经对"面条"说:"你是那个把我锁在房里又把钥匙丢掉的人。""面条"也曾经对黛博拉说:"在监狱中,我曾经每晚都读《圣经》,每天晚上都想着你。没有人像我这样爱你,当我不能忍受时,我就想起你,我靠着对你的思念熬过这一切。"然而,正当"面条"试图亲吻黛博拉的时候,麦克斯以讥讽的姿态出现打断了他们。"面条"稍做犹豫便选择了朋友放弃了爱情。如果说这个场景也为日后麦克斯占有黛博拉埋下伏笔,那么麦克斯夺取卡罗似乎也并不再是意外。

酷爱美术的瑟吉欧·莱昂将这部电影变作他的美学试验场。少女黛博拉翩翩起舞的那段场景一直被世界电影史奉为圭臬,他用大量油画家的作品作为他的画面参照:埃德加·德加、爱德华·霍普、诺曼·洛克威尔画笔下的芭蕾舞女无疑是他灵感的来源,甚至,在美的极限背后，丑陋也在镜头与光影的流连中被赋予宽容的色彩。

有着这种宽容色彩的铺垫，出狱后的"面条"强暴黛博拉的桥段显得合情合理。黛博拉对于人生的功利态度终于激怒了"面条"，如果说"面条"只能以绝望的方式选择"占有"黛博拉，还不如说他其实是以更加绝望的方式"放弃"了自己，就像当时他在街头抱着多米尼克痛哭却无能为力一样。"面条"与黛博拉四十五年之后的相见几乎就像一场荒诞的游戏。这时，麦克斯已经设计占有了朋友们的财产，并以此在仕途上一路高歌，"面条"深爱的黛博拉成为麦克斯的情妇并生下了酷似麦克斯的儿子。化妆间里，黛博拉正在卸妆，从埃及艳后的角色中走出来，黛博拉脸上厚厚的妆容似乎是对她一生的嘲讽，泪水和卸妆水模糊了她的扭曲的脸，此刻的黛博拉显得前所未有的真实和脆弱。

"面条"不顾黛博拉的劝阻，终于接受了麦克斯的邀请，来到他的晚会。此时的麦克斯，已经成为国家罪人，面对多项指控无法脱身的麦克斯最后的要求是——恳求"面条"杀死自己，幻想以此赎回自己的罪孽，逃脱法律的审判，以求得心灵最后的救赎。但是，"面条"拒绝了他。走投无路的麦克斯跳进垃圾粉碎机，与垃圾一道，被搅拌成齑粉。

时间又切换到鸦片馆，"面条"悲怆地笑着说，"我们浪费了一生"，以此彻底地为这段"美国往事"做出最后的总结。

值得一提的是，《美国往事》的音乐是整部影片的点睛之作，甚至有人认为,在这部伟大的电影中,更伟大的配乐大师埃尼奥·莫里康内的光芒掩盖了伟大的导演瑟吉欧·莱昂的才华和锋芒。当如泣如诉如梦如幻的排箫响起来时,世界就这样在我们面前消失了。黛博拉在粮仓中翩翩起舞的那段音乐,如油画一般美轮美奂。当然,能够与这段音乐比肩的,是《海上钢琴师》中"1900"遭遇爱情和选择自焚的那段音乐,同样,这也是埃尼奥·莫里康内的巅峰之作。

27 《观相》

大道观相,大相观天

暮沉星落,大地苍茫
大道观相,大相观天
人之力,又奈天力何?

《观相》让我想起卡夫卡说过的那句话:"我永远得不到足够的热量,所以我燃烧——因为冷而烧成灰烬。"卡夫卡将他的文学创作当作对真理的一次探索,这部意蕴悠长的电影又何尝不是如此?

公元1453年,岁在癸酉。

在这一年,朝鲜王国发生了一起值得书写和探究的政变——靖难之役。

史料记载,随着文韬武略的世宗大王病逝,继承他而临御江山的,是嫡长子李珦,即后来的文宗大王。文宗体质孱羸,弱不禁风。世宗在世时,将李珦唯一的儿子李弘暐册为世孙,同时托孤给金宗瑞等心腹诚臣,以防不测。果然,世宗辞世不久,文宗随即因病去世。

此时李弘暐仅仅是一个十二岁的少年，就这样登上了王位，成为端宗。

1448年立为王世孙，1450年再被立为王世子，1452年登上王位，朝鲜端宗是历史上难以被人们忘怀的皇家悲剧人物。

此时，朝鲜王朝立国已逾半个世纪，王室宗亲们早已弃武从文。唯独首阳大君李瑈依旧保持着他祖父——太宗李芳远刚猛尚武的气息。

端宗即位一年后即1453年，其叔父首阳大君李瑈在勋旧派大臣帮助下，以"清君侧"为借口发动了政变。首阳大君进入京城，假意拜访左议政金宗瑞，后者不明就里，亲自送客，行至家门，冰冷的铁锤迎面袭来，金宗瑞应声倒下，当场脑浆迸裂。

首阳大君次日早朝便强势控制朝廷，同时软禁端宗，稳固局势。1455年，端宗被迫让位，李瑈登基，是为世祖大王。与明朝永乐、建文两叔侄之间的纠纷相仿，在同室操戈的战争中，身为叔父的首阳大君，从端宗手中夺取了王位——历史上将其称为"癸酉靖难"。

一年之后的1456年，朝鲜发生了大臣成三问等人图谋拥戴端宗复位的密谋。复位不成，成三问、俞应孚、金文起、朴彭年、河纬地、李垲六人被处以用烧红的铁钳活剥皮的极刑，是为"死六臣"。这次密谋失败后，年轻的端宗被废去上王的尊号，降为鲁山君，流放江原道深山之中，一年后被赐死。

韩国2013年推出的电影《观相》（英文片名为 *The Face Reader*），讲述的便是这段风云变幻历史背景下的个人命运与家国情怀，并以游戏的方式委婉描画了朝鲜世祖篡位的历史。

宋康昊饰演的乱臣后代金乃敬是朝鲜有名的观相师，拥有看面相识人知命的不凡技能，但由于身份卑微，他只能和妹夫彭宪、儿子镇衡隐居于荒野。汉阳最大妓院的鸨娘嫣红听闻他的盛名，专程到乡下拜访金乃敬，游说他前去汉阳靠看相赚钱，并助自己一臂之力。

故事就从这里开场了。

妹夫将此计划悄悄告知胸怀远大、试图出人头地的镇衡，镇衡清晨提前出发，寻找自己的青春理想和济世功名。来到汉阳后的金乃敬果然依靠替人观相的过人本领站稳了脚跟，赚到了大钱，并借此得到对端宗忠贞不二的左相金宗瑞的赏识。金乃敬声名远播，甚至获得了皇帝的信赖。

然而，金乃敬的出色才能也使他深为李政宰饰演的首阳大君所觊觎，虎视眈眈的首阳大君唆使金乃敬在争夺帝位的暗斗中归顺自己。但是，中正耿直的金乃敬宁死不从，他希望用自己观相知人的能力，以济助皇帝之危困。一次，首阳大君出征身染重疾，善良的小皇帝端宗很是为此忧心，调动宫中御医为首阳大君治病。也恰是在这个时候，端宗得知了首阳大君的阴谋，他在御书房悄悄找到面相之类的书，希望通过对首阳大君面相的观察洞悉他的内心。金乃敬无意中得知，小皇帝在相书中看到，左额眉头有三颗黑痣的人有谋反之心。金乃敬决定帮助金宗瑞和小皇帝破坏首阳大君的阴谋，他和妹夫、嫣红便趁首阳大君病重之机，用香烛熏倒首阳大君，依照面相书，在他额头点上了三颗黑痣。

孰料，这三颗黑痣从此改变了首阳大君的命运。原本因身染沉疴而无意问鼎的首阳大君，醒来后重又恢复了野心和野性。阴险奸猾、居心叵测的首阳大君略施小计，借金宗瑞之手弄瞎镇衡的眼睛，结果金乃敬的妹夫如愿中计，将金宗瑞消灭首阳大君的计划泄密。种种阴差阳错后，最终，首阳大君借助这三颗黑痣的"天相"，在谋士韩明浍的协助下，篡得君王之位。

暮沉星落，大地苍茫。大道观相，大相观天。人之力，又奈天力何？

事实如此无情。金乃敬能看透人心却不能决定人的命运，悲哀又有趣的是，他的观相之术和转运之术，无意中成为历史关键时刻重大事件的导火索。出身没落贵族家庭的金乃敬和他的儿子镇衡，都放不下通过自己的努力逆转人生的理想，尽管他想凭借观相的天赋谋取一官半职，无奈动荡的朝政最终裹挟着他，开始了他动荡的一生。虽然名声远扬，虽然背负理想，虽然勘破运命，但他最终还是失去了名声、失去了理想、失去了为国效忠的抱负。

《观相》有着史诗一般的叙事风格，它的巧妙之处在于，它取材朝鲜历史"癸酉靖难"，但不将视角局限于历史的善恶和真伪，而是通过一个观相师的命运折射出个体在大环境中的沉浮悲欢实录。导演韩在林成功地将个体命运根植在国家命运、时代命运的大背景之下，从而窥测了个人在历史洪流中的极度无奈与充满变数。金乃敬作为天赋不凡的观相师和作为时乖运蹇的普通人的悲哀之处在于，他也生活在他观和被观这些人中间，所思所想不免带有个人考量，明知儿子命薄承受不了高官的命运,却仍然鼓励儿子走仕途。或许火堆边的谈话中,他已经看到了儿子悲情的未来,但是却无力勘破儿子的命运。

毫无疑问,天赋异禀的金乃敬把自己看作是拯救家国命运的英雄,所以他一直坚守理想信念。金乃敬以为他作为观相师,就能够看到未来、掌控未来。其实,他不知道,他看到的只是未来的一个环节。一个确定的未来包括很多不确定的未来因素,人情的局限让他目光短浅,从而无法洞悉所有变量,失去精确测度命运的能力。近年来,韩国电影迅速崛起,《观相》可谓其中一个重要的代表。导演兼编剧的韩在林展现了他作为实力派的才华和能力。影片集合众多韩国实力派明星。宋康昊演技老练,塑造的角色栩栩如生,他将处于大时代大转折中的金乃敬早期的蛰伏、中期的成熟、晚期的苍凉演绎得妥帖扎实。李政宰塑造的首阳大君更是张扬跋扈、心机四伏,在故事几乎进行到一半才有他的镜头,可是他一出场就充满了君王霸气。初见金乃敬的首阳大君甚至用两个脸部小抽筋,骗过了善于观相的金乃敬。金乃敬的所作所为最终连累了已经改名换姓中了状元的儿子镇衡。首阳大君假意放走金乃敬和他的儿子,却出其不意残暴地射死了镇衡。首阳大君狂笑着问金乃敬:"你会观相,可是你看得到自己的儿子是怎么死的吗?"这场戏,充满了喧嚣与惊悚,李政宰将一个充满野心、放肆傲慢的首阳大君拿捏得十分到位。

《观相》让我想起卡夫卡说过的那句话:"我永远得不到足够的热

量，所以我燃烧——因为冷而烧成灰烬。"卡夫卡将他的文学创作当作对真理的一次探索，这部意蕴悠长的电影又何尝不是如此？

电影结尾处理得非常干净，意味深长。金乃敬与首阳大君以及"癸酉靖难"的故事其实是借助谋士韩明浍之口讲述的。年迈的韩明浍在海边遇到了失去独子的金乃敬与妹夫彭宪，他像数十年前初见金乃敬时那样问："你能为我看相吗？"金乃敬也像当年一样冷静地回答："你最后死于斩首。"垂垂老矣的韩明浍得意地说："我活到这样大的年纪，还是没有看到这个结果。"几年后，首阳大君因其位不正而终日忐忑最终死于忐忑，死去多年的韩明浍被从棺材里拖出来，行刑斩首。金乃敬并没有辱没他作为观相师的骄傲与尊严。

影片中，金乃敬与彭宪的一段对话让我难以平静：

——"我只是看到了人们的面孔，却没看到时代的车轮。就像只看到了时刻变化的海浪，其实应该看的是风向。海浪是因为风而起的。"

——"你这是在说当时就没有人可以阻止我们吗？"

——"他们只是暂时乘上了最高的那个浪罢了，而我们只是搭上了低处被牵着走的小浪。不过总有一天小浪会变成大浪，如同大浪总有一天会变成无数水滴一样。"

荀子曾云：知易者不占，善易者不卜。此时此刻，与金乃敬一同穿越岁月的尘埃，返回五百六十多年前的朝鲜历史现场，不禁感慨荀子此言的至情、至真、至性、至理。

28 《关于我母亲的一切》

斗牛士手中那一抹醉人的红

　　阿莫多瓦，作为西班牙的一个文化符号，似乎已经成为西班牙的一个重要部分。……阿莫多瓦勇敢地撕开现代生活的面具，直面面具下丑恶的一切。没有人可以忽略他和他强烈的个人风格，他影片中穿着橘红风衣的曼纽拉，就像西班牙的斗牛士一样舞姿翩跹、绚烂多姿，让观众情不自禁地醉入斗牛士手中那一抹最深邃、最靓丽、最动人、最明亮的红。

　　世界杯惨败，宣告西班牙足球时代已经落幕，在这样的时刻，谈论西班牙似乎并不合时宜。但是，恰恰是在这个时刻，我们又怎能忘记西班牙？怎能忘记西班牙和如阳光般绚烂的阿莫多瓦？

　　时光倒流，这是1999年的西班牙，4月24日，星期六。几乎是一夜之间，一个优雅而忧伤的女性曼纽拉的海报，骤然贴满了整个马德里的高楼和墙裙。

　　这是久负盛名的当代西班牙电影导演佩德罗·阿莫多瓦送给伟大女性的一份礼物——《关于我母亲的一切》，一曲吟诵坚强的西班牙女性的颂歌，更是一曲哀悼苦难的西班牙女性的挽歌。

与西班牙足球一样，鲜明夺目的明亮色彩构筑了西班牙的现实世界，也构筑了阿莫多瓦的电影王国。阿莫多瓦喜欢使用大量而醒目的橙色和红色，这样的个人喜好构成了阿莫多瓦电影的基调和画面的主色，也形成了他的独特风格——后现代的审美目光。

如同以往的作品一样，阿莫多瓦的电影被贴上了太多的标签：疯狂，异类，情色，怪癖，死亡。可是如果认真回味，我们不难发现，在阿莫多瓦的影片庸艳俗丽、幽默激情的外表之下，其实蛰伏着导演阿莫多瓦对于人类生存和命运的深刻思考。

年近不惑的单身母亲曼纽拉是一家医院人体器官移植部门的护士，她与十七岁的儿子依斯特班住在一起。母子感情深厚，相依为命。十八年前，她怀着身孕，悄悄而伤心地离开了巴塞罗那，离开了丈夫罗拉，并用罗拉的名字"依斯特班"称呼儿子。

在依斯特班十七岁生日这天，作为生日礼物，曼纽拉带儿子去看由明星嫣迷主演的话剧《欲望号街车》。话剧结束，滂沱大雨，依斯特班追赶嫣迷的汽车索要签名，不料却被另外一辆疾驶而过的汽车撞死。曼纽拉伤心欲绝，但是悲痛之中她还是坚定地在捐献儿子心脏的合约上签下自己的名字。

回到家中整理儿子的遗物，看到依斯特班在生日这天的日记里写下的话："有天早晨，我偷偷进了母亲的卧室，突然发现一沓剪掉了另一半的照片。照片上被剪去的一半，我想应该是我的父亲，我不在意他是谁,或者他曾对母亲做过什么,没有人!没有人能剥夺他是我父亲的这种感觉。"

对儿子的怀念像一根绳索一样勒紧曼纽拉。依斯特班的心脏捐献给了一名中年男人,曼纽拉幽魂一般,跟随着儿子的心脏来到马德里。与此同时,她希望完成依斯特班没有完成的愿望:找到父亲。她下定决心在马德里找到丈夫罗拉,亲口告诉他,他曾有一个儿子。

曼纽拉来到了马德里,竟然意外与一个以前的朋友阿格莱重逢,此时的阿格莱做了变性手术,从男性变成了女性,以卖娼为生。在西班牙,男人对这种人妖般的女人有着变态的喜爱。也正是在马德里,曼纽拉遇到了她生命中的另一个重要人物,纯洁浪漫的修女露莎。对于遭受丧子之痛、重寻生命真谛的曼纽拉来说,露莎像一束透明的阳光,毫无障碍地走进了她的生活,露莎像她的妹妹又像她的女儿,更像她自己的一个复制品。

曼纽拉与露莎情同姐妹,她甚至比露莎丧智的父亲和势利的母亲更能理解她,露莎搬到了曼纽拉的出租房,两个人惺惺相惜。此时,恰好嫣迷的《欲望号街车》在马德里巡演,曼纽拉因为年轻时与丈夫罗拉曾在学校剧团中演出此剧,从而在嫣迷剧团找到了一份工作,做嫣迷的助理。此时的嫣迷正挣扎于与妮娜的同性苦恋,妮娜沉醉于毒品失去自控,嫣迷则沉醉于妮娜难以自拔。

然而,不幸的是,突然有一天,曼纽拉意外地得知,露莎怀上了罗拉的孩子,并已被他传染上艾滋病。露莎与亲生父母相处并不融洽，曼纽拉像母亲一样，承担起照顾露莎的任务。露莎对曼纽拉充满了依恋和不舍，用"依斯特班"为自己孩子命名。为了照顾露莎，曼纽拉让阿格莱接替了自己的工作，阿格莱在剧团里找到了人生的位置。

露莎因患艾滋病，医治无效，生下一个男婴后死去。此时，影片中贯穿始终的幽灵一般的灵魂人物罗拉终于出现在露莎的葬礼上，他隆了胸，变性为女人，当上了妓女，并且病入膏肓不久于世。见到曼纽拉，听到她的讲述，罗拉对自己的所作所为悔恨不已。曼纽拉告诉了罗拉他们曾有过一个儿子，告诉他，他与露莎还有一个儿子。罗拉不久也死于艾滋病，曼纽拉带着携带有艾滋病病毒的小依斯特班离开了马德里。两年后，奇迹出现，依斯特班体内的病毒消退了。

一个深情而又煽情的故事，在导演阿莫多瓦的镜头下，却变得桀骜不驯、狂傲不羁。他影片中的每一个人物，不论是女主人公曼纽拉还是与她有着完全不同的人生轨迹的丈夫罗拉、妓女阿格莱、修女露莎、明星嫣迷，都性格饱满酣畅、锋芒毕露。阿莫多瓦从未解释《关于我母亲的一切》中的"母亲"到底是谁，也许正是因为这种模糊性和不确定性，在受众的眼中，"母亲"的内涵变得格外宽泛，它几乎涵盖了母亲、女儿、女演员，甚至女同志、修女、妓女、变性人等片中出现的全部角色。

与阿莫多瓦的其他影片一样，《关于我母亲的一切》充满了浓烈与温存、眼泪与死亡，充满了生动炫丽、淋漓尽致的景象与对白。女演员对不同女性的妥帖拿捏和出众演绎，将阿莫瓦多试图阐释的生命的缺憾与重塑、忧伤与喜悦演绎得完美无憾。

似乎可以说，《关于我母亲的一切》也是一部阿莫多瓦向自己的母亲致敬的电影。影片公映不久，阿莫多瓦的母亲便去世了。许多观众得知此讯，专程赶来观影，希望用这种方式表达对阿莫多瓦的敬意，并报答阿莫多瓦为他们拍摄的这部优秀的影片。对此，阿莫多瓦也感动不已。他曾经说："这件事触动了很多人的情感，他们要从影片中寻找可能的反应，我不能说这是好还是不好。至于我，我很高兴把这部影片献给我的母亲，在此之前我一直没有勇气这样做。这是一个英雄式母亲的故事，但我最终没有这样做，因为不敢肯定她是否会喜欢这部影片。"

阿莫多瓦，作为西班牙的一个文化符号，似乎已经成为西班牙的一个重要部分。他热爱生活、充满激情，却又时时毫不留情地对自己置身其中的世界冷嘲热讽，甚至大肆批判。卖淫、变性、酗酒、凶杀，这是西班牙现实生活的一部分，它们掩映在灯红酒绿的现代生活中，常常被人们忽视，阿莫多瓦勇敢地撕开现代生活的面具，直面面具下丑恶的一切。没有人可以忽略他和他强烈的个人风格，他影片中穿着橘红风衣的曼纽拉，就像西班牙的斗牛士一样舞姿翩跹、绚烂多姿，让观众情不自禁地醉入斗牛士手中那一抹最深邃、最靓丽、最动人、最明亮的红。

在佩德罗·阿莫多瓦的影片中，生活的嘲讽和悖论永远是如影相随、并辔而行的。他总是凭着自己的感觉和激情来讲述欲望的故事，讲述充满罪恶和救赎的人生，讲述丰沛和枯涩的现实。而从最初的《佩比、路西、邦及其他不起眼的姑娘》到《对她说》，从《高跟鞋》到《关于我母亲的一切》，从《濒临精神崩溃的女人》到《回归》，从《欲望规则》到《吾栖之肤》，从《捆着我，绑着我》到《活色生香》……我们不难看出，阿莫多瓦对于女性题材的广泛关注和深邃思考。曼纽拉、罗拉、露莎、阿格莱、嫣迷、妮娜，影片中的每个女人都似乎失去了自我，现代文明让人们理智地面对诱惑，却又在充满原始欲望的挣扎中渐次迷失。与影片中富饶丰满的女性形象相比，男性形象显得单薄，阿莫多瓦试图用三个并不完整的男人依斯特班搭建一个男性缺位、女性自足的世界：第一个依斯特班是曼纽拉不男不女的变性人丈夫，第二个是她死于车祸的儿子，第三个是修女露莎的襁褓中的婴儿，他们像海浪一样呼啸而来，又像海浪一样呼啸而去。阿莫多瓦仁慈地为第三个依斯特班赋予了坎坷却光明的未来，他一出生便失去亲生父母，又携带艾滋病毒，然而，值得庆幸的是，他遇到了饱经磨难、对他倍加珍爱的曼纽拉，由艾滋病毒携带者转为健康人，他的未来是值得期待的。用这样三个男人做对比，阿莫多瓦极好地阐释了痛苦淹没女人时的惊心动魄和女人面对痛苦时的坚韧不拔，"从这一点看，"阿莫多瓦感慨，"男人确实比女人天生地少了些什么。"

阿莫多瓦堪称雕塑和演绎女性之美的大师，他残忍地将女性抛入不幸的深渊，以考量和描绘她们在苦痛中挣扎的伟大魅力：曼纽拉陪伴儿子生日的沉潜之美、阿格莱狂野粗俗的放纵之美、露莎几近神性的纯真之美、嫣迷变幻莫测的妩媚之美、妮娜难以自控的萎靡之美，甚至变性人罗拉，在她执意堕落时，她不断被讲述又无法被呈现的诡谲也充满了令人迷醉的沉沦之美。这些女性或温软香暖，或倔强豁达，或宽容智慧，她们有着一个共同的特点，即使千疮百孔、伤痕累累，却仍然甘苦与共、生死相依，这令人无法不为之动容。

话剧《欲望号街车》在影片中反复出现，成为整个故事一以贯之的绵长线索。"我总是喜欢依赖陌生人的仁慈。"这是嫣迷在话剧中反复重复的台词。沉溺于这句台词中的嫣迷显得无比动人，这句话暴露了她内心最柔软的一面：孤独、恐惧、忧伤、绝望、无助。但是，走下了舞台、走出了台词的嫣迷却立刻变得无比坚强，她热爱艺术、热爱生活，即使作为同性恋者，她也从不回避自己真实的情感，不放弃对于美好的追求。也许，这正是少年依斯特班在雨中追逐她的理由："我敬佩嫣迷。她让灵魂起舞，她让我心飞扬。"

"我总是喜欢依赖陌生人的仁慈"，这是曼纽拉，遭遇困难，却仁慈地抚慰了身边每一个人的苦痛。也许，在阿莫多瓦的他者视角中，正是缘于女人仁慈的信任和依赖、柔软交织和绵密缱绻，才让男人变得宏阔而坚毅，让这个世界变得悱恻缠绵、活色生香。

29 《美女如我》

雄螳螂与雌螳螂的情欲游戏

这不禁让我们想起那种叫作螳螂的动物——雌螳螂交配后会毫不犹豫地吃掉雄螳螂。生物界的奇妙和古怪不仅仅在人类的想象里,无性的生物可以靠不断地分裂而永世长存,有性的生物却必死无疑。生命充满了悖论,性是死亡和抗拒死亡的方式,是旧生命的结束和新生命的开端。

在希腊神话故事中,有一个塞浦路斯国王名叫皮格马利翁。

皮格马利翁擅长雕刻,他不喜欢塞浦路斯的凡间女子,决定永不结婚。为了雕刻他心目中最美丽的女子,皮格马利翁夜以继日地工作,将神奇的技艺注入手中的刻刀,并把全部的精力、热情、爱恋都赋予了这座雕像。他像对待自己的妻子那样亲吻她、爱抚她、装扮她,并向神乞求让她成为自己的妻子。爱神阿佛洛狄忒被他打动,赐予雕像生命,并让他们结为夫妻。

这是人类想象中对女性最为深切的敬重和挚爱。皮格马利翁的故事出自奥维德公元 8 世纪完成的长诗《变形记》,在一千两百余年的流传中经过无数次改编，据说《匹诺曹》《科学怪人弗兰肯斯坦》《窈窕淑女》等都源自这个古老的神话。从积极的意义上说，这个故事为关于两性关系提供了一个善和美的母题；从消极意义而言，它则开启了将异性物化的滥觞。

法国导演弗朗索瓦·特吕弗1972年推出的《美女如我》，讲述的便是女性通过犯罪将男性全部异化为物的故事。

《美女如我》的故事其实并不复杂，一名年轻的社会学家史丹尼·斯拉斯·普雷文准备写一篇以犯罪女性为题材的论文，他在做资料收集时，对一名女性连环杀人凶手卡梅拉·比利斯产生了兴趣。这个在农村长大的女人妩媚妖娆，在九岁时就亲手杀死了她的父亲，长大后又先后谋杀了她的丈夫和她的几个情人。她对于男人的热情和杀人的冷漠感染了史丹尼，社会学家每天与卡梅拉在监狱进行访谈，听卡梅拉讲述她和生命中几个男人的感情纠葛。不知不觉间，史丹尼竟被她的故事和魅力所感染，相信她的无辜，并承诺尽力帮助她找出有利证据，帮助她出狱；结果女囚释放后却把社会学家送进了监狱。原来，所有的一切都是卡梅拉所设定的圈套。

在这部电影中，编剧兼导演特吕弗对他童年生活所严重匮乏的女性形象进行了夸张的关注。有人曾说，他的镜头下从来不缺乏女人的倩影，这或许与他童年时没有得到过母爱有关。特吕弗终生难忘他的童年生活，早年的坎坷经历，变成了他镜头下对女性饱含理性和情欲的悖论式审美，以及真切自然却又阴郁忧伤的影像叙事。

特吕弗的电影中，女性展露出别具一格的特殊魅力，这源自他对童年缺乏的女性世界自始至终保持着的强烈好奇。很多法国著名的女演员都同特吕弗有过成功的合作，特吕弗也特别擅长发掘她们的长处和她们灵魂深处不为人知的秘密，比如《朱尔与吉姆》中的让娜·莫罗，《日以继夜》里的娜塔莉·贝伊，《阿黛尔·雨果的故事》里的伊莎贝尔·阿佳妮，以及《最后一班地铁》里的凯瑟琳·德纳芙，就连凯瑟琳·德纳芙的姐姐弗朗索瓦·朵列也在《柔肤》中留下了完美的侧脸剪影。而同样是因为电影，特吕弗还结识了生命中最后的爱人芬妮·阿尔丹。

以女性为主角的电影，在特吕弗的作品里不算少数，在他的镜头中，几乎每个女人都是拥有女神一般的容貌，她们要么居高临下、不可一世，要么往来无定、神秘莫测。《美女如我》是特吕弗创作旺盛期的作品，但可惜的是，这部直接影射他内心的作品长期以来被人们低估和忽略，女主角卡梅拉不过是特吕弗而且是西方艺术从消费女性到女性消费的一个重要转折。

有人曾经将《美女如我》的主题概括为一个美女与七个蠢男的故事，他们从格林童话中走出来，由白雪公主和七个小矮人变身为一个精明荡妇与七个短命鬼。我们不妨看看这七个男人，他们分别是：社会学家，一个单纯、正直、有同情心的学者；丈夫，一个游手好闲的浪荡公子；歌手，一个小有成就的人物；律师，一个嗜钱如命的人；灭虫师，一个迂腐可悲的小人物；教授，一个自欺欺人的知识分子；教授的律师朋友，一个背信弃义的家伙。

卡梅拉的犯罪始于少女时代，她童年家庭环境恶劣，父亲脾气暴躁，她不甘受虐，用了点小心计，摔死了父亲。在她看来，这些都是理所当然、稀松平常的事情。卡梅拉的生活里出现过几个男人，每个人都心甘情愿投入她的罗网，从将她藏在地下车库、后来成为她丈夫的哥斯到流行歌手哥顿，从诈称为她打官司的律师到甘心为她付出的灭虫师，从迂腐可笑的教授到天真单纯的社会学家史丹尼。史丹尼在第一次采访她时，想要用话筒试试音，卡梅拉一把拿过话筒就唱起了一首歌，一副随心所欲、满不在乎的样子。其实，这种态度一直贯穿她行为始终，让人看不透她究竟是在装傻，还是真率真果敢的性格使然，直到最后她设计使将她救出牢狱的救命恩人史丹尼沦为阶下囚。

这不禁让我们想起那种叫作螳螂的动物——雌螳螂交配后会毫不犹豫地吃掉雄螳螂。生物界的奇妙和古怪不仅仅在人类的想象里，无性的生物可以靠不断地分裂而永世长存，有性的生物却必死无疑。生命充满了悖论，性是死亡和抗拒死亡的方式，是旧生命的结束和新生命的开端。

我们不妨看看特吕弗镜头所记录和铺陈的时代，究竟是什么在造就和消费着性的哲学？与传统艺术因"性"作为社会禁忌和主要区域而做出种种回避不同，对"性"观念的变革是现代主义艺术的一个共同的主题。

在那个启蒙的年代，性的觉醒是不祥的，爱情是自我崇拜或偶像崇拜的回光反射。表现主义代表爱德华·蒙克几乎不把妇女看成社会的人，她们是一些原始的自然力，是生育偶像。女人对男人的关系不是勾引男人的妖妇就是男人的"原始母亲"。

蒙克的画作，如《语声》《青春期》《圣母》都充满了这种对性的悲观的柔情。但是，几乎是在二十年以后，另一个表现主义者、"侨社"成员恩斯特·路德维希·基希纳却以截然相反的情感表达与蒙克的同种类型的女人。《红色高等妓女》是他用了十余年时间完成的对性的思索。这是在柏林街道——基希纳称其为"石头海洋"上散步的高等妓女，她们身材高挑、瘦削，矫揉造作，裹在画家用紧张凌厉的笔画刻下的男人们的包围之中，透明、妩媚、颤抖，她们是情欲的对象和男人们的高等午餐——这似乎有些像特吕弗的风格了。

超现实主义者对这个话题尤为关注，人类对自我本能丧失的恐惧和伤感是以现代社会各种权力下的必然牺牲品的面目出现的。马塞尔·杜桑创造了最具有决定意义的机器性行为的隐喻，这就是活动雕塑《大镜子》，杜桑曾有意让尘土堆积在上面，然后用固定剂把它保存下来，或者有意制造一些因事故而留下的裂痕和网纹。镜子以及它上面布满的灰尘究竟是什么？它是机器。在上半部分中，裸露的"新娘"不断剥去自己的衣服；而在下半部分，那些可怜的小单身汉则被表现为穿着空夹克和制服不断扭曲摆动，用动作向上面的姑娘表示他们的失意。矛盾的表现方式，象征了一切人间的世俗爱情的宣言和特别重复的自由宣言的冲突，以及冷漠和忧伤的人们对左右这种冲突的无能。卡梅拉的犯罪始于她的少女时代，七个男人成为她犯罪的牺牲品。与卡梅拉交往过的男人，都成为她玩弄的掌中之物。

社会既有非官方的一面，也有官方的一面，爱情和性也是如此。几乎与杜桑同时，激烈尖刻的乔治·克罗兹（他的一个朋友称他为"绘画中的布尔什维克，为绘画所厌恶"）的作品像他的为人一样时刻充满了道德报复的意味，恶毒的女人和无能的男人是导致疾病、战争和毁灭的根源，他用种种绝对邪恶的形象毫无保留地嘲讽资本主义社会，他认为整个人类除了工人阶级以外，都是败坏的。世界为四种贪婪的人所拥有：资本家、官吏、牧师和娼妓，娼妓的另一种形式是社会名流的妻子。他们的存在使社会混乱，克罗兹以极大的热情和愤怒在艺术上判这些人以绞刑。

超现实主义最具震撼力的作品是由一个女人梅里特·奥本海姆在1936年制作出来的"毛坯午餐"，她用毛皮将茶杯、茶碟和茶匙覆盖起来，表达了艺术史最强烈最粗野的同性爱形象，而这个名词在当时并不常见。与奥本海姆相对应，超现实主义最值得注意的异性爱形象是勒内·马格利特的《强奸》，他把女人的脸和她的身体巧妙地结合起来，暗示了男人对女人的热爱和关注的焦点。这幅画从它被制作的那一年起，就起到了超现实主义强有力而独特的宣言的作用。

毕加索是对女人最为着迷的一个，无论是在艺术上还是在生活中，他都开创了用"公牛"比喻"雄壮"的先河，在1930年的一幅《坐着的浴者》中，他却表达了对女性的强烈的恐惧和忏悔。他不是把女性想象成地中海仙女或者大都会流浪者，而是把她们想象成用骨头或石头凑成的鬼怪，一个装了铁甲的有角的怪物，在天空和海洋的衬托下显得威猛而孤独，她的头是一个装甲的头盔。

在这里，我们是不是又想起了我们记忆中的那种动物？艺术永远在如此相似的轮回——雌螳螂，一动不动地等待着她的不幸的热恋者和牺牲者——雄螳螂。

30 《教父》

"牛头梗"与男人《圣经》

没有一部电影能同《教父》相提并论。《教父》的出色之处在于，它所涉猎和隐喻的不仅是作为社会痼疾的黑手党和非法生意，而且暗指着所有集权背后的权、利链条，即权力的腐朽和政府的腐败。同时，也正是因为有着众多与《教父》一样的反思，才有了推动社会进步的内生力量。

十年前的6月22日，第17届上海国际电影节的大幕徐徐落下，九天的电影节，一千八百零八部影片报名参展，这体现了电影作为造梦艺术的初衷——不仅是光影的缤纷派对，更是梦想的饕餮盛宴。

琳琅满目的参展参映影片中，4K修复版《教父》无疑是其中的佼佼者。尽管放映场次不少，《教父》仍然堪称一票难求。诞生于1972年、1974年、1990年的《教父》三部曲，经历了时间的淘洗和积淀，愈发显出其作为经典的厚重。

是什么让男人们如此迷恋《教父》？

在《电子情书》中，梅格·瑞恩疑惑不解地问。汤姆·汉克斯诡谑地答道：

——它就是我们男人的《圣经》，那里面包含了所有的智慧。

"教父"的故事开始于20世纪40年代的美国。在第一部电影中，殡仪馆老板找到"教父"维托·唐·柯里昂——黑手党柯里昂家族的首领，希望通过他寻找公平，因为法律的失效，让伤害他女儿的恶徒免于惩处。

这是教父的第一次出场。维托·唐·柯里昂背对着镜头，光线黯淡，殡仪馆老板恳求教父为其报仇，镜头切换过来，教父从光影中缓缓现身，神秘而彪悍的身影充满着暗示。科波拉这个开场处理隐喻着讥讽。殡仪馆老板说："我相信美国。"这个"美国"让人回味，法律失去了维护社会公平的力量，那就只能靠邪恶的势力解决问题，这就是黑社会存在的社会学理由——唐·柯里昂带领家族从事非法的勾当，从一个穷困潦倒的意大利移民发迹，从经营橄榄油发展到纽约五大家族之一，他不仅是利益的经营者，也是许多弱小平民的保护神。

因为拒绝了另一个黑社会家族索洛佐的毒品交易要求，柯里昂家族和纽约其他几个黑手党家族的矛盾激化。圣诞前夕，索洛佐劫持了"教父"维托·唐·柯里昂的大女婿汤姆，并派人暗杀"教父"，后者中枪入院。迈克去医院探望父亲，他发现保镖和警察都已被收买。各家族间的火并一触即发。迈克制定了一个计策诱使索洛佐和警长前来谈判。在一家小餐馆内，迈克用事先藏在厕所内的手枪击毙了索洛佐和警长。

迈克逃到了西西里，在那里，他与美丽的意大利姑娘阿波萝妮亚一见钟情，并娶她为妻，开始了田园诗般的生活。而此时，纽约五大黑手党家族之间的仇杀日趋白热化，桑尼被妹妹康妮的丈夫卡洛出卖，在一家汽车收费站被暗中埋伏的仇家射杀得千疮百孔。"教父"伤愈复出，安排各家族间的和解。与此同时，迈克也受到了袭击，被收买的保镖法布里奇奥在迈克的车上装了炸弹，不幸的是，炸弹炸死了阿波萝妮亚，迈克幸免于难，却痛失爱妻。

1951年，迈克终于回到纽约，并和志趣不合的前女友凯冰释前嫌、结婚生子。此时，死里逃生、日益衰老的"教父"，已渐渐失去了纵横捭阖、叱咤江湖的野心，他将家族首领的位置传给了一度对此不屑一顾的迈克。在"教父"病故之后，迈克开始了酝酿已久的复仇。他派人刺杀了另两个敌对家族的首领，并亲自杀死了谋害他前妻的法布里奇奥。同时他也命人杀死了卡洛，为桑尼报了仇。仇敌尽数剪除。冷峻的迈克由一个充满理想的学生，终于变成了一个杀人不眨眼的新一代的"教父"——迈克·唐·柯里昂。

美国导演弗朗西斯·福特·科波拉执导的《教父》共有三部，拍摄历时十八年，讲述的是新老两代教父的成长史，每一部都格局庞大、情节复杂、人物众多。在气势磅礴的三部曲中，科波拉以精细的笔墨描述了黑手党全盛时期的家族恩怨，故事的脉络有条不紊且扣人心弦，体现了科波拉高超的叙事技巧。

纵观三部曲，正如第二部呈现的主题，是他们人生的对比。他们分别在事业上取得了巨大的成功，第一代教父维托·唐·柯里昂白手起家，成为美国势力最大的黑社会头目；第二代教父迈克在父亲的基础上，将事业扩展到西部及南部，使得家族成为一个极度庞大的帝国。两代教父的成长历史，不啻是美国的成长历史。

《教父》系列对世界电影史、黑社会类型片、社会治理与流行文化的影响都至深至远，它是无数导演心中的电影丰碑。毫无疑问，拍摄于1972年的《教父1》是教父三部曲中最可圈可点的一部，这部电影因为马龙·白兰度、阿尔·帕西诺、詹姆斯·凯恩、罗伯特·杜瓦尔、艾尔·勒提埃里等众多明星的加盟而显得熠熠生辉。该片一举获得奥斯卡奖、金球奖、英国学院奖等多种奖项。在美国电影学会"百年百部佳片"榜单中，位居第三。诞生于1974年的《教父2》比第一部略有逊色，但其在画面的展开、戏剧的营造、叙事的沉稳上，仍属上乘之作，这部续集也得以进入美国百部经典电影之中，这是唯一一部跻身榜单的续集电影，也是奥斯卡历史上第一部获最佳影片的续集电影。诞生于1990年的《教父3》是被影迷评为科波拉的失败之作，但其中仍不乏可圈可点的经典片段。

值得一提的是，在第一部电影拍摄之初，目光短浅的制作方、派拉蒙管理者打算把电影拍成一部低成本的现代强盗片，并试图用伊利亚·卡赞来取代弗朗西斯·科波拉的导演之职，也并不看好当时已跌落谷底的马龙·白兰度。幸运的是，弗朗西斯·科波拉和马龙·白兰度的坚持造就了这部伟大的电影，也正是他们的出色演绎，使得马龙·白兰度将自己的演艺事业从低谷拉回到峰巅，也造就了一代大师弗朗西斯·科波拉的扛鼎之作。

据说，马龙·白兰度希望把唐·柯里昂打造成"一只牛头梗"，很久以来，我并不懂得这个比喻的分量。某一天，在巴西圣保罗街头，我无意中第一次见到一种奇怪的宠物狗——牛头梗，它的长相与其说像一只狗还不如说像一头牛。但是，这是一只怎样的狗啊？硕大无朋的牛头、猥琐暧昧的眼神、凶残暴躁的表情，令人望而生厌，又望而生畏。然而，不同的是，如同牛头梗一般的"教父"唐·柯里昂身上，不仅充满着冷酷不可置辩的威严，也充满着温馨令人动容的柔情。在出演这部电影时，作为被噩运诅咒的白兰度家族的一员，马龙·白兰度已经声名狼藉，但这并不妨碍他将一代教主的形象演绎得栩栩如生。试镜时，他用棉花和毛织品塞到自己的脸颊里，以便更像"牛头梗"。在拍摄现场，马龙·白兰度甚至戴着一副牙医制作的器具，以达到脸部瘀肿的效果——这套口腔道具，至今还陈列在美国纽约的皇后移动影像博物馆，展示着一部伟大作品诞生背后的智慧和艰辛。

《教父》三部曲中，科波拉坚持对宗教和人性的讨论，善恶的界限被优雅、温馨、仁慈所模糊，"相信"与"不信"之间的拷问、犹疑贯穿整部电影始终。在第一部影片结尾，迈克成为康妮儿子的教父。施洗仪式的同时，他派人把纽约其他大家族的头领一个个杀死。

在仪式上，神父问他信不信上帝，他面不改色地说："信！"神父问他是不是发誓通过第一代教父与第二代教父的努力，让柯里昂家族成为一个庞大的黑帮帝国。拒绝撒旦的引诱，他依旧面不改色地说："是！"从一名朝气蓬勃、纯情正直的学生，成长为一代运筹帷幄、心狠手辣的教父，在这种意义上，将《教父》比喻为男人《圣经》不是没有道理的，这同开篇殡仪馆老板那句"我相信美国"一样，成为贯穿三部曲的一个具有隐喻符号的线索。在《教父》里，文明与野蛮的对立似乎已不复存在，权力与金钱、规则与潜规则在银幕上呈现为一个单一的世界，唐·柯里昂早已通过暴力和走私建成庞大的家族，获得了稳固的社会地位，黑社会也已从过去对商业组织的模仿变成了真正的企业，并向社会各领域渗透，在这里，文明造就了野蛮，野蛮也拯救着文明，两者不知不觉融为一体。

电影《教父》改编自美国作家马里奥·普佐出版于1969年的同名小说。这是美国文学艺术的一个转折点，它使黑手党问题引起了全国的普遍关注。这部作品问世的20世纪70年代初，反映黑社会的作品如雨后春笋一般迅速繁盛，但是恰如《旧金山时报》所评论的，没有一部电影能同《教父》相提并论。《教父》的出色之处在于，它所涉猎和隐喻的不仅是作为社会痼疾的黑手党和非法生意，而且暗指着所有集权背后的权、利链条，即权力的腐朽和政府的腐败。同时，也正是因为有着众多与《教父》一样的反思，才有了推动社会进步的内生力量。

《教父》系列不仅给人以丰富的暗示和联想，它的拍摄背景花絮足够出一本厚厚的书，当然，这已经是另一篇文章所要讲述的故事了。

31 《我曾侍候过英国国王》

大时代的小个子

在影片的结尾,简·迪特将数面镜子摆放在空旷的房间里,镜子中闪回着简·迪特的青春片段,镜子在这里完满地完成了影片的主题阐释。大大小小的碎片、重重叠叠的影像、虚虚实实的映射,其实恰是一个小个子在大时代中的分裂和挣扎,是捷克斯洛伐克人甚至是欧洲半个世纪动荡的写照。

"我的幸福,往往来自我所遭遇的不幸。"

在电影《我曾侍候过英国国王》的开篇,小个子主人公捷克斯洛伐克人简·迪特如是说。被监禁了近十五年,简·迪特遭遇大赦获释,站在监狱的大门口,跌宕起伏的人生在他的回忆中次第铺开。

1968年8月20日深夜,数十万装备有现代化武装的苏联和华沙条约成员国军队,采用突然袭击的方式,一夜之间占领了捷克斯洛伐克的首都布拉格。从此,漫漫长夜降临到这个欧洲小国。

《我曾侍候过英国国王》便是著名的捷克斯洛伐克文坛巨匠博胡米尔·赫拉巴尔在这段漆黑长夜中写下的传世之作。2006年,在打了十多年漫长的官司之后，捷克导演伊利·曼佐终于如愿以偿地将其搬上银幕，影片甫一问世，旋即轰动世界，此时，赫拉巴尔已谢世十年。

　　出生于1914年的赫拉巴尔，其人生可谓跌宕起伏。他年轻时曾就读于法学院，不久，因德国入侵、纳粹关闭了捷克斯洛伐克所有高等学府而辍学，直到战争结束才修完所有课程，获得博士学位。然而，他却没有按部就班地在学术道路上走下去，而是将得来不易的博士学位抛开，从仓库管理员、铁路工、炼钢工、打包工、推销员、剧院布景、龙套演员做起，"对于我来说，最重要的是生活、生活、生活"。正是这丰富的人生体验，赫拉巴尔的作品总是充满了旺盛的生命力和看似随意的斐然文采。赫拉巴尔四十九岁时才出版了他的第一部作品，可谓大器晚成，此后却频频获奖，迅速被世界文坛接纳。捷克斯洛伐克沦陷后，举凡不肯对占领公开表示支持的作家，均遭到新上台的权力当局的严厉制裁，赫拉巴尔是其中之一。当时，赫拉巴尔的两部新作已由出版社印好装订成册正待发行，未料想，它们被连夜送进废纸回收站销毁，与此同时，他已经出版的著作，也被从各个图书馆和书店的架子上撤下来。不久，这位深受读者爱戴的作家被开除出捷克斯洛伐克作家协会。

　　政治上的被疏离、文学上的被边缘，让赫拉巴尔备感悲凉，他甚至曾经萌发轻生的念头。幸运的是，他的妻子在布拉格远郊的一处林中空地置办了一所简陋的木屋，正是在这个几乎与世隔绝的地方，赫拉巴尔找到了心灵的归所，特别是萨特斯卡小镇蓝星酒店的小个子老板讲述自己从前在饭店当学徒的故事让赫拉巴尔深受启发，他灵感如泉涌，只用了十八天的时间，就一气呵成地完成了这部仅仅五个篇章、十三万字的旷世之作《我曾侍候过英国国王》，难得的是，对这部作品，他此后再未做一字一句的修改。

我们不难想象，赫拉巴尔如何在强烈的夏日阳光下带着满腔的激愤完成了这部著作。"烈日晒得打字机曾多次一分钟内就卡壳一次。我没法直视强光照射下那页耀眼的白纸，也没能将打出来的稿子检查一遍，只是在强光下机械地打着字。阳光使我眼花缭乱，只能看见闪亮的打字机轮廓。铁皮屋顶经过几个小时的照射，热得使已经打上字的纸张卷成了筒。"在小说的"作者说明"中，赫拉巴尔感慨万端地写道。直到二十年后的1989年，这部作品才由捷克斯洛伐克作家出版社作为"三部中篇小说"中的一部正式出版。

在狂热的创作中，赫拉巴尔曾经希望有一天，能够有时间和勇气仔细琢磨，把这部稿子改得完美一些，"在我可以抹去这些粗糙而自然的画面的前提下，只需拿起一把剪刀来处理这份稿子，把其中那些随着时间的推移依然保持清新的画面剪下来"。然而，没有，四十六年过去了，作品以其天然的质朴保持着其无可褫夺的魅力。

"请注意，我现在要给诸位讲些什么。我一来到金色布拉格旅馆，我们老板便揪着我的左耳朵说：'你是当学徒的，记住！你什么也没看见，什么也没听见！'……老板又揪着我的右耳朵说：'可你还要记着，你必须什么都看见了，什么都听见了！'……就这样，我开始了我的工作。"赫拉巴尔的故事就从这里开始了。而在伊利·曼佐的影片中，这段饶有趣味的文字仅仅作为一个镜头一闪而过。赫拉巴尔由时间推进的讲述，在伊利·曼佐的镜头下变成了简·迪特人生的两个阶段的平行叙事。一个是他作为一个富有开创精神的年轻人，事业进取逐渐成熟的阶段；另外一个则是他年老体衰出狱后回归本真，追求内心的宁静与平和的阶段。两重叙事的交叠轮回，让影片在冲淡平和的表象下更具有波澜壮阔的史诗气质。

个头矮小、涉世甚浅的简·迪特是一个身无分文的餐厅服务员，尽管身份低微，他却一直抱有两个梦想：一是有朝一日成为挥金如土的百万富翁，二是能够拥有自己的酒店，成就一番事业。在变幻莫测的大千世界里，他竭力拼搏、跋涉、攀登，以求熬到"侍候过英国国王"的那位餐厅领班的位置。命运之神不断青睐，他凭借眼观六路、耳听八方的技巧，很快就在自己的事业阶梯上节节高升，从一名在火车站提着桶子卖烤肠的流动小贩开始，再到端盘子的普通服务生、首席服务生、大堂领班……在动荡的社会变迁中一步一步走向了成功的巅峰，最后自己成了布拉格最豪华酒店的老板，过着醉生梦死的生活。不久，第二次世界大战爆发了，简·迪特在捷、德剑拔弩张的氛围下坚持迎娶了德国体育老师丽莎，并得到种种优待，这让身处战争硝烟中的捷克斯洛伐克人更加鄙视他，也让他更加难以立足。

战争终于结束了，丽莎带着从被驱逐的犹太人家里掠夺的稀有邮票返回布拉格，他们借助这些邮票发了财，一次意外的失火却让丽莎死于非命，简·迪特有了用自己名字命名的"迪特大饭店"。然而，好日子不长，迪特因为串通德国人而被捷克斯洛伐克共产主义新政权判刑，所有财产被没收且锒铛入狱。近十五年的狱中生涯转瞬即逝，昔日朝气蓬勃的迪特走出监狱，满头华发，孑然一身。回顾自己的一生，过去的一切宛若一个华丽而恍惚的梦。

　　年老的简·迪特心如死灰，年轻的简·迪特梦想张扬。借助着两条平行的叙事线索，年届七十高龄的伊利·曼佐将赫拉巴尔的故事处理得举重若轻。为了争取《我曾侍候过英国国王》的拍摄权，伊利·曼佐打了十多年的官司，终于得偿所愿。伊利·曼佐曾改编过六部赫拉巴尔的作品，其中包括曾斩获奥斯卡最佳外语片奖的《严密监视的列车》和柏林金熊奖的《失翼灵雀》，事实证明，在改编赫拉巴尔作品方面，他确实是无可撼动的不二人选。

　　伊利·曼佐用影像的方式，完美地保持着赫拉巴尔用文字营造出来的截然对立的情绪氛围——紧张与松弛、夸张与谨慎、严肃与戏谑、冷峻与狂热、幻想与实际、平和与波澜——并使得影片的主题在不同关键词之间自由切换。他用几个具有喻象性的概念——镜子、道路、金钱，来表达主题的无限丰富和无穷可能。在简·迪特滔滔不绝、近似泛滥的叙事海面之下，潜伏着深不可测的审判和放逐。影片的名字是《我曾侍候过英国国王》，看过影片才知道，简·迪特的一生其实跟英国国王了无干系，这句话其实取自简·迪特问饭店领班何以精通各种待客之道，每一次，领班总是回答说："我曾侍候过英国国王。"

在影片中，简·迪特因个头的矮小而自卑，所以他常常用一些意想不到的技巧"垫高"自己，赢得满足。他喜欢出其不意地将硬币抛撒在地上，暗中窥视人们疯狂拾捡的失态；他经历过众多女人：天堂艳露的雅露卡什、宁静旅馆的女佣凡达、巴黎饭店的尤琳卡，还有德国体育老师丽莎，每每与女伴沉醉于温柔之乡时，简·迪特便总会用花哨的饰品在女伴的胴体上摆出奇妙的图案，并借助一面镜子，让女伴打量其中妙不可言的自己，"对于女人，我懂得爱情和床上的游戏，从我在她们的肚皮上铺满鲜花开始"。在影片的结尾，简·迪特将数面镜子摆放在空旷的房间里，镜子中闪回着简·迪特的青春片段，镜子在这里完满地完成了影片的主题阐释，大大小小的碎片、重重叠叠的影像、虚虚实实的映射，其实恰是一个小个子在大时代中的分裂和挣扎，是捷克斯洛伐克甚至是欧洲半个世纪动荡的写照。

简·迪特喜欢在啤酒杯背后，观察形形色色被扭曲的人形。这些扭曲的人形何尝不是捷克斯洛伐克人的写照？他们持杯在手，身体里有着与生俱来的快乐细胞，却又有难以排遣的历史隐痛，他们有着夸张的喜怒哀乐，也有着痛彻骨髓的腥风血雨，伊利·曼佐用茫无边际的诙谐道出了捷克斯洛伐克的悲恸与凄凉，这是他的才气和力量，也是他不动声色的残忍，恰恰是在这样的残忍中，一个民族的苦难与坚强不动声色地凸显出来。

赫拉巴尔对中国传统文化痴迷不已，尤其是老子的《道德经》，恰是如此，东方哲学的沉着与空灵常出现于他的作品之中，这也反映在这部影片里。"人，总是在意外中，方能成为真正的人，在崩溃、出轨、失序的时候。"影片的结尾，简·迪特说。这几乎是赫拉巴尔颠沛流离的一生的写照。1996年，赫拉巴尔从一家医院的五楼坠落身亡，自杀还是他杀？至此依然是个谜。在他的笔下，简·迪特出狱后，被放逐到捷、德边境森林，修一条永远也修不完的公路，在这里，简·迪特却对自己的身后事做出了意味深长的安排：残骸顺着河水从南北两个国家各自流走，最终在大西洋汇合，从而完成人生的圆满。

祸兮福之所倚，福兮祸之所伏。孰知其极？其无正。诚哉斯言！

32 《放牛班的春天》

野百合也有春天

奇迹发生了。就在马修走到学校围墙外面时,一架又一架纸飞机从天而降。马修捡起了纸飞机,发现每一架飞机都是一封孩子们写给他的信。他们被关在禁闭室里,簇拥着,高高地举起双手,窗口内是齐刷刷摇动的手臂,是孩子们摇动的思念。马修捡起飞机,抚平信纸,他的泪水洇湿了信纸。

这是1991年。1963年出生的古典吉他手克里斯托夫·巴拉蒂早已从巴黎师范音乐学院毕业,他的出类拔萃令他蜚声法国乐坛,并在多个国际性大型吉他比赛中胜出。这一年,克里斯托夫·巴拉蒂二十八岁,他或许不会知道,在未来的时日里,他将在世界影坛上占据重要的位置。

这是1991年。二十八岁的克里斯托夫·巴拉蒂加入雅克·贝汉创立的电影公司。对于克里斯托夫·巴拉蒂与雅克·贝汉而言,这是他们人生的一次重要相逢。此后,我们会知道,他们参与制作了《微观世界》《雪岭传奇》《鸟的迁徙》。十三年后,克里斯托夫·巴拉蒂作为导演、编剧，雅克·贝汉作为监制，他们联合推出了圣诗般的电影作品《放牛班的春天》。这一年，是 2004 年。

酣畅的故事、朴素的色调、简省的叙事、饱和度几近灰色的景深、清浅的快乐或悲伤……在世界电影史的长河中来看，《放牛班的春天》未必是最优秀的电影作品，但一定是最温暖、最催人泪下，也最令人难忘的作品之一。

某一天，世界著名指挥家皮埃尔·莫昂克的母亲去世，他重回法国故地出席母亲的葬礼。夜已深凉，滂沱大雨中，一位不速之客敲响了他的大门，瞬间的错愕之后，他认出了这位孩提时代的旧友、池塘畔底辅教院的同学贝比诺。贝比诺带来了一本陈旧的日记，也打开了他尘封已久的记忆。这本日记，是他们当年在池塘畔底辅教院任教的音乐启蒙老师克莱蒙·马修遗下的日记，日记中的不少部分，是马修专门为莫昂克所写。莫昂克慢慢品味着马修老师当年的心境，一幕幕童年的回忆也浮出岁月的深潭。

克莱蒙·马修是一位才华横溢的音乐家，但是在 1949 年的法国乡村，他没有施展自己才华的机会，最终，他选择成为一家男子寄宿学校"池塘畔底辅教院"的教师。这里的学生大都是天性顽劣的少年和儿童。到任后，马修发现，面对这些所谓的问题孩子，辅教院校长以残暴冷酷的高压手段管制他们。体罚、暴力在这里司空见惯，然而，这些天性顽劣的孩子并不畏惧体罚和暴力。相反，体罚和暴力让他们学会了以恶抗恶，学校的体罚暴力和学生的以恶抗恶变成恶性循环。面对这种状况，性格沉静、涵养深厚的马修深感忧虑，他开始用自己擅长的音乐唤醒孩子们善的良知，而令他惊奇的是这所寄宿学校竟然没有音乐课，他决定用音乐的方法来打开学生们封闭的心灵。在闲暇时，他拿出放弃已久的乐谱，尝试创作简单的合唱曲。果然，如马修所料，音乐让孩子们从躁动和喧嚣中渐渐安静下来，围绕在他的周围，或者说，凝聚在音乐的周围，打开心灵的耳朵，学会凝神静听。

> 哦，黑夜刚刚降临大地
> 你那神奇隐秘的宁静的魔力
> 簇拥着的影子多么温柔甜蜜
> 多么温柔是你歌颂希望的音乐寄语
> 多么伟大是你把一切化作欢梦的神力
> 哦，黑夜仍然笼罩大地
> 你那神奇隐秘的宁静的魔力
> 簇拥着的影子多么温柔甜蜜
> 难道它不比梦想更加美丽
> 难道它不比期望更值得希冀

这是马修写给孩子们的歌曲，也是他写给自己的歌曲，写给自己不尽如人意的过去，更写给自己充满无限希冀的未来。仿如孩子们的歌声一般，克里斯托夫·巴拉蒂的镜头如泣如诉，宛若天籁。克里斯托夫·巴拉蒂有一颗儿童的心，尽管马修是整部戏的主角，但是克里斯托夫·巴拉蒂的镜头从头至尾低垂在儿童的高度——这是他们年龄的高度，也是他们心灵的高度——谦恭、宽博，充满着智慧的圆熟与通融。

马修是我们生活中常见的那种平凡的人，他其貌不扬，无足轻重。他一厢情愿地爱上了莫昂克的漂亮的母亲，可当他明白这只是自己的单相思时，便悄然隐退。但是，马修心地善良，多年的颠沛流离仍无法泯灭他的音乐梦想，世间的酸甜苦辣亦不能抹杀他的良善与快乐。他似乎就是我们小时候在心中想象的那个无所不能的巨人般的父亲，他让我们的童年充满快乐、充满温情又充满力量。他像一棵葳葳郁郁的大树，树干笔直、枝叶繁茂，为我们遮风挡雨、纳荫蔽凉，他像一颗悬挂在我们头顶的启明星，为我们在暗夜里指明方向。

辅教院校长也是我们生活中常见到的那种人。与马修不同，他是一个自私自利、变态投机、混在校长职位上只知道作威作福的混蛋，他并不信任任何人，对自己的权力也不自信。正因为他的不信任和不自信，所以他时时刻刻将手中有限的权力发挥到极致，他不允许任何人质疑他的地位、挑战他的权威。不论是对学校的教父、教工还是学生，他都没有任何情感。他的世界就是他的价值，他的价值就是他的利益，无所谓善和恶，无所谓美和丑，无所谓对和错，无所谓白和黑。他代表着这个我们无法左右的主流社会的愚蠢而强硬的伦理体系和价值判断，他们对真挚和朴素的真理视而不见，甚至充满恐惧和蔑视，他们才是阻碍社会进步的绊脚石，或者说是让这个社会不断堕落的陷阱。

个性倔强孤傲、敏感自尊的皮埃尔·莫昂克其实恰恰是孩提时代的我们，在他的身上，有着我们或多或少的影子。我们用初生的眼睛、稚嫩的心灵，质疑过我们身边的世界、我们身边的亲人，以及与我们擦肩而过的路人。莫昂克出生于单亲家庭，他的美丽的母亲在绝望中放弃了，从而将他送到池塘畔底辅教院，每一次母亲探视，听到的永远是老师们对他的批评和告状。在这样的环境中，他的孤傲变成了孤绝，他的自尊变成了自闭，一个被孩子们捉弄走的教工在临走前告诫马修不要相信这个有着"天使容貌，魔鬼内心"的孩子。然而，与辅教院的历任老师们不同，马修没有放弃他，他在莫昂克孤独的歌唱中发现了他的音乐天赋，他在莫昂克的雨夜脱逃中相信了他在寻找的尊严，他甚至在莫昂克误解他和他母亲的关系向他的头上投掷墨水瓶时，仍旧将支撑合唱团的独唱角色交给了他。

马修赢得了孩子们的信任，纵使对那个失去双亲、没有任何天赋的贝比诺，他也充满信任。马修来到池塘畔底辅教院，见到的第一个孩子便是贝比诺。回到影片开头，暮年的贝比诺冒着大雨叩开指挥家皮埃尔·莫昂克的房门，面对疑惑的莫昂克，他自我介绍："我爸爸星期六来接我。"然后才说"我是贝比诺"。是的，马修走进池塘畔底辅教院，第一个见到的便是贝比诺，他站在辅教院大门口，对马修说："我爸爸星期六来接我。"事实上，贝比诺是一个失去了双亲的孤儿，尽管他从不相信这一点，尽管他每周六都会站在辅教院大门口，对每一个人和自己说："我爸爸星期六来接我。"这个"星期六"的孩子，最后在马修被校长赶出学校后，跟随着马修的汽车一路奔跑，最后被马修抱到车上，成为马修的孩子。

马修被恼羞成怒的辅教院校长解雇的情节是影片中最催人泪下的一幕。马修一个人失落地走出学校的大门，他不知道孩子们被变态的校长关了禁闭，他在日记中写道："在这个时候，在我孤单单地走出校门的时候，我多么希望孩子们无所顾忌地走出来，与我相见。然而，一个人都没有，只有我自己。"

但是，奇迹发生了。就在马修走到学校围墙外面时，一架又一架纸飞机从天而降。马修捡起了纸飞机，发现每一架飞机都是一封孩子们写给他的信。他们被关在禁闭室里，簇拥着，高高地举起双手，窗口内是齐刷刷摇动的手臂，是孩子们摇动的思念。马修捡起飞机，抚平信纸，他的泪水洇湿了信纸——他的日记写到这里，相信没有人不为此落泪。

在世界电影史中，以音乐感化顽劣学生的电影题材并不鲜见，但是《放牛班的春天》无疑是此类影片中的佼佼者。必须提的是，这部影片能够凭借感人的剧情成为年度法国票房冠军，其中悠扬的配乐功不可没。

记得罗大佑写过一首歌，歌中唱道：

> 就算你留恋开放在水中
> 娇艳的水仙
> 别忘了山谷里寂寞的角落里
> 野百合也有春天

是啊！纵使我们留恋世间那些娇艳的水仙，也永远不应该忘记，在我们曾经遗忘的角落里，野百合也有春天。

33《天使爱美丽》

如鲜血一样骄傲，如岁月一般凋零

倘若我们眼力高明，或者我们还有剩余的耐心，我们似乎不难发现，在被包装的神话和神话之间，有那么一道细线露出了端倪，那是魔鬼埋伏在我们心底可怕的真实。也许某一天，潘多拉的盒子重新打开，被压在盒底的希望，展开单薄的羽翼，飞也飞不出来。就像窗外这个行进着的秋。树上的叶子红了，像鲜血一样无比骄傲；脚下的叶子黄了，如岁月一般兀自凋零。

温暖的眼眸、狡黠的笑容、像小鹿一样跳跃的身姿、宛若花朵般绽放的生命……奥黛丽·塔图一出场，瞬间便俘获了我。

这是北京肃杀的秋日，没有秋高气爽，没有雨露生寒，更没有如画之江城、晓望之晴空，连日阴郁的雾霾攻占了平素的欢愉与安宁，秋的城堡满目憔悴。树上的叶子红了，像鲜血一样无比骄傲；脚下的叶子黄了，如岁月一般兀自凋零。

街边到处是堆积如小山的落叶，秋风乍起，琐碎细密的暗金烟雾般腾空而起，在一座座山头飘荡。这是丰收的秋宴。时光之神的宴会里，永远有且只有一个主角，金色的农神刚刚抽身离去，黑衣的死神旋即踏歌而来。浓醉的晚秋，送走了短暂的春柳、哀悼着短暂的夏荷，等待着白雪封地的漫漫长冬。

奥黛丽·塔图便是在这时，从黯淡得几乎无法行进的生活中跳脱而来，如同暗夜后的晨曦，如同大雨后的彩虹，如此灿烂、如此明媚、如此纯净。奥黛丽·塔图，这个有着典型法国气质的女郎，出生于法国一个盛产黑莓口味葡萄酒的小镇伯蒙，她的父亲是一名牙医，母亲是一名教师。奥黛丽·塔图在法国中部城市蒙吕松长大，青春靓丽的她很快被一家国际超模公司看中，1998年，她在导演托尼·马歇尔执导的电影《维纳斯美容院》中脱颖而出，2001年，她在让-皮埃尔·热内导演的《天使爱美丽》中饰演一个不屈服于厄运的可爱女孩艾米丽·布兰，从此走进世界影坛。艾米丽的笑容嫣然绽放，令人顿生脱尘出世之感，令整个世界黯然失色。

在《天使爱美丽》中，奥黛丽·塔图饰演的法国女孩艾米丽·布兰从来就没有享受过家庭的温暖，她的童年在孤单与寂寞中度过。八岁时，母亲因意外事故去世，伤心过度的父亲由此患上了自闭症，整日沉醉在自己的生活里，与世隔绝。艾米丽的父亲是一名医生，可是，他除了给艾米丽做医疗检查之外，很少和女儿接触。可笑的是，他仅仅根据艾米丽在检查时心跳较快就断定她有心脏病，并决定让她休学在家中养病。失去了与同龄伙伴一起玩耍乐趣的艾米丽，孤独、寂寞、无助，只能靠无拘无束、漫天飞舞的想象和幻想来打发日子，自己去发掘生活的趣味。比如，到河边打水漂儿，把草莓套在指头上慢慢地吮吸。

寂寞的艾米丽终于长大了，她长成了美丽脱俗的少女，离开父亲离开家庭自己去闯世界。艾米丽在巴黎的一家咖啡馆里找到一份做服务生的工作，但有趣的是，光顾这家咖啡馆的似乎总是一些行为孤独、言语古怪的人，他们乖张怪僻，不过在巴黎这样一个到处充满着浪漫气息的地方，似乎什么都不难理解。艾米丽的生活过得还不错，但是她并不满足，美丽的天使艾米丽觉得似乎还缺了点什么。

1997年夏天，英国王妃戴安娜不幸身亡，这让艾米丽无比震惊，尽管生活中有那么多幸与不幸，艾米丽却突然意识到生命是如此脆弱而短暂，她决定尽自己所能去影响身边的人，给他们带来欢乐。一个偶然的机会，艾米丽在浴室的墙壁里发现了一只锡盒，里面放着好多男孩子们珍视的宝贝。艾米丽推测这应该是原来住在这个房间的一个小男孩藏在这里的。而今，那个男孩或许已经长大，早就忘记童年时代珍藏的"宝贝"。艾米丽陡然觉得生活有了乐趣，她决心寻找"宝盒"的小主人，并悄悄地将这份珍藏的记忆归还给他。

与此同时，艾米丽积极行动起来，她开始怀抱伟大的理想，着手改变自己和自己枯燥无趣的生活，暗中帮助周围的人，改变他们的人生，修复他们的生活，实现自我的价值。冷酷的杂货店老板、备受欺侮的伙计、忧郁阴沉的门卫、被丈夫抛弃的妻子……都被她列入了"伟大理想"的名单。她像一个顽皮的孩子，用恶作剧对付周遭的困苦和邪恶，用小阴谋改造身边的平庸和冷漠。然而，正当艾米丽斗志昂扬地向着"伟大理想"迈进时，她遇上了一个"强硬分子"——成人录像带商店店员尼诺，对于这个冥顽不化的"强硬分子"，她的那一套似乎失灵了。她设置了一连串的机关，讲述一连串的有趣故事，她渐渐发现，这个喜欢收集废弃投币照片并将照片重新拼接起来的古怪而羞怯的男孩，竟然就是她心中梦想已久的白马王子。

这部充溢着法兰西情趣的电影，如同一幅又一幅色彩明亮的老照片，不急不躁，艳而不俗，充满生趣。镜头快速地切换，花开花落，四季更迭。让-皮埃尔·热内并没有简单地将艾米丽的人生还原为她的成长故事，而是将这些故事设计成一帧又一帧充满机巧和童趣的漫画，它们散乱地排列着，似乎全不相干，却又充满联系。

连缀这些画面的间隙里，是艾米丽留给观众的猜思和想象。从她将美丽的心灵奉献给他人，到她懂得找到自己的情感归所；从她搀扶着失明老人，到她把深藏着少年时期珍贵回忆的宝盒悄悄地还给它的主人；从她为受尽欺辱的傻孩子打抱不平，到她将威风凛凛的杂货店老板整治得哑口无言；从她帮助一对恋人走出情感世界的阴雨连绵，到为他们创造了分手后的再一次相恋；从她为被抛弃的邻居撒下美丽的"弥天大谎"，到她越来越平和地接受鳏居家中日渐老去的父亲；从她在想象的世界里寻找自我，到她在真实的世界里付出真情……不论是惊鸿一瞥还是嫣然一笑，不论是微风浅唱还是细雨低吟，不论是博大悲悯还是体察入微，这个从残缺中成长起来的女孩，停留在她童年的梦中，再没有长大。她像一滴晶莹的水滴，自我丰盈，自我圆满，永远带着真诚的微笑，步履轻盈地漫步巴黎街头——这份从容来之不易。

《天使爱美丽》是一部难得的好看的电影。之所以好看，不在于让-皮埃尔·热内娴熟的导演技巧，不在于精致得无可挑剔的镜头语言，不在于影片浅显地道出的人生真谛，不在于通过一部电影将巴黎风光尽收眼底，不在于一个平淡的故事如何被讲述得波澜起伏，而在于让-皮埃尔·热内在一个狭小逼仄的空间创造了无限的丰富、无限的生趣。让-皮埃尔·热内显然是一个叙事老手，他的魅力，在于他的无所不在、无所不能。

他是一个在"小空间"营造"大世界"的魔术师，用物与物搭建诗意，召唤无远弗届的灵，他的眼神和指尖所到之处，皆是出人意料的幻景与幻境。如果你相信让-皮埃尔·热内的魔法，那么，你就该同样相信艾米丽的力量。她像一个魅影侦探一样，窥探着别人的内心隐秘，然后又以秘密的，甚至有些孩子气的捉迷藏的方式，来完成自己的一系列壮义之举。让-皮埃尔·热内让他的魔法充满了悬疑的味道，他吊起了观众的胃口，使得观众欲罢不能。于是，我们看到了真实世界无法存在的景象：在艾米丽设定的寻找路线中，人像雕塑向男主人公眨眼示意；四方联照片上的四个一模一样的男子争先恐后地出谋划策；艾米丽泣不成声地看到荧屏上播放的自己的葬礼……真真假假，亦梦亦幻，妙不可言。在这里，所有的物都是一个巨大的容器，挤挤挨挨、密密麻麻，充斥着更加巨大的灵，隐喻便由此而生。

同"爱美丽"的天使艾米丽一样，让-皮埃尔·热内的生平也充满了传奇。他早年从事电视广告和视频片段的制作，却在盛年收获了具有超现实主义浪漫风格的《天使爱美丽》。水仙少年那喀索斯以水为镜，揽镜自照，倾身欣赏自己在水中的倒影，但与那喀索斯在河边的顾影自怜不同，让-皮埃尔·热内在水的倒影中，却看到了整个世界，看到了躁动不安的芸芸众生，看到了让我们心荡神驰的神迹，平凡的世界，在让-皮埃尔·热内灼灼目光的注视下化作不凡的圣城。

然而，倘若我们眼力高明，或者我们还有剩余的耐心，我们似乎不难发现，在被包装的神话和神话之间，有那么一道细线露出了端倪，那是魔鬼埋伏在我们心底可怕的真实。也许某一天，潘多拉的盒子重新打开，被压在盒底的希望，展开单薄的羽翼，飞也飞不出来。

就像窗外这个行进着的秋。

树上的叶子红了，像鲜血一样无比骄傲；脚下的叶子黄了，如岁月一般兀自凋零。

34 《偷书贼》

人生只有一本书

对照着战场上万人之间的争夺残杀,莉赛尔借由文字与阅读所散发的坚韧力量,让作为旁观者的死神也诧异地睁大了眼睛。战争开始时,看到人们为战争疯狂,死神狂傲地说:"他们欢呼战争,其实是在为我欢呼。"他也曾经断言:"毫无疑问,不论你们如何不甘,每个人都终将随我而去。"然而,他错了。

一个犹太年轻人送给一个德国小女孩一个空白的本子,刚刚学会识字的小女孩在这个空白的本子上,写下了这样的开头。

五年以前,她还是一个一字不识的白丁,她不会想到有一天,她会拥有这种神奇的力量,将文字像云一样攥在手里,再像拧出云里的雨一样,把它们拧出来。

回到1939年的德国,第二次世界大战刚刚拉开阴寒的序幕,德国法西斯初露狰狞,对外的军事侵略如火如荼,对内的种族清洗阴云密布,整个德意志笼罩在紧张的空气之中。

这一年,莉赛尔·梅明格的父亲因为党派清洗惨遭纳粹逮捕,杳无音信。无力抚养子女的母亲被迫将九岁的她和六岁的弟弟送到了遥远的寄养家庭。在途中,弟弟不幸死在母亲的怀里。冷清的葬礼之后,在弟弟的墓穴旁,小莉赛尔意外拾到了她的人生第一本书——黑色的封面、银色的书名,充满着死亡与幽怨的暗示。

在慕尼黑的远郊,有一个叫作莫尔钦的小镇,镇上有一条叫作汉密尔的大街,在德文中,汉密尔就是"天堂"。就这样,不识字的莉赛尔带着她的新书来到了位于汉密尔街三十三号的新家。陌生的城市、陌生的同学、陌生的学校、陌生的养父母,所有的一切,对九岁的小女孩而言,都意味着陌生的恐惧。同学排斥并嘲笑她,养母罗莎·休伯曼粗暴喧嚣,她最常用的一个词就是"猪猡",这些令莉赛尔不寒而栗,她选择用沉默对抗生命中不期而遇的巨大转捩点。

相貌丑陋但心地善良的养父汉斯·休伯曼感受到了女儿内心的恐惧与排斥。为了打开女儿的心锁,让她尽快融入新的生活,他想了很多办法,直到有一天他发现,对于不识字的莉赛尔来说,书籍就是那把打开她心锁的钥匙。他开始教这个小女孩认字、阅读。他们共同开始阅读的第一本书,就是莉赛尔从弟弟墓地捡来的那本书——《掘墓人手册》。

这本书镇定地散发着忧郁的死亡气息,就像那个时代的欧洲天空。只有小学四年级文化的养父明白,他会借助这本书的力量,带领这个懵懂而羞涩的小女孩,磕磕绊绊,一步步走出封闭的自我,回到这个残酷但不乏温暖的真实世界。

"好了,莉赛尔,答应我一件事。要是我什么时候死了,记住要把我埋得妥妥当当的。"汉斯笑着说。他用他的风格叮嘱道:"还有,千万别漏掉第六章,还有第九章里的第四部。"这就是汉斯,在灾难中不失勇气,在困厄中怀抱希望。

《偷书贼》改编自澳大利亚作家马克斯·苏萨克的同名畅销小说,曾执导《唐顿庄园》的布莱恩·派西维尔担任导演,曾担任《纳尼亚传奇:黎明踏浪号》的编剧迈克尔·佩特尼为剧本操刀。曾出演《国王的演讲》《加勒比海盗:惊涛怪浪》的影星杰弗里·拉什,曾出演《安娜·卡列尼娜》《战马》的艾米丽·沃森在影片中成功地饰演了莉赛尔的养父母,法裔加拿大童星苏菲·奈丽丝则完美地诠释了莉赛尔,将她从童年至青年的成长演绎得平静缜密而又波澜壮阔。

在很小的时候,马克斯·苏萨克听到父母在厨房里讲述的一个故事,催生他创作了这部了不起的小说。他的父母在故事中提到,整个城市被大火吞噬,炸弹落在他们家附近,还有童年时期建立的坚贞友谊——连战火、时间都无法摧毁的坚贞友谊。这些故事一直留在他的心里。在此书的序言中,马克斯·苏萨克写道:"在同一时刻里,伟大的人性尊贵与残暴的人性暴力并存。我认为,这恰好可以阐释人性的本质。"

马克斯·苏萨克批判战争的残暴,却并没有直接描述战争,他将战争放在叙事的大背景下,以死神为第一人称,娓娓道出这个残酷氛围中的温馨故事。在这个故事中,莉赛尔被死神称为"偷书贼"。

影片围绕着莉赛尔捡书、读书、找书、偷书、借书、藏书、写书，串联起她经历的苦难童年。莉赛尔在童年总共拥有十四本书，其中十本对她产生了深刻的影响：六本是偷来的，另外四本，一本是在厨房餐桌上捡到的，两本来自躲在她家里的犹太人马克斯，还有一本，在一个阳光普照、温暖宜人的下午，来到了她的手上。在知识比食物更匮乏的年代，莉赛尔选择了用"偷"的方式贪婪地寻找书籍，这些书给她带来了无限的慰藉。

莉赛尔从三个地方"偷"过书：第一个地方是弟弟的墓地，那本书与其说是从雪里偷来的，不如说是她捡来的；第二个地方是纳粹焚书的火堆，在疯狂烧书的人群退去之后，她从火焰的余烬中，抢出了一本没有完全燃尽的书，作为自己阅读欲望的接续；第三个地方是在镇长和镇长太太藏书甚丰的书房，莉赛尔这次偷书，是为了将文字喂给躲藏在家中因饥饿和疾病垂死的马克斯，以挽救他的生命。这个被书籍充斥的房间，是理性、安宁和人性尊严的最后象征，在风雨飘摇的战争年代，对莉赛尔来说，这间书房如同天堂一般宁静，也如天堂一般温馨。

还有一个地方，也许死神忘记了，莉赛尔好奇地拿走了熟睡的犹太人马克斯怀里的书。当莉赛尔跟随养父，在河边、在餐厅、在地下室，学习阅读和写字时，她未曾想到，会有一个遥远的故事将在某一天抵达她的新家——汉密尔街三十三号。这一天，这个"故事"穿着皱巴巴满是褶子的夹克，随身带着一个手提箱、一本书——

希特勒的《我的奋斗》，鬼鬼祟祟地溜进来。不久前，汉斯将一把钥匙、一张地图粘在这本书中，寄给了遥远的斯图加特，于是他的犹太老朋友的儿子马克斯带着这本书、这把钥匙、这张地图，在一个噤若寒蝉的黑夜里，仓皇逃窜到天堂街三十三号——二十多年前的战场上，汉斯和马克斯的父亲埃里克由音乐结成朋友。二十年后的战场外，马克斯和莉赛尔由文字而结下生死之缘——在马克斯的鼓励下，莉赛尔尝试着在他送给她的空白本子上，写出她自己的故事，写出她的出生和成长、灾难与亲情，文字以坚韧不拔的力量改变着莉赛尔，改变着世界。

整个故事无时无刻不被包裹在寒冬之中，风雪并不可怕，寒凛的政治气氛却令人不寒而栗，它在每个人的心里都结了冰。战争消耗了大量财富，掠夺了大量生命，折磨着所有人的神经。随时而至的逮捕、不断扩大的征兵和不分缘由的杀戮，每个人都风声鹤唳、草木皆兵，在扭曲中疯狂地异化。

冰冷绝望的世界里，书籍的光辉如同残冬的暖阳，执着地照耀着人性的阴暗，散发着坚定的光芒。在这光芒中，被养父打开心锁的莉赛尔，发现了养母用咆哮和凶恶掩藏的真诚和善良。她和她的养父母，带领着更多的人，打开了无数孤独而封闭的心扉——盟军的飞机轰炸着德国人生活的大地，大家躲在防空洞里，黑暗与惊惧中，莉赛尔轻声为大家"创作"了一个关于生和死的故事。惊惧的心渐渐安静，黑暗的世界不舍希望之光。

在莉赛尔的一生中，死神曾与她数次相遇：在火车上，他粗暴地掠走了莉赛尔的弟弟；在慕尼黑，他曾见证了莉赛尔和鲁迪对一个即将逝去生命的飞行员的关切与敬意；在那条称作"天堂"的街道上，他带走了莉赛尔的养父母和她最好的朋友鲁迪……然而，一次次的迎面相撞，莉赛尔始终不屈不挠。

死神，执着地以自己的方式收集着人类的魂灵。奥斯维辛集中营和毛特豪森集中营的惨状令他震惊，他在毒气室、在悬崖边、在战场上，接住人类骤然跌住的灵魂。1944年3月，他终于颤抖着来到了汉密尔街，9日、10日连续两天的慕尼黑大轰炸，把这座名字叫天堂的小街，彻底变成了人间地狱。顷刻之间，宁静的小镇成了一片废墟，善良的养父母死于轰炸，鲁迪怀揣梦想，死在了莉赛尔的怀里。所有一切，把沉浸在书堆里躲避苦难的莉赛尔拉回到了现实，快乐总是轻浮的，只有苦难才让人沉重，也让人变得深刻。

遗憾的是，布莱恩·派西维尔在电影中略去了马克斯·苏萨克书中的几个重要细节。比如，鲁迪和其他男孩接受的裸体纯种检查；比如，莉赛尔和鲁迪的友谊其实始于因饥饿而开始的偷窃联盟；比如，马克斯送给莉赛尔的笔记本并不是空白，而是他将《我的奋斗》刷成白色，创作了手绘本《监视者》，莉赛尔的故事是他的故事的接续；比如，镇长太太故意将一本《杜登德语词典》放在书房的醒目处，莉赛尔急切地偷到这本书并在书中看到了一封写给她的信："在阳光的照射下，我看到地板上那些脚印。我对此报以微笑，决定不来惊动你。我唯一的希望是有一天，你能够敲开我家的大门，以更文明的方式进入书房。"正是因为有了这些细节，我们才有可能明白那个时代的匮乏和丰富，才有可能理解那个时代深刻的苦和痛。影片中烧书一幕令人震撼。小镇居民绕着广场站成一圈又一圈，他们眼含热泪高唱国歌，心潮澎湃行纳粹礼，他们决绝地将书投进广场中间的火堆中，红红的火苗越蹿越高。德国达豪集中营入口处，镌刻着17世纪一位无名诗人的格言："当一个政府开始烧书的时候，若不加以阻止，它的下一步就是烧人；当一个政权开始禁言的时候，若不加以阻止，它的下一步就是灭口。"这句话至今意味深长。

对照着战场上万人之间的争夺残杀，莉赛尔借由文字与阅读所散发的坚韧力量，让作为旁观者的死神也诧异地睁大了眼睛。战争开始时，看到人们为战争疯狂，死神狂傲地说："他们欢呼战争，其实是在为我欢呼。"他也曾经断言："毫无疑问，不论你们如何不甘，每个人都终将随我而去。"然而，他错了。在战场上，死神所向披靡地收取人们的灵魂；在战场外，人性的深奥却令他百思不得其解：为什么人类能够一面展现残酷的杀戮，一面展现博大的情爱？当一个政权在禁言和灭口时，何以一些人成为狂热的帮凶，而另一些人仍在寂寞地守护着良知。

在影片的结尾，很多年以后，莉赛尔已经老了，死神又一次赶来，带走了莉赛尔的灵魂。此时此刻，坐在喧嚣的大路旁，面对莉赛尔，死神再一次为人性而困惑："人哪！人性萦绕在我的心头不去！人性怎能同时间如此邪恶，又如此光明！……何以战争能够夺去城市所有人的生命，却带不走莉赛尔的回忆，她的平静，她对生活的爱与希望？"

莉赛尔凭借文字走出阴霾。其实，人生只有一本书，永远读不完，那就是爱与希望。

35 《巴里·林登》

时代背影的无声吟唱

库布里克不屑于重复别人,更不屑于重复自己,他不断地还原内心的光怪陆离,以期展现新的、自新的、更新的世界……是的,委顿于泥土之下的,是那个时代的背影;而至今仍挣扎在我们内心的,则是时代背影之外的无声吟唱。

1999年3月7日,英格兰赫特福德郡,美国电影导演斯坦利·库布里克静静地合上眼睛,一代大师乘鹤西归。

四天前,库布里克刚刚完成他生命中的最后一部作品《大开眼界》。大银幕之外,男主角汤姆·克鲁斯和女主角妮可·基德曼夫妇还没有分手,他们琴瑟和谐、两意相投,日臻成熟的演技,让他们羞涩中的激情四溢显得饶有趣味。重要的是,这部长达一百五十九分钟的电影还没来得及剪辑,散乱的情节、拖沓的叙事,与重重叠叠的象征和暗喻一样费人猜疑。然而,大师的风采依然如利刃般穿透银幕,凛冽地扑面而来,犹如沉潜在故事线索背后的黑弥撒咏叹。

遗憾的是，库布里克没能目睹这部电影的面世。库布里克1928年出生于美国纽约市的布朗克斯区，祖上是来自奥匈帝国的犹太移民，父亲是内科医师。十三岁的时候，父亲送给他一架照相机，他从此对摄影产生了浓厚的兴趣。1946年，他进入《展望》杂志社，担任新闻摄影记者，这份工作使他有机会走遍美国。此后，在库布里克几乎横跨20世纪的七十一年生命里，他曾经拍摄过十六部电影：《搏击之日》《恐惧与欲望》《杀手之吻》《谋杀》《光荣之路》《斯巴达克斯》《洛丽塔》《奇爱博士》《2001太空漫游》《发条橙》《巴里·林登》《闪灵》《全金属外壳》《大开眼界》等。1997年，年届七旬的库布里克获得了两项殊荣：美国导演行会的格里菲斯奖、第54届威尼斯国际电影节的终身成就奖。

1951年，年仅二十三岁的库布里克用他所有的积蓄投资了他的第一部影片《搏击之日》——一部十六分钟的纪录片，这部短片后来在纽约的派拉蒙剧院上映。这个小小的成功激励了库布里克，他放弃了以前的工作，全心全意投入电影制作中。1953年，在亲戚的帮助下，二十五岁的库布里克筹集了一万三千美元，投资拍摄了他的故事片处女作《恐惧与欲望》。影片在洛杉矶附近的圣盖博瑞拉山上拍摄，工作人员不到十个人。

两年以后，他拍摄了关于黑社会的《杀手之吻》。可以说，库布里克的《恐惧和欲望》和《杀手之吻》是他的早期试验之作，借用了在当时极为流行的抽象主义绘画和超现实主义文学的表现手法，为他的电影风格奠定了牢固的基础——抽象主义和表现主义的超现实，成为库布里克的电影美学特色。

此后，库布里克几乎每一部作品都是世界电影史的巅峰之作。他喜欢在令人惊叹的华彩外壳下，为电影赋予深不可测的厚重内涵。库布里克的影片风格迥异，但是他尝试过的每一种类型，都深深打上了"库布里克"的烙印：汪洋恣肆，神秘诡谲。

库布里克迷恋于挑战人类的想象边界和道德底线。其中，充满现实主义风格的《巴里·林登》却是一个绝对的异数。《巴里·林登》改编自英国19世纪著名作家威廉·马克佩斯·萨克雷的长篇小说《巴里·林登的回忆》，库布里克史诗般的完美再现了18世纪爱尔兰的风土人情与萨克雷原作的叙事风格。复古的情调、柔和的景深、均衡的田园、低回的忧伤、充满哲理的人生故事……库布里克用18世纪一个爱尔兰青年命运的升降沉浮，讲述了"人"的挣扎与湮灭。罗素曾说，如果你觉得不快乐，就想想你在宇宙中是如此渺小的一个粒子，从生到灭，不过如此。诚哉，罗素斯言。

一文不名的爱尔兰小伙子瑞蒙德·巴里高大英俊，他从小和母亲寄居在舅舅家，渐渐地，爱上了自己的表妹。但是，舅舅家中经济拮据、债台高筑，舅舅和表妹的两个哥哥都希望依仗一个合适的婚姻帮助他们摆脱尴尬处境。就在此时，颇有积蓄的英格兰军官约翰·奎恩出现了，表妹难以抗拒有钱的军官的诱惑，毅然挣脱被她诱惑过的巴里的怀抱，投向奎恩。初恋受挫，为维护自己的尊严，巴里决意与奎恩决斗。未曾想，决斗中，巴里杀死了奎恩。无奈中，他不得不告别寡母，远走他乡。

逃命的路上，涉世不深的巴里遭遇抢劫，他走投无路，只好加入英格兰军队。在军队中他得知，其实奎恩并没有死，他射向奎恩的那颗哑弹是奎恩与舅舅一家布下的陷阱，目的在于摆脱他的纠缠。不同于景色明丽的爱尔兰山村，英格兰军队像一个肮脏的大染缸。目睹军队的种种陋习，巴里不甘心就这样度过余生。一个偶然的机会，巴里偷出了上级军官的战马，从英格兰军队逃出，伺机寻找自由。不巧的是，在路上，巴里遭遇了一队普鲁士骑兵，他出走的谎言被狡猾的普鲁士军官戳穿，无奈，他又加入了普鲁士军队。

岁月荏苒，时光如梭。巴里幸运地躲过了子弹，之后，他像一个冲浪高手，在各种险境中穿梭自如，名利双收。不久，战争结束了，巴里成了普鲁士军官波兹道夫的心腹，被派去监视一个在普鲁士的爱尔兰间谍。作为爱尔兰人，巴里一见到这个爱尔兰骑士、一听到熟悉的乡音，立即想起了久别的家乡，他流着泪将波兹道夫的计划和盘托出。两个爱尔兰人惺惺相惜，爱尔兰骑士带着巴里出入赌场，将赌博绝技教给巴里，两人收益颇丰。

年纪渐长的巴里越来越现实，他觉得自己应该找个有钱的女人做靠山，于是，他爱上了林登爵士的妻子林登夫人。巴里与林登夫人整日出双入对，不避人言。林登爵士得知此讯，暴病身亡。一年后，巴里和林登夫人步入婚姻的殿堂，他终于成了孜孜以求的贵族，改名"巴里·林登"。

仅仅数年之间,巴里·林登通过巧合、运气,也通过自己的魅力和魄力,快速走到人生的顶峰。他享有了美丽绝伦的林登夫人,享有了她的全部财产,享有了她的爵位,享有了林登爵士和林登夫人的儿子布林顿,同时,他也有了自己的儿子。

他待自己的儿子如掌上明珠,待事事与他作对的继子布林顿如同天敌,这为他种下了祸根。他的儿子是他的未来、他的希望,然而,天并不遂人愿,命中注定的是,巴里·林登将失去他暴得的一切——命运说,"他的后代无法延续他生命的痕迹",于是,他为之倾注了所有的爱的小儿子失足落马,命丧一旦;命运说,"他将无法延续他自己的生命的痕迹",于是,他在与布林顿的决斗中失去一条小腿,从此成为一个孤独、落魄的残废;命运说,"他将无法延续他所拥有的一切",于是,他被布林顿逐出家门,永远不得进入英格兰国境,从此成为一个沉迷于酒精的失败赌徒,输掉了轻松赢来的赌金,输掉了整整一生,与寡母相伴,继续过着穷困潦倒的生活——寡母独自抚养儿子所练就的铁石心肠,还必须有更加铁石心肠的生活来抚慰熨帖。

巴里·林登的身上并不具有传奇性,但他的一生交织在欲望之中,欲望将他推到峰顶,又将他掀倒在谷底。从热血少年,到战争洗礼中的颠沛流离,以及娶了个女人跻身上流社会。命运的偶然性和极大的命运转变在那个时代绝不鲜见。他的人生好像一条抛物线,迅速到达顶峰，随即迅速滑落，直到失去一切，失去他与这个永恒而无情的世界的所有联系，回到起点。可是，那个叫作瑞蒙德·巴里的爱尔兰少年，却永远也回不来了。

库布里克被电影界称为"艺术的疯子"，看过《2001 太空漫游》《发条橙》《大开眼界》的观众一定会明白他何以有此绰号。但是，在《巴里·林登》中，他一扫往日骄纵跋扈的风格，转而为低调的奢华、婉约的忧伤，《巴里·林登》的每一幅画面都如同油画般精美，库布里克试图在影片中展示的，是一个人在华美的岁月中的追诉与寻找、迷醉与迷失。库布里克不屑于重复别人，更不屑于重复自己，他不断地还原内心的光怪陆离，以期展现新的、自新的、更新的世界。影片拍摄中的奇思怪想屡见不鲜。举一个简单的例子，影片中演员精致无比的服饰全部是用当时的真实服装拍摄的。只要想一想从博物馆把这些衣服借出来，保险、干洗、缝补、再还回去的细节就让人头疼无比。当然，必须交代的是，为了节约成本，许多远景中的群众演员穿的是纸做的衣服。

不得不提的是，《巴里·林登》获 1976 年第 48 届奥斯卡最佳影片、剧本改编等六项提名，最后获得最佳摄影、最佳美工、最佳服装、最佳音乐四项奖，是库布里克所有作品中获得奥斯卡奖最多的一部。与此同时，这部作品获得了 1976 年英国电影学院最佳导演和最佳摄影奖。这一年，《巴里·林登》还登上了美国《时代》周刊的封面。

在影片的结尾，库布里克平静地说，不论生前发生过什么，现在，巴里·林登和他们都已平等地归于尘土。

是的，委顿于泥土之下的，是那个时代的背影；而至今仍挣扎在我们内心的，则是时代背影之外的无声吟唱。

36《蓝色茉莉》

这些年来的笑容和泪痕

熟悉伍迪·艾伦的人知道,这是他的第四十三部电影,如同他以前的作品一样,对每一个人物,他都毫不吝啬地撕下他们的面具,让他们露出血淋淋的内心。

他们说时间能治愈一切创伤,
他们说你总能把它忘得精光;
但是这些年来的笑容和泪痕,
却仍使我心痛像刀割一样!

在飞机上看书,读到乔治·奥威尔的诗,心中满是粗粝的疼痛和哀伤。

奥威尔诗歌的风格似乎与小说全然不同。他的《动物农场》冷峻狷狂、诙谐幽默,《一九八四》锋芒毕露、剑拔弩张,他的诗歌却有着蚀骨的哀婉和无尽的忧患,这是比疼痛和哀伤来得更浓、更深的积毁销骨。

用泪水铺垫坚韧、用卑微装饰骄傲、用逢迎编织理想、用绝望浸透希望……这是永远对现实不满的作家、评论家乔治·奥威尔的冷酷风格。与他心心相印的，是永远在挑战自我的电影导演伍迪·艾伦。

伍迪·艾伦的《蓝色茉莉》（*Blue Jasmine*）同样适合在飞机上观看。只有在长途旅行的寂寞中，才能更深切地体味伍迪·艾伦所要表达的那种如临深渊般的绝望和无助，才会体味即使在绝望和无助中他仍然坚持的骄傲和庄重。

《蓝色茉莉》诞生于2013年，随即获得了巨大的声誉。凯特·布兰切特饰演的茉莉宛如精灵一般，为这部影片灌注着勃勃生气：第14届纽约在线影评人协会奖、第34届波士顿影评人协会奖、第39届洛杉矶影评人协会奖、第79届纽约影评人协会奖、第71届美国电影电视金球奖、第20届美国演员工会奖、"詹姆士帝国奖"、2014年美国独立精神电影大奖、第86届奥斯卡金像奖……凯特·布兰切特，这位纤秀高挑的澳大利亚美女就如同她曾经饰演的莎士比亚戏剧中的那些人物，有着天生神秘而忧伤的气质，戏剧学院科班出身的功底加上卓越的禀赋，使她在舞台和银幕迅速崛起。

这一次，她演绎的是阅尽人间浮华、洞悉世事沧桑的茉莉。

就像伍迪·艾伦的每一部作品一样，就像伍迪·艾伦永远桀骜不驯的头发和永远一成不变的黑框眼镜一样，在《蓝色茉莉》中，凯特·布兰切特饰演的茉莉的出场充满了伍迪·艾伦式的张扬、固执，不管不顾，不绕圈子，直入主线。

故事开始于茉莉从纽约飞往旧金山的航班。

在整个行程中，茉莉都在喋喋不休地与素昧平生的邻座聊天，与其说是聊天，不如说是神经质般地自言自语，她的那些美好和悲惨的故事，像春天令人应接不暇的鲜花般，就在这些絮絮叨叨的自言自语中次第开放，并贯穿整部影片的始终。一贫如洗的茉莉包裹着百万美金的行头，乘坐出租车来到旧金山一个平凡的公寓门口，跟跟跄跄的她梦游一般，幽幽地问了司机一个人生最深奥的问题：

Where am I, exactly？

"我在哪里？"这是让茉莉纠结不已的问题。从天堂到地狱，茉莉的骄傲遇上了她人生的陷阱：迷失。然而，金发碧眼的女神从空中跌落，即使再不堪，也还是拎着Hermès手包、穿着Chanel外套、用着Fendi钱夹、乘坐头等舱、使唤人搬运Louis Vuitton行李。"你，真的没钱了吗？"这是金洁的疑问，也是观众的疑问。"我挥金如土，已经习惯了。"茉莉说。

一个似乎再平凡不过、白天鹅变成丑小鸭的故事，伍迪·艾伦讲述得平淡、朴素，波澜不惊。线索在两条平行的时间轴里递进，一条是茉莉奢侈浮华的过去，一条是茉莉萎靡凌乱的现在。

美丽聪颖的茉莉自小被养父母收养，她嫌弃自己的名字珍妮特俗气，改成了浪漫洋气的"茉莉"。"我叫茉莉，我的父母喜欢用美丽的花朵作为我的名字。"不论是在她左右逢源的酒会，还是在她左支右绌的诊所，她总是这样骄傲地自我介绍。

在波士顿大学读人类学专业三年级时，她认识了哈尔，迅速坠入爱河不能自拔，不顾家人的反对，毅然辍学嫁给哈尔。哈尔是美国商界令人瞩目的精英、众人仰慕的才俊，他精明世故，善于未雨绸缪。在他精心打造的商业帝国中，他长袖善舞、所向披靡。茉莉迷醉于同哈尔周旋于纽约上流社会，迷醉于哈尔对她的半真半假的娇宠，迷醉于哈尔带给她的极度奢靡、挥金如土的生活。

与此同时，同样被收养的妹妹金洁却过着截然不同的生活。"我们的基因是不同的。"这是挂在金洁嘴边的一句话，为自己廉价的生活和廉价的命运自嘲。甚至因为她的愚蠢，她和丈夫的家当也被哈尔骗得精光。漂亮的茉莉从小受到养父母的溺爱，可是金洁却因为"基因"和"品位"，总是受到父母的忽视，她愤而出走，索性随心所欲地自甘堕落。

然而，变化来得太过突然。哈尔时时拈花惹草，茉莉选择掩耳盗铃。终于，哈尔喜欢上了几乎未成年的实习生，回家与茉莉摊牌。茉莉伤心过度，癫狂中打电话举报哈尔，哈尔因为商业诈骗罪锒铛入狱，在狱中结束了自己的生命。

哈尔破产了，一贫如洗的茉莉只能离开纽约来到旧金山投靠妹妹金洁。从云端跌入尘世，茉莉的精神崩溃了，她经常自言自语，沉浸在对往日的回忆中——这恰是伍迪·艾伦铺设的另一条线索——茉莉同周围的人格格不入，与金洁的生活水火不容，她不喜欢金洁的前夫奥格，不喜欢金洁的男朋友吉尔，不喜欢金洁对两个儿子无所谓的态度，甚至不喜欢金洁的生活和她的一切。为了生存，茉莉忍辱负重地在一家牙医诊所找了份前台接待的工作，企图以此养活自己渡过眼前的难关。然而，她的生活确如金洁所说，"就像一团乱麻，简直糟透了！"吉尔粗俗的小个子朋友、牙医诊所轻浮的医生，似乎都在证明她糟糕的生活。

直到某一天，在一个派对上，她邂逅了刚丧偶的驻外公使，他英俊、风趣、富有，很快就赢得了茉莉的芳心。茉莉的生活俨然就要回到正轨，由于精神压力产生的幻觉也慢慢消失。然而，就在他们准备购买结婚戒指的时候，奥格的出现彻底粉碎了她的希望。

从一开始，伍迪·艾伦就在暗示我们思考一个问题：对于哈尔的出轨和诈骗，茉莉到底是否知情？在茉莉搬到旧金山，金洁替她辩护："哦，她根本不懂金融！"奥格则说："她和哈尔结婚那么多年，她什么都知道！只是当看到那些钻石和貂皮大衣的时候，她就睁一只眼闭一只眼了。"伍迪·艾伦在影片中还设计了一个桥段，茉莉在与朋友喝下午茶时，一脸天真地对闺密说："哦！我从来不关注哈尔的生意，我只是签个名。"甚至破产后在接受继子的质问时，她也在为自己申辩："你觉得我要是知情，我还会让他用我的名义去注册公司、开银行账户吗？"似乎，她是一个受害者，被哈尔骗取了青春和爱情，然而伍迪·艾伦在影片的结尾揭开了谜团，被背叛的茉莉的第一反应就是向FBI告发她的丈夫。原来，她什么都知道。哈尔是个骗子，他用大家的钱财铺垫自己的荣誉和奢华；茉莉也是个骗子，她用掩耳盗铃的装聋作哑堆砌自己的美丽和骄傲。哈尔欺骗了别人，茉莉欺骗了自己。这才是问题的关键。

　　熟悉伍迪·艾伦的人知道，这是他的第四十五部电影，如同他以前的作品一样，对每一个人物，他都毫不吝啬地撕下他们的面具，让他们露出血淋淋的内心：茉莉虚伪虚荣，金洁糜烂堕落，哈尔道貌岸然，牙医猥琐无耻，吉尔和他的小个子朋友几乎就是没有脑子的白痴。伍迪·艾伦轻松地将每个人都无情地奚落一番，他对谁都理解，却对谁都不同情。茉莉的生活完全崩溃，以后她将怎样生活？回到诊所被迫接受牙医的调戏，还是继续自己虚幻的梦想？伍迪·艾伦将巨大的空白留给了观众。茉莉坐在长椅上，自言自语，如同梦呓，一切回到影片的开始，生活画了个不圆的圆圈，重回尴尬，这是伍迪·艾伦的残忍，更是生活的残酷。

　　顺便说一句，影片的结尾非常伍迪·艾伦，那就是——没有结尾。

37 《2001：太空漫游》

不敬畏宇宙的人没有灵魂

曾身历两次世界大战和冷战时期的库布里克，将这部电影看作献给人类和平的礼物。经历了半个世纪岁月的洗礼，这份礼物显得意味深长。

"上帝死了！"

1891年，尼采出版了他一生中最重要的作品《查拉图斯特拉如是说》(四部完全版)，该书还有一个奇怪的副标题："一本写给所有人及不写给任何人的书"。在这部充满了勇气和忧伤、熔铸着酒神狂醉与日神清醒的著作中，尼采借助公元前六百年的神秘波斯人查拉图斯特拉，振聋发聩地宣布了他的一鸣惊人的论断：

"上帝死了！超人诞生！"

正因为《查拉图斯特拉如是说》特殊的创作背景，这个名字不论在哪里出现，都蕴含着深意。1968年，美国导演斯坦利·库布里克的电影作品《2001：太空漫游》(*2001: A Space Odyssey*)横空出世。在这部影片中，他用超人精神阐释了他的宇宙哲学，试图探讨如恒河沙砾般的人类如何在无垠的太空中孤独漫步。

　　库布里克一生共拍摄了十六部电影，前四部默默无闻，1955年的第五部《杀手之吻》开始，库布里克名气陡增，成为世界影坛不可或缺的重量级人物。从1956年的《谋杀》到1999年的《大开眼界》，库布里克共完成十一部电影，可以说，每一部都是经典中的经典，类型、题材、技法毫无重复。对于库布里克来说每一部都是一次重生，同样每一部也都是对一个电影类型的灭绝。

　　《2001：太空漫游》取材于英国科幻小说家阿瑟·C.克拉克爵士的同名作品，克拉克曾被《洛杉矶时报》誉为"太空时代的桂冠诗人"，与艾萨克·阿西莫夫和罗伯特·海因莱因并称为20世纪三大科幻小说家。他经常引用爱因斯坦的话来说明这部科幻电影的主旨："不敬畏宇宙的人没有灵魂。"克拉克有一个庞大的科幻小说创作计划——分别创作于1968年的《2001：太空漫游》、1982年的《2010：太空漫游》、1987年的《2061：太空漫游》、1997年的《3001：太空漫游》，合称为"太空漫游四部曲"。克拉克的小说《2001：太空漫游》出版时间与库布里克的电影《2001：太空漫游》上映同在1968年，他们在酝酿电影的故事情节时，甚至将这部电影戏称为"太阳系开拓史"。

　　1968年4月4日，《2001：太空漫游》在洛杉矶首映，舆论一片哗然。仅仅是四年前的1964年，安迪·沃霍尔推出了四百八十五分钟的影片《帝国大厦》，这部电影被后世评价为："看一秒钟就足够了！"安迪·沃霍尔尝试用无穷的瞬间的堆积演绎精神世界的无限延伸。

正如克拉克所说，"如果你第一遍就看懂了这部电影，那将是我最大的遗憾"。斯坦利·库布里克后来明确地说道："我确定，当天有二百四十一个人当面向我提出了抗议。"库布里克的门徒斯皮尔伯格也充满困惑地询问："它到底在说什么？"之后的几天里，惨淡的票房和失控的评论，一直伴随着这部电影。"这是部充满了假道学、知识障碍，冗长且失控的电影，介于催眠和极端的无聊之间。"当时纽约最著名的影评人宝琳·凯尔女士这样说。可是不久，正当放映方沮丧地要把影片下档的前夜，一些纽约影院的老板给米高梅打来电话："在你们决定下片之前，发生了一些事，陆续有年轻人成群地来，他们总是坐在前排，越来越多，我想今夜会更多……"后来，来看这部电影的年轻人真的多了起来，年轻人喜欢它的神秘和颠覆，很多嬉皮士干脆从片中那段穿越星际之门的迷幻视效中寻找嗑药的快感。一名美国年轻人看影片时疯狂地冲向银幕，一边用头撞向银幕上的黑石一边喊："这，就是上帝！"

五分钟的黑场之后，理查·施特劳斯的《查拉图斯特拉如是说》拉开了《2001：太空漫游》的华幕，这是德国作曲家理查·施特劳斯以尼采著作为蓝本创作的著名交响诗。远古的天穹下，一群又一群人猿慵懒地爬来爬去，他们既没有抵御敌人的凶猛体态，又没有主动攻击的尖牙利爪，在恶劣的自然环境中，他们只能艰难而卑微地生存着，与今天看来已经远远落后于人类的生物一起竞争，甚至，为了守护辛苦夺来的食物，还要面临其他同类族群的袭击和抢夺。

突然，一块黑色的方形石碑出现在他们的洞穴前。人猿对此表现出惊恐，接着是好奇，一个人猿似乎在思索之后，捡起一根动物的尸骨，砸向了其余的骨架，接着他们开始用坚硬的骨头猎杀动物，赶跑抢走水源的同类。黑石，开启了人类的心智，教会他们如何使用工具，新世界就此开启了大门。宇宙，飞船，星空，地球，木星，月亮，火星，太阳，在《蓝色多瑙河》悠扬而壮阔的音乐中，行星沿着各自的轨道优雅地运转着。而人类，宇宙中最具智慧的生物，就是这个神秘星系的发现者、探索者。有谁能够预知，在一块黑石的启蒙下，茹毛饮血的人猿成为地球骄傲的万物之王，并将探索的触须伸向星空。人类是那么的高贵，那么的无所不能。

上帝死了，库布里克却赋予了黑石上帝一般的无穷力量。什么是黑石？在库布里克的宇宙中，黑石是一种超能量。他将纯意识抽取出来的终极智慧赋予到这个神秘的能量体中，让它在宇宙中冷静而永恒地存在，曼妙而自由地穿行。黑石无善无恶，无始无终，无牵无挂，它脱离了低级的肉体与灵魂，超脱于一切生命体之外，环视宇宙，四处窥测，不断穿行，寻找具有生命的星球驻足，并让这个星球迈向智慧的关键一步。

这是20世纪60年代的库布里克想象出来的21世纪的未来世界，站在四十余年时间长廊的前端，我们诧异地发现，他预言的世界无一不被命中。1969年7月16日，巨大的"土星5号"火箭载着"阿波罗11号"飞船从美国卡纳维拉尔角肯尼迪航天中心点火升空，开始了人类首次登月的太空征程。当阿波罗登月的宇航员进入月球轨道近距离感受月亮时，他们惊奇地发现："这里，与我们在电影里看到的一模一样！"

库布里克花了四年时间，打造《2001：太空漫游》这部充满哲学命题的鸿篇巨制。矗立在原始人类面前的巨大黑石，标志着人类智慧的开启，从此人类开始进化，开始认识工具。影片中，黑石在宇宙中多次出现，它矗立在月球上，飘浮在太空中，带着种种神秘的寓意。

这是1968年，在库布里克的镜头下，我们穿越到了2001年。此时，为了寻找黑石的根源，人类开展一项木星登陆计划。飞船上有冬眠的三名宇航员，船长大卫·波曼、飞行员富兰克，还有一部叫"HAL9000"的高智能电脑。不料，HAL在宇宙飞行过程中发生错乱，令富兰克和三名冬眠人员相继丧命，剩下波曼和这台电脑作战。从死亡线上回来的波曼一气之下关掉主脑系统，HAL彻底失效。现在，茫茫宇宙中只剩波曼一人，向木星进发。

在影片中，库布里克抽掉了克拉克原著中细腻的人性描述，留下冰冷的机器和寂静的星空。在小说的最后，波曼在变成星孩后还像能量一样在宇宙中穿行，探寻自己生命的责任与意义，甚至在后来的《2010：太空漫游》中仍然能够以肉体的方式现身。而在影片中，库布里克则完全借助了黑石这样一个上帝的视角，描绘人类的众生相。冷漠、贪婪、杀戮……是人类的本质，也是人类的宿命。库布里克残忍地将人性的东西抽离，塑造了一个智能高度发达的人类宇宙社会，在这里，人性变得极端而冰冷，人类因为认识使用工具而成为地球上唯一的智慧生命，在最后却也因为过分地张扬本性而使自己在宇宙中灭亡。影片的最后一个镜头，老死在床上的波曼退行为蜷缩在子宫中的胎儿，在漆黑的宇宙中静静注视着被太阳照亮的地球。

库布里克擅长用凌乱的桥段拼凑漫漶的想象。疯狂、神圣、张扬、隐秘、琐碎、争议、苛求、完美，这些都是只属于库布里克的独一无二的词语。那段长达十数分钟的星际之门的穿越，被后来无数的影迷诟病，却也成为后世无法超越的经典桥段，它以里程碑的方式，记录了人类永恒的绝望。库布里克用印象派风格的光与色，制造了一个无比璀璨的宇宙，无数瑰丽奇幻的光影剧烈地交织着，扑面而来，宇宙因异常的光线和诡异的色彩变得扭曲而疯狂。

曾身历两次世界大战和冷战时期的库布里克，将这部电影看作献给人类和平的礼物。经历了半个世纪岁月的洗礼，这份礼物显得意味深长。对于人类命运的前瞻意识、对于神秘宇宙的未卜先知，都令这部电影同片中的黑石一样弥足珍贵。电影大师伍迪·艾伦曾说："在导演的万神殿中，最高的两个位子，一定属于奥森·威尔斯和斯坦利·库布里克。"此言不虚。

38《毕加索的秘密》

航行时，严禁同掌舵者讲话

长达七十八分钟的影像，充满了画笔和画板的刮擦声，此外，是长久的寂静。亨利-乔治·克鲁佐以悬疑的手法记录了毕加索的一次作画过程。

1956年盛夏，法国南部海滨城市戛纳的一间画室里，面对难耐的酷热，忍受着聚光灯的强烈辐射，毕加索兴致盎然地挥笔作画。

画室阴暗、潮湿，骄傲的西班牙画家毕加索脱下了他的外衣，他赤裸着上身，只穿了一条短裤，神色紧张地坐在画板前，对站在他面前的一个男人说："我需要一些墨水。"于是，生动的线条在透明的画纸上迅速游走，不断地繁衍、变形，一朵花先是变成一条鱼，接着变成一个美人，然后变成一只公鸡，最后，公鸡变成了牧神。

毕加索面前的那个男人，就是法国导演亨利-乔治·克鲁佐。

这是近一个甲子之前一个遥远的夏天。此后的很多年，每每看到毕加索作画的这个神秘、似乎充满了谶语的场景，我的心里都燃烧着一团火焰，如同每一个在高空炸开的那些节日的璀璨夜晚，灿烂却又悲伤。

很多很多次，我们与这个叫作毕加索的男人迎面相逢，有时在大路上，有时在窄巷口，有时在金子铺就的殿堂里，有时在古卷青灯的黑夜中。他在各种历史的卷籍中出现，戴着数不清的面具和面孔，他旺盛的情欲和他争风吃醋的女人们，永远与他纠缠不清，让人思量，更费人猜测。即使在他辞世四十余年之后，这个从地中海太阳海岸走出来的艺术家，仍然是一个麻烦的话题制造者。

长达七十八分钟的影像，充满了画笔和画板的刮擦声，此外，是长久的寂静。亨利-乔治·克鲁佐以悬疑的手法记录了毕加索的一次作画过程。这一次，素来不喜欢在影像中露面的毕加索，在擅长惊悚风格的亨利-乔治·克鲁佐的镜头下，成为纪录片《毕加索的秘密》(*Le Mystère Picasso*)的主角。

毕加索，全名巴勃罗·路易斯·毕加索，1881年出生于西班牙。二十六年后，他创作了《亚威农的少女》。在这幅作品中，毕加索画出他青年时代就耳濡目染的巴塞罗那"亚威农大街"妓女形象。为了表达出心底对这些出卖爱情的妓女既狎昵又憎恶的感情，他在画布上数易其稿。在这件作品的草图中，他曾设想画出一个海员和一个刚进门的医学院学生等五个姑娘和两个男人，还曾经试图画出一个骷髅、两个男子——一个持花束，另一个从布幕后面走出来。最后，他选择放弃所有对表达形成牵绊的枝枝蔓蔓，以一种全新的方法来表现五个裸女。

在毕加索之前，西方绘画的核心在于焦点透视法。毕加索的画作，却打破"焦点透视"对西方绘画的统治。但是，在《亚威农的少女》中，你可以同时看到一个人的正面和背面、左脸和右脸，看到变了形的五官和身体。重要的是，《亚威农的少女》改变了传统表现女性人体的温和的充满柔情的线条——如安格尔的《泉》，甚至是雷诺阿的《浴女》、塞尚的《浴女》——加之以劈砍的轮廓线、凝视着的眼睛、激烈的错位，普遍的躁动和不稳定感取代了平静的和谐，并以压倒一切的力量，传达了性而不是爱的渴望。这幅作品，被后世评价为第一张有立体主义倾向的作品。

立体主义开启了瓦解传统视觉思维方式、改变艺术在近五百年间所使用的方法的第一个高峰，它的实践者有毕加索、布拉克、阿波利奈尔、洛特、格里斯、格莱兹、德劳内。立体主义接受了塞尚对造型的观点——艺术被再度理解为一个与自然平行的进程，而不是模仿自然。E.H. 贡布里希把立体主义者的创造发展看作是一种生活经历所决定的伪装过程，他们放弃了比较容易理解的道路，而选择了抽象的倒退形式，毕加索"把蕴藏于自己身上的全部好斗性和粗暴的野性都贯注到这些倒退的形式中去，一切被打得粉碎。他发明了立体主义，发明了废品主义，发明了碎片游戏"。

立体主义是一个奇迹，一个运用新的手法的建议，是一种新柏拉图主义。当传统技法将观察到的物体从顶部、侧面、正面、背面进行尽可能地表现时，毕加索和布拉克却试图在瞬间同时表现这一事实，同时表现事物的内部和外部，"画家并不企图追述逸事，而是要建立一种图解事实"。布拉克说。

毕加索和布拉克将画面想象成一个描述体系，用图画表示概念，试图从描绘的平面自身创造出一个形体、一个对象，来代替一个反映现象的图形，这使得平面自身直接显现立体感，却又不是取消了平面，而是使画面本身成为一个容器，让各种东西在它里面装着。这是立体主义对绘画作为一门独特艺术的肯定，它打破了古典主义大师们认为有必要保持的所谓画面完整性，即以极其生动的三维空间幻觉来表示平面的恒久存在的神话，肯定了二维空间的平面是绘画艺术唯一不与其他艺术共享的条件。

当我们看一幅画时，不是首先看到画的内容，其次才看到一幅画；而是首先看到一幅画，其次才看到画的内容。对于这种系统地运用手法或技巧歪曲现实的做法，托马斯·斯特尔那斯·艾略特、埃兹拉·庞德、史蒂文斯、瓦莱里和里尔克的以诗歌本身为目的的诗歌，詹姆斯·乔伊斯在《尤利西斯》中神话般构造的都柏林以及普鲁斯特、福克纳所置身其中的特殊的世界，都可以被看成是相同的例子。这种变化表现在雕塑中，是从布朗库西的雕塑品转到如雅克·利普希茨的雕塑品那样完全抽象的艺术品；在音乐方面，从西贝柳斯、巴尔托克、沃恩·威廉斯或查尔斯·艾夫斯以民间传说为基础的音乐转移到勋伯格的十二音作曲法的实验作品或韦伯恩的极其凝练的序列主义的无调性音乐；电影则从最初格里菲斯对罗马或于胡格诺对法国的再现，发展到对属于电影自身领域的创造——西方的神话、强盗、达库拉式的吸血鬼、弗兰肯斯坦所创造的怪物或便宜的烈性酒。

从心理学上来说，立体主义是根除由视觉错觉产生的多义性的一种方式，将对绘画的读解推进的一种人工构成物，一块着色的画布的读解的最初的和最激进的尝试，如果错觉的产生是由于线索的相互作用和设有矛盾的证据，那么它与变形影响做斗争的唯一方法是，让线索互相矛盾并且阻止一个凝聚的现实物像来破坏平面上的图案。立体主义者的作品中要调度透视、质感和明暗等一切力量，让它们相互抵触，陷入僵局——在毕加索的《三个女人》《弹吉他的男人》《舞蹈》《无题》《吻》《梦》《格尔尼卡》中，我们可以清晰地看到那些原本通过运动或触摸才能觉察的线索。

立体主义的成立需要人们在画面之外更多的想象，这不仅是破碎了的立体性的物体形象的需要，还因为毕加索和布拉克缺乏对这个流派的系统的解释。人们试图在立体主义形成时期访问毕加索，他回答："严禁和掌舵者谈话。"

在一些相互交叉、相互冲突的侧面的对视中，美和变形、安详和运动、平淡和笨拙构成了奇异的多义性，于是，平衡被打破了，静止之中产生了运动，视觉在静止的疲惫之中产生了跳跃并使注视她们的人更着意于运动的连续性。毕加索还将16世纪的画家们为人体周围的衬景布所保留的空白处赋予同样的变形。主题和形式的结合，使《亚威农的少女》不仅在一个多世纪之后仍然是一幅搅动人心的绘画，而且也是艺术史上记录立体主义的一个里程碑。

这幅画面世的次年，一群年轻画家集合在毕加索的周围，形成一个以毕加索居住的绰号"流动洗衣店"为名的巴托—拉瓦集团，从此沿着"少女们"开辟的道路走下去。

时间飞越到1956年，毕加索野心澎湃地坐在潮湿的海滨，为"少女们"寻找更多的可能。这部影片的珍贵之处在于，以拍罪案片闻名的亨利-乔治·克鲁佐竟然征得毕加索的同意，进入到他在戛纳的画室里，对这位世纪画家的作画过程进行实地拍摄。克鲁佐曾是希区柯克眼中"唯一的对手"，他放弃了当时流行的传记式或说教式拍摄模式，采用了记录真人绘画过程的手法，在当时可谓开纪录片之先河。

这个夏天，毕加索已经七十五岁了，他在透明板上创作了十五幅作品，其中一幅是他用五分钟完成的素描。按照亨利-乔治·克鲁佐和毕加索的约定，这些作品事后全部被销毁。这部纪录片因此成为毕加索绘画过程的仅存记录，法国政府视其为国家级珍宝。

1973年——影片问世的十七年后，毕加索静静地离去了，走完他九十二岁的漫长岁月，如愿以偿地度过一生。与毕生穷困潦倒的文森特·凡·高不同，毕加索的一生辉煌之至，他共完成了37000件作品，其中包括1885幅油画，7089幅素描，20000幅版画，6121幅平版画。有必要一提的是，他是有史以来第一个亲眼看到自己的作品被收藏进卢浮宫的画家。

39《永远的凝视》

黑夜的寥廓为你而存在

贾柯梅蒂是一个伟大的魔术师，他用雕塑材料制作着他对于整个世界的判断，表达着他对于整个世界的演绎。

1957年，巴黎希波吕忒大街46号，一个头发纷乱、满面沧桑的老人，茫然地面对着他的皮肤残破、孤独沉思的"男人"，这个他在这一年完成的又一个同一类型的作品——"站着的男人"，是他对这个令人觳觫不安的世界的永恒质疑和不断诘难。

这是一个近一米高的青铜男人，他站在一个狭窄的基石上，瘦削赤裸，四肢细长，皮肤残破不堪。此时，这个青铜男人双手张开，伸向身体的两侧，由于长时间的站立，他的两条腿已经同脚下的基石紧紧地粘连在一起，远远地看去，他更像一只张牙舞爪的螳螂，一只长着人形的六足昆虫，孤独、深邃、冷静，充满着诡异的情调。

这个昆虫一般的男人，是他的主人这一年创作的众多人物雕塑之一，在此前和此后的几年中，他们以相似的面貌、不同的姿态，在同样虚无的背景中诞生、伫立和行走。

这个头发纷乱、满面沧桑的老人，就是贾柯梅蒂。这是美国导演山姆·陈在2003年拍摄的动画短片《永远的凝视》(*Eternal Gaze*)中的一个片段。

在纷纭繁复的艺术史中，贾柯梅蒂被更多地称为雕塑家、画家，哲学家萨特却喜欢称之为"思想者"——正当萨特冥想着他者与自我的距离的时候，贾柯梅蒂早已开始用画笔对此进行了描述，他们几乎在同一时期，不约而同地将艺术的本质理解为"一种荒谬的活动"。

他已经整整五十六岁了，经历了战争的风云变幻、评论界的腹诽诉议以及对未来世界的绝望和恐惧，皱纹和白发已经早早地爬上了他的面颊和双鬓。此时此刻，他正处于创作和思想的巅峰，面对他的作品，他在苦苦思索，苦苦质问——艺术家怎样才能不加限制地对一个人进行描述呢？九年后，这个问题显然还是没有一个令人满意的答案，在经历了种种长久的颠覆和反思的努力之后，他开始在他冷峻的刀锋中加进了些许宽柔，在漠然的质询中带有越来越多的敬畏和赞美。而这一切，似乎标志着，他已经做好了充分的准备，准备告别他的思想和他的创作，去追寻另一个世界的全然不同的解释。

"生与死之间的差别就是——凝视。"贾柯梅蒂说。

《永远的凝视》片首，这句话跳出来，像浮在波光粼粼的水面上伟大的梦。贾柯梅蒂一生都在凝视，这一年，他刚刚经历两次生活的巨变，他的身体出现了某种疾病的征兆，甚至还忍受了失明的痛苦，他知道，死亡如同一头咆哮的猛兽，远远地望着他，他看见了死亡，从而更加深情地凝视着生命。《永远的凝视》试图讲述的，恰是他在巨大的死亡阴影中对生命的爱与追求。当生活远离你，最先离开的就是凝视，凝视就是一种关注，贾柯梅蒂说。这种观点在他生命中的最后十年变得非常重要，他在他的雕塑和绘画作品中倾注了很大的精力，努力捕捉生命中这缥缈不定的种种凝视。可以说，这是他生命最后的最重要的主题。

贾柯梅蒂一生的大半时间都在巴黎工业区的一两间房的画室里涂涂画画、敲敲打打。20世纪30年代初期，他以超现实主义画家而闻名，经过长期的摸索和实验以后，在40年代他又成为世界上争议最多的雕塑家。

正是在这间画室，他创造出那些著名的或站立或行走的人像，他们身体瘦削，皮肤因破损而凹凸不平。

贾柯梅蒂有一个以一组群像为场景的雕塑作品，塑造的是一群男人正穿过一个广场，而彼此之间却感受不到他人的存在。虽然他们是一个整体，他们相互追寻但又永远相互迷失，形同路人，他们绝望而孤单地走着。贾柯梅蒂把他对战争的刻骨铭心的印象转为对宇宙的深刻理解。他的作品中无时无地不充斥着对距离的感觉：他的雕像之间的距离，以及包围着一切事物的广阔无垠的空间。

"一天清晨，我睁开眼发现裤子和上衣占据了我的空间。"有一天，他说。这种距离是对生存空虚的疑问和困惑，因而是永远也无法穿越的，一方草坪、一个房间、一块空地、一团空气，甚至是雕像人物形象本身的某种姿势，都会成为每种试图接近的努力的重重阻隔。事物之间、人们之间，都充满距离、无法沟通，任何一种生物都在创造着他自身的真空，这种像硬壳一样的虚无感常常盈溢在贾柯梅蒂的心中，他总是处处感受到淡淡的落拓情怀，尽管有时他也为此不寒而栗。

怎样用存在创造出虚无呢？

这是贾柯梅蒂一直在苦苦思考的问题，在他之前，几乎没有人作过这种尝试。五百年来，艺术家们总在试图把整个世界塞进他们的作品，而贾柯梅蒂则努力把他的作品同周围的一切隔开，他所使用的办法是每一根线条和每一方材料的自由伸展，突出被表现对象的轮廓，使其只能迫于对轮廓的压力将自身依附在内在的平衡上。

贾柯梅蒂的作品中充满了象征，同时他的临场描绘又完整地体现在每个作品的组成部分中。他的人物中没有征服者，但被征服的受难者的痛苦被一一列举出来，人们的身体里隐藏着心灵的痛苦，这是一种奇观，是完全写实的艺术和完全抽象的艺术所不能达到的，这是一个时代的肖像，一个时代的现实。

他的塑像是一些从特殊的镜子中反射出来的人类心灵的映像，他们纤弱细长，像灵魂一样直入天空，这是一群殉难者和被大屠杀或饥荒的可怕牺牲吓坏了的幸存者。人物形体的变形象征了他们心灵的扭曲和变态，借助这种造型，贾柯梅蒂赋予他的物质材料以真正的人的一致性——一种生存而不是生活的整体：生存是偶然的，生活则暗示着种种偶然性之间的秩序。

这正是贾柯梅蒂对艺术的认识，艺术是人和世界的全面联系，使我们在每一个十字路口都会发现它深切的存在，它是单一的，也是绝对的。

简洁的旁白、精确的人物、绝望的动作、夸张的声效，这一切，让一部长度仅仅十五分钟的短片从"短暂的凝视"变成了"永远的凝视"。正因为真切传达了贾柯梅蒂人生最后九年的疼痛与喜悦，《永远的凝视》一举获得2003年棕榈泉国际短片电影节评委会最佳动画片奖、2003年圣地亚哥电影节最佳电影工作者奖。

疾病正在侵蚀着瘦弱的贾柯梅蒂，而他似乎浑然不觉，他的心里只有那些涂抹着白色涂料、缠着长长红色带子的奇形怪状的稻草人，那些凝聚人类苦难和困窘的诡谲的石膏像，那些越过地平线的颀长模糊的青铜雕塑。而在他的冀望中，这些无助的人像突然有了生命，他们环绕在昏倒的贾柯梅蒂周围，热切地呼唤着他，直到他睁开双眼。

贾柯梅蒂曾经授予自己的塑像以"绝对距离"的称号，人和人之间的距离不可突破，与此同时，他以他的技巧和他对空间独特的理解方式制造了种种不可突破的距离——欣赏者和雕塑品之间的距离、人和对象之间的距离、人和人之间的距离——这是贾柯梅蒂浓缩空间的方式：一切都是可望而不可即的，这样就为人类的未来提供了一种充分的、物质的允诺方式。然而，在这热切的凝视中，距离消失了。

《永远的凝视》是对贾柯梅蒂艺术的阐释，也是对贾柯梅蒂艺术的反拨，它让他那些冰冷的人像具有了人性的温暖。

对于贾柯梅蒂来说，由谬误开始的对于现实的颠倒也许是生活的最大奢侈。贾柯梅蒂是一个伟大的魔术师，他用雕塑材料制作着他对于整个世界的判断，表达着他对于整个世界的演绎。从九人群像，到基座上的四个女人；从戴着高冠的女人到广场上散步的人群；从站着的女人到林间的伫立者……在生存者的身后，贾柯梅蒂用他自己的方式为他们竖起一块又一块虚无的墓碑。他们纤细柔弱，无所归依，像一个个灵魂的倒影，飘浮在日渐模糊的天空。

青草充满了

充满了你自身

周围的树木为你而生长

黑夜的寥廓为你而存在

一个横跨四面

八方的自我

你变成了充斥黑夜之四角的一个自我

1966年1月11日，阿尔伯特·贾柯梅蒂死于癌症。

这一天，巴黎低下了它高傲的头颅，现代艺术世界失去了20世纪一个伟大的艺术家——一个时代结束了。

40《爱德华·蒙克》

那色彩仿佛正在呐喊

> 蒙克自觉不自觉地苦苦阐述的,正是这个时代的心理特征……他全神贯注于人的假面和人的孤独,竭尽全力地创造一种更为必要的分崩离析。

1890年,当文森特·凡·高躺在奥弗的一家小旅馆准备走向生命终结的时候,遥远的北方有一个比他年轻十岁的不出名的画家,正在努力将凡·高疯癫的隐喻推进一步。

这个人叫作爱德华·蒙克。

爱德华·蒙克,挪威表现主义画家,1863年12月12日出生于勒腾,在首都奥斯陆长大,他的母亲在他五岁时死于肺结核,笃信基督教并患有精神疾病的父亲,向他的孩子们灌输了对地狱的根深蒂固的恐惧,他一再告诉他们,不管在任何情况下、以任何方式犯有罪孽,他们都会被投入地狱,永无被宽恕之可能。这种恐惧,加上四个兄弟姐妹的相继死亡以及他自己在十三岁的时候因为肺部疾病差点丧命带来的焦虑,伴随了蒙克整整一生。也正是这种恐惧和焦虑，解释了最终走向边缘与颠覆的蒙克为什么有一个如此循规蹈矩的童年时光。

回到1890年，凡·高难以忍受躁狂型抑郁症的折磨，正打算开枪自杀时，蒙克还不满二十七岁。然而，在未来的时日里，正是与凡·高遭受了相似的精神痛苦的蒙克，将被凡·高从自然的定位中激烈地拯救出来的自我，全部暴露了出来。

时间像流沙一般从指缝间悄然滑走。八十四年后的1974年，一位叫作彼得·沃特金的英国导演，将镜头转向爱德华·蒙克，对准了他年轻岁月中的彷徨和苦闷。这一年，恰是蒙克辞世三十周年，彼得·沃特金选取了一些非专业的演员，他们在彼得·沃特金的调度下，专业地表达了蒙克的成长和成熟。为了准确表达蒙克作品在问世时所处环境的艰难和所遭受的敌意，彼得·沃特金还特意招聘了许多不喜欢蒙克的演员，他甚至允许他们使用即兴的、长篇累牍的"对镜讲述"方式。遗憾的是，正是这些演员，最后成为这部影片走进戛纳国际电影节的阻碍——评委不约而同地放大了电影细节的失误和演员的攻讦。

这部传记电影——《爱德华·蒙克》，花费了彼得·沃特金不少精力，他被蒙克的画作所触动，之后用了整整三年时间来说服挪威电视台投资拍摄。长达二百一十一分钟的影片，洋溢着彼得·沃特金卓越的才华和个性，影片1976年3月在英国BBC电视台播放之后，得到电影界的广泛褒扬。骄傲的瑞典电影巨匠英格玛·伯格曼称赞这部作品为"天才之作"。《时代》杂志甚至在评论中使用了"催眠"一词。的确，彼得·沃特金就像催眠大师一样，将观众拖进了19世纪末20世纪初的挪威，在三十年的时间跨度中，与爱德华·蒙克一同体验他如何开启表现主义创作，如何成为欧洲北部最具有争议、遭最多诽谤的画家。

19世纪末期，欧洲大陆的经济萧条波及挪威，支撑挪威经济的木材出口和航运业陷于停顿，为了摆脱饥荒和经济危机，挪威人不得不另寻出路，史料显示，影片所记录的三十年间，有数十万挪威人离开他们祖祖辈辈居住的家园。

年轻蒙克的画风正是在这段时间形成的，与此同时，背离古典主义的印象派令他眼界大开，遗传自父亲的精神疾病困惑着他，却让他保持着异于常人的洞察力。这些因素，使得他敏锐地发现了线条和色彩所富含的强大表现力，并掌握了如何运用这种埋在灵魂深处的力量，画出活生生的人物——他们的呼吸，他们的存在，他们的疾病、死亡、绝望，以及他们的受苦受难和彼此间的相亲相爱。

彼得·沃特金用影像的方式，讲述了蒙克如何将被凡·高从自然的定位中激烈地拯救出来的自我全部暴露出来，在这条道路上，蒙克比凡·高走得更远。尽管四十五岁以后，蒙克的风格出现了变化——1908年，他的焦虑变得严重，不得不在丹尼尔·贾可布逊博士的诊所住院接受治疗，医院施行的休克疗法改变了他的个性，同时也改变了他的画风，他不再悲伤，变得温和而甜蜜。

如同医生做病理切片一样，彼得·沃特金选择了蒙克艺术生命的黄金三十年。恰是这宝贵的三十年，蒙克在画作中表现出来的对苦闷强烈的、呼唤式样的处理手法，深刻影响了20世纪初期发轫于德国并迅速波及欧洲的表现主义。彼得·沃特金记录下蒙克画风形成的三十年，他这段时间的作品，充满了世纪末的哀伤和怅惘，他的笔触色彩艳丽，大胆奔放，时时充斥着紧张不安、压抑悲伤的情绪。他看到的，是人类最复杂的精神体系，他将目光投注在被人们忽略的世界，可以表现死亡、忧郁和孤独，以及由孤独引发的怀疑和焦虑。

彼得·沃特金用特写的方式，将蒙克的脸放大到整个银幕——他的焦虑，他的恐惧，他的疯癫，以及，他的呐喊。

他是现代画家中对"个性是由冲突造成的"发生兴趣的第一个人，他的兴趣是对弗洛伊德理论的艺术再版。蒙克和弗洛伊德似乎从来没有听说过对方，但是，他们之间达成了一种默契的、了不起的共识：自我是欲望的不可抗拒的力量与社会约束的不可动摇的客观进行会战的战场，每个人的命运都可以被看成是对他人的警戒——至少是一个潜在的警戒，因为包含着所有被束缚的、充满贪欲的社会动物所共有的力量。

蒙克是一个冷血的悲剧诗人，他的始终如一的悲观主义源自他那充满恐惧和忧郁的儿童时代，因而，"疾病和疯狂是守在我的摇篮旁的黑色天使"。我们不难理解，何以他的内心总是充满了无可奈何的自卑与凄凉，充满了对神秘的、命定秩序的一一对应。他是那么的软弱和无助，甚至连对此不甘的愤怒也没有。"你的脸含有世界上所有人的美，"他在一篇配合他的描绘夜妖莉力斯画的文字中写道，"你的唇像成熟的果子那么绯红，像是因痛苦而微微张开。尸体的微笑。现在的生命和死亡握住了手。连接过去的几千代和未来的几千代的链条接上了。"

蒙克的悲喜剧是人类的悲喜剧，对生活中阴冷一面和精神虚无主义的单调阴沉的强调恰是我们自身的一支：一种从不企图迎合讨好的反艺术，以叛逆的姿态宣告了我们现在的位置。疏远、失落、恐惧、怀念、失望，这些是蒙克在他1893年的一幅版画《呐喊》中所记录的。当时，他正在与两位朋友在一条路上散步：

我又累又病——我站住眺望峡湾那边——太阳正在落山——云被染成红色——像血——我感觉到仿佛有一声呐喊穿过自然——我想我听见了一声呐喊——我画下了这幅画——把云画得像真的血。那色彩仿佛正在呐喊。

画面中的人，正是蒙克。

可是，这个人根本不像蒙克，甚至一点也不像人。这是一个张口喊叫的厉鬼，他长着骷髅一样的头和身子，随着晚霞和峡湾里黏滞的塘水的节奏而弯曲；夕阳、河水、流云、帆船，都紧张地在谵妄中摇摇晃晃；栏杆斜穿过画面形成坚定的对角线分布——现代心理学认为，有精神分裂性情感的人往往把画面分成类似的形式，他们想通过篱笆、围墙等壁垒把自己隔离起来以保护自己，这是人类古老的、本能的抵御手段。法国社会学家迪尔凯姆和莫斯认为，把环境一分为二是人们排斥外界、同外界周旋的最原始的形式；宇宙和社会的分级、图腾崇拜也是出于同样的道理。欧根·布洛伊勒把这种精神深处的分隔称为精神分裂症。曾多次经过精神治疗的蒙克显然也具有这种倾向，他以版画的形式表现了他自身具有的问题——意识的分离、人格的非人格化、自我的断层以及丑恶、病态、怪诞、费解、平庸——这种问题也存在于我们周围并且是我们试图以清醒的意识抗拒的。

蒙克自觉不自觉地苦苦阐述的，正是这个时代的心理特征。这是一个精神暧昧的时代，它催生了尼采，催生了詹姆斯·乔伊斯，也催生了蒙克。他们全神贯注于人的假面和人的孤独，竭尽全力地创造一种更为必要的分崩离析。

伟大的波兰作家斯坦尼斯拉夫曾经说："在一场悲剧中生存下来的英雄，未必就是悲剧英雄。"这话有趣且耐人寻味。艺术家永远是他那个时代的精神秘密的代言人，不论是悲剧化生存还是悲剧性时代。重要的是，爱德华·蒙克用他的画笔，把我们一度熟视无睹的东西，变成了现代人心中的象征性风景；彼得·沃特金用他的镜头，把我们有意无意遗忘的东西，锻造成打开未来之门的魔法钥匙。

41 《两小无猜》

那时候，世界还那么小

谁的少年没有过同样的勇敢？谁的少年没有过相似的矜持？隔过岁月的长廊往回看，世界还那么小，时光似乎永远没有尽头。

少年，遥远的故乡，你和我的故乡，你和我，我们。

岁月悾惚，时光轮转，我们的心却与我们的故乡渐行渐远。去乡多年，最怕听到的是王维的那首诗：君自故乡来，应知故乡事。来日绮窗前，寒梅著花未？时间，就像卑微的西西弗斯，每个凌晨推巨石上山，每临山顶随巨石滚落，周而复始，不知所终。

很多时候，遥望天边飘逸着的云朵，遥望时间空洞里的未来，我都在设想，自己就是那个躲在少年的时光里永远也长不大的孩子，与另一个同样也长不大的孩子一样，偷觑着五彩斑斓的世界——相呴以湿，相濡以沫，日出而作，日落而息。

很多时候，俯身大地之上，侧耳倾听在时间深处传来的远古雷声在头顶轰然作响，想象着自己跋山涉水，优游卒岁，走过大大小小乡村的心脏，徒步走过充溢着泥土芳香的田野，想象着旧日的时光如潮水般扑面而来将我尽情覆盖，想象着我的少年穿越时光来到今天，抚摸着我的胎记，对我说，看！这就是我走失的亲人。我是一个流落人世间的孩子，不知冷暖，不知困乏，不知家在哪里，我迷失在这个世界上，如同困兽在丛林般的世界里徘徊。

更多的时候，我却是在一世又一世的世俗中辗转，一次又一次在这个喧嚣的世界里轮回。这么多年来，为着不同的目的，我东奔西走南征北战，在饥饿中厮杀，在厮杀中奔逃，在奔逃中绝望，在绝望中坚守。在风调雨顺、风情万种的时日里，我曾经短暂地扎下根来，无数次地遥望过去，周围的平静就是我永远的家。

那时候，日子过得那么慢，世界还是那么小。

相距三十二年的两部电影 *Melody* 和 *Jeux d'enfants*——中文都被翻译为《两小无猜》——讲述了并不全然相同的少年爱情，那在缓慢时光里成长和挣扎的故事，却同样耐人回味。

这是 1971 年。英俊的丹尼尔和漂亮的美乐蒂是好朋友，他们相爱并且决定结婚了。这一年，他们刚满十岁，还在上小学。1971 年的《两小无猜》是英国导演瓦里丝·侯赛因执导的一部英国电影，记录了两个纯真少年之间的无比纯真的爱情，马克·莱斯特、特雷西·海德、杰克·瓦尔德主演。

这是 2003 年。英俊的朱利安和漂亮的苏菲是好朋友，他们之间有一个秘密的游戏：当一个人问另一个人"敢不敢"的时候，另一个人必须说"敢"，这就是游戏的规则。他们一生都在玩这个游戏，却一直不敢互相问:"你敢爱我吗?"2003年的《两小无猜》,是法国导演杨·塞缪尔执导的一部法国电影,阐释了两个彼此相爱的人相互躲闪的爱情悲喜剧,吉约姆·卡内、玛丽昂·歌迪亚、吉尔·勒卢什主演。

恺撒大帝曾经呐喊:"我来了!我看见了!我胜利了!"

我来了,我看见了,我胜利了——这就是我们闪光的少年时代。

一个是少男少女执着相恋的喜剧,一个是少男少女不敢相爱的悲剧,两部《两小无猜》以不同的方式,找到了我们颠沛流离却时时让我们魂牵梦绕的往事。

丹尼尔家境殷实,乖巧听话,同时也有叛逆的一面。他最好的朋友昂肖,是一个叛逆乖张、专门捣蛋的男孩,丹尼尔和昂肖度过了许多个美好的放学时光。天真可爱的美乐蒂跟丹尼尔同一所小学。舞蹈教室里,女孩子们穿着紧身衣练习舞蹈,男生趴在门上使劲往里看,就这样丹尼尔爱上了那个栗色头发、翩翩起舞的美乐蒂。

在昂肖的帮助下,美乐蒂也渐渐喜欢上丹尼尔。两人不仅放学后约会,而且翘课去海边玩耍。恋情暴露后他们决定秘密结婚。一天,同学们集体逃课去参加丹尼尔和美乐蒂的婚礼,于是,一场围剿婚礼的大搜捕开始了。孩子们用自己研制的土炸药机智地炸飞了学校的车子,围剿者狼狈逃窜,丹尼尔和美乐蒂则坐着简陋的人力车私奔了。

朱利安和苏菲的相遇则开始于另一场孩童的闹剧,一个精美的铁盒子就是他们游戏的见证。说脏话，扰乱课堂，在校长室小便，内衣外穿，一个游戏两人一玩十多年，他们什么都敢，除了承认彼此相爱。

苏菲提议两人分别十年，挑战的内容是朱利安敢不敢伤害苏菲。一晃十年逝去，朱利安找到苏菲，为了游戏的进行他决定另娶她人，邀请苏菲做伴娘。受到伤害的苏菲在朱利安的婚礼上抛出铁盒子："你敢悔婚吗？"原本最最亲密的朋友相互伤害最深。同样心痛的两个人相约再次分别十年。

十年里，朱利安和苏菲拥有了一切，却失去了彼此。

瓦里丝·侯赛因镜头下的少年快乐勇敢，他们敢于用各种办法应对校长和老师对他们的追杀。杨·塞缪尔镜头下的少年冷峻忧伤，他们用各种办法挑战自己心中的欲望，却又绝情地将这火焰一一浇灭。

很多时候，时间是不能用尺度来衡量的，命运亦如是。生命中的繁荣与衰败，平淡和离奇，大悲与大喜，这短短的思念、片刻的回眸又怎能承载得起？

某一天，丹尼尔和美乐蒂在墓地玩耍，他们看到一块墓碑上刻着一对夫妻的铭言："五十年的幸福。"美乐蒂天真地问："五十年有多长呢？"丹尼尔回答："一百五十个学期，不包括假期。"美乐蒂问："你会爱我那么久吗？"丹尼尔肯定地点头："嗯。"

美乐蒂质疑道："我认为你不会。"丹尼尔毫不犹豫地说："当然会了，我不已经爱了你整整一个星期了吗？"

朱利安和苏菲之间也有一场有趣的对话。苏菲问朱利安："你长大以后要做什么？"朱利安回答："暴君。"苏菲问："暴君……统治一群顺从的子民？"朱利安说："那当然。还有后宫奴隶和每周四酷刑。"苏菲称赞道："酷！"朱利安反问："你呢？"苏菲羞涩地说："我……不好意思说……""快说啊！""不要，你会笑我的。""我已经说了，该你说。""我想当布丁蛋糕，杏桃口味或原味的，热热地摆在糕饼店橱窗里。"朱利安惊喜地说："布丁蛋糕？不错嘛！布丁蛋糕。简直太棒了！"

让人含笑又含泪的对话——任性的私奔、幼稚的婚礼、莫名的骚乱；彼此的伤害、不肯服输的倔强，渐渐凝固在水泥深处的拥吻。谁的少年没有过同样的勇敢？谁的少年没有过相似的矜持？隔过岁月的长廊往回看，世界还那么小，时光似乎永远没有尽头。

这朦胧的感情，是爱吗？我宁愿把这纯真得像白纸一样的初恋称为"爱"。明亮的色块、轻快的乐声、细碎的往事、无忧无虑的少年生活，有猜测却没有背弃，有流连忘返却没有患得患失，一切那么简单、那么自然，欢喜着、疼痛着。爱，就是你和我在一起，阳光穿越丛林，青草铺到天边，啃着苹果讨论五十年有多长，共同守护铁盒子的秘密，就是白发苍苍时还会俏皮地问："你敢吗？"

夜空下，星星冷漠而忧伤，远山朦胧而柔和，千万萤火明明灭灭，万千思绪起起伏伏。我们的少年时光，此生此世，该怎样与你相逢，又该怎样与你挥别？光阴的底子黯淡下去，岁月的蛰须缠上来，勒得人发痛。草原深处的灯光细弱而具有穿透力，月色如水，穿窗而过，映照我们的欢欣和悲恸，映照我们的无眠。

时间使时间得以生存，岁月却因岁月而灰飞烟灭。

难道不是吗？

远离少年的日子里，少年的往事，是我们生命的圣地，也是我们像西西弗斯般推举大石的动力。而今，走在故乡浩荡的变革中，我们却时时绝望地发现，那些被喧嚣遮蔽的废墟、被繁花粉饰的凌乱，以及被肆意破坏的传承密码，它们切断了我们还乡的心路，让我们在迷失中一路狂奔。记忆中的故乡，是不灭的灯塔；现实中的故乡，却是已沉没于黑暗水域的岛屿。

启明星渐渐地升起来，这就是一直陪伴着我们的那颗星，一次又一次，它照亮了从黑暗中匍匐前行的道路。

那些如启明星般带我们寻路的少年伙伴。是他们，陪伴我们找到心灵的故乡，每于黑暗时刻、每于彷徨时分，便如神助般出世，举助着我们，从沉沦中浮上岸来。纵使化作泡沫，我也心甘情愿。死生契阔，与子成说；执子之手，与子偕老。

42《赛德克·巴莱》

请不要挡住我的阳光

如果文明就意味着被奴役、被驯服，意味着卑躬屈膝的话，那么我们就有理由重新审视野蛮的骄傲。

加州的骄阳一如往日的耀眼，高大的棕榈树和低矮的灌木披满了夺目的碎金，纵使在这春寒料峭的时节，纵使在东海岸依旧大雪封路的时候。游荡在宁静的太平洋彼岸，满目的和平簇拥着满目的纸醉金迷，海浪轻柔地拍打着沙滩，化作一摊摊泡沫，酷烈的阳光折射在这些渐次破碎的泡沫间。然而，当太阳缓缓落去，当遍地的碎金重又融入幽怨的长夜，历史便从漫漫长夜的黯淡底色中浮现出来，与月光一道，沿着岁月的长廊回溯、漫游。有些故事，我们永远不该忘记，也永远不会忘记，它就像在地底涌动的火山，埋藏在我们记忆深处，终有一天，它将呼啸着，喷薄而出。

1895年，一纸《马关条约》让台湾沦为日本的殖民地。大清朝的官员在屈辱的《马关条约》上盖上了自己的印章，然后带着怨恨的眼神，逃也似的离开日本舰队，台湾由此进入长达五十年的被殖民统治时期。一场战争结束的屈辱中，另一场战争正在酝酿——平静的间隙，不平静的地火在奔腾。

这里，是位于台湾中部的雾社，风景优美，交通发达，岁月的河流在山川中滚滚流逝，三十五年弹指一挥间。时间进入1930年，故事就要从这里开场了。

日本曾将这里开辟为他们的山地模范部落和控制中央山脉的重要基地，在日本人眼中，雾社的赛德克人只是蕃族蛮人、化外之流。野心膨胀的日本在此大兴土木，强迫台湾人民进入马赫坡社附近的森林砍伐巨木，兴修日本神社。然而，雾社赛德克人主要靠狩猎与农耕为生，视森林为圣地，视巨木为守护神，砍伐巨树使马赫坡等社的民众感到惊恐万分，恐由此遭到神的惩罚，不肯乖乖就范。何况山高路险，警察为使树木完好，不允许将树木拖地而走，竟迫使当地民众肩扛手抬，沉重的劳役更使他们无法忍受。当赛德克人被日本警察用枪和鞭子逼迫上山劳作的时候，他们内心深处的愤恨达到了极点。

这一年的10月7日，是台湾神社大祭典，雾社地方照例举行一年一度的盛大运动会，日本人会全部穿上传统和服，便于和中国人区分。赛德克人认为这是起义的最好时机。第二天，赛德克人利用运动会升旗唱国歌为信号，冲进会场，发动总攻击。一场双方分别为了资源与报复、围剿与反围剿、祖灵与灵魂尊严的异族战斗，就此揭开序幕。

事件发生之后，日本人立即调动大批警察与军队。在日本正规陆军及警察的进攻之下，抗日雾社的泰雅人退守断崖绝壁、地形险要的山林洞窟。然而他们最终还是为日军所攻破。

为保全荣誉，赛德克人选择上吊的方法自杀——日本保存的资料显示了当时的惨烈，一棵树吊了很多人，以至于树枝都弯曲下垂。莫那·鲁道看到大势已去，打死了妻子，在山洞中自杀，这场战争以失败告终——这就是中国现代史中著名的"雾社事件"。

莫那·鲁道死后，他的尸体没有完全腐化，三年后，日本人意外地搜得他的遗骸，将其送至台北帝国大学，作为土著人种研究标本。1974年，台湾大学在其族人和长老强烈的要求下，莫那·鲁道的骨骸，方返还雾社的"山胞抗日起义纪念碑"下葬。

台湾导演魏德圣执导的《赛德克·巴莱》，讲述的正是这个让人血脉偾张的历史事件。

值得肯定的是，魏德圣没有将这个题材简单地处理为一部抗日主题影片，他用客观视角阐释了他对历史和民族问题的反思。正如不回避屈辱一样，《赛德克·巴莱》也不回避鲜血、残肢、断头、厮杀、肉搏，伴随着美到令人窒息的山川河流，野蛮和文明在大银幕上一一呈现。

毫无疑问，《赛德克·巴莱》是一部具有史诗气质的电影。魏德圣将雾社事件客观冷峻地呈现在观众面前，将所有的艺术细节还原为准确的历史细节，他基于史实展开的创作，没有刻意的升华与迎合，只有真诚地面对，以及基于这种格外冷静之后的猛烈爆发。

影片中有一场莫那·鲁道独自高歌起舞的片段。他站在黄昏的山顶，面向夕阳，右手持刀，双脚舞蹈，吟唱赛德克人的古老歌谣："我将提领着无邪的魂魄回来。"片名中的"赛德克·巴莱"是赛德克人对勇者的称谓。赛德克人有一个古老的习俗——男人文面，男人只有斩获敌人首级，证明自己是"赛德克·巴莱"，才能获得文面资格，死后可以回归祖灵，庇佑后世。这就不难理解赛德克人的英勇无畏，并非仅仅出于灭族的绝望，更在于祖灵的召唤。

野蛮和文明的冲突滥觞于日本人对原住民实行控制同化政策，禁止台湾原住民各部落的文面习俗，某种意义上说是隔断了赛德克人的宗教信仰。青少年失去了猎场，无法像祖辈一样通过原始猎杀来证明自己的英勇，作为世代情感所系的祖灵成为一个空虚的所在。

莫那·鲁道与花冈一郎兄弟对祖灵的不同态度，标志着赛德克人年轻一代在文明冲突面前的不同选择。花冈一郎和弟弟二郎本来也是赛德克人，名叫达奇斯。在日军"以夷治夷"的政策下，他们从小接受日本教育，学习日本文化，长大后成为日本驻守当地的警察，也有了日本名字。两个名字，两种身份，他们是日据时代台湾最典型的夹缝人，在对立的两族人中间扮演着尴尬的角色。一方面他们的生活方式已然全盘日化，另一方面他们依然无法融入日本社会。一张原住民的面孔，斩断了他们获得日本社会认同的一切可能。

最终，赛德克人的起义，他们被迫卷入其中。面对莫那·鲁道的问题：你死后是要进日本人的神社，还是要去祖灵的牧场？他们无法选择，内心煎熬，随波逐流，最终先后自杀。花冈一郎选择了用日本武士的方式——切腹——来维护自己最后的尊严，但他使用的工具却是原住民的弯刀。他死前和弟弟的对话是赛德克语，但刀刺入腹部的那一刻却用日语说了句"谢谢"。弟弟的话更叫人难忘："一刀切开你矛盾的肝肠，哪也别去了。"这其实是日据时期一代台湾人内心的真实写照。

《赛德克·巴莱》一片的筹划长达十二年，总计参与演员一万五千人，拍摄的底片用掉二千零四十七卷。这部影片共有五个版本，二百七十六分钟的原始版本最是可圈可点，这个版本分为《赛德克·巴莱（上）：太阳旗》和《赛德克·巴莱（下）：彩虹桥》两部分。

魏德圣此前曾执导《海角七号》，这部电影让他成为台湾电影新一代导演的杰出代表。在风格迥然不同的《赛德克·巴莱》中，魏德圣将历史教科书中干枯的文字变成了鲜活的血肉，当信仰彩虹的赛德克人，遇上信仰太阳的日本大和民族，历史便留下沉重的篇章。

值得肯定的是，与《阿凡达》《斯巴达三百勇士》《勇敢的心》等侵略与反侵略的影片不同，《赛德克·巴莱》在文明与野蛮的对峙中，并没有站在任何一方的立场上。在正面表现一支野蛮部落英勇反抗暴政和压迫的同时，魏德圣毫不回避这支部落那种野性的力量与血腥的可怕。在整部影片中，我们无时无刻不看到片中对原始野性的膜拜和对现代文明的蔑视，如果文明就意味着被奴役、被驯服，意味着卑躬屈膝的话,那么我们就有理由重新审视野蛮的骄傲——它所诠释的命题,不但属于曾经的台湾原住民,也属于整个人类。

有人说,在华语电影整体倾向于颓废、萎靡之时,《赛德克·巴莱》以难得的真诚和庄重,宣告电影精神不死,捍卫着华语电影在好莱坞、日韩电影面前的尊严,此言不虚。一部《赛德克·巴莱》所表达的果决和勇敢,让众多华语影片瞬间黯然失色。

影片中莫那·鲁道和花冈一郎之间的对话处理得都非常精彩。信仰的犹疑带来了命运的分道扬镳。花冈一郎质问莫那·鲁道:"我们可以拿生命来换回图腾印记,那么拿什么来换回这些年轻的生命?"莫那·鲁道毫不犹豫地回答:"骄傲!"

"骄傲",这不仅让我想起两千五百年前同样精彩的那段对话。

一次,亚历山大大帝遇到哲学家第欧根尼,他以皇帝之尊谦卑地问道:"我有什么可以为您效劳?"第欧根尼毫不犹豫地回答:"请不要挡住我的阳光。"

不论你有多么文明、多么富有、多么尊贵,都请你不要挡住我的阳光。

43 《道林·格雷画像》

伤口长出的是翅膀

> 与道林·格雷不同的是，王尔德没有得到永不衰老的容颜，却得到了朋友和亲人永久的背弃……他在绝望中告别尘世，身边只有悔恨，只有孤独。

这是1900年的巴黎，在一家叫作阿尔沙斯的小旅馆里，英国作家王尔德奄奄一息，即将撒手人寰。他辞别人世之时，身边只有两个朋友，其他的人——包括他的亲人——都对他避之唯恐不及。这一年，王尔德只有四十六岁。

十年前，王尔德刚刚三十六岁，在伦敦一家妇女杂志社已经做了四年执行总编辑。他喜欢在这本杂志上写一些小说、诗歌和评论。他的作品辞藻华丽、立意新颖、观点鲜明，很受读者欢迎。这一年，王尔德在报纸上连载其第一部，也是唯一一部长篇小说《道林·格雷画像》，这部作品大获成功，令他声名陡增，奠定了他作为一名杰出艺术家的地位，也奠定了他堕落颓废的时代风格。

作为英国19世纪末颓废的唯美主义文学的代表作家和诗人，王尔德的一生堪称纷繁复杂，命运之神的厚爱和背弃，让他有过因才华横溢而众星捧月的荣耀，也有过因桀骜不羁而声名狼藉的惨境。快乐时，他是一只在天地间自由探索的小鸟；悲伤时，他是一头在丛林中彷徨徘徊的小兽；放浪形骸之时，他是一个在地狱里贪婪攫取的凶神恶煞；洗心革面之际，他是一个在天堂中痛心疾首、虔诚忏悔的圣徒……

　　世界让我遍体鳞伤
　　但伤口长出的却是翅膀

　　这是叙利亚诗人阿多尼斯的一句诗，用来描述王尔德的一生，倒是无比熨帖。这个世界，让王尔德遍体鳞伤，但是，他的伤口长出的，却是一对又一对被折断的翅膀。

　　王尔德，有一个很长的名字——奥斯卡·芬葛·欧佛雷泰·威尔斯·王尔德，1854年出生于都柏林的一个家世卓越的家庭。他的父亲威廉姆·王尔德爵士是外科医生，他的母亲是诗人与作家。有人说，他的一生最好的教育是从父亲的餐桌和母亲的会客室得来的，此言不无道理。王尔德是一个优秀的学生，他获得了都柏林圣三一学院的奖学金，1874年，他进入牛津大学迈格德林学院学习。在牛津，王尔德受到了沃尔特·佩特及约翰·拉斯金的审美影响，并接触了新黑格尔派哲学、达尔文进化论和拉斐尔前派的作品，这为他之后成为唯美主义先锋作家确立了方向。

王尔德凭借自己的才华和作品迅速实现了年轻时就立下的"伟大的野心"的梦想。他每年收入八千英镑,这在当时可谓传奇。他如流水般将这些钱花在一个苏格兰侯爵夫人的小儿子身上,而他报答王尔德的,是将后者告上法庭并送进监狱。王尔德曾经说过:"我的一生有两个重要的关键点,一是我父亲将我送进牛津大学,一是社会将我送进监狱。"与此同时,王尔德将他酷爱的艺术推向一个后人无法企及的巅峰,也将他憎恨的社会推进万劫不复的深渊。

《道林·格雷的画像》是王尔德倾注了血汗和心灵秘密的作品,更是一面与世共存并将恒久光耀人心的道德魔镜。自问世以来,这部融合了惊悚、凶杀和哲理的小说就被无数次搬上话剧舞台、歌剧舞台和银幕,而一代又一代的"道林·格雷"也成为银屏上最令人恐惧和痴迷的形象。

关于《道林·格雷的画像》,目前能够查找到的影视作品有八部,而英国导演奥利弗·帕克2009年推出的《道林·格雷》是这些影视作品中名气最大的一部,也是最为人诟病的一部。

本·巴恩斯饰演的穷小子道林·格雷从乡下来到伦敦,结识了著名画家巴兹尔和绅士亨利勋爵,巴兹尔为道林·格雷的俊美所震惊,专门以他为模特绘制了一幅细腻入微、栩栩如生的半身肖像画。这幅作品立刻引起伦敦上流社会的赞叹,这让道林·格雷为之震撼。

道林·格雷爱自己的美貌,他向魔鬼许下诺言,假如能够永远拥有这样的容颜，他宁愿将灵魂抵给魔鬼。不知不觉，许诺变成了现实，他的画像替他承担了岁月和心灵的负担，而他自己永远保持青春美貌，他步入名利场，每日过着五光十色的生活，并尽情挥霍自己的欲望和罪恶。一次偶然的机会，他遇见了小剧场演员塞西莉亚，两人一见钟情，私订终身。听说道林·格雷要结婚，亨利便开始诱导他，不要相信婚姻，应该好好享受风月。道林·格雷跟爱人之间产生了矛盾，后来人们在河中发现她怀孕的尸体，这让他非常震惊和懊恼，但是无力挽回。道林·格雷彻底堕落，不断用女人、酒精甚至毒品麻醉自己。一个灵魂从此走上了邪恶的道路。

本·巴恩斯的外表与王尔德笔下的道林·格雷有着相当大的差距，但是他的出场相当惊艳，黑色背景中如泡沫般浮现的天使面孔却充满了魔鬼的力量，黑色的长发和黑色的眼眸让道林·格雷有着全然不同的魅惑。他将少年时期的单纯与懵懂、中年之后的阴沉与老练以及英伦味道极浓的贵族气质展现得相当成功。同王尔德原著的开门见山与平铺直叙相比，电影中的道林·格雷更能在瞬间俘获观众，让王尔德的唯美杂糅了充满魔力的惊悚和诡谲。他在电影中犹如一个尤物，近乎完美的外表之下，却有着邪恶狰狞、千疮百孔的心灵，他赤裸裸地将美毁灭给人们看，与王尔德一样，最后，他也将自己毁灭给人们看。

从春风得意到锒铛入狱，从奢侈豪华到穷困潦倒，从仗义疏财到悭吝刻薄，从宽容温厚到褊狭暴躁，毫无疑问，王尔德描述的道林·格雷、巴兹尔、亨利就是他自己的化身，他曾经说过，巴兹尔是我希望成为的我，亨利勋爵是世界眼中的我，道林·格雷是曾经的我，三者的关系如此微妙，又如此充满诱惑。道林·格雷的历程耐人寻味，从一个意外得到画家巴兹尔青睐和拯救的优秀青年，到沉迷放纵于浮华的杀人狂魔，道林·格雷心里的极度惨败与扭曲，何尝不是人性堕落的轨迹？空有数十载不变的容颜，内心却日趋腐蚀腐烂，曾经的"我"在世界眼中"我"的诱惑下，最终杀死了我希望成为的"我"。

影片的结尾，道林·格雷厌倦了永不衰老的俊美容颜，厌倦了永不改变的平庸生活，他想杀死画像中的自己，却一刀刺在了自己的胸口。他的死成全了道德审判，丑陋的画像没有被毁，画像中的道林·格雷重返年轻时的容貌，而生活中的道林·格雷，死在了他自己的刀刃之下。

奥利弗·帕克的《道林·格雷》中的画家广受诟病的一个原因是他给王尔德迷醉的堕落、酣畅的浮华、美轮美奂的青春梦想增加了太多的功利和世俗，而这些，恰恰与王尔德华美的风格背道而驰。

"上帝几乎将所有的东西都赐给了我。"王尔德曾经这样说过。"我有天才、名声、社会地位、才气，并勇于挑战知识。我让艺术成为一门哲学，让哲学成为一门艺术。我改变了人们的心灵与事物的色彩。我的一言一行无不让人费思猜疑。我让戏剧这种最客观的艺术形式，变成一种和抒情诗或十四行诗一样个人化的表达方法，同时也扩展了戏剧的范围,丰富了戏剧中的人物刻画。"

然而,与他笔下的道林·格雷一样,王尔德却将灵魂抵给了魔鬼,"除此之外,我还拥有一些与众不同的事物。我放纵自己浸淫于无意义与感官上的安逸感。我以无所事事为乐,喜欢当个时髦的花花公子。我的身边尽是小心眼的人。我肆意浪费天才,挥霍青春更是带给我一种奇异的喜悦。我厌倦了登高,故意步入深渊,寻找新的感觉。到最后,欲望成了一种病或疯狂状态,或者两者都是。"与道林·格雷不同的是,王尔德没有得到永不衰老的容颜,却得到了朋友和亲人永久的背弃,这就是他临终前的那一幕,他在绝望中告别尘世,身边只有悔恨,只有孤独。这是美在所有的专制和粗俗时代的共同的命运,以暴力的方式,这个时代让艺术和艺术家从天堂堕落到地狱。

这个世界,让他遍体鳞伤。但是,伤口长出的,却是一对又一对折断的翅膀。

44《巴黎最后的探戈》

我的孤独是一座花园

> 从肉体的迷恋,到精神的蔑视,这是让娜对保罗的认知方式,凶残,孤独;从肉体的蔑视,到精神的迷恋,这是保罗对让娜的和解方式,绝望,惨烈。

充满力量的冬天刚刚告辞,温和的丽日还未带来温暖的春风,巴黎的初春,清冷、阴郁,塞纳河静静地、柔柔地涌动,河边苍郁的古树傲岸挺立,忧郁的紫罗兰和薰衣草正含苞待放。塞纳河边,西岱岛上,古老的巴黎圣母院展示着神秘的沧桑。1160年,它在苏利主教的委托下筹建;1163年,这里放下了第一块基石;1804年,拿破仑·波拿巴在这里加冕——在一个罗马神庙的遗址上拔地而起的巴黎圣母院,成为一个又一个时代的象征,也成为一个又一个时代的见证——这些场景被记载为一首首诗歌,凝练为一幅幅油画,以另一种方式与后世相见。

这一天,走进古老的巴黎圣母院视野的,是刚过而立之年的意大利导演贝纳尔多·贝托鲁奇。与他一同到来的,是疲惫不堪的美国作家"保罗"与青春艳丽的法国少女"让娜"。正是在这清冷、阴郁的初春，贝托鲁奇让保罗和让娜在街头数次擦肩而过，又在一座空旷的待租公寓里不期而遇，以这个古老的情欲之都为背景，他将温柔而狠毒地讲述一个以疯狂的性爱、激情和可怕的孤独、绝望为基调的情色故事——《巴黎最后的探戈》。

贝托鲁奇出生于意大利北部小城帕尔马，二十岁开始担任意大利电影大师帕索里尼的助手。年轻的贝托鲁奇迅速显示了他的才华，二十三岁便开始独立制片，以《革命之前》一片蜚声影坛，被称为"60年代意大利导演中最有才华和最出乎意料的一人"。从这部《巴黎最后的探戈》开始，贝托鲁奇想要探讨的，是人类的普遍存在与意义。

贝托鲁奇先置性地进行了观念性铺设。与片头字幕一同出现的，是弗朗西斯·培根的两幅画作。或赤裸，或穿衣的男子，可怕地扭曲着面庞和身体上的肌肉，面目模糊地蜷缩在苍白、封闭、倾斜、空荡而狭窄的室内空间。培根的画面笔触凌厉，色彩淋漓狰狞，以具强烈暴力与噩梦般的图像著称。其画作中冲破纸面的犹疑和绝望，蕴含着贝托鲁奇试图表达的直指欲望的痛苦折磨和血腥诱惑。

保罗租下了这间公寓，让娜便经常来这里与保罗幽会，保罗用粗暴的态度对待让娜，她看出保罗很忧伤很孤独，却不明白何以至此，她想了解保罗，保罗却拒绝告诉她自己的一切。于是，他们在只有一张床垫的公寓里像动物一样地做爱，用号叫代替名字。让娜不知道的是，保罗的妻子刚刚在浴室自杀，现场十分惨烈。令他痛苦的是，他知道，妻子生前有个情人，情人有与他一样的浴袍，在同一个旅馆里住着同样的房间。然而，正是保罗的神秘、粗鲁、诡谲、失魂落魄，不时激怒了让娜，却也让她渐渐发现，自己爱上了这个古怪的、年龄几乎可以做她父亲的男人。

让娜还有一个男友汤姆，他是一个年轻的导演。但是，汤姆整天忙于他热爱的电影，他对让娜表现出来的一切亲热的行为，都是为了要用影像的方式记录他们的恋爱生活，完成电视台拍摄的一档节目。

让娜在保罗、汤姆两个人之间犹疑、挣扎。深受创伤困扰的保罗对女人充满芥蒂，他所希望的，是将情感还原为欲望，将欲望还原为兽性，所以他拒绝与让娜交换任何代表理性的信息，不时地折磨、伤害让娜，并以此快意。在保罗和让娜的简单粗俗的关系中，充满了相互吞噬的欲望，让娜将之比喻为小红帽和大灰狼的关系。让娜和汤姆的关系则显得肤浅、苍白，像是充满虚情假意的游戏。

恰是在这里，故事逆转了。

一天，让娜发现保罗不辞而别，公寓的家具全部搬空，让娜在理智的控制下选择重返自己的正常生活。可是，正在这时，她在街头遇到保罗。在从妻子自杀的打击中走出来后，保罗发现让娜的到来改变了他遭遇折磨的堕落生活，他追着她，向她讲自己，希望让娜回到身边。让娜告诉他，一切都结束了。两人追逐着来到一个大厅，那里正在举行探戈舞大赛。最后一曲响起时，保罗与让娜共同完成了他们心有灵犀的一曲探戈。然而，他们的舞步并不和谐，情感的起起伏伏让脚步的速度游游移移，在不和谐的舞步中，感情的落差初露端倪，探戈变成了无法协调的纠缠。此后，保罗追着让娜来到她母亲的家中，一路上，他向让娜表达自己的感情，迫切地想知道让娜的名字。但是，这样的保罗，令让娜害怕，她用父亲的枪杀了保罗，保罗倒在阳台上，他的身下，是一片灰暗破旧的巴黎屋顶。

从肉体的迷恋，到精神的蔑视，这是让娜对保罗的认知方式，凶残，孤独；从肉体的蔑视，到精神的迷恋，这是保罗对让娜的和解方式，绝望，惨烈。显然，在贝托鲁奇所塑造的这个残酷而疯狂的世界里，没有真相，只有肉体带来的野蛮和荒芜，甚至也没有欲望，只有欲望所昭示的生活的虚假和行动的空幻。"我不知道你的名字，你我都没有名字。"他们由性相识，并企图通过性的交往最终确认自我。

20世纪是人类经历两次世界大战，以及长期极权统治，面对空前的精神孤独与寂寞而苦苦寻觅的时代。保罗和让娜的孤独与寂寞，是时代的孤独与寂寞；保罗和让娜的寻觅，是时代的寻觅；保罗和让娜的绝望，是时代的绝望。让娜冷静地用枪声强行终止了她和保罗畸形的关系，她对保罗说，"一切都结束了"，她对自己说，"我要出嫁了"，如此干净、如此果决。一场爱情故事就这样结束了。当让娜爱上保罗的时候，保罗因为自己心底的愤怒，而把对整个社会的报复发泄到让娜身上，他给予让娜的是不断的伤害。而当保罗真正爱上让娜，想与让娜重归于好时，让娜已经不能再爱他了——爱比死更冷酷，更冷静。

贝托鲁奇是那种认为一部影片始终是探索某种更为个人化、更抽象东西的一种方式的电影家。"我将摄影机视为另一种形式的笔，我用它写出诗篇。在我看来，我独自创作影片，我是影片最严格意义上的'作者'。"深受20世纪60到70年代欧洲左翼文化运动浪潮的冲击，贝托鲁奇的迷惘代表了一代人的迷惘。拍《巴黎最后的探戈》之前，贝托鲁奇曾经说，他已经颓废，几乎处于一种绝望的状态。他用这部影片反映自己对现代人追求的"自由"、"逃避"和"自我探求"的冷峻剖析和反思。这就不难理解何以乱伦、背叛、弑父、孤独、幻灭、负疚、玩世不恭成为这部电影的导演风格和影片主题。

影片中有一段插曲看似游离，实则意味深远。保罗有一家小旅馆，一天，一对意图不轨的男女来开房。贝托鲁奇插入这一幕的目的，旨在表达保罗如何理解当初他的妻子不断背叛他的事实。愤怒的保罗紧随男子，大打出手。自己的妻子不断背叛他，最后又选择不辞而别的方式自杀，而他的出轨似乎包含着对于妻子更深的报复。深层次里，影片要表达的却是另外的景象，那就是人们到底能不能相互理解。这才是《巴黎最后的探戈》自始至终所贯彻的终极追问。

《巴黎最后的探戈》虽然是意大利电影，但最开始却是在美国轰动起来的。1973年，它在美国公映，之后参加了第10届纽约电影节，主演马龙·白兰度凭本片获得美国纽约影评协会最佳男主角奖。导演贝托鲁奇也受到观众的赞誉，一跃成为国际知名的大导演。但是，《巴黎最后的探戈》在故乡意大利却遭到普遍抵制，舆论要求禁映这部"淫秽"影片，年底公映之后它依然遭到无穷无尽的诉讼，直到1987年，罗马教廷才解除了对影片的指控。

大胆的裸露镜头和性爱描写，是这部影片在相当一段时间内饱受诟病的主要原因。但随着时光的推移和电影审查制度环境的宽松，该片越来越引起电影界的关注。四十余年后的今天往回看，贝托鲁奇凭借性的放逐与爱的救赎，表达了他对一个时代的愤怒和质疑，这种力量和勇气令人敬佩。

贝托鲁奇的探戈，让人想起一位同样与巴黎有着爱恨纠葛的诗人，他的名字叫作阿多尼斯。

阿多尼斯拥有黎巴嫩国籍，他出生于叙利亚一个叫作卡萨宾的海滨村庄，这是他的快乐和伤心之地。巴黎，他却选择常年定居，或者说，自我放逐于巴黎。阿多尼斯有着一个长长的名字：阿里·艾哈迈德·赛义德·伊斯伯尔，他喜欢用"阿多尼斯"这个名字写作。阿多尼斯，在希腊神话中，是叙利亚国王忒伊亚斯之子——这是阿多尼斯永远的心灵故乡。在一首诗中，阿多尼斯用同样的哀恸与痴情，写下了他的孤独：

世界让我遍体鳞伤，

但伤口长出的却是翅膀。

45《现代启示录》

"我们都是空心人"

一次又一次，在疯癫和荒谬中，我们终于都变成了空心人，没有逃离，没有忏悔，没有救赎，只有慢慢地掏空自己的内心。

1979年的世界影坛，发生了一件有趣的事情。5月，第32届戛纳国际电影节在法国如期举办。可是，紧张的十二天评奖快要过去了，对于最佳影片奖——金棕榈大奖，评委会评委却依然各执己见，互不相让。一些评委力推德国导演沃尔克·施隆多夫的《铁皮鼓》，而另一些评委则坚持将票投给美国导演弗朗西斯·福特·科波拉的《现代启示录》。僵持到最后，评委会不得不决定，这一奖项由《铁皮鼓》和《现代启示录》共同分享。

科波拉对这个题材的野心，始于1969年的《雨人》。直到1974年，他开始同制作人弗雷德·鲁斯和加里·弗雷德里克森商谈影片的拍摄事宜。1976年3月1日，科波拉率全家飞赴马尼拉，为了长达五个月的拍摄，他们在那里租住了一套大房子。三周后，影片正式开拍。《现代启示录》的拍摄，花费了科波拉整整十六个月的时间，外景完成后，他仍然不懈地修改和剪辑。由此，《现代启示录》成为戛纳历史上第一部获得此项大奖却尚未完成的影片，而与观众见面的一百五十三分钟的版本，则是在获奖之后的最终版本。

科波拉祖籍意大利，1939年4月7日出生于底特律，毕业于加利福尼亚大学洛杉矶分校影剧系。这一年，科波拉刚满四十岁。然而，谁都不能否认，刚刚不惑之年，他的才华已展露无遗。1970年，科波拉创作的《巴顿将军》获奥斯卡最佳编剧奖。1972年，科波拉因执导影片《教父》获得奥斯卡三项大奖和九项提名，确立了他进军好莱坞A级导演行列的地位。1974年，科波拉执导的《对话》在法国戛纳国际电影节获金棕榈奖。同年，《教父2》再次荣获奥斯卡六项大奖。此后，科波拉的热情和才气一发而不可收。1990年。他执导的《教父3》上映。1992年，他执导的毁誉参半的《惊情四百年》上映，展示了他卓绝的想象力。

2010年，科波拉荣获第82届奥斯卡欧文·G.托尔伯格纪念奖。不能不提的是，作为不定期颁发的奖项，这个奖并非每年都有。早年许多人很荣幸多次获得该奖，但是自1962年第35届起，评奖委员会规定，每人至多可以获奖一次。至今为止，欧文·G.托尔伯格纪念奖仅仅颁发过三十九次。

《现代启示录》是科波拉的导演历程中具有转折意义的一部作品。值得关注的是，在80年代，科波拉和马丁·斯科塞斯、乔治·卢卡斯、史蒂文·斯皮尔伯格称雄好莱坞，被称为"好莱坞80年代四大导演"——这是好莱坞最星光熠熠的年代，也是好莱坞最辉煌璀璨的年代。

《启示录》是《圣经·新约》的最后一章，据说由耶稣的门徒约翰所写，讲述了末日审判的故事。《启示录》阐发了对人类未来的预警，以及对世界末日的预言。科波拉用《现代启示录》作为电影的片名，蕴含着他试图表达的两层含义：一是美军上校科茨自行对战争所进行的审判，一是上尉威拉德代表美国军方对科茨进行的审判——双重审判，既清算历史，又鞭笞现实。

在战争的主题下，科波拉讲述了一个找寻和成长的故事。越南战争期间的某一天，在旅馆宿醉的美军上尉威拉德接到了总部的命令——寻找脱离了美军控制的科茨上校。科茨是一个名副其实的战争英雄，他曾经有着丰富的作战经验和辉煌的作战历程，但是，总部指示，种种疯狂的迹象表明，他的神志已经出现问题，这使得他的队伍和美军声誉都遭受严峻的威胁。科茨带领他的队伍穿越越南，进入了柬埔寨，并在那里建立了一个独立王国。威拉德上尉接到的命令就是——找到科茨，把他带回来或者就地杀死他。

怀着疑问，带着命令，威拉德率领一小队士兵沿着湄公河逆流而上，穿越丛林前往柬埔寨。在寻找科茨的过程中，威拉德几乎横穿了整个越南战场。他目睹了种种暴行、恐怖、杀戮与死亡的场景，深深地受到了震撼。在不断的杀戮之中，威拉德的理智在渐渐消失，变得几近疯狂。

最后，历尽艰辛的威拉德一行终于来到了科茨的独立王国。威拉德发现，科茨以野蛮、血腥、非人的残暴手段统治着这个王国——树林里到处悬挂着尸首，土地里，血淋淋的头颅像雨后的春笋一样冒出来，面目狰狞的人们如着了魔的僵尸似的走来走去。更嚣张的是，科茨还不时地向美军总部进行近乎妄语的挑衅式的广播宣传。

在威拉德面前，科茨不停地自言自语："我们都是空心人。我们填满东西，倚在一起，头颅装满稻草。我们低语时声音枯干，沉默而没有意义，像风中干草，或干酒窖内，或玻璃下的老鼠脚。他与天地共通，尖锐而没有形状、没有色彩的影子，瘫痪的力量，没有动作的手势。那些穿过直视的人。"

"你可以杀掉我，但你不能裁决我。"科茨说，这是他的疯狂，也是他的骄傲。他有着强壮的心脏和疯狂的头脑，战争使得他失去了理智，更失去了人性，他为自己的疯狂而绝望。科茨本来可以杀死威拉德，但他却没有这样做，威拉德终于杀死了他，或者说，是他借助威拉德的手完成了渴望已久的死亡，终于从这个疯狂的世界中得以解脱。土著们跪倒在威拉德的面前，他们臣服于他。然而，对这一切由衷地感到厌恶的威拉德拉起同伴，登船离去。

科茨的疯狂被制止了，但在整个越南战场上，恐怖与杀戮仍然在疯狂地进行着。

在时时充满惊险的旅途中，科波拉以梦幻笔法雕刻了人性的疯狂。哲学家加缪曾经说过：真正的哲学思考就等于自杀。在《现代启示录》中，价值的判断已经陷入了一种混乱的状态，失去了标准的价值判断是没有任何意义的，于是我们最终看到的就是呈现在科波拉镜头下的整个群体的疯狂。所以，答案只有一个：你如果不选择思考，那么你只有疯狂。

疯狂，在《现代启示录》中从头延续到尾，在"这就是结束，我的朋友"，"所有的孩子都是疯子"的背景歌曲中，科波拉逼迫观众在癫狂与迷乱中选择。主人公威拉德一出场，就是在旅店中的烂醉，上下颠倒的头部特写、密密麻麻的越南丛林、呼啸而过的直升机、光焰四射的爆炸战场，直至影片结尾银幕上科茨创造的审判台旁的巨大石像的反复叠化，仿佛一团浓稠的烂泥连同主人公的躯体一起被搅入业已混乱的记忆中……疯狂无处不在。

影片的开头和结尾重重叠叠、反复出现，令人不由自主地陷入无法逃脱的疯狂轮回之中。科波拉别出心裁地选择用瓦格纳的激进乐章烘托炸弹瞬间爆发出的强大火焰，海面上升腾起的水柱，尤其是五颜六色的烟雾弹把一场场屠杀变成了周末狂欢派对。科波拉使用大量的全景镜头将战争的残酷极大限度地削弱，我们看到的是战争机器在整体上显示出的一种庞大的震撼力和绝望感，在这样的战争图境，威拉德理解了科茨何以从指挥者变为疯魔的狂人。科波拉擅长用抒情的细节描写暴行，极度的落差中，悲剧成为闹剧，疯狂成为荒谬。

威拉德在寻找科茨的路途中，遭遇了无数次大大小小的战斗。

在战壕中，在海滩边，在飞机上，在村庄里，他问得最多的一句话就是："谁是这里的指挥官？"没有人回答，没有人知道。战争，变成了一辆无人驾驶的疯狂战车，横冲直撞，纵横驰骋，"我们正在为历史上最大的虚无而战。"威拉德说。美国，显然已经卷入了一场并不属于自己的战争，而他的士兵，他的人民，以及越南和柬埔寨，都为此付出了惨痛的代价。在这场疯狂的战争中，士兵、将军、政府、国家，都变成了疯狂的牺牲品，他们都成了"无心人"。

在科茨的疯狂王国中，威拉德曾被施以暴行。他昏迷后，被当地人抬到了酷似古罗马城堡的房间里。他醒来后的那个场景令人难忘——金色的阳光从古堡的窗口洒进来，昏暗又强烈，淡淡的光晕和缭绕的烟雾中，科茨神情淡定地打着太极拳，威拉德、科茨、摄影师，人物如雕塑般伫立，科波拉用近镜头拉出了一张张没有表情的面孔。在这里，科波拉再次借助科茨之口道出了自己的心声："与恐惧为友吧！否则，你就只能与他为敌。利用你的原始本能去杀戮吧，没有感觉、没有感情、没有判断，没有判断……因为，判断将会击败你。"

一次又一次，在疯癫和荒谬中，我们终于都变成了空心人，没有逃离，没有忏悔，没有救赎，只有慢慢地掏空自己的内心。这就是你和我，是他们和我们，是人类。

46《午夜巴黎》

这个世纪，变成一只飞鸟

伍迪·艾伦镜头下的巴黎，是回不去的故乡，今天的每个人，都独在异乡，生活在别人的黄金时代，"浪漫的邂逅"永远只在梦里。

1889年5月15日，建造了两年的埃菲尔铁塔终于在塞纳河畔建成后对外开放。这座相当于一百多层楼高的钢铁镂空庞然大物，在种种质疑和嘘声中，以现代主义旁若无人的气势拔地而起，俯视着古典穹隆顶建筑里的芸芸众生。这是现代主义的滥觞。不能否认，科技的发展催生了艺术的进步。现代科技的诞生，使得人们视觉思维的空间意义发生变化，这意味着，在空间中占领高度，在时间中占领速度。

埃菲尔铁塔带来了人们对于传统感官的哗然，它是当时地球上最高的人造物体——凌空一千零五十六英尺，于是人们感官的视点发生了变化，重要的不是从地面仰视高空，而是从高空俯视地面。高空的距离和平面的距离所带来的效果是不同的，在垂直所能达到的尽可能的高度中，地面已不再具有立体感，透视法则可以忽略不计——这不仅是视觉和视点的改变，更引起心理思维的震动，世界主义诗人纪尧姆·阿波利奈尔在一首讽刺与愉悦相混合的诗中深切地传达了这种感受：

基督的门徒

第 20 个世纪的门徒，他知道他是什么

而这个世纪，变成一只飞鸟，像耶稣一样升向天空

对于一个仍然由宗教所占据的世纪来说，这意味着人可以飞越他和上帝之间的距离，并可能达到上帝所占据的高度。古巴比伦人所未建成的巴别塔在这里建成了。于是，一夜之间，埃菲尔铁塔变成巴黎的象征，宣告这个"光辉的城市"从此成为现代主义的"首都"。

于是，各种各样五彩缤纷的故事就从这里、从光怪陆离的巴黎开始了。

这些故事中，有一个，就是伍迪·艾伦镜头下的《午夜巴黎》。

在伍迪·艾伦的电影《午夜巴黎》中，男主人公吉尔·本德（欧文·威尔逊饰）端着一杯酒坐在酒吧里，对着桌子对面的三个巴黎超现实主义艺术家述说自己如何从 21 世纪穿越而来。听完后，三人不但没有惊讶，反而各自来了灵感。导演路易斯·布努埃尔说："我看

到了一部电影。"摄影师曼·雷说："我看到了一张照片。"画家达利则吹着他的著名的小胡子说："我看到了……一只犀牛！"然而，对于吉尔·本德说，他看到的是"很多难以解决的问题"。

这是 2010 年，事业成功的好莱坞编剧吉尔·本德厌倦了声色犬马的生活，他与未婚妻伊内兹（瑞秋·麦克亚当斯饰）一家来到巴黎，不同的是，伊内兹的父亲来到巴黎是为了洽谈生意，伊内兹和她的母亲是想购买结婚家具，而吉尔·本德，则希望在巴黎这座仿若"流动的盛宴"的城市中完成自己由编剧转型为作家的第一部小说。

吉尔·本德迷恋巴黎，更有着强烈的怀旧之情，他迷恋逝去的旧时时光，迷恋旧日的巴黎，认为在过去会生活得更开心。如果可以选择，他会选择生活在 20 世纪 20 年代雨中的巴黎，没有酸雨，没有电视、人肉炸弹、核武器、药物管制。但是，其他人甚至伊内兹也并不理解他，而是将他的这种选择看作是对现实的恐惧和避离，是"黄金时代妄想症"。

可是，这妄想症竟然在某一个午夜变成了现实。午夜巴黎，在凡·高《星月夜》的背景中，眉目流转，浅吟低唱。街角处的一辆老爷车，将吉尔·本德带入一场他自己都不敢想象的名流派对和沙龙。在这里，他不仅与海明威、菲茨杰拉德夫妇、达利、布努埃尔等人畅聊，更与毕加索的情人阿德里亚娜（玛丽昂·歌迪亚饰）共生情愫，在一次次的穿越中，他越来越沉醉在巴黎这座城市中。

挥之不去的巴黎情结，是埋在伍迪·艾伦心底的隐痛。所以不难理解，何以伍迪·艾伦每一个顾盼自若的镜头里，都有来自他心底的冷嘲热讽，来自他心底的爱恨交织。

出生于美国纽约布鲁克林一个贫穷的犹太家庭并常年居住在纽约的伍迪·艾伦，似乎并未将自己当作美国导演，身份的焦虑体现在他早期的作品中。他的具有自传性质的黑白片《星尘往事》，其题材和手法许多来自意大利导演费里尼的《八部半》，他每年一部的作品甚至被评价为每年一封"给欧洲的情书"。很多年前，伍迪·艾伦在法国戛纳电影节时不无坦率地说："我的电影，在美国的音像商店中都是被放在欧洲电影那一部分中。"

毫无疑问，吉尔·本德迷恋的欧洲，是伍迪·艾伦留恋不已的欧洲，而20世纪20年代某个午夜的巴黎，恰是它庞大身躯的一个小小投影。伍迪·艾伦镜头下的巴黎，是回不去的故乡，今天的每个人，都独在异乡，生活在别人的黄金时代，"浪漫的邂逅"永远只在梦里。

不妨看看那个时代巴黎和文学的一场场浪漫的邂逅。

象征主义诗歌先驱波德莱尔"邂逅"的巴黎，奥斯曼的蓝图中正进行着如火如荼的城市改造，工具理性正铸就城市的基本框架，然而他却提前看到了城市"神奇"的地平线，并试图捕捉发生在巴黎生活中的"奇妙"诗意：

真惬意啊，透过沉沉雾霭观望

蓝天生出星斗，明窗露出灯光，
煤烟的江河高高地升上天外，
月亮洒下它令人着魔的苍白。

超现实主义文学奠基者阿拉贡与布勒东"邂逅"的巴黎，是伪装成圣灵降临的宣告："那是一个星期六的傍晚，五点钟左右。猛然间，全完了，样样东西都沐浴在另一种光芒里，而天气还很冷，谁也无法说清刚才发生了什么事。""这种现代之光，光怪陆离地笼罩着各式各样带天顶的长廊。巴黎的主要林荫大道附近有许多这样的长廊，大家含混地统称为街市。这些长廊里光线极暗，就像是不让人多逗留片刻似的。突然间，一条撩起裙子的大腿会闪射出青绿色，也可以说是海蓝色的一道光来。"

巴黎，流淌着梦幻的城市。美国文学批评家、耶鲁大学教授哈罗德·布鲁姆称赞巴黎为"浪漫和光明之城"，他将他对于巴黎的一切美好印象收录在他主编的一套书中。这套书共有六本，《伦敦文学地图》《圣彼得堡文学地图》《纽约文学地图》《都柏林文学地图》《罗马文学地图》，以及这本最著名的《巴黎文学地图》，文学大师马塞尔·普鲁斯特、古斯塔夫·福楼拜、奥诺雷·德·巴尔扎克、维克多·雨果和伏尔泰，以及从国外来此的作家如欧内斯特·海明威、詹姆斯·乔伊斯和塞缪尔·贝克特等，在这份地图上，如晨星般闪耀。

借着吉尔·本德看似癫狂的穿越，伍迪·艾伦将现代主义时期的巴黎称为"黄金时代"。彼时彼地，一场又一场文学、艺术、爱情、人生的盛事接踵而至，吉尔·本德穿越了七十年的时光长廊，跻身于当时的文化艺术名流之中，听到了科尔·波特的现场演奏，搭上了T.S.艾略特的汽车，与菲茨杰拉德、海明威、葛楚德·斯坦因谈论文学，与毕加索、达利探讨绘画，甚至还可以与曼·雷、布努埃尔等人讨论电影——吉尔·本德与布努埃尔临别时建议后者拍摄的电影，正是"日后"布努埃尔的名作《泯灭天使》。吉尔·本德与毕加索的情人阿德里亚娜相恋，某一天，他们与亨利·马蒂斯、亨利·德·图卢兹-罗特列克、保罗·高更、埃德加·德加不期而遇——这是怎样匪夷所思的朝圣之旅？

《午夜巴黎》为伍迪·艾伦赢得了他始料未及的巨大荣誉，也让他经历了铺天盖地的狂轰滥炸。有趣的是，称赞他巧夺天工奇思妙想的人，与诋毁他神经质般絮絮叨叨的人，举出的竟然是同样的证据。但是，纵使如此，那又怎样？伍迪·艾伦用他的镜头，写下了足以与世界艺术史匹配的巴黎，这个巴黎，比真实的巴黎更让人眷恋不已、痴迷不已。

不妨重读T.S.艾略特《焚毁的诺顿》的诗句，在他的诗行中，慢慢地，与那个世纪一起，变成一只飞鸟——

> 现在的时间和过去的时间
> 也许都存在于未来的时间，

而未来的时间又包容于过去的时间。
假若全部时间永远存在
全部时间就再也都无法挽回。
过去可能存在的是一种抽象
只是在一个猜测的世界中,
保持着一种恒久的可能性。
过去可能存在和已经存在的
都指向一个始终存在的终点。

47 《哈利·波特》

面朝着秋天，背对着秋天

穿过梦幻般的王子大街，穿过飘着咖啡和岁月浓香的苏格兰国家画廊，走过气势磅礴的苏格兰皇家银行，沿着马歇尔大街一直向南，就是人头攒动的大象咖啡馆。正是在这家咖啡馆，贫穷的女作家J. K. 罗琳开始创作震惊世界的《哈利·波特》。

深秋的爱丁堡，是一个童话。

历历晴空时不时闯进来的蒙蒙细雨，像一个个在街头巷尾不期而遇的老朋友，他们拍拍你的肩膀，润湿你的心神，挥挥衣袖，绝尘而去。一重细雨，一道秋霜；一阵轻风，一种秋凉。夕阳渐渐睡去，整个城市镶嵌了一道璀璨的金边，傍晚的卡尔顿山，晚霞洒就一地灿烂的碎金，点点滴滴，宛如晨曦中的大海，格外绚丽。福斯湾飘来的咸腥的海风，金枪鱼和生蚝的味道犹在唇边。徜徉在石头铺就的石阶，流连于广袤无涯的空间，仿佛跌进了很浓很浓的苏格兰烈酒里。寂静是一把竖琴，时间用它来弹奏永恒的忧伤。从伦敦国王十字车站出发的火车，正穿越爱丁堡，驶向神秘的霍格沃茨魔法学校。

　　这就是女作家J.K.罗琳生活并创造了哈利·波特的城市。目前，《哈利·波特》系列小说已被翻译成七十多种语言，在全世界两百多个国家和地区累计销量达5亿多册。凭借哈利·波特系列，罗琳成为世界上第一个财富过亿的作家，身家甚至超过英国女王。然而，谁又知道，她在文学之路上的艰辛和苦痛？

　　1965年，罗琳出生于威尔士的格温特郡。小时候的罗琳，相貌平平，戴着眼镜，流着鼻涕，甚至有点害羞。从埃克塞特大学毕业后，罗琳做过英语教师、商会秘书，尽管如此，文学却一直是她矢志不渝追求的目标。1989年，一个偶然的机会，罗琳去伦敦参加"法国实践活动"，坐在从曼彻斯特开往伦敦的火车上，一个瘦弱、戴着眼镜的黑发小巫师，从她的心里渐渐浮现出来，他在车窗外对着她微笑、招手，这就是哈利·波特的雏形——一个十一岁小男孩，瘦瘦小小，戴着圆形眼镜，乱蓬蓬的黑发堆在头顶，绿色眼睛明亮坚定，最重要的是，在他的前额上，有一道细长、闪电状的伤疤。八年后，这个屡经挫折却又大难不死的男孩出现在罗琳的哈利·波特系列的第一部作品《哈利·波特与魔法石》中；十八年后，这个男孩在罗琳哈利·波特系列的最后一部作品《哈利·波特与死亡圣器》中与受众告别，在这里，他已经成长为一名十七岁的著名魔法师，坚韧、顽强、所向披靡，最终击败魔法世界的最大恶魔——伏地魔，带领魔法师走向公平正义。读者和观众跟随着哈利、罗恩、赫敏一起成长，罗琳的第一本书只有二百二十三页，到了第五本，已经增加到七百六十六页的厚度，人物的性格越来越复杂，魔法故事越来越传奇，每一本书都比前一本更复杂，更成熟。

2002年，美国华纳兄弟电影公司敏锐地看到了哈利·波特系列的巨大商机，将J.K.罗琳的系列小说改拍成为脍炙人口的八部电影，仅票房收入就高达七十八亿美元，堪称世界电影史的奇迹。

也许，哈利·波特系列并不是一部伟大的电影，八部电影的改编没有哪一部称得上特别出众，也并没达到超越原著小说的层次，但难得的是，它用影像的方式，给伴随"哈利·波特"成长的一代人以具有非同寻常想象力的童年。童年，其实就是那种让我们能够忍受暮年的力量。

一个小男孩，父母是魔法师，被巫师界中邪恶的力量所杀害，唯独他一个人存活了下来，他就是哈利·波特。一岁的他被姨妈家收养，在姨妈家饱受欺凌，度过十年极其痛苦的日子。从出生以来，从来没有人为他过过生日。但是在他十一岁生日那天，一切都发生了变化，信使猫头鹰带来了一封神秘的信：邀请哈利去一个永远难忘的、不可思议的地方——霍格沃茨魔法学校。在魔法学校，哈利不仅找着了朋友，学会了空中飞行，还得到了一件隐形衣，并且由此拉开了魔法学校与伏地魔的一段漫长的相互联系又相互斗争的故事。

罗琳孤独地坐在大象咖啡馆里一个字一个字写出哈利·波特的故

事时，她绝不会想到这个人物瞬间风靡全世界，成为几代人的精神伙伴。不深入到爱丁堡历史的深处，就不会明白罗琳书中那些无与伦比的巨大想象来自何处。

爱丁堡的历史，可以追溯到公元前 8500 年左右，古老的布里吞语曾提到一个 Din Endyn 的地方，而我则怀疑 Edinburg 这个词来源于 Ending，人类的祖先走到了世界的尽头，生命便重新开始。古老的布里吞语记载，盎格鲁王国博尼西亚 7 世纪中期渗透到这里，他们所说的日耳曼语成为低地苏格兰语的祖先。12 世纪初苏格兰王大卫一世正式将这里命名为 Edinburgh。走在爱丁堡，就像逆行驶进历史的深处，远去的岁月扑面而来，扑棱棱吹得人心旌摇曳。满街都是保存完好的中世纪古堡建筑和十八九世纪新古典主义风格建筑，它们与现代文明交相辉映，毫无违和之感。因这座城市对历史和建筑的杰出保护，1995 年，爱丁堡的新城和旧城被整体列入世界文化遗产，成为人类文明的财富。

穿过梦幻般的王子大街，穿过飘着咖啡和岁月浓香的苏格兰国家画廊，走过气势磅礴的苏格兰皇家银行，沿着马歇尔大街一直向南，就是人头攒动的大象咖啡馆。正是在这家咖啡馆，贫穷的女作家 J. K. 罗琳开始创作震惊世界的《哈利·波特》。

在成名之前，正在经历感情低谷的罗琳是一个靠政府的救济度日的单亲妈妈，她一度失去工作，住在爱丁堡老城一个没有空调、没有暖气的公寓里，独自带着只有三个月大的女儿度日。罗琳贫困潦倒，一杯咖啡便可以在咖啡馆的角落里一坐就是一天，借着这里的温暖冥思苦想小说的情节，心中便充满温暖。

　　大象是大象咖啡馆的主题，咖啡馆早上八点开门，晚上十一点打烊，为顾客提供简餐、酒和咖啡。咖啡馆的窗子上写着：Birthplace of Harry Potter（哈利·波特的出生地）。走进店中，可以看到到处都是大象的影子：玻璃柜里是各种不同材质风格的大象玩偶，椅子是大象，玻璃上的大象贴纸，就连咖啡杯上也印着大象。此外，咖啡厅中还收藏着超过六百件大小不同、形态各异的大象纪念品。不仅如此，咖啡店的厕所更是暗藏玄机，墙面上写满了世界各地"哈迷"的留言，还有一些小说中特有的段子。这家小小的咖啡馆如今因此而声名陡增。咖啡馆里到处都是哈利·波特的印记：This way to the Ministry of Magic → This toilet to Ministry of Magic → You have to speak Parsel mouth to enter the Chamber of Secrets（从这里到魔法部→从这个厕所到魔法部→你必须用帕瑟尔之口说话才能进入密室），当然，魔法部、摄魂怪、飞行课、魁地奇、黑魔法防御术、魔药学、变形魔法这样的词语，只有真正的"哈迷"才看得懂。罗琳成名后，大象咖啡馆名声大噪，慕名而来的拜访者络绎不绝，大象宣传板的旁边，可以看到J.K.罗琳的身影，一些关于她的剪报，罗琳的签名，以及她成名后饮水思源故地重游的场景。

　　不论是小说还是电影，哈利·波特系列所包含的幻想和魔法的元素，以及跟侦探小说结构结合的形式为枯燥的现实提供了无限丰富的可能。每一本书都有一个任务让主人公去完成，且附加着关于魔法世界的信息和为未来故事所埋下的伏笔。

　　霍格沃茨的时间已经过去了十九年。十九年后，当哈利、赫敏、罗恩和其他所有的孩子从通往霍格沃茨的火车上探出头来挥手相互说再见的时候，是不是有人跟我一样意识到，这是罗琳在跟我们说再见？面朝着秋天，背对着秋天，好的，让我们再一次重温这些曾经在我们单调的青春和童年中滋润我们的名字吧——《哈利·波特与魔法石》《哈利·波特与密室》《哈利·波特与阿兹卡班囚徒》《哈利·波特与火焰杯》《哈利·波特与凤凰社》《哈利·波特与混血王子》《哈利·波特与死亡圣器》。再见，哈利；再见，罗琳！

48《楚门的世界》

凡墙都是门

这正是一个反乌托邦的命题——关于正常世界和病态世界的选择。"创造者"说,"外面的世界才是病态的世界,楚门的世界才是完美的"。而在楚门看来,桃源岛是病态的世界,外面孕育着无限丰富可能的世界,才是他梦寐以求的正常社会。

1879年,伟大的挪威戏剧家亨利克·易卜生创作了一部被称为"妇女解放运动宣言书"的社会剧——《玩偶之家》。在这份著名的宣言书里,娜拉终于觉悟到自己在家庭中的玩偶地位,义正词严地向丈夫宣告:"首先我是一个人,跟你一样的人,至少我要学做一个人。"毅然离开"玩偶之家"。

娜拉的出走是一个信号,标志着女性以此作为对以男权为中心的社会传统观念的反叛。易卜生不会想到,一百一十九年之后,一个叫作彼得·威尔的澳大利亚导演用一部电影,将娜拉的出走从女权主义推进到整个人类的生存领域。

1998年,美国派拉蒙影业公司出品电影《楚门的世界》,喜剧演员金·凯瑞出演其中的楚门，由此获得了第56届美国金球奖最佳男主角奖。《楚门的世界》又被翻译为《真人秀》《真人的世界》。电影中，"楚门的世界"是一档电视节目，准确地说，是一场成长型真人秀，这个节目二十四小时全天候即时播出，并被全世界转播。三十年前，奥姆尼康电视制作公司收养了一名婴儿，他们刻意培养他使其成为全球最受欢迎的电视节目的主人公，从此，全世界的人们看着一个男孩从出生到成长为一个男人，让全世界的观众看到他掉第一颗乳牙、目睹他的初吻、见证他的婚礼、感受他的快乐和哀伤。

然而，残酷的是，在这场游戏中，只有楚门一个人被蒙在鼓里，他完全不知道自己究竟处在怎样的世界。楚门所处的世界，完全由作为导演的创意来实现，身边的所有事情都是虚假的，他活在一个巨大的摄影棚里，他所拥有的天空，不是一个无限的空间，只是他视觉所看到的假象。他身边的所有人都是作为"创造者"的导演请来的演员，包括从小照顾他起居的父母、与他一起生活的爱人、七岁时就认识的朋友……他尚未出生就被决定了一生的命运，从呱呱坠地便开始接受全世界的检验——笑剧变成了悲剧。

发生在楚门的世界里的大小事件，其实全部来自这个"创造者"的创造，他身边的一切偶然和必然的事件都会有"媒体"以"报道"的形式专门为他做出解释。楚门的生活，被全世界数十亿观众二十四小时不间断地注视，私生活一览无余，他和他的生活，成为现代科技文明中的一件产品。你可以想象一个人变为他人茶余饭后的谈资，但是你绝对无法想象一个人生活的所有细节全部在他人目光炯炯注视下的感受，他的爱恨情仇，他的吃喝拉撒，他的自语，他的梦呓，无一能逃脱得了他人的围观和评论。因为这档节目，"创造者"为全世界带来娱乐的同时，也为自己带来巨额的利润，楚门生活中的大小物品——小时候用过的尿布、父母的服装、餐桌上的奶粉、屋子里的家具、驾驶的汽车等等，都依附于这档节目成为热销产品，"创造者"在满足大众窥视欲的同时也为自己掘得钵满盆溢。

"创造者"创造的"楚门的世界"，在一个叫作桃源岛的地方，这里四面临海，风景如画。楚门按照"创造者"铺设的轨道成长，假如生活就一直这样平静地过着，假如楚门就这样一直荒谬地活着，生活在梦境和假象中，这个节目可能会一直播放到楚门生命结束的那一天。或许——这也是个不坏的结果，但是，纸里哪能包得住火呢？

某天，上班的路上，楚门撞见了一个流浪汉，在"楚门的世界"，这个人是他的父亲，不，扮演过他的父亲。这当然是节目组的一个重大失误，却戳穿了一个弥天大谎，在"创造者"设置的情境中，楚门的父亲在他童年的时候就已溺水而亡。楚门小时候就对航海感兴趣，立志要当一个像麦哲伦一样的航海家。为了彻底消泯他的梦想，断绝一切他走出桃源岛的可能，"创造者"安排他与父亲在暴风雨的海上历尽艰险，并安排父亲最终掉入海里。在楚门的记忆中，父亲是因为救他溺水而亡，尸体无存，这让他的内心受到了极大的创伤,终生不敢面对大海,当然他更不可能离开这个地方。

"创造者"主宰楚门命运的细节还有很多:将楚门一见钟情并准备向楚门揭开这个弥天大谎的少女罗兰清除出节目组,而让罗兰的"父亲"告诉楚门他们全家将要搬到斐济——在楚门的世界中永远无法抵达的地方。

渐渐地,楚门发现他工作的公司每一个人都在他出现后才开始真正的工作,他家附近的路上每天都有相同的人和车在反复来往。更让他不敢相信的是,自称是医生并每天都去医院工作的妻子竟不是医生。楚门开始怀疑他所生活的这个世界,包括他妻子、朋友、父亲等所有的人都在骗他,一种发自内心的恐惧油然而生。他决定不惜一切代价逃离这个令他噤若寒蝉的地方,去寻找属于自己真正的生活和真正爱他的人。

楚门用图片拼出了记忆中的罗兰,准备逃离桃源岛寻找真爱。离谱的事件一件件接踵而来,飞机没有舱位,长途巴士突然出现故障,自驾的路上突然遭遇核泄漏……几次逃脱都失败后,楚门决定从海上离开这座小城,然而他却绝望地发现他面前的大海和天空竟然也是这个巨大摄影棚的一部分。终于,"创造者"在高悬于天上的巨大控制室里向楚门讲述了事情的真相:"外面的世界与我给你的世界一样虚假,有一样的谎言、一样的欺诈,但在我的世界里,你什么都不用怕。"这是"创造者"向楚门描述的世界的真相,他如今已经是世界上最受欢迎的明星,所取得的一切是常人无法想象的,如果他愿意，可以选择留下来，继续过衣食无忧、万众瞩目的明星生活，但问题是，是选择虚假的美好，还是真实的肮脏？哈姆雷特式的问题充满了人生的暗喻。

楚门不为所动，毅然走向远方的自由之路，他将自己绑在帆船上，宁死也不回头，终于冲过了暴风雨，战胜了沉船，逃脱了"创造者"设置的种种障碍，迎来云开雾散。然而，故事并没有结束，云开雾散就是"楚门的世界"的尽头，楚门的帆船撞上了几可乱真的舞台布景的高墙，绝望中的楚门又一次找到了写着"EXIT"的小门，毅然选择走出这个虚假的世界。

在跨出小门的前一刻，楚门像每天早上与相遇的邻居打招呼一样，微笑地说道："如果我再也见不到你，祝你早安、午安、晚安！"

在这样一个时刻，"创造者"所创造的阻碍已经不复存在，推动楚门迈向真实世界的，恰是他向往自由的决心，是他发自内心地对自我的尊重。在影片中，"创造者"在接受采访时被问到为什么楚门在三十年里一直没有发现他所在的世界是虚假的，他说，"因为人们接受现实"。而最后，正是因为不再接受天赋的现实，楚门走出了巨大、华丽、虚假的世界。

这正是一个反乌托邦的命题——关于正常世界和病态世界的选择。"创造者"说，"外面的世界才是病态的世界，楚门的世界才是完美的"。而在楚门看来，桃源岛是病态的世界，外面孕育着无限丰富可能的世界，才是他梦寐以求的正常社会。

《楚门的世界》只是一场华丽却虚假的真人秀。现实中的我们并不会被摄影机记录下成长的点点滴滴，更不会被所有人以一种姿态进行审视和揣度。但是如同墙壁一样的壁垒却无处不在，随时禁锢我们的身体与心灵，让我们更加张皇失措，莫知所终。

"楚门的世界"代表了电视工业的极致——全球十七亿人共同观看，连续三十年不间断直播，人类终于异化为异类；《楚门的世界》则代表了理性的坚强与沉稳——挣脱欲望和名利的诱惑，重返人类内在的庄重与尊严。

"楚门的世界"是对科技工业的反思，更是对现代文明的巨大隐喻。娱乐至死，这是一个已经延续了数百年的社会命题、伦理命题，影片的难能可贵之处，在于它展示了我们的社会可能突变的未来形态。我们不妨重新回顾影片中那些忙碌而昏庸的人群：父亲、母亲、朋友、医生、司机、保安、旅行社和咖啡馆里的服务生。他们麻木，行尸走肉般地物化为社会机器的一部分，扮演，观看，偷窥，参与，共享，这成了他们生活中必不可少的一部分，甚至超过了吃饭睡觉。全世界的观看，完成了一个阴谋的共谋，使得这样一个节目成了所有人共同的文化体验。这，何尝不是一个文化迷失的全球化隐喻？走出"楚门的世界"，我们有理由扪心自问，在现代科技对人类本性的迷失中，我们还有没有力量穿越黑暗和风暴？还有没有力量坚定、勇敢地对这个世界说：

"如果我再也见不到你，祝你早安、午安、晚安！"

49《罗马假日》

天使永在人间

被电影和时尚追逐的奥黛丽·赫本是那个时代的宠儿,她如此美丽,以至我们时常以为她年轻时在荧幕上留下的容颜和身影,就是她的永恒,完美无缺的永恒。然而,遗憾的是,赫本与我们每一个人一样,也会变老、生病,也遭遇过感情的痛苦和创伤,更有着许多的不完美,皱纹慢慢爬上了她饱满的脸颊、光洁的额头。就在世俗等待美人迟暮的这一刻,我们却诧异地发现,她瘦弱的身躯以另一种方式开启了永恒。

世界电影史里从来不乏轰轰烈烈的传奇,大银幕上也从未缺少过琳琅满目的美女。但是,百余年来,能被人们记住并且奉为天使的美女,有且只有一个,那就是奥黛丽·赫本。

1929年5月4日,奥黛丽·赫本出生于比利时布鲁塞尔的一个贵族后裔家庭,据说其宗族谱系可以回溯到英王爱德华三世。1993年1月20日,奥黛丽·赫本因阑尾癌在瑞士的托洛谢纳病逝,享年64岁。

奥黛丽·赫本有着澄澈的眼神、高雅的气质，她的离世让无数人感伤，不仅仅因为她的美貌曾打动数代人，她在好莱坞最璀璨夺目的时代里留下了不同凡响的印记，更是因为她的善良让世界变得更加美好。她就像一个不经意闯入人间的天使，在她短暂的生命里，轻歌曼舞，高蹈轻扬。她留下的背影，让人倾慕不已，留恋不已，感佩不已，回望不已。

奥黛丽·赫本的成长年代里，充满了饥馑、困顿、苦难和战争。1935年至1938年间，她就读于英国肯特郡埃尔海姆乡的一所贵族寄宿学校。1939年，十岁的奥黛丽·赫本进入荷兰安恒音乐学院学习芭蕾舞。1940年5月，荷兰被德国纳粹占领，荷兰王室和政府迁至英国，成立流亡政府。奥黛丽·赫本所在的安恒也危如累卵，赫本的舅舅及众多亲人被残害。此后的数年间，因为食物匮乏，赫本只能以郁金香球茎充饥，健康情况迅速恶化。"二战"中后期，赫本通过芭蕾舞的表演为荷兰游击队秘密地募捐，同时利用孩童的身份多次为荷兰地下党传递情报。

1948年，奥黛丽·赫本进入英国伦敦的玛莉·蓝伯特芭蕾舞学校学习，由于年龄和身高原因——她已经十九岁，这个年龄对于芭蕾舞者来说太大了，她的身高达到了一百七十厘米，这让她在众多舞者中鹤立鸡群，甚至能与她对舞的男伴寥寥无几——奥黛丽·赫本被告知，她无法成为一流的芭蕾舞者。这是奥黛丽·赫本一生最茫然、最困顿的时期，像很多在这个年纪彷徨无助的女孩子一样，她到处飘荡，寻找机会：做了一些模特工作，拍摄了一些广告，也参加了一些舞台剧的演出。正是因为这段四处流浪的经历，导致赫本的身体素质大大下降，甚至在以后的岁月里我们总能看到她营养不良的模样，她身材高挑，身形瘦削，这可不是那个物质极度匮乏的年代的审美。当然，这段流浪的经历也有一个好处，就是对于她语言的历练，赫本除了英语以外，还会一口流利的荷兰语、法语。

这一年，赫本在一部时长仅三十九分钟的荷兰风光纪录片《荷兰七课》中出镜，开始了她的电影生涯。此后五六年的时间里，她又出演了《蒙特卡罗宝贝》《少妇轶事》《野燕麦》《薰衣草山的暴徒》《前进蒙特卡罗》《神秘的人》，但她一直担任配角。

1954年，奥黛丽·赫本的命运转折点终于到来了。1953年，美国派拉蒙公司筹拍浪漫爱情片《罗马假日》(*Roman Holiday*)。这一次，命运造就了她。赫本表演了电影中的一段场景，导演说了"停"之后，摄影师还是让摄影机一直工作下去。在这段几分钟的预演之后，赫本终于获得了出演安妮公主的机会。在这部电影中出演男主角的，是当时炙手可热的影星格里高利·派克。而正是因为这部电影，他们成为终身的朋友。电影杀青后，派克告诉制片人，尽管赫本第一次领衔主演，但是这部电影一定会获得奥斯卡奖，所以最好把她的名字放在演员字幕表的前面。制片人照办了。果如派克所言，赫本真的获得了奥斯卡最佳女主角。赫本璀璨的银幕生涯由此开始。

在《罗马假日》中，奥黛丽·赫本饰演一个仪态万千但不愿意被规矩束缚而出逃的小国公主。尽管成长在闭塞的王宫中，但是她纯真、娇憨、甜美，内心向往无拘无束的外部世界。这一天，作为王位继承人，安妮公主开始出访欧洲的各大城市。消息一经传出便引起了极大的轰动，各家报纸杂志都尽力策划对她的报道，商讨如何拿到独家新闻。

这天，安妮公主来到了欧洲之行的最后一站罗马，她想尽情饱览一下罗马的优美风光，可侍从们以公主身份高贵、不宜在黎民百姓面前抛头露面为由拒绝了，并给她注射了镇静剂，让她安静地入睡。但是，调皮的公主趁着侍从不备，悄悄地跳窗逃了出来。

美国新闻社的穷记者乔·布莱德里的任务就是追踪安妮公主的行踪，他在广场上发现了昏昏欲睡的安妮公主，他并没有马上认出她来，但是出于担心她的安全，他只好将她带回自己的家中。

故事就从这里开始了。乔和安妮公主在偶然的邂逅中，由相遇到相知，再由相知到相恋，尽管这一切都发生在短短两天时间内，但是这些足以让他们铭记一生。

"罗马假日"不仅是安妮公主的意外假期，也是每个人心灵的一次放风。在人性上，每个人都有安妮公主一般的纯真和良善，也有着她一般的桎梏和藩篱，所以我们常常能在这个人物身上仰视到自己的理想，也俯视到自己诸多的不甘琐碎和平庸。安妮公主像一支遥远而桀骜的火炬，照亮了我们寂寞悲苦的行程。《罗马假日》公映，时值第二次世界大战之后，在战后的满目疮痍和复苏的举步维艰中，安妮公主的短暂假期，是全人类精神的一次自由之旅，一次朝向未来的伫望。

　　同年，奥黛丽·赫本因在舞台剧《美人鱼》中的表演，获得托尼奖的最佳女主角。1955年，她凭借电影《龙凤配》再度获得奥斯卡最佳女主角奖的提名。1989年，息影多年的奥黛丽客串出演她的最后一部电影《直到永远》。赫本一生中共获得五次奥斯卡最佳女主角提名。1999年，她在美国电影学会"百年来最伟大的女演员"中排名第三。

　　值得赞叹的，还远不止这些。也许因为身世的流离，赫本为人低调友善，对待工作敬业勤恳。两度获得奥斯卡最佳导演奖项的比利·怀尔德曾道，赫本身上呈现的是一些消逝已久的品质，如高贵、优雅与礼仪等。"连上帝都愿意亲吻她的脸颊，她就是这样一个讨人喜欢的人。"

　　不仅在银幕上，在生活中，奥黛丽·赫本的美也是时尚捕捉的焦点，她的容貌清纯秀丽，既不俗艳，又很耐看，她的身上有一种由内而外散发出来的典雅、高贵，令她卓尔不群，很多摄影师喜欢为她拍照以捕捉那"无法比拟的美"。

　　被电影和时尚追逐的奥黛丽·赫本是那个时代的宠儿，她如此美丽，以至我们时常以为她年轻时在荧幕上留下的容颜和身影，就是她的永恒，完美无缺的永恒。然而，遗憾的是，赫本与我们每一个人一样，也会变老、生病，也遭遇过感情的痛苦和创伤，更有着许多的不完美，皱纹慢慢爬上了她饱满的脸颊、光洁的额头。就在世俗等待美人迟暮的这一刻，我们却诧异地发现，她瘦弱的身躯以另一种方式开启了永恒。

　　从银幕走出来，赫本将自己的晚年奉献给慈善事业，她受邀出任联合国儿童基金会慈善大使，为第三世界的妇女与儿童争取权益，四处呼号，八方奔走，在衰朽之年，她怀抱非洲饥饿儿童的形象，甚至比她"无敌"的青春更光彩夺目。1992年，赫本被授予美国公民的最高荣誉"总统自由勋章"。1993年，她荣获奥斯卡吉恩·赫肖尔特人道主义奖。也是在这一年，赫本因为疾病撒手人寰。听闻她死讯之时，伊丽莎白·泰勒无限伤感地说，天使回到了天国。2002年5月，联合国儿童基金会在其纽约总部为一尊七英尺高的青铜雕像揭幕，雕像名字为奥黛丽精神，以表彰赫本为联合国所做的贡献。截至今日，奥黛丽·赫本仍是唯一获此殊荣的人。

　　美国作家山姆·莱文森曾经写下两段十分特别的文字，一段是他在女儿找到初恋时送出的美丽秘诀，一段是他送给刚刚出生的外孙女的信。赫本生前十分喜爱这两篇文字，所以其子肖恩便将它们合成为《保持美丽的永恒秘诀》，在母亲的葬礼上宣读，以纪念赫本美丽的一生。

　　　　若要迷人的双唇，
　　　　请用善意的言语倾诉；

若要动人的双眸,

请将他人的优点找出;

若要优美的身材,

请将你的食物分给饥饿的人。

若要美丽的秀发,

请让儿童的指尖每日穿梭于你的发间。

若要优雅的身姿,

请将这句箴言铭记心田:

你永远不会孤单前行。

50《同流者》

同乎流俗，合乎污世

贝托鲁奇用影像完成了他内心骚动不已的弑父情结。他把富有家庭气息的浪漫、散发暧昧情调的恋情，同政治和战争结合，形成独特的创作风格。

1970年的巴黎，时近午夜，淫雨霏霏。

二十九岁的贝尔纳多·贝托鲁奇站在圣日耳曼药店门口，等待着他最尊敬的电影导师光临《同流者》在巴黎举行的首映式。这个让他冒雨等候的大人物，就是法国电影新浪潮运动的旗手让-吕克·戈达尔。

但是，戈达尔并不喜欢这部电影。他认为，清楚地表达思想是一种不可饶恕的罪过，而贝托鲁奇恰恰将思想讲述得太清晰了。戈达尔不喜欢《同流者》，还有一个不可言说的重要理由。这部影片的叙述主线，就是让-路易·特兰蒂尼昂饰演的男主角——法西斯杀手马切洛·柯勒里奇追查并谋杀他的大学老师。而影片中大学老师的电话，恰是现实生活中戈达尔真实的电话号码，地址则是戈达尔在圣雅克路上住所的真实地址。贝托鲁奇毫不隐讳地解释，他的目的就是想让"同流者"杀死"激进分子"。

然而，不管戈达尔怎样表达他的憎恶、不屑和抗议，《同流者》仍然成为世界电影史的一座高峰。科波拉、斯科塞斯、斯皮尔伯格毫不隐讳地赞誉这部作品，他们认为在当代电影中，《同流者》是唯一一部可以被当作文化启蒙的电影范本。正是这部电影，让他们学会了结构复杂的闪回叙事手法，以及充满象征符号的镜头。

1941年，贝尔纳多·贝托鲁奇出生于意大利的帕尔马。他的父亲是意大利著名诗人阿蒂利奥·贝托鲁奇。在父亲巨大阴影下成长起来的贝托鲁奇有着一个强烈的愿望：杀死父亲。受弗洛伊德精神分析学说的影响，贝托鲁奇意识到，拍电影是杀死父亲的最好方式。"从某种意义上说，我拍电影的目的是为得到一种罪恶的快乐。过了好一段时间，我父亲也不得不接受这个事实——他在我的每部电影里都会被杀死一次。他总说，'你很聪明。你杀了我这么多次，却从来不用坐牢！'"几十年后，回忆他的电影之路，贝托鲁奇说。

1961年，贝托鲁奇进入影坛，担任帕索里尼的副导演。如此高的起点，加上过人的天赋，让贝托鲁奇很早就展露才华。四年后，贝托鲁奇开始独立创作，便导演了轰动一时的影片《革命前夕》，这部作品奠定了他电影事业的基础。

贝托鲁奇早期的作品颇受戈达尔影响，特别是戈达尔的共产主义政治抱负，给他的文化理想制造了很多浪漫的想象空间。1968年，他执导的影片《同伴》已经颇具戈达尔领军的法国新浪潮电影的特质。1970年，他着手探索那些具有心理困惑的人物身上所折射出来的深厚魅力，这种探索在《蜘蛛的计划》一片中获得成功。

1970年，贝托鲁奇拍摄了他的史诗巨片《同流者》，试图讲述意大利法西斯对社会和文化的双重撕裂。贝托鲁奇擅于把富有家庭气息的浪漫、散发暧昧情调的恋情，同作为批判对象的政治和战争相结合，由此形成他独特的创作风格，这种风格在他1972年《巴黎最后的探戈》、1987年《末代皇帝》中达到顶峰。

贝托鲁奇曾将百余年的世界电影分为两个时代，一个时代是"前戈达尔电影"，另一个是"后戈达尔电影"，就像"公元前"和"公元后"。《同流者》对于贝托鲁奇的意义在于，不论在"前戈达尔电影"时代还是"后戈达尔电影"时代，在二十九岁的年纪，他已经完成了对戈达尔电影的重要突破，以另一种方式制造了对精神之父的谋杀。

《同流者》亦翻译为《随波逐流的人》。故事尽管并不复杂，但是每一个电影镜头背后都有着深刻的寓意、丰富的象征，人物性格的无限复杂也隐喻在这些镜头之中。

20世纪30年代的意大利，没落的贵族子弟马切洛·柯勒里奇出身于一个道德混乱的家庭。他的父亲是个疯子，被关进疯人院，整天谈论的是杀戮与统治。风韵犹存的母亲享受着父亲遗留的私产和豪宅，私生活混乱不堪，她长年与不同的情人私通，甚至包括自己的司机和仆人。某一天，马切洛回到家中，无意中看到赤裸的母亲和一个情人留给她的毒品，怒火中烧，他指使搭档打昏了母亲的情人，又带着欲望炽烈的母亲赶去探望精神错乱的父亲。

狂奔在不同道路上的一家人，就这样如此离奇地相会于荒凉的精神病院。精神病院和情感淫乱，是贝托鲁奇电影中经常借用的寓指，前者暗示的是诞生了法西斯的那片精神土壤，以及西方文明中秩序、权威的堕落，后者隐喻的是意大利20世纪30年代糟糕的政治、经济、民族、文化、社会状况。类似的场景出现在贝托鲁奇不同时期的作品中。比如1979年的《月亮》，一家人也是如此荒唐地团聚在精神病院，景象何其相似。

精神上的无所傍依之中，马切洛加入了法西斯，成为秘密警察。党部交给他的第一个任务便是——调查并刺杀反法西斯组织领袖夸德里教授。

为了获得"正常"这一社会身份的认同，马切洛试图通过观察和模仿而与众人一致，他对出身于正常家庭的茱莉亚没有多少感情，却还是与她结了婚，他带着新婚的妻子来到巴黎度蜜月，以便趁机联系夸德里教授。火车上，茱莉亚坦白了沉睡在内心深处的秘密，婚礼的证婚人是曾经诱惑她的律师，他们的不伦之恋维持了六年之久。

马切洛负责调查并加害的夸德里教授，恰是他的左派哲学教师。在教授的家里，马切洛谈起了教授以往授课时谈到的柏拉图的哲学课，他神经质地拉上房间的百叶窗，瞬间，墙壁出现了一个他自己的影子，只有轮廓，没有面孔。巨大的沉默中，我们似乎看到了"同流者"的模样。教授随即坦荡地拉开窗帘，打开窗子，暗示马切洛，太阳如何轻而易举地消灭掉这个影子。

影子无声无息地存在，又无声无息地消失，让我们想起柏拉图在《理想国》中设计的那个有名的洞穴寓言。有一批人犹如囚徒，世代居住在一个洞穴之中，洞穴有条长长的通道通向外面，人们的脖子和脚被锁住不能环顾，只能面向洞壁。他们身后有一堆火在燃烧，火和囚徒之间有一些人拿着器物走动，火光将器物变动不居的影像投在囚徒前面的洞壁上。囚徒不能回头，不知道影像的原因，以为这些影子是"实在"，用不同的名字称呼它们并习惯了这种生活。然而，当某一囚徒偶然挣脱枷锁回过头时，发现以前所见尽是影像，而非实物。他摆脱锁链走出洞口，习惯黑暗的眼睛却无论如何都无法适应光明，眼前是一片广袤的虚无，痛苦由此而生。

至于教授的妻子安娜，在马切洛心目中有着复杂的意味。她很像他在党部见到的坐在部长桌子上的荡妇，也很像他曾经见到过的一个娼妓。然而，她身上的那种美好知性睿智令他向往，与茱莉亚那种纯真的野性形成了鲜明的对比，他深深地为她魅惑。马切洛终于掌握了教授的行动规律并出卖了教授，教授被法西斯暴徒杀死在马切洛和茱莉亚的车前，这是法西斯运动对美好肆无忌惮的毁灭。

安娜在狂乱中向坐在轿车后排的马切洛求助的镜头令人久久难

忘。马切洛冷酷无情的脸俊美得像一尊大理石雕塑，安娜渴望生命的脸扭曲得几乎有些变形。最终，优柔寡断的马切洛还是选择拒绝安娜的求助，以此为标志，他走向了与法西斯真正的同流合污。

贝托鲁奇对马切洛童年叙事的铺垫不容忽视。马切洛十三岁的时候，一个同性恋司机将他引诱到自己的住所，企图与他发生关系。为了保护自己，马切洛用房间里发现的一把枪打死了司机，逃了出来，然而这件事却成为他心底暴力和欲望的根源。马切洛既是同流者，更是反抗者，通过随波逐流反抗自己"不正常"的那部分，在反抗旧罪的同时却制造出足以将自己埋葬的新罪，这些罪缠绕着他把他卷进旋涡，就像舞池里众人一圈一圈地围住他跳舞，他在圆心里，怔怔得无所适从。

影片的结尾出乎意料。虽然马切洛将参与谋杀夸德里视为达到正常状态的必要步骤，却无法摆脱内心深处的负罪感。墨索里尼终于倒台，法西斯分子无处遁形。一天，介绍马切洛加入法西斯的盲人朋友约他见面，在街头马切洛偶遇他一直认为被自己杀死的那个司机，童年不堪的往事涌上心头，他在游行的众人面前疯狂地指认司机是法西斯分子，盲人是法西斯分子。他如此真诚，激情澎湃，似乎他所有的行为由此被涤荡一空。然而，马切洛真的从此永远与杀手、法西斯无涉吗？在他的高声斥责中，司机仓皇逃窜，盲人遁形于游行队伍之中。

或许——事实上，这正是事实——一个新的洞穴已经诞生，一群影子正在面壁狂欢。影片就这样结束于 1968 年法国五月风暴席卷过后,大地复归荒凉、荒诞、荒谬。

所谓同流,同乎流俗,合乎污世。

51《弗里达》

"我的伤口是一曲探戈"

她是燃烧的火焰,在幽暗的夜空中冉冉升起;她是飞翔的小鸟,在夜里能抓住光芒。

我出生的那天
上帝病了
那一天,他病得很重

1928年的一天,秘鲁诗人巴列霍在巴黎街头流浪。他孤独,他寂寞,他苦闷,他悲凉,他忧郁,他潦倒。走投无路中,巴列霍写下上面的诗句,诅咒上帝,更诅咒被上帝抛弃的自己。

是的——这一天,上帝病了。

但是,绝望中的巴列霍也许并不知道,上帝病得最重的,还不是他出生的那一天。

1907年7月6日,南美洲的阳光一如既往地热辣,病入膏肓的上帝送来了一个瘦小赢弱的婴孩,婴孩的父亲威廉·卡罗是匈牙利裔犹太人，母亲玛蒂尔德·卡尔德隆则兼有西班牙与印第安血统。墨西哥城南部的科瑶坎街区，弗里达·卡罗出生在一座具有墨西哥风情的蓝房子里。四十七年后，她在这座蓝房子里结束了苦难却丰沛的一生。

在后来的各种叙述中，弗里达·卡罗将她的出生修改为1910年7月7日——这是她一生中对自己说过的无数假话之一。也许，她的出生就是一个最大的谎言，有谁知道。

2002年，美国女导演朱丽·泰莫携电影《弗里达》亮相威尼斯电影节。一时间，萨尔玛·海耶克饰演的弗里达·卡罗惊艳了世界。朱丽·泰莫的导演语言让人惊喜，超现实主义加荒诞主义的表现手法，使得影片充满了卓越的想象力和穿透力，影片的音乐、美工、服装与弗里达的绘画风格高度吻合，艳而夺目，素朴醇厚。《弗里达》一举获得六项奥斯卡奖提名，并最终摘下了最佳化妆和最佳原创音乐两个奖项。

故事就从这里开始了。这个女人卑微而骄傲、狼狈而庄重的一生，从此被照亮。

很少有电影能像《弗里达》这样，灯光黯淡下去，心便不知不觉被画面吸引，被镜头牵动。在朱丽·泰莫用南美风情和政治暗喻铺设的迷宫里，我们心甘情愿地迷失、迷醉，与弗里达·卡罗一起跋涉，一起歌哭，一起在云端俯瞰大地，一起在泥泞里挣扎，哪怕沉向万劫不复。一个多世纪前的阳光穿越时间的迷障，更加光明朗照，洞天彻地。一个多世纪前的故事抖落了岁月的尘埃，更加骨骼清丽，楚楚动人。

没有人的生命比她更艰难。六岁时，弗里达得了小儿麻痹，致使右腿萎缩。十八岁那年，弗里达遭遇一起严重的车祸，这造成了她脊柱、锁骨和两根肋骨断裂，盆骨破碎，右腿十一处骨折，整个脚掌粉碎性骨折。此外，她的肩膀脱臼，右脚脱臼、粉碎性骨折。一根钢扶手穿透了她的腹部，割开了子宫，从阴道穿出，使得她终身不能生育。此后一个月，弗里达不得不平卧，被固定在一个塑料的盒式装置中，很多时间都靠插管维系生命。弗里达的伤痛如影随形，伴随她一生，她必须依靠酒精、卷烟、麻醉品来缓解肉体的疼痛，但是，她奇迹般地活了下来。

没有人的生命比她更执拗。车祸后不久，有整整一年的时间，弗里达躺在床上一动不能动，就穿着由皮革、石膏和钢丝做成的支撑脊椎的胸衣。为了打发禁锢在床上过于无聊的日子，弗里达拿起了画笔，在固定身体的石膏上作画，未曾想，这成为她终生的职业。

父亲为她买了笔和纸，母亲在她的床头安了一面镜子。透过镜子她开始观察自己，描绘自己，镜子里的自己就是她的整个世界。自此，弗里达着手于一系列历史上从未有过的艺术形式的创作，它们庄严地表现着女性真实、现实、残忍、苦楚的品质。生命黯淡到极处时，她从自己的艺术创作中找到了安慰。在很多方面，她的美术作品是她在医疗过程中的个人痛苦和斗争的编年史。

20世纪二三十年代的欧洲，毕加索、马蒂斯、蒙克等一批画家已经确立了现代主义的地位，后现代主义、超现实主义也已兴起，正在酝酿一场革命。达利在巴塞罗那举办了第一次个展，康定斯基的《几个圆圈》也已完成。与此同时，远在墨西哥的弗里达，也从身体的阵痛中恢复过来，完成了她人生中第一幅真正的作品——《自画像》。

在朱丽·泰莫热烈的叙事中，独具个性和色彩的墨西哥女画家弗里达·卡罗从一个世纪的光影中清晰地浮现出来。她固执地站在那里，对于兜头而来的黑暗，甚至连不屑的神情都不屑做出。

弗里达有黑色的长发，两条浓密的长眉毛就像鸟儿的翅膀，下面是一对迷人的大眼睛。她娇小敏捷热烈，喜欢华丽曳地的墨西哥传统服饰，佩戴名贵的宝石，这些配上她那几乎连成一字的浓眉，成了她最著名的特征。

弗里达就那样执拗地站着，走着，躺着，跑着，甚至是——活着，死着，华丽而颓败，贞洁而放荡，潇洒而倔强，澎湃着原始的生命力震撼力，让人想起贾柯梅蒂刻刀下那些破洞百出的雕塑，想起埃贡·席勒画笔下那些遍体鳞伤的面孔。弗里达，与其说她是一个世纪前一个偶然的存在，不如说她从来都是潜伏在我们心底的一个必然的回响。她从一个世纪前走来，风风火火地带着烟雨和尘土，变成了我们的一部分，又血淋淋地从我们的身体和灵魂中剥离出去，执拗地向未来而行。我们沿着她的暗示的指引，剖开了我们包裹着的心腹，放空了我们血管中的潺潺热血，敲击我们铮铮作响的骨骼，召唤出那沉睡在我们旧梦中的真我。

这，是荒谬，更是残酷。

二十二岁的时候，弗里达嫁给了年长她二十岁的墨西哥壁画家迭戈·里维拉。很多人都不看好这段婚姻，他们却成为终生的情人和爱人。

迭戈刚刚从法国回来，正风靡美国和欧洲，是墨西哥壁画运动的三杰之一，而他却敏锐地在弗里达从未经过训练的稚嫩的画作中，看到了她与众不同的潜质和才气，他鼓励弗里达坚定地画下去："我画那些我在外面世界看到的东西。而你，只画内心的世界。这太棒了！"他却又不停地放纵自己，在感情上一次又一次地背叛和伤害她。他辩解道："这仅仅是做爱，这就像握手时用了点力气而已。何必在意呢？"没有人能够像他那样了解她："她的作品讽刺而柔和，像钢铁一样坚硬，像蝴蝶的翅膀一样自由，像微笑一样动人，悲惨得如同生活的苦难，我不相信还有别的女艺术家能够在作品中有这样深刻的阐述。"也没有人能够像他那样摧毁她。弗里达对迭戈说："我的生命中有两次大的灾难，一次是车祸，一次是你。而你，是最糟糕的。"

弗里达的绘画作品缘于她的孤独和无奈，更缘于她的天才和激情。她大部分作品描述的都是她自己的故事，寂静中的自己，无聊中的自己，痛苦中的自己，画得最多的是她的自画像。结识迭戈之后，迭戈与她一起走进她的作品，她画出了她对他的爱和恨，他对她的爱慕和戕害。迭戈和弗里达的姐姐克里斯蒂娜发生关系，弗里达痛不欲生，画下了她最血腥的一幅画《少少掐个几小下》，猩红的血溅到画框上，把画中的世界和我们连在一起，没有了里外。此后，弗里达剪去迭戈喜爱的长发，与众多男男女女开始了纷繁复杂的性爱和恋情。

弗里达一生经历了大大小小三十余次手术和三次流产，最终因脚部感染而截肢，后瘫痪在床，依赖麻醉剂度过余生。"我不愿被埋葬，我躺着的时间够长了，烧掉我吧！"在极度的痛苦中，弗里达说。弗里达截肢后，迭戈为了更方便地照顾弗里达，回来与她复婚，这场充满了矛盾和冲突的戏，被朱丽·泰莫处理得节制而平静，令人难忘：

弗里达：你掉肉了。

迭戈：你掉脚指头了。

弗里达：你来是悼念我的脚指头的？

迭戈：你好吗？

弗里达：我都不想谈论这个，否则听起来糟糕透了。

迭戈：我……我来这里是为了向你求婚的。

弗里达：我不需要人来可怜，迭戈。

迭戈：我需要。

弗里达：我失去了一只脚的脚指头，我的背脊梁没有用了，我的肾被感染，我抽烟，喝酒，说脏话，我不能生孩子，我没有钱，而且还欠医院很多钱……我还需要继续说？

迭戈：听上去就像一封推荐信。弗里达，我怀念我们在一起的日子，请你嫁给我。

弗里达和迭戈既是爱人，也是同志、伙伴、朋友。他们信仰共产主义，一生为了信仰而奋斗。他们彼此不忠，各自过着放荡的生活。他们纵使在离婚的那一年，也没有真正分开，仍然彼此关心，帮助对方。在弗里达死后，迭戈才意识到她的爱有多么强大，弗里达葬礼的那一天，据朋友的形容，他"像被切割成两半的灵魂"。三年之后，迭戈便追随弗里达而去。

弗里达一生创作了大约两百件作品，它们构筑了弗里达生活的世界。这个世界带有充沛的热量、重量、能量，它用自己的方式提醒弗里达她是多么渺小和残缺，又时时证明着她在这个自己主宰的世界中的强大和不甘，正如影片中的西班牙歌曲所唱：

夜晚会过去
没有急切的思乡之情
我们的伤口是一曲探戈
我们的灵魂是流血的手风琴

今夜我们的心一直在一起

弗里达的画作中约有三分之一是自画像,她在日记中写道:"我画自己,因为我总是一个人独处,我是我自己最了解和熟悉的事物。"她安静地站着,走着,躺着,跑着,甚至是——活着,死着,默不作声却轰轰烈烈。她的画传承了纯正质朴的印第安民族文化的血统,发挥了墨西哥民族独特的"生"与"死"的主题,将印第安神话与她的个人经历,墨西哥民族的历史和她个人的现实全部融进她那色彩斑斓的颜料中,形成了具有神话和魔幻特质的风格。在她的画作中,弗里达谦卑地与这个世界争辩,又骄傲地与这个世界和解,正是她画作中那不可能存在于文明社会的勇气和力量,令所有人为之动容。

1954年7月,弗里达最后一次出现在公共场所,是在一次共产党的示威活动上。此后不久,她睡着了,再也没有醒来。她在最后的日记上写着:"我希望死是令人愉快的,而且我希望永不再来。"弗里达的最后作品是一幅色彩浓艳的西瓜,切开的西瓜熟透香甜,其中一片上写着大大的几个字:"生活万岁!"

她是燃烧的火焰,在幽暗的夜空中冉冉升起;她是飞翔的小鸟,在夜里能抓住光芒。

——这就是天堂。

52 《牺牲》

写给世界的遗书

"初看塔可夫斯基的电影宛如一个奇迹。蓦然间,我感到自己伫立于房门前,却从未获得开门的钥匙。那是我一直渴望进入的房间,而他却能在其中自由漫步。我感到鼓舞和激励:终于有人展现了我长久以来想要表达却不知如何体现的境界。对我来说,塔可夫斯基是最伟大的,他创造了崭新的、忠实于电影本性的语言,捕捉生命如同镜像、如同梦境。"

"如果世界是高深莫测的,那么影像也必然如此。"安德烈·塔可夫斯基,在他散文诗一般的著作《雕刻时光》中写道。

世界电影史上,塔可夫斯基被誉为"圣三位一体"的导演。除他之外,也许没有谁对人类精神抱有如此执着而深切的关怀。1932年,塔可夫斯基出生于俄罗斯的扎弗洛塞镇。作为诗人阿尔谢尼伊·塔可夫斯基的儿子,他以与生俱来的诗的气质和禀赋,终其一生努力用电影雕刻时光,探视人类的苦难与孤独、终极与救赎。

1961年,塔可夫斯基毕业于苏联电影学院,此后一直奋斗在他钟情的摄像机前。他一共仅仅拍摄过八部电影作品：《压路机与小提琴》(1961)、《伊万的童年》(1962)、《安德烈·卢布廖夫》(1966)、《索拉里斯》(1972)、《镜子》(1975)、《潜行者》(1979)、《乡愁》(1983)、《牺牲》(1986)，却以其博大深邃的精神气质与庄重沉郁的诗性叙事，赢得了他在世界电影史上无可争议的经典地位。这些作品都是令人在睡与醒、爱与恨之间挣扎的巨作，《牺牲》是他的最后一部电影，是他生命的绝唱和创作的告别，也是他用影像写给世界的一封遗书。

这天，评论家亚历山大在瑞典的家中过生日，他和刚动完咽喉手术的六岁小儿子种下了一株树苗。回到家里，他和家人却突然听到电台广播发射一批核导弹的消息，一场全球性的核灾难眼看就要爆发。

《牺牲》是塔可夫斯基《乡愁》之后的又一部作品。《乡愁》之后，塔可夫斯基宣布了他的流亡之旅。1979年，塔可夫斯基就罹患癌症，拍摄《牺牲》时，他的病情已经恶化，拍摄期间时常穿梭在片场和医院之间。正是源于这种时不我待的心境，《牺牲》中贯穿始终的巨大的绝望和孤独，比他以前的所有作品都更清晰，更彻底。

面对随时将至的死亡，亚历山大突然感到心力交瘁。他和他的家人——妻子、女儿、儿子、女仆、家庭医生——焦急地等待结果，不，应该说，等待宣判——生与死的宣判。这个家庭里的每个人都像没有思想的游魂，了无生气，困惑，恐惧，甚至绝望，表面的平静下潜伏着一股暗涌。

亚历山大独自躲进书房，绝望地向上帝许愿奉献他所有的一切，只求恢复正常的生活："只要一切都恢复到从前的样子，让我怎样都可以，我愿意摧毁我的房子，放弃生活中的一切东西。我将哑口无言，我将不再跟任何人讲话，我将切断一切我和生命之间的关联。主啊，请助我实现这一誓约。"入夜，他被邮差职员奥托叫醒。奥托悄悄告诉他，只剩最后一个机会，最后一个希望了，他必须去找女仆玛利亚，她有特别的能力，只有她能拯救这个世界。而亚历山大，必须与她结合才可以拯救这个世界。

夜深了，亚历山大想了很久，他暗暗地观察他妻子女儿的一举一动，镜头缓慢而又凝重，他终于下定决心要牺牲自己，骑车去找女仆。在一个小水坑前，他摔倒了，狼狈地爬起来又犹豫了。去，还是不去？他折回，停顿几秒，却又毅然掉转头，向着女仆的房子骑去。缓慢的镜头把亚历山大的心理挣扎刻画得淋漓尽致。

亚历山大给玛利亚讲了一个花园的故事：我的母亲住在乡下的一个小木屋，屋前有一个花园，里面长满杂草，但这个荒废的花园有一种特殊的美；有一天我想去好好整理它，为了让母亲更快乐一些，我剪、割、铲、锯、锄草，想尽快弄好，母亲已经病得很重了，我想让她看一个全新的花园，但当一切完工后，我发现：那些美哪去了？自然的魅力哪去了？花园里留下的，只有被侵犯过后的痕迹……他终于泣不成声。

玛利亚，是基督教中圣母的名字，在电影里充满了象征意义——牺牲，就意味着救赎；奉献，就意味着圣飨。亚历山大在玛利亚的农舍里请求她的帮助，甚至威胁着要开枪打死自己。玛利亚把他搂在怀里，脱下衣服，而当他与玛利亚合为一体的一刻，两人被一股神奇的力量托到空中，玛利亚像天神般抚慰着他痛苦的灵魂。

《牺牲》的故事情节非常简单，毋宁说，它更是一部形而上的、超脱叙事的作品。人物的对白像梦呓一般，电影充满了思辨和梦境，每一个场景都充满了高更式的追问：我们是谁？我们从哪里来？我们向哪里去？塔可夫斯基执着于一种古老的信念——艺术家应当承担近似上帝的使命，艺术创造不是自我表达或自我实现，而是以自我牺牲让另一种现实、一种精神性存在。他借用亚力山大的一句自语传达出他内心深处的声音："没有死亡，只有面对死亡的恐惧。"

第二天早晨，亚历山大回到家中，他似乎有了力量，也明白了什么。他将家人打发出去，放火烧掉了自己的家。

《牺牲》的推进沉闷、缓慢，如同凝固的河流。然而，在这河流下面，却潜藏着随时可能爆发的巨大暗流。在生活的最后时刻，塔可夫斯基用尽最后的力气来表明心迹，传达着他对爱、对人性和信念强有力的信心和憧憬，而这透露出来的自信，有着即便是被人当作狂人疯子也在所不惜的勇气。

电影有两段有名的长镜头。一个是在影片的开篇，巴赫《马太受难曲》凄婉的小提琴，将人们带入莫名的悲恸之中，接下来，镜头摇进湖滨,迷蒙雾气中,亚历山大正一边种树一边给儿子讲一个故事,有一个老修道士种了一棵类似的枯树,他每天给树浇水,希望能把树浇活。持续了整整三年,终于,那棵树开花了。接下来便是亚历山大那段经典的喃喃自语:

人总是疲于奔命,防范着别人,防范着他周围的大自然。他总是强迫大自然,由此导致了一种建立在暴力、强权、恐惧和依附之上的文明。所有被人们称为技术进步的东西一向只用于生产一种标准的起居设备和发明武器以保卫权力。人们像野蛮人那样生活,使用显微镜可以像用捣锤那样。不,实际上,野蛮人有一种更特别的精神生活。人类一旦有了重大发现,就把这改变成武器。一位智者说过:"所有为生活所不必需的就是罪恶。这是对安逸的宣判。"如果真是这样,那么我们全部的文明,由始至终就是建立在罪恶之上。我们达到一种不和谐、一种物质发展与精神发展的极不平衡……你明白,我们可怜的文化,或是说,我们的文明,它患病了。你懂了,孩子。你认为我们可以研究这个问题,并寻找一种可能的解决办法。对,我同意。也许,当时不那样晚,可现在太迟了。我真厌烦听自己说话:"废话,废话,废话!"现在我才明白哈姆雷特想说什么。那些喜欢高谈阔论的人,他不能容忍他们,完全是我的情况,我为什么说话?希望某人停止高谈阔论而去致力于某件有益的事情,这可能吗?至少应该试试。

一个是在影片的结尾,六分半钟的长镜头。亚历山大在放火焚烧家园之前做了很多准备：他不慌不忙地收拾桌子，将椅子叠放在桌子上，盖上纱幔；接着，不慌不忙地将汽车开远，点燃桌布；然后，又不慌不忙地离开。烈火与浓烟升腾弥漫，整栋房屋燃起熊熊大火，渐渐地，房屋终于变成灰烬坍塌下来，瓦砾横陈。

1986年岁末，影片在瑞典公映后不到八个月，塔可夫斯基便与世长辞。在他的葬礼上，巴赫的音乐缠绵不绝，以无限的悲伤和无限的欢喜，为他的生命画上了一个休止符。

一百四十三分钟的《牺牲》是一部宏大驳杂的悲剧，充满了清冽、峻冷的气息。塔可夫斯基对这部作品勤谨、苛刻，为了达到那种他所要求的生命终点的黯淡、绝望、忧伤的感觉，塔可夫斯基甚至对电影中的部分场景进行了高达60%的减色处理。与塔可夫斯基合作过的世界电影巨擘英格玛·伯格曼这样评价塔可夫斯基："初看塔可夫斯基的电影宛如一个奇迹。蓦然间，我感到自己伫立于房门前，却从未获得开门的钥匙。那是我一直渴望进入的房间，而他却能在其中自由漫步。我感到鼓舞和激励：终于有人展现了我长久以来想要表达却不知如何体现的境界。对我来说，塔可夫斯基是最伟大的，他创造了崭新的、忠实于电影本性的语言，捕捉生命如同镜像、如同梦境。"

亚历山大终于疯了，急驶的救护车将他送进了疯人院。

废墟的近旁，亚历山大和儿子种下的那棵树苗在废墟中静默依旧。树下的男孩正专注地浇灌着，在他纯真而持久的凝望之中，奇迹似乎在酝酿。

银幕渐渐暗去，留下一行字幕："献给我的儿子，希望他拥有希望和信心。"

希望，信心——这是塔可夫斯基在遗书中留给世界的爱和祝福。

53 《地下》

兄弟相残，这才是战争

天才的库斯图里卡让影片一个高潮接着一个高潮，就在人们以为电影行将结束时，一幅新的画卷缓缓展开。当人们以为小黑落入水中，幻想在水中与家人团聚就是结尾时，库斯图里卡又设想了地上、地下的大团圆；当人们准备在欢聚一堂中握手言和时，库斯图里卡又让承载这欢聚宴席的一大片土地分裂而去，愈飘愈远。

"很早以前，曾经有过一个国家，名字叫作南斯拉夫，它的首都是贝尔格莱德。"

这是塞尔维亚天才导演埃米尔·库斯图里卡在其电影《地下》开篇道出的一句话。

这是1995年的法国巴黎，优雅而清冷。1926年，来自美利坚的海明威孤独地坐在这个城市的咖啡馆里，写出了他的第一部长篇小说《太阳照常升起》，在这部小说中，他将自己以及同自己一样在战争后找不到出路的年轻人放逐在欧巴罗大陆上，也放逐在自己的文字里。1975年，捷克作家米兰·昆德拉离开被苏联占领的捷克斯洛伐克，流亡到法国，在这里，他写出了寄托他对故国爱恨交织回忆的《生命中不能承受之轻》。1993年、1994年，已经定居巴黎的波兰导演基耶斯洛夫斯基用法国国旗的三种颜色，先后拍摄出《红》《白》《蓝》，诠释了自由、平等、博爱这些构成生命整体的重要的情感因素。

1995年，又一个长发蓬面的流浪汉穿过硝烟弥漫的故国，在这里完成了他美丽而荒诞、狂热而忧伤，却又无时不充满思辨的杰作。这一年，库斯图里卡和他的电影《地下》名动世界。库斯图里卡1954年11月24日出生于"一战"的爆发地——南斯拉夫的萨拉热窝。不论是1945年成立的南斯拉夫联邦人民共和国，还是1963年更名的南斯拉夫社会主义联邦共和国，这个由数个弱小民族组成的国家，都有着让大半个地球胆战心惊的名字——南斯拉夫。南斯拉夫拥有"七条国界、六个共和国、五个民族、四种语言、三种宗教、二种文字、一个国家"，可见其复杂与丰富。

然而，不幸的是，1980年5月4日，南斯拉夫铁腕人物、总统铁托逝世，南斯拉夫联邦政府实行了国家元首集体轮流的做法，六个共和国各自为政，开始了它支离破碎的残缺时代。从南斯拉夫王朝时期便埋藏下来的塞尔维亚和克罗地亚之间的种族矛盾，以及其他各民族之间的冲突不断加剧，令联邦日渐分崩离析，南斯拉夫迅速从世界中等发达国家退步为欧洲最为贫穷的国家之一。经济危机引发了政治危机和社会危机，社会事件此起彼伏，激进的革命气氛、轻浮的民粹情绪笼罩巴尔干半岛。20世纪90年代初，斯洛文尼亚、克罗地亚、波黑、马其顿相继宣布独立；2003年，塞尔维亚和黑山联邦国家正式宣告成立，多米诺骨牌接连倒下，南斯拉夫从此不复存在。

库斯图里卡短暂的童年在南斯拉夫度过，这是他成长中温馨的时光。长成少年，库斯图里卡喜欢到萨拉热窝的郊区踢足球，因为怕他受到不良影响，他的父母决定把他送到国外去学习。库斯图里卡有一个姑母生活在布拉格，于是他的父母就把库斯图里卡送到布拉格上大学。在布拉格时期，库斯图里卡大量接触老电影，这些俄罗斯、法国、捷克、意大利和美国的影片对他后来的电影风格形成产生了巨大影响。对库斯图里卡影响最大的，是费里尼和塔可夫斯基。然而，费里尼后期作品的枯涩隐晦，在库斯图里卡的镜头下，却化为世俗的清醒和清醒的迷醉。塔可夫斯基不能行乐的苦难，则成为库斯图里卡的戏谑与嘲讽，他的含泪的幽默、忧伤的狂野所呈现出的文明寓言和政治史诗。

去国未久，国已不存，"南斯拉夫"这个名字成为库斯图里卡永远的伤痛。《地下》讲述的，便是在巴尔干上空绵延近半个世纪的无数个库斯图里卡丧家与亡国的切肤之痛。

《地下》由库斯图里卡编剧并导演，表达了最为鲜明的库斯图里卡风格。电影的场景从20世纪40年代的第二次世界大战到90年代的波黑战争，五十余年复杂的历史和政治在库斯图里卡的叙事中具有史诗的气质，结构具有鲜明的小说特色，一个故事刺破另一个故事，一道峰峦遮蔽另一道峰峦，一个机巧打开另一个机巧，其中的铺陈与悬念的设置至为精巧，高潮迭起，尽见智慧。

影片大量地使用了"三"这个具有韵味的数字。全片清晰地分为三个部分，依次为"战争""冷战""战争"，呈现出一种回旋的体式，且在回旋中又有着大幅度的递进，三个部分的过度使用的是相应历史画面的原景重现。

影片采用了拉美的魔幻现实主义风格，三个主人公——知识分子和投机商马高，兼职电工、钳工的小黑，马高和小黑共同的爱人娜塔莉娅——传奇般的人生展现了导演对南斯拉夫这个多民族国家的理解与复杂情感，准确地影射了南斯拉夫的整个当代史，对南斯拉夫人面临的回忆困境做了鞭辟入里的演绎。

在第二次世界大战中，好朋友马高和小黑投身国家解放的事业，小黑暴露在法西斯的围剿中，只好和一群人在马高家的地下室避难。在地面的世界里，马高谎报小黑已经牺牲，自己也因此获得了巨大声誉。为了让这一群人一直留在地下，马高不停地伪造警报和谎言让这一群人相信"二战"还没有结束，还在时时准备战斗。然而，时间过去了二十年，马高却隐瞒了南斯拉夫已经解放这个事实，暗中将时间拨慢五年，让地下的这一群人为他制造军火，以供他走私牟取暴利。马高还用计谋占有了小黑抢来的新娘娜塔莉娅，三个人的关系简单却又复杂,马高给了虚荣的娜塔莉娅优越的生活,却也将她拖进了巨大的谎言之中。

某一天,一个偶然的事故,地下的人们逃了出来。小黑出生在地下的儿子约凡已经不再适应外面的世界,他被无情的河水淹死。小黑重操旧业,成为克罗地亚的领袖。马高和娜塔莉娅因罪行暴露被通缉,只好继续做战争军火生意以维持生存。马高的弟弟伊凡进了精神病院,出来后发现马高营造地下世界的秘密,气愤地杀死了哥哥。

然而,故事远未结束,真相还埋藏在地下。就在《地下》之后的第三年,战争又一次席卷这片土地。1998年,北约军队对南联盟的首都贝尔格莱德进行了轰炸,理由是"为了结束在科索沃发生的人道主义危机"。而米洛舍维奇的南联盟军队则是对科索沃进行了地毯式的轰炸和炮击,理由是"清除混在群众中的分裂武装"。灾难深重的南斯拉夫,它的故事一直在继续。

"地下"不仅是影片中的地下室,更寓意着库斯图里卡对南斯拉夫的双重读解:面对战火的洗礼,它是人们的"庇护所";面对心灵的涂炭,它是人民的"活坟墓"。当地下室异变为自给自足的微型城市,当战争之恶被人性之恶所遮掩,当生命的传承变成一种"暗箱操作",便再也没有什么更靠近真相。

在影片中,飞黄腾达的马高为"死去"的战友小黑写下了一首诗:

为什么当我们回忆我们深爱的人时,总是刮风?／为什么风吹开了我们兄弟的门和窗?／仅仅是刮风,抑或天空在为我们哭泣?

马高被弟弟亲手杀死,在死之前,他喃喃地说:"兄弟相残,才是战争。"这是库斯图里卡想要表达的重大主题,各个联邦之间的出卖与厮杀,是南斯拉夫灭亡的真相。真相埋藏在地下,埋藏在人们的回忆里,《地下》洋溢着最潇洒的吉卜赛之光,那是藏匿真相的永恒的福地。故事中的五个人物:马高、小黑、娜塔莉娅、约凡、伊万分别象征着从南斯拉夫分裂而出的克罗地亚、塞尔维亚、黑山等国家。他们之间的关系,也不仅仅代表了利益与欲望,更代表了这些国家所谓的自主与主权的争夺。他们暗无天日的二十年生活也代表了南斯拉夫这个曾经的国家过去的一切。

天才的库斯图里卡让影片一个高潮接着一个高潮。就在人们以为电影行将结束时,一幅新的画卷缓缓展开;当人们以为小黑落入水中,幻想在水中与家人团聚就是结尾时,库斯图里卡又设想了地上、地下的大团圆;当人们准备在欢聚一堂中握手言和时,库斯图里卡又让承载这欢聚宴席的一大片土地分裂而去,愈飘愈远。

人群陷在孤岛之中,但狂欢犹在继续。或许,生命就是孤独与狂欢的合而为一。在那个虚幻的狂欢中,没有仇恨,没有战争,没有背叛。我们看到口吃的伊万转过头来,口齿清晰地对我们说:"在这片土地上,我们盖起了新的屋舍,它们有着红色的房顶以及向宾客敞开的大门。鹳鸟也在这里筑巢。我们感激养育我们的土地,感激温暖我们的太阳,感激这片令我们怀念起家乡绿地的田野。我们还会怀着或悲伤或喜悦的心情回忆我们的祖国吗?当我们向子孙讲述这个故事时,它会像所有故事那样开始:'很早以前,曾经有过一个国家,名字叫作南斯拉夫,它的首都是贝尔格莱德。'"

永别了,南斯拉夫!

54《千与千寻》

以自由的名义，宣示爱

人生终究是一程没有归途的远航，成长才是远航的第一要义。

《千与千寻》的结尾颇耐人寻味，一切仿佛都回到了开始。千寻紧紧挽着妈妈的手臂，走出黑黢黢的隧道，就像她紧紧地挽着妈妈的手臂，走进黑黢黢的隧道，恍惚之间，此前的经历如同一场梦。

大雪下了整整半个月，凛冽的寒风，在栉比鳞次的高楼间咆哮着，盘旋着，像一条凶猛的巨龙，以掀翻天地的气势拔地而起，又陡然坠落。这是日本岛罕见的寒冬，气温骤然掉到零摄氏度以下，近处的霓虹灯和远处的雪山都白茫茫一片，以轻盈的白，袒呈于无可躲藏的浓重的白里。

这是十六年前的一天，千禧之年就这样在万众瞩目中拉开了帷幕，然而，让人悲喜交集的是，没有末日，没有救世，所有的预案都未启用，所有的救赎都未得偿。以决绝神情站在新世纪门槛的人们，向未来伸出期盼的双臂。

这些人中间，有一个须发皆白、戴着一副黑框大眼镜的老者，他的名字叫作宫崎骏，他伫立的地方，叫作吉卜力工作室。

次年的7月20日，日本东京银座，宫崎骏执导、编剧，吉卜力工作室制作的动画电影《千与千寻》正式上映。宫崎骏以奇伟的想象、诡谲的技艺再现了他在工作室神游新世纪的绝美景象，讲述了少女千寻意外来到神灵世界后发生的灵异故事。

年仅十岁的荻野千寻是一个单纯快乐、普普通通的四年级小学生。一天，她随父母搬家来到一个陌生的城镇，准备开始全新的生活。然而，因为误入歧途，她和父母误闯入了一个人类不应该进入的神秘世界——灵异小镇。小镇的主管是当地一家叫"油屋"的澡堂的巫婆：汤婆婆，而"油屋"则是服侍日本八百万天神洗澡的地方。日本是崇拜自然神道的国家，山川草木皆有神，八百万天神在这里只是一个虚数，族类繁多，形形色色。千寻的父母由于贪吃，未经过店员允许就随便触碰食物，而遭到惩罚变成了两只肥硕的大猪。为了拯救父母，千寻只好留在"油屋"。

危难中，千寻遇到汤婆婆的助手小白龙，他告诉她，镇上有一条规定：在镇上凡是没有工作的人，都要被变成猪被吃掉，然而，"在这个地方，只要你有工作，汤婆婆就永远拿你没办法"。

千寻在白龙的帮助下，进入澡堂，遭遇了种种匪夷所思的事情，终于成功获得了一份工作。作为代价，她被汤婆婆夺走了名字，成了"千"，没有了过去。在澡堂工作的过程中，千从一个娇生惯养，什么活都不会做的小女孩，逐渐成长，变得越来越坚强能干；同时，她善良的品格也开始得到澡堂中其他人的尊重，而她和白龙之间也萌生出一段纯真的感情。千帮助白龙想起了自己的名字，同时也在白龙的帮助下，克服各种困难，冲破种种危险，救出了父母，找回了自己的名字和生活。

宫崎骏1941年出生于日本东京，1985年在东京近郊创立吉卜力工作室。正是在这家小小的工作室里，宫崎骏创作了《天空之城》《龙猫》《幽灵公主》《千与千寻》《哈尔的移动城堡》等一系列震惊世界的动画电影巨作，他用动画宣示他鲜明的政治立场、文化理想、生活主张。

宫崎骏的电影，充溢了太多太多神秘的隐喻。这些隐喻，是他给孩子们步入这个世界的礼物，也是给成人们在这个世界安身立命的褒奖。在孩子们看来，他是那个画出了千与千寻、龙猫、小魔女琪琪、金鱼姬波妞的老爷爷；在和平人士眼中，他是一名坚定的反核主义者；在日本极端右翼分子看来，他是日本的"卖国贼"；而在世界上一切心存善良的人心中，他是一位有思想、有良知的动画大师。

《千与千寻》是2001年宫崎骏在他六十岁时创作的作品，无论是画面的精良唯美还是故事的流畅深刻，这部作品都堪称其巅峰之作。这部动画电影荣获2002年奥斯卡最佳长篇动画，同时也是历史上第一部至今也是唯一一部以电影身份获得柏林电影节金熊奖的动画作品。

宫崎骏的作品有一个特点,他的故事里没有绝对的坏人,与此同时总有一种温暖的力量存在。他说:"我想告诉孩子们,这个世界值得我们活下去。我一直是这么想的。"在他所有的作品中,故事的结局往往不是正义战胜邪恶,而是正义在邪恶中得以存留。这是真正的人世间,更是以自由的名义捍卫爱、守护着理想的人世间。

宫崎骏的电影,有很多耐人寻味的读解。比如,他在电影中埋伏的关于名字的隐喻。在很多民族的民间信仰和图腾里,人的名字,是对一个人的束缚;一个人,从拥有他的名字开始,名字便成为他的符号,也成为他的符咒。如果一个人能叫出另一个人的"真名",他就可以操控对方。《千与千寻》中千寻和小白龙的名字,都是他们找回自己的途径。他们失去了名字,就失去了自己,成为汤婆婆的傀儡。找到或者想起自己的名字,就找到了自己。千寻一度丢失了名字,成为"千";小白龙在千寻的帮助下想起了自己的名字,回归"琥珀川"。他们找到的,不仅是名字,更是自我。

千寻年纪小,力气轻,她在完全陌生的"油屋"所能做的,就是比别人更尽力更尽心。腐烂大人来洗澡,别人闻到恶臭远远地躲开,千寻却强忍着站在旁边侍候。腐烂大人递过钱,钱与又黏又滑的泥浆一起落到她的手上。为了给客人冲凉,千寻在没膝的泥浆里艰难地挪着腿,客人嘴里的臭气扑来,她还是拼命伸手够着拉下了开关,却不小心跌进了浴池。千寻无意中发现客人身上插着一根刺,她钻进水里把绳子系上，让大家一起拉。吆喝中，破旧的自行车拉出来了，乱七八糟的垃圾拉出来了，大堆的泥浆拉出来了，腐烂大人恢复了洁净，大家才明白这位客人原来是河神，被人类污染成了这般腐烂的模样。宫崎骏的诙谐里，讲述了只有我们这个时代才有的童话，埋藏着对我们这个时代的深刻反思。

为了报答千寻，河神送给千寻一粒药丸，用来搭救她的父母。然而，白龙跌入地洞里的深渊，锅炉爷爷说他快要死了，千寻将河神药丸分了一半喂给白龙，救活了白龙，这是对朋友的情谊。无脸人是这部电影中最成功的角色之一，他一身漆黑，没有脸，没有表情。他孤单地站在雨里，正在擦地的千寻发现了他，说："站在那里不怕被淋湿吗？我把这扇门开着。"无脸人走进"油屋"，他像一个任性的孩子，却把"油屋"搞得天翻地覆，他已经忘记了自己的家，忘记了自己的父母，无处可去，甚至连自己的声音都丢失了。可是，他有会变金子的本事，"油屋"的人见到他都趋之若鹜，他却将这些贪婪的人都吞噬到肚子里。千寻将剩下的半粒河神药丸塞进了他的口中。半粒药丸，这是救父母最后的希望，千寻给出的，是充满大爱的救赎。无脸人开始大吐，吐出了山珍海味，吐出了吃进去的人，吐出了讨好、拜金、虚荣这些现代社会的通病，他也终于找到了自己。

影片的结尾令人感动。宫崎骏原本是想安排白龙、千寻同无脸男大战一场作为结局，但是觉得不妥，最后改成了一场旅行。幸好他改了，否则这部经典的动画巨作就不会像现在这样完美。

于是，千寻与无脸怪乘上那班有去无回的列车，他们的旅行是令人至为感动的一幕，恰如宫崎骏自己所说，所有的成长到最后都是一次旅行。千寻遵从自己内心的自由意志，不再听从他人的指令，尽管周遭无处不充满危机、布满陷阱，尽管周围乘客无一不面目模糊，尽管千寻此行依然吉凶未卜、不知所终，但她毅然决然地出发了。火车沿着浩瀚无际的海面行驶，大海波光淋漓，远山苍翠绵延，灿烂的霞光映照着遥远的地平线。其实，沿着千寻的单程之旅，我们不难发现，这并非一次陌生的旅行，相反，更像是一次灵魂的还乡，挣脱了"油屋"中满负的重荷，千寻拥有了成长的力量。当然，在某个十字路口，命运可能再度将她推入泥沼，但是，那已经不重要了，重要的是，千寻已经长大了。

人生终究是一程没有归途的远航，成长才是远航的第一要义。

《千与千寻》的结尾颇耐人寻味，一切仿佛都回到了开始。千寻紧紧挽着妈妈的手臂，走出黑黢黢的隧道，就像她紧紧地挽着妈妈的手臂，走进黑黢黢的隧道，恍惚之间，此前的经历如同一场梦。然而，那些闪烁在心底的光芒，却在提醒我们已经发生的那些不可辩驳的故事。这也许就是"成长"该有的样子——它总是来得如此缓慢而微弱，以至于让你无法觉察它的到来，又无法洞悉它的离去，但辽阔的未来里，总有某时某刻，你会豁然开朗，无比真切地感知它曾经的存在。

55《洛可兄弟》

永远回不去的地方,叫作故乡

如果说文森代表着妥协,西蒙代表着邪恶,洛可代表的应该是情怀,契罗代表着现实,而最小的弟弟鲁卡代表的,应该是希望。

意大利导演卢齐诺·维斯康蒂踌躇满志地说:"我要拍一部五兄弟的电影,就像一只手的五根手指,能紧紧握在一起。"然而,他食言了。

1960年,维斯康蒂拍摄了他的新现实主义代表作《洛可兄弟》。在这部电影中,他发誓要"紧紧握在一起"的"一只手的五根手指"般的"五兄弟",不由自主地松开了,变成了相互猜忌、相互厮杀的敌人。

第一次世界大战,意大利付出了极大的代价,悲观惆怅的情绪笼罩着亚平宁半岛,不久,这种悲观的情绪演变为民族主义思潮,并为法西斯运动利用,彻底演变成法西斯主义。

此后不到二十年时间,在德意日法西斯通往世界大战的道路上,意大利法西斯主义成为自始至终贯穿着以扩张性和侵略性为特点的极端民族主义政治化的主线。1925年，墨索里尼的法西斯党掌握了国家大权。与德国、日本相继签订了"钢铁同盟"和"反共产国际协定"等一系列条约，成立了轴心国集团企图重新瓜分世界。

第二次世界大战前夕在欧洲占领了阿尔巴尼亚，在非洲占领了埃塞俄比亚，到了1940年，意大利势力范围遍及地中海、北非、东非达到鼎盛。随后在与英国远征军的战斗中遭受一连串的打击后萎缩，并于1943年投降退出轴心国集团，海外领地崩溃，"二战"后只保留了南索马里的统治权，直到1960年。

这是导演维斯康蒂的成长背景。

维斯康蒂无疑是一个值得世界电影史记录的人。1906年，他出生于米兰，父亲是一位贵族公爵，母亲是一位大企业家的女儿，维斯康蒂从小受贵族教育，青年时代热爱戏剧。1936年在法国给导演雷诺阿当助理，自此开始从事电影工作。第二次世界大战以后，他与一群颇有共同情趣和志向的意大利导演集合在一起，尝试用电影的方式来讲述人与社会的关系，从而开创了意大利新现实主义思潮，这是世界电影史上继先锋主义运动之后的第二次电影美学运动，对世界电影的发展产生了极其深刻的影响。

这群杰出的意大利电影艺术家，在漫长的法西斯主义统治下，从战后的碎砖瓦砾中站立起来，想尽办法筹措资金和胶片来拍摄影片，开始了电影话语从形式到内容的全面创新。他们不再顾忌传统，而是打破壁垒，开启富有创造性的探索拍摄。在他们的努力下，《偷自行车的人》《罗马不设防》《卡比里亚之夜》《德意志零年》《罗马11时》等一大批新现实主义电影作品相继推出，引起了世界电影的关注。他们以极为朴实、真挚和深刻的艺术影片，不约而同地感动了全世界的观众。意大利电影也由此得以乘风破浪的发展。

1936年，维斯康蒂执导的第一部故事片《沉沦》开创了意大利新现实主义的新风。此后他又拍摄了《大地在波动》《战国妖姬》《白夜》《魂断威尼斯》《无辜》等一系列作品，阐述他的艺术观点和文化理念。像许多欧洲的没落贵族一样，他一方面过着贵族般的奢华生活，一方面又信奉共产主义，并将这种价值观的矛盾渗透到他的所有艺术判断中。在意大利乐观与悲观、杀伐决断与萎靡不振的种种矛盾中，维斯康蒂从家庭角度入手，探索时代和国家的重大命运、重大抉择。他的作品中，个人、家庭常常面临着崩溃的边缘，作为贵族的后裔，他从切身体验感悟整个社会，贵族的没落、阶层的窘迫、个人的彷徨、城市的迷蒙成为其作品的脉络与潜思。《洛可兄弟》作为新现实主义的代表作，达到了维斯康蒂创作的艺术高峰，体现了他对于意大利从农业文明向工业文明转化时遭受的痛苦和磨难的理解。尽管仍是黑白胶片，整部影片颇具史诗气质，无论从叙事还是摄影都显得气势磅礴、气象万千。

故事就从这里开始了。

20世纪60年代，意大利经济展露奇迹，城市化的飞速发展和工业文明的进步都对社会造成冲击，落后的农村人被吸引进城，而城市则怀着冷漠和傲慢排斥着他们。城乡政治、文化、生活的落差，带来了社会价值观念和个人伦理道德的转变和失衡。

　　北部重镇米兰是令广大乡村觊觎的城市之一，它吸引了大批从落后南方前来谋生发展的移民，其中便有洛可兄弟一家。

　　一个冬天的下午，昏暗而阴郁，洛可一家从西西里来到米兰。已在此地做事的大哥文森欢喜地迎接着母亲与四位弟弟的到来，朴实的一家人看见大都市奢华而生机勃勃的景象，异常兴奋。文森说："我再也不想回到我们的家乡了，想在这里建立自己的家庭。"然而，冲突也紧随而来，在他的订婚聚会上，母亲无法忍受大哥未婚妻的娇惯与轻蔑，他们被准岳父母赶了出去，一家人只好住进与一般贫民没有两样的低级公寓。老大文森是一家人中最早进城的人，但由于他的乡村大家庭特质与城里未婚妻家人的冲突，被准岳父母赶了出去。邻居在背后称呼他们是"非洲人""到这里要追求幸福"，可是他们幸福的未来在哪里呢？没有人知道。

　　下雪了，洁白的雪花覆盖着米兰的大街小巷，城市显得异常纯洁而美丽。一家人因为大雪而欢呼雀跃，但不是因为雪勾起的美丽或浪漫的情怀，而是因为下雪意味着当天大家都能得到铲雪的工作了。为生存而奋斗的穷苦一家人要走进新的生活，面临的问题比他们想象的多得多。经历了一番挫折，文森终于和未婚妻"奉子成婚"，家庭冲突得以缓解，平静是暂时的。

　　兄弟中的二哥西蒙凭着天生强壮，很快在拳击界发展，但是完全沉溺于大城市的魅力，也无抵抗力地接受了城市的恶习，最后被城市之恶所吞噬。他吸烟、酗酒、赌博，为了追求讨好相识不久的流浪女孩纳迪娅，他甚至学会了偷窃。背弃家庭、丢掉了责任的西蒙，放弃了他天资极佳的拳击，开始一味地沉沦，为了满足欲望而纠缠着不爱他的纳迪娅，西蒙最终掉入了罪恶的深渊，最后因为赌博亏欠巨债，从而将整个家庭拖入泥潭。

同西蒙完全相反，阿兰·德龙扮演的老三洛可纯净、善良，他愿为家庭牺牲自己，他的纯粹令人心生敬仰也让人为其惋惜。洛可眼见哥哥堕落沉沦，自是放心不下，欲加劝阻却反遭其羞辱。善良的洛可忍下一切，于退伍后决心投入拳击比赛，以偿还二哥所积欠的债务。渐渐地，洛可崭露头角，屡战屡胜，家庭生活因而获得改善。

此时，西蒙却已至无法自拔的地步，尤其在迷惘无助的纳迪娅爱上洛可之后，忍耐不住嫉妒而发狂，竟乱刀将她杀死以泄愤。洛可出于手足之情仍欲掩盖其罪行，但此刻排行老四的契罗再也无法忍受二哥的拖累，遂向警方告发。西蒙终被逮捕，终止了一场邪恶的契罗却不为其他兄弟所谅解。

五个兄弟就像一只手掌的五根手指。老大文森是大拇指，尺寸虽短，但却象征着传统和稳定的力量。老二西蒙是食指，堪与无名指比肩，象征着狂暴与粗陋。老三洛可是中指，个头最长，形象最佳，发展最好，是理性的力量。老四契罗象征着秩序，意味着尘世的平和与安稳，但不及文森稳定无虞，不及西蒙激情四射，不及洛可侠肝义胆。老五鲁卡最年幼，兄长们的经历令他能够直面现实，实际上，他已经适应了城市并融入了城市，他是在城市中成长起来的一代，象征着未来的无限可能。

如果说文森代表着妥协，西蒙代表着邪恶，洛可代表的应该是情怀，契罗代表着现实，而最小的弟弟鲁卡代表的，应该是希望。于是，才有了影片结尾的一幕——鲁卡来到契罗工作的工厂，刚好是工歇时间。契罗向鲁卡讲述他不为众兄弟理解的内心世界，泪光闪烁，其中潜藏了许多的无奈与悲哀。

一切都过去了，鲁卡是他们的未来。兄弟们再也回不到过去，回不到故乡。而鲁卡，在未来的某一天，他将独自返回一家人挣扎离开的故土，担负着兄长们的嘱托和期望。

不过，那一天在哪里，没有人知道。

56《沙漠之花》

沙漠之花,"今天是你的幸运日"

这是沙漠里一朵带血的鲜花,生长在索马里贫瘠的土地上。在这个原始的角落,漫天的黄沙,龟裂的肌肤,干渴的嘴唇,粗暴的欲望,相互交织,相互纠缠,围剿着一切生机和茁壮,一切文明和繁华。

牧羊女华莉丝·迪里就是长在沙漠里的一朵小花。她的故事,洒满了淋漓的鲜血,疼痛得让人颤抖。

这是女导演雪瑞·霍尔曼执导的影片《沙漠之花》,故事讲述了华莉丝从索马里沙漠中走出到成为世界顶级名模的故事,影片于2009年在英国上映,很快轰动世界。

1965年,华莉丝·迪里出生在索马里,非洲大陆最东北部的一片沙漠里。她出生的时候,母亲给她取名"华莉丝"。在索马里,每个人的名字都有意义,"华莉丝"的意思就是"沙漠之花"。母亲希望她像沙漠里的花朵一样,美丽,健康,坚强。

然而,母亲的愿望仅仅是愿望。在这里,女人像牲口一样廉价,甚至比牲口更一文不值,她们仅仅是男人性欲的对象,是传宗接代的工具。华莉丝四岁时,她父亲的一个朋友刚好登门拜访,看到华莉丝独自在家,顿时心生歹意,强奸了这个尚在懵懂的女童。悲剧发生后,父亲没有责怪他的朋友,反而将怒火发泄在华莉丝头上。在索马里牧民的信仰里,认为女人两腿之间有肮脏的、使男人堕落的东西,所以必须在孩提时代就要进行割礼,华莉丝没有受过割礼,所以才像妓女一样诱惑了男人,从而给家族带来了灾祸。华莉丝的父亲责怪华莉丝咎由自取。因为曾经被强奸,华莉丝饱受周遭的白眼,人们将她视为淫荡、邪恶的象征。

五岁时,华莉丝在父亲的强迫下,被母亲抱到一片荒野进行了割礼。所谓割礼,就是在没有消毒和麻醉的情况下,硬生生切除女性的外生殖器。当手术完成后,割礼师母亲用刺槐等针状物缝合她的伤口,只留下一个火柴棍大小的小口,用来排泄尿液与经血。这个人工洞口愈小,女孩的价值就愈高。在落后的索马里,对女性实施割礼,目的是保住女性所谓的贞洁。在这个男权至上的社会,女性的性权力只属于男人而不属于自己。新婚之夜,新郎可以通过观察新娘的外阴判断她是不是处女。如果是处女,新郎便用刀割开新娘被缝合的伤口,与之行房,新娘的伤口在性交中被撕裂,之后愈合,之后再度撕裂,再度愈合,女人的生命就是在这样的撕裂和愈合中不断往复。受过割礼的女人,终身成为"无性者"。她们用累累的伤口来证明自己的清白,证明自己并没有被其他男人玷污过,但是她却永远无法从此获得快感，愉悦只属于男人。

一位作家曾经对割礼这项野蛮的礼仪进行过痛切的描述："割礼是由女童的母亲及女性亲戚操刀，而且父亲必须站在门外象征性地守护这项工作的进行。女童坐在一张几乎不曾清洁过的椅子上，有多位妇女按住她进行野蛮的伤害。女孩遭此暴力，已经历过多次昏厥，这些妇女便用药粉使其不断恢复知觉。为防止女童因为无法再承受剧痛咬舌自尽，整个割礼过程中，会有一名妇人仔细观察女童的嘴巴，在她伸出的舌头上撒上辣椒，让它立刻缩回嘴里。"

残忍至此，很多女童半路便已死去。华莉丝被施行割礼后，昏迷了两天两夜。两天后的深夜，她从巨大的恐惧中醒过来，对母亲说："妈妈，我的下面在流血。"而母亲只能说，睡吧，睡吧。年幼的华莉丝试图回到遭受割礼的地点，寻找被割掉的身体部分，可是，它们早已不知所终。

婚姻和爱情，是女人最美好的憧憬。可是对华莉丝来说，这些都是遥不可及的虚幻之物。十二岁时，为了五头骆驼，父亲让华莉丝嫁给六十岁的老翁。她不愿意就此度过一生，决定逃跑。赤着脚逃婚的华莉丝准备去找远在这个国家另一端的外婆，当年她的母亲逃婚嫁给了游牧部落，可是，她却还是不能逃脱邪恶的命运。华莉丝穿越了整个沙漠，经历了迷路、干渴，她在阳光的曝晒下跋涉，一次次昏厥，有一次，差点成了狮子口中的食物。

十八岁的华莉丝，在外婆的安排下跟随出任索马里驻英国大使的姨父一家来到伦敦。她不会说英语，离乡背井，寄人篱下，在姨父姨妈家里做用人。未曾想，索马里发生政变，姨父一家被赶回故乡，她不愿再度返回那片令她绝望的土地，只好流落街头。六年的流浪生活之后，她遇到了好心的玛丽莲（莎莉·霍金斯饰），被其收留。玛丽莲又介绍华莉丝去麦当劳餐厅打工。恰是在这里，她遇到改变她命运的英国著名摄影师唐纳森（蒂莫西·斯波饰），最终成为享誉世界的超级名模。为了记录她的模特生涯，英国BBC特别为她制作了纪录片《一个游牧在纽约》，节目组的摄制人员说："从沙漠女孩到大都会的超模，你无法想象她的承受力有多强！她在逃婚的时候甚至遇到过狮子，但她就这样走了过来。"不仅凭借独特的美貌，更凭借超凡的毅力，华莉丝很快成为白人世界里炙手可热的"黑珍珠"。

难得的是，从苦难中逃离的华莉丝，没有沉醉在多姿多彩的生活中，刚过而立之年的她坚决地将自己的故事讲出来，期望以自己的经历唤醒更多的世人，以解救那些被欺凌的女童脱离割礼的苦海。此后，她放弃如日方中的事业，全身投入反割礼运动，成立慈善团体，为同胞筹款建学校建医院。她还将自己的经历写成传记《沙漠之花》，讲述割礼给女性带来的身心之痛，唤起世界关注索马里女童的苦难。三十八岁时，华莉丝成为联合国大使，投身世界反割礼运动。在联合国大会的演讲中，华莉丝说："在我国有句成语，排在最后的跟最前的走得一样快，发生在少数人身上的事，却影响了我们所有人。当我还是孩子时，我说，我不想做一个女人，为什么做女人会经受如此的痛苦，会如此伤心，现在，我已长大成人，我很荣幸能成为一个女人，我致力于改变这些对我们的割礼，对一个女人的命运来说非常重要。"

《沙漠之花》在全世界发行一千余万册。重要的是，这本书让文明世界的人们知道了在世界上还有一个如此落后、如此闭塞的地方，等待善良的人们的帮助和解救。华莉丝是不幸而又万幸的，她遭遇了割礼却在自己意志的掌控下逃出了魔地，而她的两个姐姐，一个因割礼感染败血症而死，一个因割礼分娩而死。事实上，华莉丝的遭遇不是只有在索马里才会发生，在世界上四十多个国家这样的仪式时时都在进行，每天仍然有六千名左右女童在遭受残忍的"割礼"。华莉丝·迪里的经历引起了著名电影投资人雪瑞·霍尔曼的关注，她自愿担任导演，将这个夹杂在令人眼花缭乱的浮华与古老落后的宗教观念之间的现代童话搬上大银幕。

来自埃塞俄比亚的世界超模莉亚·科贝德出演华莉丝·迪里。作为一名模特，莉亚·科贝德的表演略显生硬。在世界电影史上，《沙漠之花》并不是一部出色的电影，但是它的重要性却不容置疑。

影片中华莉丝双脚的特写镜头令人难忘。正是这双脚，横穿了整个沙漠，它们在被烈日烧灼的地面奔跑，鲜血淋漓，满是老茧和伤痕。正是这双脚，走出了遍布愚昧和战火的国度。历史上，索马里以盛产香料闻名，由于有着非洲最长的海岸线，曾是各国货轮出入苏伊士运河的必经海路。然而，20世纪以来，索马里开始了连年不断的内战，本就不发达的国家，在战争中经济体系、社会体系全部崩溃，当地人不得不以海盗为业。华莉丝正是凭借这样一双赤脚，从这样一个国家"走"到了欧洲的心脏——伦敦，从牧羊女成长为世界瞩目的超级模特，从不为人知的世界尽头走到了世界舞台光影琳琅的中心。

  英国诗人查尔斯·金斯莱有一句名言：永远没有什么可以击退一个坚决强毅的希望。这是华莉丝的写照。在姨父姨妈家里做用人的时候，华莉丝躲在客厅的门下偷听BBC电视的声音，她不会英语，半是猜测半是揣度地学会了一句英文"Today is your lucky day"（今天是你的幸运日），她用这句生硬的英文祝福朋友，祝福自己，纵使卑微如蝼蚁，也不放弃快乐的权利、生存的希望。她在炙手可热、星途坦荡的时候，说出的秘密震惊世界。在这个被道破的秘密里，她放下的是屈辱，拾起的是尊严；抛弃的是愚昧，得到的是慈悲。恰如她的名字一样，她是在沙漠中恣肆盛开的鲜花，璀璨，绚丽，永不低头，永不枯萎。

57 《迷魂记》

伟大，绝不会以一场意外来收场

作为一部令人愉悦的电影，《迷魂记》在电影的制作和情节的构造上都充满了人工雕琢的痕迹，用一句话来概括：纯粹的希区柯克。

作为一部令人愉悦的电影，《迷魂记》在电影的制作和情节的构造上都充满了人工雕琢的痕迹，用一句话来概括：纯粹的希区柯克。

古老的伦敦典雅、忧郁，却变态般地热爱两件物什：一个是地牢，一个是古堡。古堡里住着贵族和富翁；穷人和犯人，则蜷缩在暗无天日的地牢里。

这是过去的故事。而今，古堡和地牢都挤满了如织的游人。他们挤挤挨挨，穿过高大阴森的宫殿，那里面挂满了珍贵的油画，堆放着维多利亚式的家具，摆满了被擦拭得锃亮的银器。他们挤挤挨挨，穿过散发着酸朽腐臭气味的黑暗洞穴，穿过木板和砖石搭起的床榻，穿过如蛛网般纤弱垂落、已分辨不清颜色的蚊帐。壁炉里是阴冷的、早已熄灭的火炭，岩石上几个世纪前被熏黑的印记，宛然似昨日。地铁和电车都挤满了如织的游人。他们挤挤挨挨，穿过高大阴森的宫殿，穿过黑暗恐怖的地道。特拉法加广场到了。国王十字车站到了。摄政公园到了。查令十字街到了。伊丽莎白塔到了。圣潘克拉斯到了。

然后，伦敦地牢到了。

这里曾经关押着犯人，也埋藏着故事。存留历史深处的记忆，像河流一样幽远，像轨道一样漫长。这轨道竖起来，变成了高高的脚手架。它曾是人类的巴比伦塔，此时却变成了人间堕进地狱的通道。

此时此刻，一个叫作斯考蒂（詹姆斯·斯图尔特饰）的警官正站在这通道的高处。等待他的，是不期而至的命运。

这是一个发生在地牢和古堡之间的故事。在一次行动中，执行任务的斯考蒂从高处失足掉下，从此坠入命运的深渊。救他的警员坠楼身亡，这让斯考蒂的心里产生了阴影。尽管身体完全复原，但是他却患上了恐高症，这无形中更是加重了他的病情。无奈，他只好辞职当起了私家侦探。

故事就从这里开始了。一天，斯考蒂的同学加文·埃斯特找到他，委托他去跟踪妻子玛伦（金·诺瓦克饰）。玛伦似乎患了精神病，在加文看来，她似乎受到她去世的曾祖母的诅咒，这家族的恶咒缠绕着她，让她始终不得解脱。从怀疑，到好奇，到疑惑，最后斯考蒂竟然深深地爱上了美丽的玛伦。斯考蒂尾随举止奇怪的玛伦，跟着她去画廊，看着她几个小时盯着曾祖母的画像一动不动，跟着她去家族的墓地。似乎真的受到了诅咒的玛伦，她的恍惚、她的诡异、她的游离……她的一切异常都让斯考蒂无比着迷。

可是，有谁能够想到，似乎越来越清晰的谜底竟然变成了一个巨大的阴谋。

原来，加文的妻子玛伦家境富裕。为骗取巨额遗产，加文设计了一个巨大的圈套。他首先精心挑选了患有恐高症的斯考蒂，找到一个跟他妻子十分相似的女人朱蒂，向斯考蒂编造了玛伦被家族祖先诅咒的故事。斯考蒂为了证实"玛伦"梦中出现的不是幻觉而是真实存在的场景，将她带到了圣璜浸信会教堂。"玛伦"诱惑斯考蒂爬上高高的钟楼，加文在高塔顶端抛下了真正的玛伦，因恐高而离开教堂的斯考蒂成为他的不在场证人，斯考蒂因此罹患抑郁症。

某一天，斯考蒂在街上偶遇朱蒂，这令他回忆起玛伦。在两人交往中，斯考蒂逼朱蒂打扮成玛伦的模样。朱蒂知道这样做会使她背负阴谋败露的危险，但她因爱上斯考蒂而无法拒绝。最终，一件原本属于玛伦的项链引起了斯考蒂的怀疑。斯考蒂终于明白他深深迷恋的玛伦，其实就是朱蒂。盛怒之下，他将朱蒂带到教堂，强迫她和他一起走上塔顶。可是，一名修女的突然出现，却令惊吓中的朱蒂失足摔死在屋顶上面。

此刻，斯考蒂的恐高症被治愈了。

这部电影就是世界电影大师希区柯克在1958年拍摄的《迷魂

记》（*Vertigo*）。

"Vertigo"的英文原意是"眩晕"，在这里，暗示着玛伦的"诅咒"，也隐喻着斯考蒂的命运。与希区柯克大多数前作相似，《迷魂记》的叙事始终围绕着一场精心策划的阴谋展开，阴谋背后，是人类童年的创伤和欲望。

1899年，阿尔弗雷德·希区柯克出生于英国伦敦莱顿斯通小镇的一个天主教家庭。他年幼时因为调皮而被警察关进了拘留所，这使得他总是难以忘掉对警察产生的恐惧。希区柯克一辈子也忘记不了父亲和警察联手和他开的那个玩笑："当值警官读了纸条，然后带着我穿过一条长长的走廊来到一间牢房，我被关了进去，感觉就像是几个小时，但实际只有五分钟。"希区柯克的恐惧伴随了他的一生，并贯穿进他的创造之中，"自尊一直是我的一个巨大负担"，他将被压抑的自尊转化为掺杂着心理恐慌和心理疑惑的复杂故事，并贯穿始终。由于希区柯克的努力，心理惊悚片成为恐怖电影的一个亚类型。

"炸弹绝不能爆炸，炸弹不爆炸，观众就老在惴惴不安。"

作为电影悬疑大师，这是希区柯克保持影片创作魅力的奥秘。

希区柯克是一位对人类精神世界高度关怀的艺术家，他一生导演监制了五十九部电影，三百多部电视系列剧，绝大多数以人的紧张、焦虑、窥探、恐惧等为叙事主题，他主动设置悬念，一环紧扣一环，故事情节惊心动魄，惊险曲折，引人入胜，最后的答案常常令人拍案叫绝。希区柯克影片的悬念发人深思，关键在于他最终的目标是——展现出人性最深层的恐怖和最异常的思想，他那种远见卓识的创作风格和创新的摄影技巧令许多现代制片人倾倒，他们将他当作一座富矿，不时去那里寻找宝藏。

《迷魂记》的结尾有着希区柯克式的黑色宿命，暧昧，吊诡，电影与现实之间的错综复杂关系，也一次又一次在希区柯克此后的作品中出现，无论是《西北偏北》《惊魂记》，还是《群鸟》《冲破铁幕》，都依稀有着《迷魂记》的影子。与此同时，在经历了发行初期的反响平平后，《迷魂记》的艺术价值不断被新一代的年轻影人认可，不论是新浪潮时期的克里斯·马克、特吕弗，还是新好莱坞电影小子德·帕尔玛、斯科塞斯的作品，不论是从蒂姆·波顿的漫画狂欢《蝙蝠侠》，还是彼得·杰克逊的史诗巨著《指环王》，都可以看得到希区柯克对后世的影响，以及一代又一代年轻导演用自己的方式向《迷魂记》表达的敬意。

BBC曾评论《迷魂记》："这是一部令人愉悦的电影，在电影的制作和情节的构造上都充满了人工雕琢的痕迹，用一个词来概括：纯粹的希区柯克。"

因为对艺术的追求，希区柯克从伦敦来到好莱坞，又因为对商业的无奈，不得不在影片中做出一些让步和屈从。据说，拍摄《迷魂记》时，希区柯克担心电影公司坚持要把加文绳之以法，便拍摄了一个备用结局。在这个结局中，一个女子正在房间里收听广播，新闻播放道，加文在法国被逮捕。这时，斯考蒂走进房间，女子关上了收音机，可是，斯考蒂却什么都没说，独自走到窗边。她给他倒了杯酒，悄悄地走开了。

值得庆幸的是，这个结局没有被选用。

伟大的希区柯克，绝不会以一场意外来收场。

58《玻璃城堡》

击壤而歌

我喜欢这个结尾。雷克斯会死去吗？一定的，可是，他自由无羁的一生里，并不是什么东西都没有留下。他留下了他反抗的痕迹，他用另一种逻辑串联起来的岁月。比起贫穷和黑暗，这是他留下的最大一笔财富。

这个月的夜班几乎每天都要四五点钟结束。每一天的深夜，不，应该说，每一天将近黎明的时刻，拖着无比疲惫的身子从空旷的大院子某个门走出来，都看得到长夜深寒中的不眠人。这个时候的夜，黑得最彻底、最散漫、最雍容也最绝情。身后的灯光骤然消失，无所畏惧地走进无所畏惧的夜里，夜就骤然吞噬了一切。

这样的长夜与平时没有什么区别，沉甸甸的、无穷无尽的黑让一切都显得沉重，穿过一条又一条黯淡的、常年渍水横流的小巷，穿过一股又一股白日里遗留下来还未及清洗的腐烂气息，穿过东倒西歪摆得小山一样的小黄车，三环永远是光鲜敞亮的，璀璨的霓虹灯通宵达旦，通告着大都市的繁华与喧嚣。

不同的是，这个冬天出奇地冷，风很大，很硬。想起我们小时候北方的极度深寒，那真是滴水成冰啊！水流从高空落下，半途就变作细长的利刃。然而，那种冷是透明的、清澈的，甚至闪耀着细碎的光芒，折射着缤纷的快乐。

2005年，美国著名记者珍妮特·沃尔斯出版了她的传记体小说《玻璃城堡》。2017年，德斯汀·克里顿将珍妮特·沃尔斯的这部作品搬上了银幕。在作品中，沃尔斯首次公开自己鲜为人知、与众不同的家庭背景和成长经历。作为一名深为受众喜爱的作家，她的出场充满了阳光，她撰写过《闲聊：流言世界的内幕》《闲聊：流言如何变成新闻，新闻怎样成为另一场秀》。然而，与这些半专业的著作不同的是，《玻璃城堡》中所书所写，都是珍妮特童年的漫漫长夜，细碎光芒、缤纷快乐的背后，是无法救赎的黑暗。

生活赐给珍妮特·沃尔斯的，是一副她屡屡觉得打不下去的烂牌。沃尔斯的父母绝对是一对"坑孩子"的父母，他们志大才疏，居无定所，不停地生孩子，却毫无能力负担他们。父亲雷克斯尽管天资聪颖、魅力十足，却酗酒如命，他清醒的时候博闻强记、才华横溢，教育孩子们无所畏惧地拥抱生命；但当他沉迷于酒精时，便忘却嗷嗷待哺的孩子，甚至偷走家中现款独自买醉。母亲罗斯·玛丽生性浪漫，喜爱绘画、写作，向往波希米亚式的生活，她有教师资格证，却不安于养家糊口，她有一颗两克拉的钻戒，却宁可让孩子挨饿也不愿意拿它换取饮食。每到日子过不下去时，雷克斯和罗斯·玛丽便告诉孩子们，他们正准备给孩子们搭建一座美丽得无与伦比的玻璃城堡。

沃尔斯家的四个兄弟姐妹从出生开始就过着与众不同的生活：他们吃过垃圾桶里别人扔掉的食物，在没有暖气的房子过冬，家里因没有洗澡的地方而被人嫌弃；她不会游泳，父亲拉着她去泳池，教她游泳的办法是将她高高地抛起来扔进水里，结果她差点被淹死，父亲却说：要么死，要么游。当她的弟弟受到祖母的性骚扰时，她的父母却说：如果你不觉得这是伤害，那这就不是伤害。

为了躲避想象中的恶徒的追杀，他们的父母经常带着他们漏夜"落荒而逃"。有时车子正好开到了沙漠中央，他们就学印第安人以大地为床，以星空为被；他们玩的不是城市里的小孩在商店购买的精美玩具，而是沙漠里的毒蛇、蝎子，甚至还有一时兴起冒着生命危险的寻宝探险；圣诞节父亲丢了工作，没钱给孩子们买礼物，他灵机一动，要他们每个人挑选一颗星星当作礼物。

珍妮特和兄弟姐妹日渐长大，然而，不管父母如何选择追逐不切实际的梦想，他们终于对噩梦般的生活产生怀疑。漂泊不定的流浪生活、居无定所食不果腹的日日夜夜难道就是他们无法摆脱的未来吗？玻璃城堡，其实不过是一种画饼充饥，一张虚幻的蓝图。终于，在历经一连串的困厄之后，沃尔斯家的孩子们决定出走，寻找属于自己的人生。

看着他们离去，我的心里突然涌起一阵又一阵无名的悲伤。究竟是什么样的机缘，将一家人绑在了一起，他们血脉相亲，相互依偎，却又相互折磨，嗜血厮杀。无尽的长夜里，是无尽的黑暗。深夜中的不眠人，是黑夜里的苦行僧。在这样的漫漫长夜里，还有多少无法化解的苦难，无法解开的仇怨？不管多么不堪多么贫贱，不管多么卑微多么寒冷，是不是长夜永远等不来黎明？珍妮特的四个兄弟姐妹，都是被父亲抛入水中几乎沉溺的孩子。他们被父母一个个地带到这个肮脏贫穷、几乎一无所有的家庭，孤独，苦闷，几经遭逢，向死而生。他们遭遇了疾病、别离、背叛、死亡，这是他们一出生就已注定的不幸。然而，恰如珍妮特所说，眼前也并不全都是绝路，她在沉溺中挣扎的时候，懂得了死命地向更远处游去，懂了没有什么所谓的救世主，懂得了如何聪明坚强地拥抱自己的生活，懂得了在苦难和沉溺中的宽容与救赎。

凿井而饮，击壤而歌。这就是珍妮特在黑暗中学会的，永远不要被身后的黑暗羁绊，永远向着未来的光明而去。艰难又如何？一手烂牌又当如何？终于有这样的一天，强壮的雷克斯也老了，孩子们离他而去，发誓此生永不相见。你以为他会后悔吗？不，沿着黑暗的原路折回的是珍妮特，因为她懂得了生活，生活就是赐给你一副烂牌，但你也要尝试把它打到最好，绝对打好。父母给予她的福分和机缘，注定他们此生不会成为陌路人，不会擦肩而过，不会永不相认。在父亲生命的最后一刻，珍妮特穿越她童年的迷障的纠缠，回到她家徒四壁的所谓的"家"，在仇恨中找到了爱，在冷漠中找到了深情厚谊，在背叛中找到了救赎和宽恕。

我喜欢这个结尾。雷克斯会死去吗？一定的，可是，他自由无羁的一生里，并不是什么东西都没有留下。他留下了他反抗的痕迹，他用另一种逻辑串联起来的岁月。比起贫穷和黑暗，这是他留下的最大一笔财富。

这一天快要结束的时候，雷克斯睡着了，珍妮特并没有去叫醒他，母亲罗斯·玛丽也没有。自从珍妮特发誓与他此生永不相见时，他就开始保持沉默，这是他的反抗，或者是他的反思。他依旧酗酒如命，烂醉之后，他迟早会醒来，他与这个世界格格不入，与自己的子女相亲相杀，每个温暖或者寒冷的间隙，他迟早会醒来。重要的是，不管他什么时候醒来，珍妮特一定会坐在他的身边，永不离去。

又一年过去了，时间倏忽而逝，匆忙得如同手指缝里漏下的水。总想写点什么，又总怕写点什么。这一年，如此短暂，好像日历上只有两页纸，直接从年初便翻到了岁尾。我与很多朋友聊起雷克斯，聊起珍妮特，他们问，你满意这个结尾吗？我该怎么回答呢。这个冬天，比所有的冬天都寒冷，大地冰冻，北风嘶鸣。地上，结满了厚厚的霜；心底，封存着化不掉的冷。我的一个很有才华的80后同事说，共处一城，哪棵树开始落叶，都是整个城市的秋天来临。

所有的一切，该救赎的必救赎，该偿还的须偿还。

而未来，不知道在哪一天会突然醒来。

59《西西里的美丽传说》

无情的对面是山河

这些都不需要答案。好在，时间是个温情的好人，他目光如炬，俯察万物，让怒发冲冠，也让利剑入鞘，让热血偾张，也让熔岩冷却，他磨平了岁月的棱角，镌刻下不平的记忆。

午后的村落寂寥沉静，炎热的阳光炙烤着大地，只有我一个人安静地走着，享受着万物皆归为一的单纯，承受着几乎灵魂出窍的澄澈。街道上的尘土从喧嚣里安静下来，街道上的故事变得崎岖抑或空旷。阳光主宰着一切，街角随时会有神秘的隐身人出现，让一波多折的故事更加波澜壮阔。这是我一个人的时光。阳光过度的灼烧让一切都在蒸发，甚至升华，湖泊、树木、房屋、海洋、人和动物，它们从地面缓缓上升到半空，再到视线不可及之处，一切都像梦境，更像幻觉。

这是很多年前的场景。那时，我在意大利的罗马和佛罗伦萨参加一个学术会议，会议紧锣密鼓，我在两座美轮美奂的古城之间奔波，流连忘返。可是我的心，一直在西西里的上空徘徊。从阿尔卑斯山向南，从亚平宁半岛向南，就是我梦想中的西西里，这是意大利小说家乔万尼·维尔加、意大利戏剧家路伊吉·皮兰德娄的故乡，也是意大利导演朱赛佩·托纳多雷的故乡，三大巨星足以让西西里熠熠生辉。

西西里岛是地中海上最大的岛屿，也是意大利面积最大的省份。多种文化已然印证在这里，构成了西西里复杂多元的生命样式。然而，不管有着怎样的风吹雨打、岁月侵蚀，西西里却依然保持着古老、神秘、妖娆和风情万种。

朱赛佩·托纳多雷1956年5月27日出生于西西里的一个小镇，他导演的电影作品几乎都由自己编剧，题材也偏好少年的憧憬和老年的回忆，但每部都是精心锤炼的作品。被誉为"西西里三部曲"的《天堂电影院》(1989)、《海上钢琴师》(1998)、《西西里的美丽传说》(2000)是他献给美丽故乡的美丽赞歌。

对西西里的向往源于一张绝美的电影海报，这是《西西里的美丽传说》。海报上，低矮的石墙映衬着朗朗晴空，阴郁的暴雨隐退于辽远的群山，满树盛开的鲜花芳香扑鼻，细碎的野花撒满绿草如盖的山坡。被镜头放大的玛莲娜，充斥着整个画面，她俯下身来，天然的美丽狂热地散发出来，如同西西里炙热的阳光。她身后那个焦灼而忧心忡忡的少年，推着自行车不忍离去，回眸注视着永远走不近的玛莲娜。他的梦，他的人生，都从这个美丽的女人启航了，然而，她却是他一生都永远无法触及的爱与悲痛。

这似乎是一个简单得有些落俗套的故事。故事以"二战"中意大利西西里的一个小镇为背景展开，讲述了一个倾国倾城的美人在战乱中的坎坷命运。女主角的名字叫玛莲娜，她嫁给了上尉黎诺，丈夫参战前把心爱的妻子带到了自己的家乡。玛莲娜拥有精致的脸庞、窈窕的身材，长长的黑色卷发随着她的脚步弹动，华丽的衣裙中包裹着的柔软曼妙的胴体，她每一举手投足，都会无意散发出无限的妩媚，她如同下凡的仙子一般自然而然地成为西西里小镇的焦点人物。

托纳多雷的每部影片里都有一个托纳多雷的身影，我宁愿相信这部影片中这个叫作雷托纳的少年就是那个个头不高的托纳多雷。托纳多雷用雷托纳的视角来铺陈故事，展示世界。美丽的玛莲娜是他青春期的女神，是他性意识萌动的开始。他像小镇上所有的男人一样为她的美不能自拔。每天放学，他与同学们骑着自行车狂奔到路边，只为等待玛莲娜从他身边轻轻走过那风姿绰约的一瞬间；每天傍晚，他爬上高高的屋顶，只为能看到玛莲娜那些漫长难寐的夜晚；他追随玛莲娜到她去过的每一个地方，踏着她的足迹，嗅着她的芳香，追随着她的背影。然而在玛莲娜看来，他还是一个未长大的孩子，他能做的只有等待、关注、幻想、偷窥。他向神祈祷，求神佑护他的女神，等待他长大将她交到他的手里。

疯狂的思念、幼稚的偷窥，使雷托纳成为玛莲娜曲折命运的唯一见证者。凭着几乎与上帝般同等纯洁的视角，他看到了玛莲娜的纯洁。除了雷托纳以外，小镇上的每个人都坚定地相信，那个美丽的尤物一定耐不住寂寞，每晚与情夫约会欢合，然而雷托纳看到的是，玛莲娜在家中抱着丈夫的照片泪流满面孤独地舞蹈，玛莲娜在父亲的家中认真地照顾年迈的父亲。她的名声被小镇的男男女女抨击得体无完肤，而她的清白、忠贞、高尚只有雷托纳知道，可是，在这样的环境里，一个十三岁的孩子，他的声音还没发出就被淹没了。

不久，传来了玛莲娜丈夫黎诺上尉阵亡的噩耗。玛莲娜悲痛欲绝，她无从预见随之而来的灾难——小镇的男人们似乎终于看到了机遇，个个蠢蠢欲动；小镇的女人终于不堪危机的重负，妒忌使得她们失去了理智，丧心病狂。人们妄自想出她的不忠，使她唯一的生活来源——政府津贴被停发，落魄的玛莲娜终于找到一个律师为自己辩白，可是成为寡妇的她却无力支付律师费，满身恶臭的丑陋律师半夜潜入玛莲娜家中，以索要律师费为由，玷污了玛莲娜。

官司之后，谣言更加肆虐，女人拒绝卖给玛莲娜任何食物，男人们因为忌惮妻子不敢聘用她。祸不单行，她父亲在一次轰炸中死去，玛莲娜彻底失去了生活来源，本能的需求使她无法拒绝居心叵测的男人们送来的面包、糖，以及这些背后一点一点探进的无耻、无理的要求，玛莲娜一步步沦陷，终于，她自暴自弃也无可奈何地成了一个为人不齿的妓女，靠出卖灵魂和肉体来交换生存的基本物资，甚至接待德国军官。这一切，都被雷托纳看在眼里，他只能把一切埋藏在心底，不管她是什么、做什么，玛莲娜永远是他心底里最纯洁的爱人，她的纯洁，只有他知道，她如何守住自己的纯洁，只有他知道。即使作为妓女，她心里的泪水和苦痛、矜持与骄傲也只有他知道。

漫长的战争过去了，人们欢呼着逃出法西斯的统治之余，想起了曾经与德国人交易的玛莲娜。小镇的女人们奋起批斗，光天化日之下，发泄自己的暴力，野蛮地殴打这个曾经让人魂牵梦萦的女人。玛莲娜仅剩的可怜的一点尊严顷刻扫地，她挣扎着站起来，发出绝望的嘶吼。

玛莲娜走了，她的离开使这个小镇归于平静，人们心安理得地享受着玛莲娜丈夫等人以生命换来的平安与祥和，将本该施与玛莲娜的感恩变成杀戮。

有一天，人们突然惊讶地发现那个"阵亡"的上尉黎诺，拖着独臂回到了西西里，他们的诽谤立刻复活，还夹杂着一些虚伪的同情铺天盖地而来。黎诺四处寻找着他的爱人，所有人都假惺惺地隐瞒了事实。这个时候，雷托纳出现了，他写下真相，投掷到黎诺家里，在信中，他鼓起勇气告诉黎诺玛莲娜的去向，坚定地告诉黎诺，尽管经历了许多，玛莲娜仍然深爱着他。

黎诺带着爱和信任踏上了寻找玛莲娜的行程……当黎诺携玛莲娜为了重新拾起尊严回到西西里时，与以往不同，他们高高地挺起胸膛，抬起头迎接众人挑战的目光，黎诺的坚定、玛莲娜的高贵重又回到了过去。

这时，小镇上的人们清楚地看到，玛莲娜老了，于是曾妒火中烧的女人们突然忘记了过去，一下子接受了这个玛莲娜。尽管如影随形的雷托纳对于玛莲娜来说，从来都是个陌生人，而玛莲娜对于青春恣肆的雷托纳来说，却一点都不陌生。走出菜市场的玛莲娜将苹果掉在了地上，雷托纳帮她捡了起来。这是他一生都梦寐以求的时刻，可是，他只能客气地说："祝你好运，玛莲娜女士！"

很多年后，雷托纳不再是个孩子，他说："岁月匆匆，我后来爱上过很多女人，她们在我的臂膀中间我爱不爱她们，爱，但是我最爱的女人，却从未问过我这个问题。"

毫无疑问，这个女人就是玛莲娜。

这部电影给人留下了太多令人深思的线索，是美丽如何被粉碎和碾压，还是俗世需要堕落的理由？是人在爱与尊严之间无从选择，还是宽容与救赎本就背道而驰？是战争让人们彻底丧失了思考的能力，还是越是无耻的民族就越热衷于惩罚？这些都不需要答案。好在，时间是个温情的好人，他目光如炬，俯察万物，让怒发冲冠，也让利剑入鞘，让热血偾张，也让熔岩冷却，他磨平了岁月的棱角，镌刻下不平的记忆。

写这篇文章的时候，我突然想到我的一位作家朋友，他游历四方，阅尽世事，将文学视为他的山河，将写作视为游方时的袈裟，他将他的随笔结集出版，书的题目非常震撼，它戳破了我的疤痕，又重塑了我的钢盔。他的名字叫李修文,他的书叫《山河袈裟》。在送我的书的扉页上,他用粗粗的签字笔,力透纸背地写道:"无情的对面是山河"。